Las C
AUG 17 2017
$14.95
ocn962227656

Las Catrinas

Lorena Amkie

Diseño de portada: Lucero Vázquez Téllez
Fotografía de portada: © Shutterstock
Diseño de interiores: Lucero Vázquez Téllez

Bajo el sello editorial DESTINO M.R.
Avenida Presidente Masarik núm. 111, Piso 2
Colonia Polanco V Sección
Deleg. Miguel Hidalgo
C.P. 11560, Ciudad de México
www.planetadelibros.com.mx

Primera edición: septiembre de 2016
ISBN: 978-607-07-3618-6

Impreso en los talleres de Litográfica Ingramex, S.A. de C.V.
Centeno núm. 162-1, colonia Granjas Esmeralda, Ciudad de México
Impreso y hecho en México – *Printed and made in Mexico*

Para mis padres,
por estar siempre en primera fila.

Para mi Jonathan,
por enseñarme que el amor no duele.

«¿Qué no sabes que a medianoche
todos tienen que quitarse las máscaras?
¿Acaso crees que la vida siempre se permite
ser burlada?
¿Crees que podrás escabullirte justo antes
de la medianoche para escapar de esto?».

Søren Kierkegaard

Primera Parte

Nadie quiere vivir lento. Nadie quiere vivir una vida cómoda, de caldito de pollo y leche tibia antes de dormir. Rápido y furioso, así. Apasionado y caótico. Así. Dormir al rato, respirar al rato, aguantar hasta que los pies sigan dando pelea y el cerebro estalle de ideas: plaf, materia gris de aquí a Júpiter y así yo en todo el Universo. Dame vida eterna o dame eternidad en cada segundo. Esa fue mi petición. ¿A quién se la hice? De niña, a Santa Clos. Luego, a todos los nombres que le puse a Dios: Profetas, Buda, Destino, Oráculo, Cosmos, El Gran Todo. Luego, a todos los nombres que le puse a lo que no podía ser Dios… principalmente a un par de súcubos con los que soñaba, a Marilyn Manson, a Ozzy, a Lestat, a Lilith, a quien me escuchara en las noches nebulosas de tabaquitos sin filtro y estrellas nubladas de esmog. No me dejes no sentir. No me dejes flotando suavemente, que prefiero hundirme y conocer el inframundo que andar tragando espuma y renacuajos en la superficie. Soy Ícaro contra el sol, soy el Hada Conquistadora de la Madrugada. Soy la mujer con las pestañas más largas de la Tierra.

UNO

—¡Muérdete la lengua, cabrona, o atragántate de una vez! —farfullo, aunque sé que no puede oírme. Si mi piel fuera de cristal, los chillidos de Violeta ya la habrían destrozado con sus falsetes, arruinando el bello trabajo de Iris, que, al contrario de lo que ustedes creen, no es mujer. Se recomienda que tu tatuador te caiga bien para que te distraiga con su conversación, pero Iris tiene aliento de dinosaurio indigesto y calladito se ve más bonito.

Violeta grita: esa ha sido su onda desde siempre. El día que la conocí chillaba a voz en cuello con un falsete inhumano. No necesitaba ayuda ni estaba enojada o triste: parada a la mitad del patio del jardín de niños, gritaba con los ojos cerrados mientras todo el mundo se tapaba los oídos con las manos. Las más enanas se espantaron, los niños huyeron, yo le pregunté si estaba llamando a su perro. Me miró extrañada y se quedó pensando. Yo había visto en un programa que existían silbatos agudos para llamar a los animales y se me ocurrió que ella traía uno integrado en la garganta.

—No tengo perro —dijo.

—¿Cómo sabes?

—Porque no hay ningún perro en mi casa.

—Tal vez no vive en tu casa.

—¿Dónde vive?

—En otro planeta.

—¿Y cómo sabe que es mío?

Aquella pregunta me había dejado dudando. Como respuesta, había afirmado categóricamente:

—Todos tienen perro.

—¿Cómo sabes?

—Porque mi tía dice que en la calle hay un perro por cada persona.

—¿Cómo es el tuyo?

—No sé. No ha llegado.

—¿Cómo vas a saber que es el tuyo?

—Nos vamos a reconocer.

—¿Por qué?

—Porque así hacen los pingüinos —dije yo.

La respuesta le había bastado y, más tarde, cuando fundé el Club de las Cangrejas, fue de las primeras en unirse. Más tarde aún, cuando la bailarina de ojos gigantes y boquita de botón fundó las Nenas y todas las niñas cambiaron de bando, ella se quedó. La nombré vicepresidenta de inmediato.

Dicen los que saben que nunca se está solo si se tiene un espejo. A partir de ese día, Violeta y yo no volvimos a estar solas. Nos convertimos en espejo una para la otra, de circo, eso sí, que a veces enflaca, otras engorda, otras se multiplica como un laberinto y ya no sabes a quién de las dos estás viendo y dónde está la entrada, el lugar en que tú eres tú y Violeta es Violeta. Pero ¿qué importa? Así son las almas gemelas.

—El tuyo quedó más abajo —dice al fin.

Llevaba horas mirándolo con las cejas arqueadas mientras yo sostenía mi camiseta a la espera de su veredicto. Así que el mío quedó más abajo. Eso es todo. La verdad es que esperaba algo peor, como cuando dijo que mi belleza era una maldición y que ella elegiría mil veces su cara «de nadie» a la mía de princesa de Disney.

—Como todos te ven, no puedes ser invisible —me dijo.

¿Quería yo ser invisible? Esa pregunta está guardada para algún psicoanalista dentro de diez años. A los doce, si debían ser unas por otras, valía más el superpoder que ella pregonaba que todas las bellezas del mundo. Ese día me corté el pelo con las tijeras de mi mamá y, para cuando ella llegó a encontrarse con el funeral de mi cabellera en el piso de su baño, era demasiado tarde. En manos de su estilista me convertí en algo muy parecido al ser al que más despreciaba en todo el mundo: mi hermano pequeño. Pero Violeta se había equivocado. Resultaba que la chica de Harry Potter se había cortado el pelo así unos días atrás y que, según la maestra de Historia, «ese corte hacía que mis facciones de princesita resaltaran todavía más». Alrededor de esos días tuve mi primer novio, y Violeta me aplicó la ley del hielo por casi dos semanas, dos de las peores semanas de mi vida.

—¿Y?

—¿Vas a usar pantalones más bajos que yo? —cuestiona.

—¿Qué tiene que ver?

—Quieres que se vea, ¿no? Entonces vas a usar pantalones más bajos.

—¡¿Y?! —repito, y dejo caer la ropa sobre la piel hinchada y agotada de tanto piquete.

—Nada. Nomás —suelta con esa vocecita aguda, la que usa para que una le suplique continuar.

Esto debería ser divertido. Al demonio. Que se quede con su comentario. Empiezo a bajar las escaleras y cada roce de la tela arde. Violeta baja tras de mí. Su silencio también arde. Afuera está empezando a llover. Nos quedamos paradas bajo el toldo de una miscelánea, y ella saca un cigarro y se lo pone entre los labios. Trae la camiseta atorada en el resorte del sostén y el tatuaje (y la mitad de su espalda) está expuesto. A propósito, por supuesto. Qué irritante.

—Tápate —le digo. Suelta humo en mi cara y se me queda viendo a los ojos.

—La neta es que los *jeans* bajos no se te ven bien. Te lo digo como amiga. Se te sale.

—¿Se me sale qué?

—Carne.

La dejo bajo el toldo y camino bajo la lluvia a ver si eso me apaga la rabia. Si la onda de Violeta es gritar, la mía es callar. Los pequeños fuegos me deforestan las entrañas y luego se me escapa, como a un dragoncito extenuado, una voluta de humo por entre los dientes. ¿Cómo era yo antes de ella? O más bien, ¿cómo habría sido yo sin ella? No lo sé. No importa. No puedo contar mi historia sin hablar de Violeta. No puedo contar *ninguna* de mis historias sin hablar de Violeta. Está en cada memoria y no puedo borrarla sin borrar con ella todo lo importante. Sin borrarme a mí. Es el lado oscuro de mi luna, el sorbito de *whisky* en mi taza de café, el yin de mi yang. Pero en este instante la odio como sólo se puede odiar a la persona a la que más quieres en todo el universo.

Típico Violeta: ignorar el problema y seguir como si nada.

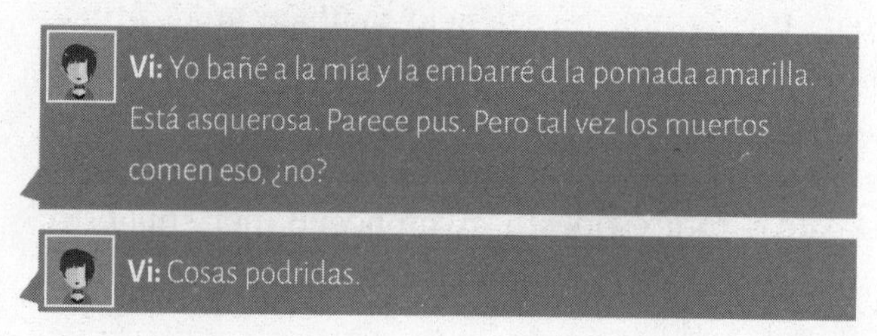

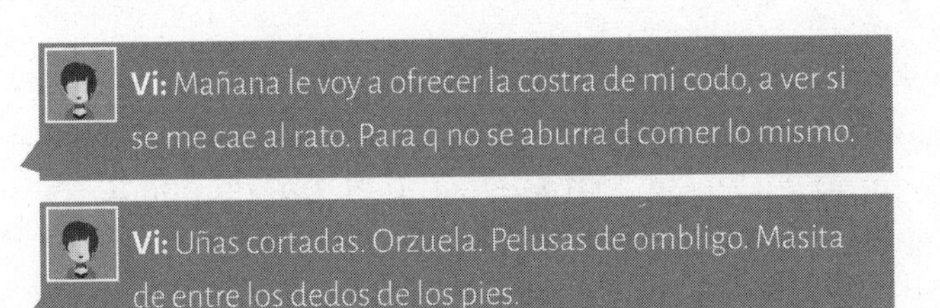

Hablar de cosas asquerosas para intentar distraerme. Típico Violeta.

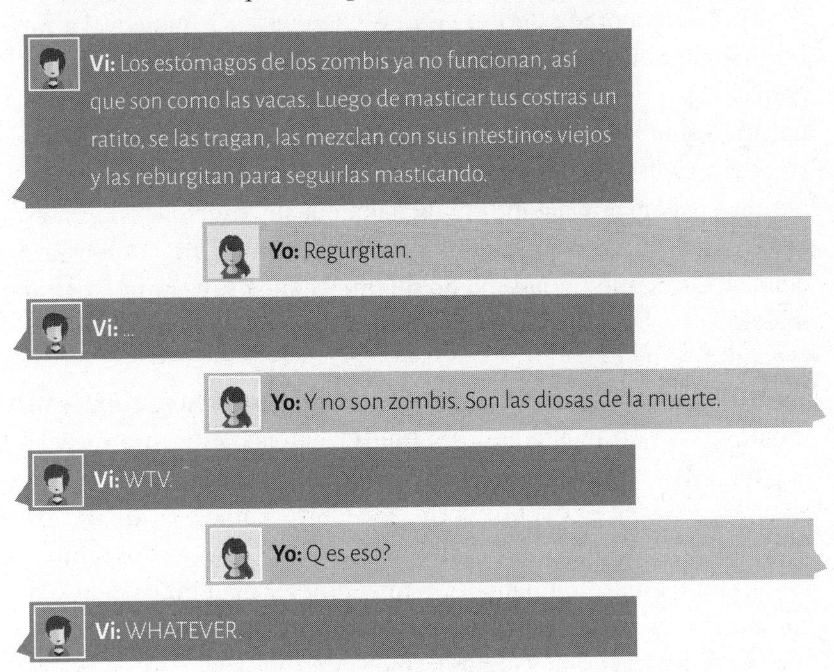

Entierro el celular bajo mi almohada y vuelvo a poner el espejito en ángulo para verla: es hermosa, tan llena de colores y expresiva que parece una diosa de los vivos y no la madrina de la Llorona y los demás espíritus quejosos. La mía tiene cabello oscuro, como el de ella; la de Violeta, rubio, como el mío. Sí, son Catrinas coquetas, con sombreros, flores y cabelleras largas. Catrinas enoja-

das, vibrantes y mágicas, como sus dueñas. Aunque, ¿se puede poseer a una diosa? ¿A un espíritu de la noche? Aunque la traigas tatuada en la carne y tú misma vivas en su piel, no, no puede ser poseída, ni controlada, ni siquiera entendida demasiado bien.

Al final se probó y comprobó que Violeta y yo no habíamos tenido la culpa, pero ¿a quién iba a importarle la verdad, habiendo de por medio una historia tan jugosa?

Era la temporada de la Feria de Ciencias, y a Violeta y a mí nos habían obligado a incluir en nuestro equipo a Blanca, que no podía caerte ni bien ni mal, porque nunca hablaba. Había estado en una escuela de monjas y se pasaba el día dándole vueltas a su rosario entre los dedos. No hacía deportes, porque tenía un permiso especial, y algunos la llamaban, a sus espaldas, «la Exorcista». ¿Por qué a sus espaldas y no en su cara, como a todos los demás? Creo que tenían miedo de que Blanca tuviera un acceso directo con alguien allá arriba y, por si acaso, sólo la insultaban a escondidas.

Nuestro experimento tenía que ver con helechos: supuestamente crecerían más grandes y fuertes gracias a nuestra mezcla orgánica de cafeína, agua destilada y clorurtamato de sodio... o algo. Para hacer el cuento corto, tan corto como la vida de los helechos, diré que el fertilizante no funcionó como se esperaba. La primera aplicación había sido un viernes y cuando llegamos al laboratorio el lunes, esperando abrir las puertas y hundirnos en una selva frondosa, nos encontramos con que las hojas de nuestra miserable vegetación se habían ennegrecido y el laboratorio apestaba a muerto. Elda, la maestra de Biología, nos miró con las pupilas llenas de recelo y, luego de preguntarnos por tercera vez si habíamos agregado algo más a la mezcla, tiró los helechos en una bolsa marcada con logotipos radioactivos y evacuó al grupo. Blanca fue la encargada de llevar los cadáveres al depósito de basura

y, también, nos miró con los párpados entrecerrados y condena entre sus cejas fruncidas.

Hubo que proponer un segundo experimento. Elda se empecinó con la cafeína y en esta ocasión habríamos de mostrar sus efectos en una tribu de artemias, esos renacuajos diminutos y blancos que se dan de comer a los peces. El presupuesto escolar nos compró dos litros de artemias, que venían en un tambo de vidrio y el grupo entero, ocupado con sus volcanes de bicarbonato, sus sistemas solares de unicel y demás cosas inertes, envidió el poder que nos había sido otorgado sobre seres vivos.

—Ya mataron unas plantas y ahora les dan unos peces —comentó alguien. Blanca recorrió las cuentas de su rosario con cara de susto y Elda sacó de los anaqueles del laboratorio un aparato muy sofisticado con el cual destilaríamos la cafeína e impresionaríamos a los jueces de la Feria de Ciencias.

—Mira esto… esta renacuaja gorda. Está embarazada —dijo Violeta, que tenía la nariz pegada al cristal de las artemias—. Mira esas dos. Están cogiendo. Velas.

—No quiero ver renacuajos cogiendo —dije yo. Lo que veía era la cara de Violeta deformada por el vidrio y decorada con un tapiz blancuzco en movimiento. Estaba fascinada. Blanca se había puesto más pálida desde que había escuchado «coger» y había retrocedido, alejándose de las artemias como si estas trajeran el pecado impregnado.

—Bueno, pues, están «haciendo el amor» —dijo Violeta, y las dos soltamos una carcajada.

—Parecen espermatozoides —dije yo, y Blanca se persignó. Elda trajo una taza medidora y se la tendió a Violeta, que debía sacar doscientos cincuenta mililitros de renacuajos del tambo.

—¿Por qué trajiste a toda tu familia, Vioteta? —dijo Mauricio. El imbécil se sentía tan *cool* con su pelo largo y los tres pelos de

su bigote de puberto. Violeta lo ignoró. Esa había sido nuestra estrategia desde el inicio de los tiempos, pero estaba a punto de cambiar. Irreversiblemente.

Otros borregos se le unieron y, segundos después, la envidia por las artemias se había convertido en una variedad de insultos de distintos grados de creatividad y capacidad de corrosión. El rostro de Violeta fue ensombreciéndose hasta que dejó de ser ella y yo pensé: «Tengan miedo, idiotas, tengan mucho miedo». Tomó la taza llena de criaturas que se movían, frenéticas, chocando unas contra otras y enredándose las colas, y caminó hasta Mauricio ceremoniosamente.

—Salud —dijo. Y *glup*. Sí: *glup*. Un trago bien grande de artemias. Silencio total. Los ojos de sapo de Elda ochenta por ciento fuera de sus cuencas. Blanca en estado catatónico. Mauricio en un *shock* tan absoluto que no fue nada difícil para Violeta aprovechar y lanzarle los doscientos treinta mililitros restantes encima. En la bocota bien abierta de asombro. En el pelo chino. Para cuando reaccionó, ya debía haberse tragado un par de docenas de renacuajos cogelones, y el resto estaba agitándose en su épica cabellera de David Bisbal.

—Ya somos hermanos de espermas —declaró Violeta sin parpadear.

Dudo mucho que haya comprendido la extensión de su declaración, pero en ese instante nadie se atrevió a decir ni una sílaba. Luego se dio media vuelta y le preguntó a Elda qué seguía. Al contrario de lo que cualquiera se imaginaría, no pasó nada. Nada tangible, digamos. No hubo madrizas, más lanzamiento de artemias, expulsiones ni nada. Todos estábamos en *shock*. Mauricio había salido corriendo entre lágrimas a lavarse la cara y enjuagarse la boca y, al día siguiente, inauguró su nuevo *look:* cabeza rapada estilo militar. Cuando le pregunté a Violeta a qué le habían sabido

las artemias, dijo que saladito. Toda esa semana nadie nos dirigió ni la mirada.

El lunes siguiente llegamos al laboratorio y nos encontramos con que el tambo de vidrio se había quedado expuesto al sol... Los renacuajos se habían cocinado y se amontonaban en la superficie del recipiente. El olor era inaudito. Imaginar la angustia de las artemias ante el calor y su muerte agonizante era terrible e inevitable. Para mí. A Violeta le causó algo de gracia.

—Ahora sí ya no me las como —comentó, mientras las analizaba tan detenidamente como cuando habían estado danzando y haciendo el amor. A Elda no le causó nada de gracia, y así lo expresó.

—A mí no me causa nada de gracia —gruñó, y Violeta y yo tratamos de calcular a cuánto estaría el litro de renacuajo blanco en la tienda de hechizos de Harry Potter. No era por el costo, argumentó furiosa la profesora, sino porque no estábamos cuidando los recursos del colegio ni respetando la Vida. Aquello provocó un «uuuhhh» por parte de nuestros compañeros.

Para el tercer experimento nos trajeron un pollito. Llamémosle «pollo», para que nos dé menos tristeza su triste si bien esperado fin. Blanca lloró y rezó; los demás alzaron las cejas, en juicio flagrante; Elda perdió los estribos y dijo que todo lo que tocábamos acababa muerto y que traíamos una maldición. Blanca abrió mucho los ojos, asintió casi sin darse cuenta y se persignó mientras retrocedía, alejándose de Violeta y de mí.

Lo que pasó después ha sido ampliamente discutido por expertos en el tema y testigos, así como analizado y renarrado por las protagonistas hasta el cansancio: según la leyenda, después de que Elda nos condenara a gritos, Violeta y yo nos tomamos de la mano e intercambiamos una mirada «de miedo». Acto seguido, Violeta dijo en voz tan baja que ni abrió los labios: «Todo lo que tocamos, ¿no?», para después estirar la mano y rozar la espalda de la profesora. A partir de aquella base narrativa se fueron agregando

distintos elementos a cual más absurdo: que Violeta agarró al pollo y le arrancó la cabeza con la boca, que yo me lo llevé a mi casa para embalsamarlo y disecarlo, que le vaciamos la sangre para hacer un ritual satánico… En fin. Lo único que puedo asegurar es que, en efecto, me llevé al pollito muerto a mi casa y lo enterré en mi jardín, hallándome sumamente triste por su muerte al servicio de la ciencia. Violeta sostiene hasta el día de hoy que no amenazó ni maldijo a Elda la de ojos de sapo, y yo le creo. Creo.

El lunes siguiente nos congregaron en el patio para una ceremonia especial del Día de la Bandera. Al terminar las marchas y canciones, la directora tomó la palabra y anunció la tragedia que representaba la muerte prematura de la profesora Elda Gómez. No podía compartir más detalles, pero la Feria de Ciencias estaba cancelada, y todos los alumnos tendrían que entregar trabajos teóricos en lugar de continuar con los experimentos. Mi mandíbula se desprendió de mi cara y fue a dar al asfalto. Violeta me miró de reojo y un escalofrío coordinado nos azotó las columnas vertebrales.

—¿Se murió la cabrona? —susurró Violeta, o al menos lo intentó: como he dicho, lo suyo es gritar. Abrí mucho los ojos indicándole silencio y empecé a sentir cosquillas en toda la piel: las miradas de unos cincuenta borregos buscaban fulminarnos. Comenzaron los murmullos. Los rumores se alimentaron tanto que se convirtieron en elefantes que nos escoltaban a Violeta y a mí, manteniendo a todo el mundo a tres metros de distancia. Dejamos de ser invisibles, dejamos de ser las amigas lesbianas, dejamos de ser las raras o las idiotas que todo reprobaban, y nos convertimos en algo extraordinario, poderoso, temible. Nos convertimos en las Catrinas.

Miro mi Catrina morena y sangrante y rescato mi celular de su trinchera: diez mensajes nuevos. Diez fotos de Violeta haciendo caras ridículas. Intento luchar contra las orillas de mi boca, pero

para la sexta foto, en la que la idiota se ha pintarrajeado un pene en la cara con lápiz labial, se me escapa una carcajada.

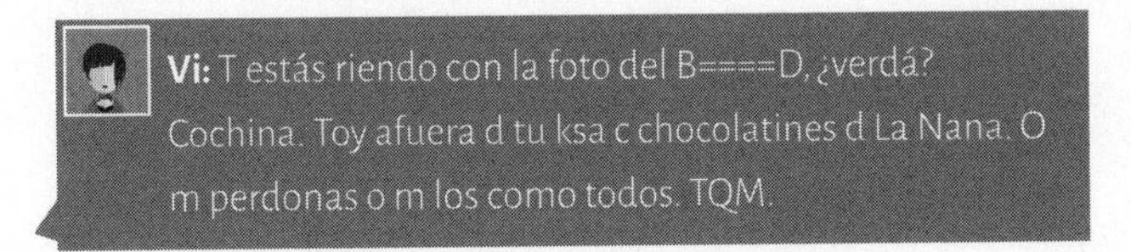

Endiablada y adorablemente típico Violeta.

DOS

—¡Madre! ¿Puedes quitar esta p… mesa de aquí? ¡Siempre me pego con ella! ¡Siempre!

Y no estoy mintiendo: tengo un moretón permanente en el huesito de la cadera por culpa de esa condenada mesita con estampado de piel de cocodrilo (¿a quién se le ocurre?) que mi mamá decidió plantar justo afuera de mi cuarto. Sólo es cosa de salir con un poco de prisa y *auch*. *Megaauch*.

Mi mamá no me contesta: nunca me contesta cuando le digo «madre». Dice que estoy intentando hacerme la muy adulta y que no le gusta, que es mi mamá desde que nací y hasta que se muera. Ya ni me acuerdo de por qué le empecé a decir «madre»; creo que fue una vez que Violeta estaba aquí. O tal vez tiene que ver con el libro ese que está leyendo: *Mi madre/Yo misma*. Lleva leyéndolo más de un año y medio… desde que se murió la abuela. Cada que lo veo, me quedo pensando: ¿mi madre, yo misma? Luego rezo un ratito por que eso no sea una profecía; luego la veo a ella y me veo a mí, y me tranquilizo: no nos parecemos en nada. El mundo concuerda en que tanto mi hermano como yo somos idénticos a mi papá. Bajo las escaleras y ahí me espera el pequeño mequetrefe.

—Tal vez la tonta eres tú y no la mesa, ¿no lo habías pensado? —dice. No sé quién le dijo que está de moda echarse todo el pelo para adelante y pegárselo a la frente con medio kilo de gel, pero ese alguien lo timó. Llego hasta él y le despeino el estúpido fleco de un manotazo, lo cual provoca el clásico: «¡Mamá!». Ese grito siempre obtiene respuesta.

—¡Deja en paz a tu hermano! —Se oye su voz desde arriba, seguida de sus pasos bajando las escaleras. Se planta frente a mí—: Y esta es mi casa. *Mi* casa. Si quiero poner esa mesita ahí, ahí se queda, ¿me oíste, «hija mía»?

Perdió toda autoridad cuando dijo «mesita», y le quedó a deber a la autoridad cuando se le quebró la voz al decirme, como venganza, «hija mía». Así le decía la abuela. La dueña de la mesita. La *Mi madre* del libro de mi mamá. Diablos, soy una mierda. Pero no es como si el espíritu de la abuela habitara dentro del cajoncito de la mesa o bajo los cojines de la horrible sala de la que mi mamá no se deshace y que produce nubes de polvo cada que uno se sienta en ella. No se deshace de nada. Mi madre, yo misma... Cuando pienso en heredar esa sala, la mesita de cocodrilo, el marco oxidado del espejo ese y la lámpara de cristal, legiones de arañas me suben por la espalda. No, por favor.

—Sales, pues se queda —digo, y dejo de sobarme la cadera, aunque *auch*.

—«Sales», «sales». ¿De dónde sacaste esa palabrita, eh? ¿Es de Violeta?

Hace mucho no salía el tema de Violeta. Pienso en qué contestarle y de reojo veo que mi pubermano lucha contra el gel endurecido para devolver su fleco a su lugar. No era una moda: su frente está cubierta de granos. A mí la pubertad me trató mejor, ¡alguien, al menos! Porque el Principito siempre ha sido el favorito, en su planeta y en todos los demás. A veces me dan ganas de dibujarle un cordero en la jeta, a puñetazos.

—Ni te esfuerces, igual estás asqueroso —le digo, y la Catrina de mi espalda sonríe, maliciosa: este principito es más vanidoso que yo, y la Catrina y yo lo sabemos.

—Tú estás asquerosa. —Es su creativa respuesta.

El oído biónico de mamá se activa y nos avisa que el camión está dando la vuelta a la esquina. Entonces abandona su modo

regañón y se activa su modo maternal: corre a la cocina, revisa las bolsas de súper en que mete los almuerzos, agrega una barra de granola en cada una y nos las tiende. Le da a mi hermano un beso en la cabeza (no en la frente, chica lista) y a mí me ofrece una media sonrisa de tregua. El mundo se pausa por un segundo y la puedo ver con calma: qué guapa es. Le toma como dos horas arreglarse, pero nadie podría discutirle si valieron la pena o no. Ahorita tiene puesto un traje sastre negro, una camisa roja y un collar que mi papá le regaló en el Día de las Madres. Yo me negué: maldito día comercial y estúpido. Le dije a mi mamá que su día de las madres era el día que yo nací, y que la celebraría ese día. Luego se me olvidó. En fin, el collar tiene un dije de corazón que yo JAMÁS habría escogido, con un diamantito rojo en el centro que combina perfecto con su camisa. Trae el peinado elegante, o sea, alaciado con raya de lado, bilé color sangre y el accesorio más bonito de su cara alrededor de los ojos azules: sus pestañas cósmicas. Seguro tiene una reunión importante. Ella no lo sabe, pero su hijito se la pasa fatal cada que hay juntas en la escuela… Sus puberamigos la miran con ojos de videocámara y luego usan sus filmaciones mentales para motivarse en sus actividades perversas. Y luego se lo cuentan. Pobre Principito.

—Perdón por lo que dije de la abuela, mami. —Me oigo decir. Diablos, dije «mami». Diablos. Su media sonrisa se completa y yo tengo que salir corriendo para alcanzar al camión del colegio y sentarme hasta atrás como la renegada que soy, mientras mi hermanito socializa con todo el mundo. ¿Por qué yo no tengo ese gen? Por suerte, diría Violeta: imagínate tener que convivir con todos los imbéciles del mundo.

—Yo sólo tengo tiempo para una amiga: tú —declaró alguna vez.

Me pongo los audífonos y empiezo con la rutina de todos los días: invertir la mitad del camino al colegio en encontrar la canción perfecta. A veces no pasa y el silencio triunfa. Bueno, no es

el silencio: son las voces de los demás tripulantes, que hablan y rehablan de los temas más intrascendentes imaginables. Cómo quisiera tener coche, disfrutar al menos de un silencio que fuera sólo mío. Allá está, la carcacha que podría ser mi inseparable corcel, estacionada en la oficina de mi papá, poniéndose más vieja y triste con cada día que pasa.

—En mis tiempos usábamos el transporte público y, después de haber trabajado muchos años, uno se compraba un coche usado, decente, y lo cuidaba con mucho… cuidado —dice.

Mi señor padre, el Gran Redactor. Cree en ganarse las cosas con el sudor de la frente. Dice mi mamá que es un tema protestante… Alguna vez comenzó a explicármelo y, cuando me sonó a religión, le fingí un bostezo y se rio: a ella tampoco le interesa mucho el tema de Dios, etcétera, pero se lo tolera a mi papá y hasta van juntos a misa los domingos. Dice mi papá que, acabando el sermón, todas las mujeres hacen fila para confesar sus malos pensamientos y su pecado capital: envidia de lo hermosa que es su mujer. Entonces, mi mamá se sonroja y se besan, y hasta Dios se voltea para no ver esa asquerosidad. Eso sí, cuando la lámpara de la abuela se cayó en la mesa del comedor y mi mamá trajo a la médium, sólo me lo contó a mí y me hizo jurar por Dios (mi madre, la Maestra de la Ironía) que no le diría nada a mi papá, lo cual no me costó mucho trabajo: nunca le digo nada, porque, con todo y lo mucho que besa a mi mamá, es un verdadero hijo de puta.

Veamos, algo tranquilo… Bat for Lashes para empezar este viernes de cicatrización. Violeta tiene razón: cuando se seca, la pomada parece pus. Por favor, le pido a los íncubos y a los súcubos que hoy no se metan con ella y la hagan hacer algo estúpido como enseñarle el tatuaje a algún maestro para que nos vuelvan a expulsar y a mi papá le dé un infarto cuando le digan por qué. Escucho la voz llena de altibajos pubertos de mi hermano y al alzar la vista veo que está lanzándole una pelotita a otro chico. Pronto,

todo el camión está jugando. *Play*. ¡*Play*, condenado reproductor de MP3! Lo agito con fuerza: a veces eso lo saca de su trance. La escena de Violeta arrancándose mis audífonos de las orejas y lanzando el pequeño cuadradito electrónico contra la pared se proyecta en mi cabeza.

—¡Esta… esta canción! ¡Yo la escribí en otra vida! ¡Es mía! ¡Soy yo! —había aullado mientras yo contemplaba mi más reciente regalo de cumpleaños parpadeando acongojadamente en el suelo. Era de Amy Winehouse, por lo que claramente Violeta no la había escrito, pero ¿tenía caso explicárselo? Cuando le seudogrité preguntándole por qué demonios había aventado el aparato, dijo que se había asustado «porque un alien se había metido a su materia gris, le había sacado su historia con pinzas y se la había llevado como una paloma mensajera a Amy para que escribiera su canción». De nuevo: ¿tenía caso explicarle algo? ¿Tenía caso discutir?

Con música entre las sienes todo parece una película y hasta las escenas más ridículas cobran sentido. Me parece ver todo en cámara lenta, imagino diálogos mucho más ingeniosos que lo que la gente se dice en la vida real, me quedo en el lugar perfecto: afuera. Apoyo las rodillas en el asiento de adelante y mis dedos se mueven al ritmo de la música.

Minutos después es hora de asomarse a la bolsa de súper: mi mamá es un genio. Dentro hay una bolsa enorme de zanahorias sin nada, un botecito de Nutella, un paquete de palitos de pan como los de los restaurantes italianos y la granola del último momento. Se niega a darnos dinero para comprar en la cafetería de la escuela… creo que para ella eso significaría que es una mala madre, pero, como no tiene tiempo de preparar nada, nos toca esta clase de cajas de Pandora. Para mi hermano es una maravilla: como estar en la cárcel y ser el que tiene siempre los cigarros para comprar favores. Mi casillero, en cambio, está lleno de conservas y siempre me acabo comiendo lo que sea que Violeta lleve. Su

mamá es una ama de casa hecha y derecha, pero no por ello menos ocurrente; nos ha tocado compartir pasta con frijoles, arroz a la mexicana con un huevo frito encima, restos de guisado de pollo con mole, todo preparado por ella, todo frío como parabrisas en invierno. Y de cuando en cuando, si Violeta no está con alguna idea rara acerca de su acné, nos comemos un bote de Nutella a dedo limpio para culminar con un cigarro a escondidas, que así saben mejor.

—El cigarro te va a pudrir los dientes. Te vas a ver diez años más vieja, ¿eso es lo que quieres? —preguntaba mi mamá mientras agitaba una cajetilla que había encontrado en la bolsa de mi sudadera. ¿Quería verme diez años más vieja, a los quince? Por supuesto. Pero ese no era el tema: a mi mamá prácticamente le salía humo por la nariz mientras intentaba regañarme, y no porque estuviera furiosa, sino porque no podían haber pasado más de quince minutos desde su último cigarro. Mi mamá, como dije, es la Maestra de la Ironía. Violeta había empezado a fumar unos meses más tarde, y no por culpa mía. Pero esa es otra historia.

El autobús se estaciona dentro del calabozo y yo nos arrastro a la Nutella, a la Catrina y a mí a través de los pasillos. De pronto, unas manos heladas me tapan los ojos con tanta delicadeza que el movimiento me arranca los audífonos de las orejas y con ellos se van fragmentos de mis tímpanos.

—¡*Au,* mensa! A ver, a ver… ¿quién será? —le sigo el juego, aunque nadie más me tocaría. A ninguna de las dos.

—Soy Katrina —dice con la voz chillante y acentuando la K para que yo entienda su propuesta ortográfica.

—Pues yo soy Quatrina.

Al fin me suelta y me tiende la mano.

—Mucho gusto, Quatrina.

Caminamos hacia las canchas para empezar el glorioso día corriendo y siendo insertadas a la fuerza en los equipos de futbol que nunca nos eligen.

—¿A quién se le ocurrió la estupidez de que todos tenemos que tomar clases de Educación Física?

—Al gobierno.

—¿Y qué chingados saben ellos? —pregunta, mientras sus Converse amarillos de imitación rozan la grava como asqueados.

—Nada.

—Exacto. Que los neandertales entrenen sus cuerpos para ser cazadores y todo eso. Nosotras, las evolucionadas…

—¿Qué? —la interrumpo—, ¿entrenamos nuestros cerebros? Si a ti ni te gusta leer…

—Claro que me gusta.

—Pero no lo haces.

—No… —Y se le escapa una sonrisa—. No tengo tiempo, ¿ya?

—Ya.

Llegamos a donde las demás chicas se estiran. ¿Por qué se estiran? ¿Quién les enseñó a hacer eso? Otro gen con el que no nací.

—¡Chidos tus tenis color meados, eh! —grita Pascual. Sí, una persona llamada «Pascual» se atreve a burlarse de alguien. Cosas más raras se han visto.

—¡No la veas a los ojos porque te va a convertir en piedra! —grita Darío, desde la cancha de básquet. Trae los pantalones a media nalga y tiene que estar alzándoselos cada dos segundos. Sus bóxers son del mismo color que los tenis de Violeta. Curioso.

—¡Las Catrinas no hacen eso, estúpido! —grita Violeta—, eso lo hace la… —Y después de buscar en su archivo mental un dato que nunca ha estado ahí, voltea a verme.

—Medusa —digo yo.

—¡Medusa! ¡Estúpido! —completa Vi, pero la interrupción en su réplica hizo que perdiera fuerza y los chicos ya están botando la pelota y riéndose.

Lejos han quedado los hermosos días en que nos temían de verdad… Ahora el miedo se ha tornado en una especie de asco mezclado con una de las viejas reliquias: el tema del lesbianismo. Sólo porque una vez Violeta declaró a voz en cuello que, si tuviera que irse a una isla desierta con alguien, me elegiría a mí. Y porque no nos hemos besado con nadie… que ellos conozcan. ¿Por qué querría besarme con un inferior postpubescente al que le llevo media cabeza de estatura? ¿Para que lo publique en Facebook y luego todos le pregunten qué se siente besar a la Muerte? Eh… paso.

Nos unimos al estiramiento general. La maestra nos mira con cara de burro constipado y apunta algo en su lista. Cada movimiento me recuerda que los dientes de la Catrina en mi espalda son filosos y veo de reojo que a Violeta la pasa lo mismo. *Auch*. Tocar el suelo con la punta de los dedos: imposible.

—¿Hasta ahí llega, Luna? Pa' cuando cumpla treinta le van a estar poniendo una cadera artificial —opina la profesora. Suenan algunas risas mezcladas con el esfuerzo de los ejercicios.

—Por eso me voy a morir joven —replico y, aunque no las veo, sé que las cejas de todas las chicas están arqueándose.

—Pues entre que fue que sí y fue que no, ora me corre cinco vueltas a la pista, por contestona.

Antes de que tenga que repetirlo, estoy fuera de su campo visual. Me pongo los audífonos y empiezo a trotar con el principio de «Stand my Ground», de Within Temptation. Cuando entra la guitarra eléctrica abrazada de esos coros medio infernales, medio celestiales, ya estoy a la mitad de la pista. ¿Confesión? Me encanta correr. Nada de puntos, estrategias, equipos (ni estiramientos): sólo yo y mis pies gigantes llevándonos mutuamente lejos del colegio, de mis papás, de las tareas… en fin. Yo y mis pies quitán-

donos la cosquilla de la inmovilidad, de estar esperando que el tiempo pase a ver si ya puedo vivir la vida que a mí se me antoja sin todas esas voces en mi cabeza.

En el espacio verde que yo rodeo cual satélite a su planeta, un montón de criaturas incomprensibles persigue una pelota. En otro espacio, más allá, un grupo de machos alienígenas intenta robarse una mandarina gigante para brincar alrededor de ella y hacerla pasar a través de un aro de metal. Después todos nos sentaremos frente a una persona que cree saber más porque nació antes. Dibujará unos símbolos en un pizarrón, se llenarán los cuadernos, morirán los árboles, se repetirán las mismas historias, las mismas revoluciones, el ciclo del agua y todo lo demás. «Todos tus estúpidos ideales… tienes la cabeza en las nubes. Deberías ver qué se siente tener los pies en la tierra». La voz de Dave Gahan me repite lo que ya sé: que la pista es circular, que, aunque yo siga corriendo, nunca llegaré a ninguna parte, porque la pista acaba donde empieza: nada nunca cambia.

—¡Luna! —El chillido de la maestra se filtra por mis audífonos y arruina sílaba a sílaba la hermosa voz de Dave. Hago lo que puedo por ignorarla y sigo corriendo. ¿Cuántas vueltas llevo? Acelero más el paso y hasta Quatrina resopla, agotada. Entonces un objeto rodador no identificado me enreda los pies a velocidad supersónica y un segundo después la grava me exfolia toda la cara. He, literalmente, mordido el polvo. Mis audífonos están un metro más allá, mi tobillo giró ciento ochenta grados y no tengo idea de cómo volverá a su posición original, y setenta distintas carcajadas sacan a patadas a Depeche Mode de mis oídos. Levanto la mirada y me apoyo en los codos para levantarme. Me duele la Catrina, me duele el pie, me duele la cara y, más que todo, me duele el orgullo.

Clase de deportes. Pascual y compañía. Redacción y Ortografía. Uniforme. Biología. Boletas. Camión escolar. Mandarinas gigantes. Discusiones con papás. Calificaciones. Grava en tu cara.

Pista que empieza, pista que acaba como una canción *techno* de pesadilla. Esto no puede ser todo lo que hay. La vida tiene que ser más que esto. Lo exijo.

—Me acaba de escribir.

La enfermera me preguntó si podía aguantar hasta el final del día y le dije que sí. No me puedo imaginar ni a mi mamá ni a mi papá dejando sus trabajos para venir por mí, así que me ha tocado una capa de pomada con olor a eucalipto y una venda tan apretada que ya no siento los dedos de los pies.

—¿Me oíste? ¡Me escribió! —insiste Violeta.

La enfermera gira mi tobillo de un lado al otro y suelto un alarido.

—Parece un esguince. Que te saquen una radiografía —recomienda la enfermera—. Mientras, no lo apoyes mucho.

—Eso te pasa por correr. No es para gente como nosotras —opina Violeta.

—¿Quién…? ¡Auch! ¿… te escribió?

—Ya-sabes-quién.

Ya sé quién: Gabriel. El maestro de Música, por el que Violeta empezó a fumar. El recuerdo de su cara grasienta, los poros negros de su nariz y sus dedos flacos me da náuseas.

—Voy a vomitar —le advierto. Pero la enfermera piensa que le hablo a ella.

—¿Quieres algo? ¿Para las náuseas? ¿Para el dolor?

—¿Esta mujer? ¿Dolor? —interviene Violeta—. No sabes con quién hablas. Esta mujer sabe más de dolor que tú. ¿Sabes el tamaño del tatuaje que tiene en la espalda? ¿Sabes lo que duele eso? ¡No sabes lo que…!

La enfermera me mira con cara de «no es mi problema, pero seguro que los tatuajes están prohibidos aquí». O algo por el estilo.

—¿Te puedes callar? —exclamo demasiado bruscamente.

Violeta se levanta de un salto y sale furiosa de la enfermería. No puedo correr tras ella. No puedo correr, punto. De hecho, contaba con apoyarme en su hombro para volver al salón de clases, que está tan, tan lejos que sólo pensar en cojear hasta allá hace que me den ganas de llorar. Ya sé que no debí haberle gritado. Ya sé que debí interesarme por su romance telefónico, pero es que es en serio: todo el asunto de Gabriel me da náuseas. Lleva más de medio año sexteándose con ese *hobbit* grotesco y mandándole fotos de sí misma fumando en ropa interior. Esa es su onda. Por si no fuera suficientemente asqueroso, el hombre está casado, o sea que Violeta comparte la atención del montón de grasa poroso con otra mujer. Sus estándares son tan bajos que da miedo.

Intento levantarme y se me escapa otro alarido. No, no puedo arrastrarme de un lado al otro por seis horas más. La enfermera me mira con cara de pena y siento cómo una lágrima escurridiza rueda hasta mi barbilla.

—No puedo —gimoteo, y ella asiente con una sonrisa que habría que borrarle de una bofetada. Es como si le diera gusto mi agonía. Vuelvo a recostarme en el catre mientras ella hace los arreglos: llama a la directora, obtiene el permiso y me pide que llame a mi mamá. Son las nueve de la mañana; su junta importante estará a punto de empezar. No puedo hacerle eso. ¿Y mi papá? Ni hablar. Mientras menos nos veamos las caras, mejor. Esas caras que todo el mundo dice que son idénticas.

«¿Cómo es que saliste tan buena para estas cosas?», preguntó mi mamá un día que rescaté las fotos perdidas de su celular. No era la primera vez que se sorprendía de algo así, como si yo hubiera salido de otro lugar y no del que todos sabemos. Como si para

ser su hija tuviera que parecerme o a ella o a mi papá. Como si no trajera mis propias espinas, mis maldiciones y pequeñas maravillas particulares. Yo era el alma 7 788 512 y me asignaron a ese cigoto como castigo por alguna estupidez cometida en otra vida. Honestamente sigo esperando que me digan que soy adoptada para comprenderlo todo y largarme a buscar a la astrofísica que no podía tenerme porque estaba haciendo un descubrimiento cambia-mundos. Quiero encontrarla en un laboratorio en Suiza y que me confiese que se trató de una noche de locura después de la ceremonia de premios Nobel. Que la fiesta en la que chocaban copas y se compartían porros se salió de control y que sólo sabe que despertó con las extremidades enlazadas con las de los cerebros más importantes de nuestros tiempos. «No sé quién sea tu padre, querida. Pero era tan genio en la cama como en todo lo demás, eso te lo garantizo».

—¿Niña? —La voz de la enfermera interrumpe mi fantasía—. O viene alguien por ti o te vas a clases. Aquí no te puedes quedar.

¡Con un demonio y tres íncubos! Gracias por la compasión, «doctora». Gracias por nada. Le gruño, me recojo como puedo y cojeo hasta el baño más cercano. Además del tobillo de elefante, los raspones de mi cara hacen que parezca miembro de una tribu de la selva, y la sustancia rosada con que me desinfectaron no ayuda. Y sí, ahí en el espejo están los ojos azules de mi papá, su nariz que, aunque parece, no es operada, la barbilla picuda y perfecta. Ahí está él en mi espejo. Bah.

TRES

He estado aguantándome por más de media hora. La frase que tenía planeada ya ha cambiado de orden, tipografía y tamaño de letra unas cuantas veces, y ahora siento que se me escapa de la boca con mucha menos dignidad de la planeada.

—Ni siquiera me escribiste para ver cómo estaba —escupo al fin. Sueno chillona y me revienta, pero Violeta es mi mejor amiga y tengo que poder decirle las cosas.

—Y tú a mí, ¿qué? ¡Gabriel me cortó! ¿Puedes creerlo? Ayer me dijo que ya no podíamos seguir chateando y luego cambió su teléfono. Yo creo que su esposa encontró las fotos y…

—¡Me partí la madre! ¡No sabes cuánto me dolía! —interrumpo. Siempre hace lo mismo, siempre. No es justo—. ¡Me dejaste ahí y tuve que cojear hasta…!

—¡A mí me partieron el corazón! —declara y se le quiebra la voz.

Empieza a llorar y yo, con todo y mi tobillo quebrado y mis marcas de tribu salvaje en la cara, me doy cuenta de que soy una amiga horrible. Por más que Gabriel me dé asco, para ella era importante y eso hacen los amigos, ¿no? Ver como importantes las pendejadas del otro. Me perdona rápido y me lee todos y cada uno de los mensajes que intercambió con el *hobbit,* me cuenta de sus llamadas hasta la madrugada y me somete a la insufrible tortura de ver las fotos que intercambiaron. En una, el *hobbit* está sin camisa y sus pezones rosas y colgaditos tienen una corona de pelos. Casi vomito.

—Esta era privada —sonríe Violeta con tristeza, mientras le devuelvo el teléfono como si estuviera cubierto de flemas. Me cuenta que planeaban escapar un fin de semana a algún hotel en el norte de la ciudad, lejos de todo, y que tal vez en esa ocasión «lo harían».

—¿Le ibas a dar tu virginidad a ese viejo? —exclamo indignada. Podía aceptar que se mandaran fotos y todo eso, pero una cosa es una cosa y otra cosa es otra cosa. Espero que me eche su mirada ofendida y su monólogo en defensa del *hobbit,* pero en lugar de eso me mira con ternura y sonríe.

—Ay, mi vida. Chiquita. Ay, no. Qué tierna eres.

Vuelvo a ser la nenita ingenua. Violeta no es virgen. ¿Quién? ¿Cómo? ¿Cuándo? No puedo creer que no me contó. No puedo creer que de nuevo sabe algo que yo no. ¿Cómo le pregunto sin sonar… muerta de curiosidad? Qué perra. No lo puedo creer. Nos quedamos en silencio; yo con mi signo de interrogación impreso en la frente y ella con su alegre condescendencia saliéndosele por cada poro. No. Me niego. No voy a preguntarle. Me mira con cara de «bueno, ya, ríndete y pregúntame». Al no obtener lo que quiere, suelta el aire como resignada, aunque la sonrisa sigue colgándole de los labios. Saca de su bolsa un barniz de uñas y me lo enseña. Asiento.

—Así aunque sea, tu pie se va a ver coqueto mientras tengas que usar esto —dice mientras señala la férula con la cabeza, y abre el barniz—. Al menos te hubieran puesto un yeso para llenarlo de dibujos. Esta cosa es *antisexy*.

—Veme, Violeta, veme. ¿Crees que en estos momentos me importa ser *sexy*?

Arquea las cejas y su cabeza asiente por ella. Acaba con las uñas de mi pie sano y se pone la férula sobre las rodillas para continuar con el otro. Los raspones de mi cara ya comenzaron a

evolucionar y pronto serán hermosas costras que podré arrancarme. Inhalo el barniz y un suspiro satisfecho se me escapa.

—¡Drogui! ¿Quieres un bote de resistol? —pregunta Vi.

—Va. O de Kola Loka.

Nos echamos a reír. Años atrás, una profesora había decidido odiarnos. Nos mandaba callar cuando estábamos en silencio, nos ignoraba cuando teníamos la respuesta correcta y luego nos ponía a escribir reglas gramaticales cincuenta veces, con el puro afán de destrozarnos las muñecas y malgastar tinta y piel de árbol. Entonces, Violeta llevó un tubito de Kola Loka al colegio y, antes de que llegara, pegó todos los gises al pizarrón. Cuando eso la enloqueció y salió corriendo del salón para traer al prefecto, Violeta pegó un lado de su portafolio a la mesa. Si se hubiera tratado de cualquier otra chica, el salón habría callado ante el interrogatorio del prefecto, pero Violeta fue traicionada por las miradas de todos y por su propia expresión triunfal. Estuvo dos días expulsada, pero nadie olvidaría el momento en que la maestra tomó su portafolio y se llevó un metro de formica junto con él.

—Uf, qué madrazos me metió mi papá ese día. —Y suspira como si eso le diera nostalgia. Nos quedamos en silencio unos instantes. Ella corrige una uña. Yo trato de no pensar en cuando me tocó presenciar aquello y me quedé ahí, parada, sin tener ni puta idea de qué hacer. Un par de días después, mientras veíamos *Alien*, le había preguntado a Violeta qué habría pasado si me metía.

—¿Entre mi papá y yo? Uf… Yo creo que también te tocaba —había dicho—, y ahí sí te me hubieras ido al hospital.

—Tú no fuiste al hospital —había repelado yo, aunque el tono verdoso del moretón de su espalda me había impresionado bastante.

—Porque ya estoy curtida. Tú… —Y me había recorrido con la mirada—, tú eres como el azúcar del postre ese, francés.

—¿*Crème brûlée*?

—Sí, pinche mamona. Ese. Que parece duro, pero se rompe al primer golpecito.

La referencia me había enfurecido sin que entendiera muy bien por qué y me había quedado en silencio el resto de la película. Una sonrisa de suficiencia había danzado fugazmente en los labios de Violeta, que sabía mejor que nadie cómo molestarme. Mientras las criaturas asesinas germinaban dentro de los pasajeros del *Nostromo*, dentro de mí germinaba la emoción más incómoda y odiosa de todo el catálogo de emociones humanas. Al principio no la reconocí, porque era una sensación novedosa, de espinita infectada que da gusto tener, de piquete de mosco que da placer rascarse hasta sangrar. Envidia. Violeta estaba curtida, tenía cicatrices, tenía historias, conocía el sufrimiento. Y no sólo por su «psicópapa»: se había enamorado, le habían roto el corazón, había hecho *cosas*. Se atrevía. Violeta tenía razones para ser una rebelde, para meterse en problemas y burlarse de cualquiera. Era un alma vieja, y yo, en comparación, era un algodón de azúcar que se fingía nube de tormenta.

—Yo no quiero una vida tranquila. No quiero un niño bueno y casarme y tener hijos. Qué hueva. Quiero una historia tan chingona que alguien quiera escribirla algún día. Quiero pasión. Pero no es gratis. Hay que pagar el precio —había dicho después, muy solemne—. La balanza tiene que estar equilibrada.

No le contesté nada porque su lógica me había apabullado. Aquella tarde pensé: «Quiero historias. Quiero cicatrices. Quiero conocer el sufrimiento y llover; quiero sentir lo que sea con tal de sentir; quiero una vida de tormentas, intensidades y abismos». Ten cuidado con lo que pides, mucho endiablado cuidadito.

Ya sé que a nadie le importa lo que escribo. Que a nadie le importa lo que me pasa. Soy nadie, soy nada. Toda mi nada es un ojo que lo ve. Un corazón que late por él. Una historia de dolor y de amor y de lluvia que nunca deja de caer, porque yo nací para ser el charco que le moja a los demás los zapatos, el fondo del callejón en el que se esconden las ratas. Soy el polvo que te hace estornudar, pero que es feliz de estar dentro de ti aunque sea por un segundo. Soy tu cucaracha, a la que le pones una correa para sacarla a pasear. A la que has pisado cien veces y que sigue moviendo las patitas aunque ya no tenga nada dentro, porque sus vísceras quedaron en la suela de tu zapato. Soy el amor más sucio que te ha amado.

CUATRO

—¿Dónde está mi gladiadora herida?

Si pudiera ponerme de pie de un salto y bajar las escaleras corriendo, lo haría: la voz es de Esmeralda, la hermana de mi mamá. Vino de Real del Monte sólo a verme y seguro trae pastes de arroz con leche con los que voy a atascarme impunemente. Oigo la voz de mi mamá en su cuarto: está en el teléfono con un cliente. Es vendedora de bienes raíces y los imbéciles prepotentes la llaman a la hora de comer, a las diez de la noche, cuando está ya quedándose dormida frente a la tele, o a las siete y media de la mañana, que para ella ya es mediodía, porque cree como nadie en que «al que madruga, Dios lo ayuda». Yo llevo madrugando quince años para ir a esa prisión de escuela y dios no me ha ayudado. Sí, en minúsculas, porque conmigo se ha portado como un hijo de puta. «Pero tú lo pediste, tú pediste sufrimientos e historias, ahora no te quejes». Bah.

—¡Arriba, tía! —grito, y dos segundos después, la cabeza de mi mamá se asoma con gesto irritado y señala el teléfono en su mano enfáticamente. «Estoy hablando, ¿no ves?». Siempre está hablando. Luego su puerta se azota, y oigo a mi tía subiendo pesadamente las escaleras. Me bajo de la cama y voy a esperarla a la salita de la tele. Sus resoplidos son los de un paquidermo en el desierto más reseco del universo y, para cuando llega frente a mí, está sudando.

—Le declaro la guerra a estas pinches escaleras —jadea. Mi hermano, al escuchar la grosería, suelta una risita desde detrás

del monitor de la computadora. Mis papás son de la vieja escuela: no dicen groserías, al menos frente a nosotros. Esmeralda es de... otra escuela. Dice groserías todo el tiempo. Mi mamá dice que eran muy parecidas y que de repente a Esmeralda «se le botó la canica»: empezó a fumar mariguana, se fue a vivir a Real del Monte, regresó hecha una *hippie* y con diez kilos de más.

—Desde ahí le dejó de importar todo —decía mi mamá—, y empezó con sus tonterías de que el alma y la meditación, y a decir que las cosas materiales eran la corrupción del espíritu. Claro, la higiene y el buen gusto también son estupideces materiales, ¿no? Porque tu tía ya no gasta en desodorante, eso me consta...

Sí: eso nos consta a todos. Pero me tiene absolutamente sin cuidado. Esmeralda es un planeta aparte, y el chiste es no compararla con los demás planetas y sólo divertirte mientras está de paso por tu galaxia, que ya no es muy seguido: desde que se murió la abuela, mi mamá y su hermana no se aguantan. Mi mamá no le perdona que no estuviera los últimos días, sobre todo en el funeral, y mi tía dice que mi mamá no la acepta ni entiende que es diferente.

—Qué fácil, ¿no? Hacerse la loca y así no tener que encargarse de nada. Y mientras yo aquí, con todo encima. Es que no es justo, de verdad no es justo —escuché que mi mamá se quejaba un día.

Esmeralda ya se había «largado» a Real del Monte y mandó decir que mi abuela no necesitaba de homenajes póstumos cuando su alma había regresado al Jardín de las Maravillas y que aquello era una hipocresía de la cual se negaba a formar parte. Algo así. Mi mamá se había puesto como loca y mi papá había aprovechado para alimentarle la furia. No era la primera vez que metía cizaña para sacar a Esmeralda de nuestra familia: hace unos años intentó convencer a mi mamá de que yo no debía convivir con ella.

—Es una mala influencia, Olivia. Toda su vida es...

—¿Qué? ¿Su vida es qué? —había gritado mamá.

—¿Para qué me haces decirlo? Quieres que diga cosas para luego usarlas en mi contra. Simplemente no quiero que mi hija…

—¿Que tu hija qué?

—No quiero que piense que eso es normal, ¿está bien? —había dicho mi papá, bajando la voz e intentando contener su rabia.

—¿Normal? Escúchate. Sólo escúchate. «Normal»… ¿Qué es lo normal, eh? Ya te creíste las estupideces de tu iglesia. «Normal». ¿Tú eres normal?

—¡Pues sí! —había respondido él.

—¡Ah! Entonces ponerle el cuerno a tu esposa es normal. Eso *sí* quieres que lo aprenda tu hija, ¿no?

—Y dale… siempre tienes que meter eso. ¿Qué tiene que ver? Lo vas a tener que dejar ir, ¿eh? No puedes seguir sacando eso…

Y bueno, la discusión se fue hacia allá, y mi mamá, que no lo había dejado ir, no sólo no me prohibió ver a Esmeralda, sino que la invitó a quedarse en la casa tres semanas después de que una novia terminara con ella y no tuviera a dónde ir. Fueron de las mejores semanas de mi vida.

—¿Quién putas te hizo eso? —pregunta Esmeralda al ver la férula y, apoyándose en el barandal, sube el último escalón y puedo ver la expresión de alivio en su cara. Es que hoy no tiene diez kilos de más, sino treinta—. Cuéntame una buena historia.

—Pues… me picó una araña radioactiva y, como me empezaron a salir telarañas de las muñecas, decidí aventarme del techo de la escuela, pero a la mera hora las telarañas no funcionaron y me partí el hocico.

Esmeralda no está muy convencida.

—Eh… ¿me caí del caballo?

Expresión de «uf, la cosa va poniéndose peor».

—¿Me aventé del paracaídas y se abrió en el último instante, cuando mis pies ya habían chocado contra el piso del desierto…?

Entrecierra los ojos como diciendo: «bueno, por ahí va mejor».

—¿… en mi última misión como espía ultrasecreta de la CIA?

—Buen esfuerzo, querida.

—Dame chance, tía, ¿qué no ves cómo estoy?

—Pobre, pobre gladiadora herida. —Y gesticula teatralmente. La amo.

—¿Cómo entraste? —pregunto. Tal vez mi papá está trabajando en el comedor. A veces hace eso en vez de subir directamente a saludar o a tener «tiempo familiar», que para él significa obligarnos a ver las noticias mientras se toma una cerveza.

—Sigo teniendo llaves de cuando tu mamá me hablaba.

—Pobre, pobre lesbiana rechazada. —Y gesticulo también. Suelta una carcajada y niega con la cabeza. Oigo el seguro de la puerta de mi mamá cerrándose. Esmeralda también lo oye, pero lo ignora y se deja caer en el sillón frente a la tele.

—¿Y tú qué, güerejo? ¿Ya no saludas?

Mi hermano voltea a su alrededor para asegurarse de no estar haciendo nada malo y luego sale de detrás de la computadora. El pobre tiene la carga de ser el «buen hijo», ya que yo soy la hija mala. Le espera una vida aburrida.

—Hola, tía.

—«Hola, tía» —lo imita, y luego estira los brazos—. Ven y dame un beso, que ni la voz te ha cambiado para que estés tan serio.

Él se inclina, deja que Esmeralda lo bese, y luego mira a su alrededor, pero esta vez tiene otra intención.

—Míralo, míralo —me dice mi tía—, está buscando los pastes.

El acusado se sonroja y muestra una sonrisa tan genuina que pareciera que puso su pubertad en pausa y es niño otra vez. Ese niño sí me cae bien.

—Están abajo. Tráelos, ándale.

Antes de que puedas decir «paste», el niño se ha teletransportado a la cocina, y Esmeralda sonríe y suelta un suspiro. Yo me arrastro a la mecedora de enfrente.

—Y yo que venía para llevarte a esquiar —dice.

—Pa' la otra.

—¿Sigues corriendo?

—No —respondo. Corría. Cómo corría. Kilómetros y kilómetros sin parar, con tenis especiales y reloj que marca el pulso y todo el asunto.

—¿Y cómo sacas tus hormonas adolescentes ahora, eh? ¿Tienes novio?

—Si tuviera novio, te habrías enterado —respondo, aunque no sé cómo se habría enterado. Esmeralda «no cree» en los celulares; mucho menos en internet. A veces le marco a su casa, pero yo creo que entre tanto ladrido no escucha el teléfono. O tal vez le da miedo que sea mi mamá.

—¿Tienes novia? —pregunta mi tía.

—También te habrías enterado.

—Ja, ja; tu papi habría gritado tan fuerte que hasta Dios se habría enterado —dice.

Antes, mi tía venía cada fin de semana. Mi mamá y yo fuimos a verla algunas veces a Hidalgo, también. La verdad es que, cuando perdí a mi abuela, perdí también a Esmeralda. Y a una parte de mi mamá. Y a Morrison. Pero no puedo hablar de él todavía. Las arterias se me hacen nudo, la sangre me deja de llegar al cerebro y me convierto en un géiser de lágrimas incontrolable. Nadie lo entendió. Había que estar más triste por la abuela, que era una persona. ¿Un perro? ¿A quién le importa un perro? Violeta tampoco lo entendió y me regaló un peluche de perro que le aventé en la cara. Luego me dejó de hablar. Luego me sentí mal. Luego nos reconciliamos, como siempre. Pero nunca volví a hablar de eso con ella. La única que lo entendió fue Esmeralda.

—Tengo al enano perfecto para ti.

Siempre tiene al enano perfecto para mí.

—No estoy lista.

—Mira, niña: nunca vas a estar lista. Lo vas a entender algún día, cuando te enamores. A una le parten la madre, llora un rato, se recupera y se levanta. Con férula o sin férula, pero se levanta. Y la vida sigue.

—No es tan fácil.

—No dije que fuera fácil. Pero lo tienes que dejar ir.

Todavía tengo su camita al lado de la mía. Sus suéteres en el fondo de mi clóset. Nuestra primera foto en el buró.

—Si no, vas a acabar como tu mamá. —Y señala la mesita aquella con la mirada—. Llena de fantasmas.

—Mejor fantasmas chidos que personas idiotas.

—Eso sí. Por cierto, ¿dónde está Louise?

Así nos dice Esmeralda a Violeta y a mí: Thelma y Louise. Cuando le pregunté quiénes diablos eran, me obligó a ver una película viejísima de dos amas de casa desesperadas que se escapan de sus vidas horribles para al final echarse con todo y convertible por un precipicio.

—¿Y por qué yo soy Thelma? —le pregunté esa vez. Thelma era la más guapa de las dos, pero también la más idiota.

—Ay, mi vida, porque tú a esa Violeta la vas a seguir hasta dentro de un nido de avispas.

—Pues ella a mí también —había repelado yo. Horas después le conté el episodio a Violeta y me arrepentí hasta el fin de los tiempos de haberlo hecho: se había puesto toda contenta y orgullosa, y había arqueado las cejas como diciendo: «bueno, yo no iba a decirlo, pero...». Como si ella fuera la que maneja el convertible.

—Ahí anda —le contesto a mi tía.

—¿Igual de loquita?

Estoy a punto de contarle lo de Gabriel, cuando mi puberma-no aparece con los dedos grasosos de paste y se sienta junto a mi tía en el sofá. Los tres nos miramos en silencio.

—Esta es plática de mujeres —le anuncio. Traducción: «lárgate».

—La sala es de todos —repela él.

—Yo soy la mayor.

—Yo soy hombre.

—¡Lárgate, enano!

—¡Mamáááááá!

Y en fin. Esta es mi vida.

CINCO

—¡Luna! ¿Qué hace aquí? —vocifera la profesora de deportes. Llevo quince minutos sentada en las gradas y apenas me nota.

—Presentándome con el regimiento, ¡señor, sí, señor! —Y le ofrezco un enfático saludo militar.

—Muy chistosa, escuincla.

—¿Cuántas vueltas a la pista, mi general... a? —Y hago ademán de ponerme de pie con la cara muy seria.

—No, no, no, no... Mientras te dure el justificante, no eres mi problema. Vete a buscar al prefecto, que te van a dar algo qué hacer. No vas a andar aquí de porrista.

—General, sí, mi general. —Y ahora sí, empiezo a levantarme. Violeta abandona su imprescindible posición como árbol en una esquina de la cancha y llega hasta mí.

—Profesora, me voluntarizo para ayudar a la herida hasta la dirección.

—Qué noble, señorita Rivera, pero aquí su compañera prefiere ir sola. —Y con esa falsa declaración, me da la espalda y le indica a Violeta volver al juego. Seis horas después (tiempo de discapacitada) llego frente al prefecto, que no tiene la menor idea de qué estoy haciendo ahí. Tras una sesión de preguntas y respuestas en la que logro decir la verdad, y un par de llamadas a mis padres y/o tutores, los altos directivos de la preparatoria deciden cuál será mi destino durante los siguientes meses de recupera-

ción: colaborar con la digitalización del catálogo de la biblioteca. Sí, esta escuela todavía tiene los libros organizados en ficheros del siglo antepasado.

Llego a la biblioteca y la señorita Inés me saluda con su sonrisa de mandíbula para fuera. Debe tener unos ciento diez años, es chiquita y regordeta como un barril y su cabeza está tapizada de chinos blancos y apretados como resortitos. Sus lentes deben ser pieza original de los años veinte, porque nunca en mi vida he visto otros iguales. Vive atrás de la barra de la biblioteca, subida a un banquito, porque, si no, no podría ver a nadie a los ojos.

—Vengo a lo del catálogo —anuncio. Me mira por arriba de su armazón y devuelve la mirada a la actividad misteriosa que sucede detrás de la barra. ¿En qué puede estar tan ocupada? Si en esta escuela del demonio nadie lee nada.

—¿Señorita Inés...?

—¿Sí?

—Vengo a lo del catálogo —digo más fuerte.

—Ah, sí, sí, muy bien.

Y lo mismo: vuelve a su actividad secreta. Tal vez está leyendo las *Cincuenta sombras de Grey* o algo así. Me quedo ahí parada y hago «ejem», para ver si comprende que sigue siendo su turno de hablar.

—¿Para lo del catálogo? —dice una voz grave a mi derecha. Tengo dos segundos para hacerme una imagen mental de quién me está hablando, y esa imagen es de un señor de cuarenta años, vestido de traje y arqueando la ceja mientras me desaprueba con la mirada. Pero no: la voz salió de un par de labios delgados y ocultos en medio de un combo barba-bigote negrísimo.

—¿Para lo del catálogo? ¿Sí? —repiten los labios, y entonces veo la nariz aguileña, los lentes casi invisibles que se apoyan en ella y los ojos detrás de los lentes. Fríos. Serios. Negros.

—Sí.

—Es conmigo. Aquí dentro.

Se da media vuelta y desaparece detrás de la puertita debajo de las escaleras. Nunca había visto esa puerta abrirse y, cuando era niña, imaginaba que ahí guardaban los libros secretos. Empiezo a cargarme a mí misma hasta allá, y estoy a la mitad del camino cuando el hombre aquel, de edad incalculable y acento extranjero, asoma la cabeza.

—¿Y? —pregunta con impaciencia.

—Ahí voy —respondo irritada, y apoyo una de las muletas con fuerza para ver si el ruido le saca la cabeza del trasero y se da cuenta de que soy una inválida, pero ya desapareció. Lo sigo y una eternidad después estoy a punto de descubrir lo que hay en el cuarto mágico. Por supuesto, es una decepción, como todo cuando creces. «La magia se acaba a los doce años», dice Violeta, «después viene la pasión». Doce años: la edad de mi pubermano, que no se ve muy mágico con su cuerpo de *baguette* mal horneado y sus granos explosivos.

No hay un pasadizo que me lleve a un sótano subterráneo en el que los anaqueles rebosantes de libros antiguos con pastas de piel y letras doradas lleguen hasta el techo. No hay una escalera para alcanzar las repisas de arriba, donde viven los volúmenes de antigua brujería. No está el olor polvoso de las bibliotecas de *El nombre de la rosa* ni un cofre de mil años de edad que contenga un libro en esperanto explicando el origen de todo el universo. Lo único especial es el techo inclinado; fuera de eso es un cuarto mal iluminado con una vieja mesa de aluminio en la que hay tres pantallas prendidas. Frente a la de en medio está sentado Barbanegra, dándome la espalda.

—¿Cuál es tu nombre? —pregunta con su voz de señor y sin voltear a verme.

—¿Para qué necesitas tres pantallas?

—Monitores.

—«Monitores» —repito.

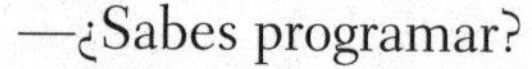

—¿Sabes programar?
—No.
—Claramente.
«Claramente». ¡Imbécil! ¿Qué se cree? Esto es ridículo.

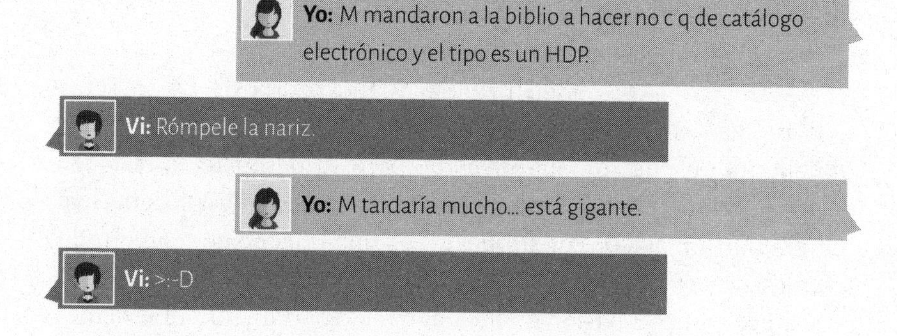

—¿Por qué te han enviado, entonces?

¡Ajá! Es español: su «enton*d*ces» lo ha delatado. Siempre me ha parecido que los españoles son los que más se cansan al hablar. ¿Que por qué me han enviado? Puaj.

—No puedo hacer deportes. *Claramente*.

—Vale. *Entondces* me ha tocado *hadcer* de niñera.

Volteo a mi alrededor y me doy cuenta de que estoy buscando a Violeta para comentar con ella.

—¿Eres maestro aquí? —pregunto. Quiero saber qué tanto puedo insultarlo sin consecuencias.

—Dios no lo quiera.

—A Dios no le interesas. Ni a nadie, 'che Barbanegra.

Aquello lo hace girar en su silla y mirarme.

—Barbanegra. El famoso corsario inglés que nombró su barco en honor a Ana Bolena, la infame amante de Enrique VIII. Interesante.

—No. El famoso mamón español que trabajaba en el clóset de una biblioteca. Ese Barbanegra.

Algo está sucediendo bajo el azotador de su bigote. Algo insólito, inesperado. La boca… ¡la boca se está moviendo! Esperen… ¡está sonriendo! ¡El pirata está sonriendo! Y por entre las pinceladas rosadas de sus labios se le escapa una carcajada que se autodestruye en tres segundos.

—Mateus —dice y me tiende una gigantesca mano. Yo no le tiendo nada, porque si suelto mis muletas me caigo. Tarda en darse cuenta de eso y acaba levantando la mano para saludarme como si estuviera a diez metros de distancia. Entonces me doy cuenta de que es un poco… ¿ñoño? Mateus. De verdad.

—¿«Mateus»? ¿De verdad?

—De verdad —responde seriamente.

—Es el nombre más…

¿Pretencioso? ¿De villano de película de superhéroes? ¿Cuál es la palabra que estoy buscando? Pero él no lo eligió, así que sería injusto penalizarlo por ello. De cualquier forma, no espera a que complete mi frase:

—Puedes decirme Mati.

—Puedo, pero no quiero.

—¿Y eso? —pregunta con genuina curiosidad.

—No te queda.

—Vale —dice encogiéndose de hombros, y gira hacia sus pantallas. Monitores.

—Oye, grosero, ¿no te interesa mi nombre?

—Por supuesto. —Y vuelve a girar—. ¿Cómo es?

—Renata.

Violeta mastica sus zanahorias y de cuando en cuando parece que va a empezar a hablar; luego se mete otra zanahoria entre los dientes. Demasiado silencio. El silencio no es bueno.

—Mateus el Programador —repito—. ¿No suena como serie de libros para niños? O como videos de YouTube que te enseñan a hacer cosas: «Mateus el Programador presenta… la página de Excel». «Mateus el Programador presenta… ¡la presentación de Power Point!». «Mateus…».

—¡Ay, ya, Renata! ¡Llevas dos horas hablando de la misma estupidez! ¿No te das cuenta de que a mí también me pasan cosas?

Su aliento es como sus palabras: ácido, de cigarro, limón y chile.

—¿Qué te pasa?

—¡Te estoy tratando de contar pero no te callas! —grita. En mi cabeza le regreso al capítulo anterior y sólo veo a Violeta comiendo zanahorias. No la estoy interrumpiendo doce veces, ni nada por el estilo. ¿Qué pudo haberle pasado en las últimas dos horas?

—¿Pasó algo más con el ho… con Gabriel? —pregunto.

—¿Gabriel? ¿Qué tiene que ver ahora Gabriel? ¡De verdad que no me escuchas nada! —grita, y avienta un palito de zanahoria que pasa silbando junto a mi oreja. Se pone de pie y se larga.

Ahora sí tengo que estar de acuerdo con los hombres que dicen que las mujeres estamos locas. Pondero la posibilidad de ir tras ella, pero para cuando aplique mi técnica mejorada, mas no perfeccionada, de levantarme sola del suelo, Violeta ya habrá corrido dos maratones y medio. Suelto el aire y me recargo en la pared.

—Mateus El Programador presenta… «eres demasiado estúpida para entender lo que estoy haciendo, así que párate ahí nomás y no me estorbes… Bueno, siéntate, porque traes muletas, pero ni creas que eso me provoca lástima». Pfff.

Pinche Violeta. Qué difícil eres a veces.

Mateus el Programador presenta… «cómo actuar *cool* aun siendo un *geek* supremo».

Mateus El Programador presenta… «cómo poner a una niñita idiota en su lugar cuando se está quejando por traer una férula en el tobillo». Paso 1: ignora sus quejas y dile que hay peores cosas. Paso 2: muéstrale cómo eres el tecleador más rápido del universo. Paso 3: no le anuncies que te faltan tres dedos en la mano izquierda; deja que se dé cuenta solita.

Estaba segura de que había visto mal y él estaba tan concentrado que tardó en notar que miraba fijamente su mano. Pensé en decirle, como Esmeralda: «¿Qué te pasó? Cuéntame una buena historia». ¿Se le habrán cercenado los dedos con una sierra eléctrica? ¿Se le habrán congelado en un frío invierno? ¿Se los habrá comido algún animal salvaje? Cuando mis pupilas le dieron comezón, levantó la mano y se la miró, como si apenas recordara que estaba incompleta.

—Ah, vale. Defecto congénito. No, no duele. No, no puedo extrañar lo que nunca tuve. No, no estoy traumatizado al respecto. ¿Alguna cosa más?

De pronto el tema de Barbanegra y los piratas mancos dejó de parecer gracioso.

—Lo del pirata… eh… no era por eso. Era por la… —Y me había tocado la lampiña mejilla al no lograr articular ni una palabra más.

—Por la barba. Negra. Vale. Me han dicho peores cosas, chavala.

Yo me había sentado a ver cómo tecleaba con sus siete dedos; él había decidido explicar en voz alta algunas de las cosas que estaba haciendo. Directorios. Lenguajes. Comandos. Todo sonaba a códigos secretos, a espionaje, a Matrix o el Código da Vinci. Fascinante.

—¿Te vas? —preguntó al sonar de la campana.

—Tengo otra clase.

—Vale. Hasta mañana.

Estuve a punto de explicarle que no tenía deportes todos los días, pero ¿para qué? No era como que iba a extrañarme. Me había levantado con mucho esfuerzo, cuidándome de no suspirar o soltar quejido alguno, y me había ido. ¿Qué cosas le habrán dicho en la secundaria? ¿Por qué está aquí ahora, en la biblioteca de una escuela, en México? Y ¿*Mateus*? ¿De verdad?

—¡Qué bueno que sigues aquí!

El grito agudo me saca de mis pensamientos y de paso me masacra un par de neuronas. ¿Había ya mencionado que el superpoder de Violeta es gritar?

—Aquí sigo. —Y empiezo a ponerme de pie. Ella se acerca, pero la rechazo.

—Ay, perdón por querer ayudarte. —Y levanta las manos como si esto fuera un asalto.

—Si voy a estar así dos meses, más me vale aprender a pararme sola.

—¡Pero yo voy a estar aquí! ¡Siempre! ¡No necesitas pararte sola! —exclama, demasiado desesperada para la situación.

Me viene a la mente una imagen de Violeta y yo siendo viejitas. Yo me apoyo en ella para caminar, y en eso *¡kaput!*, Violeta se muere, yo me caigo junto a ella y acabo muriéndome de hambre, panza arriba, como un escarabajo y con mis calzones de abuelita a la vista de todos.

—Claro que necesito pararme sola —gruño, y apoyo las axilas en las muletas. Por más acolchonadas que estén, por más forraditas con tela de colores para que sean menos feas, son un bodrio, sobre todo en una escuela llena de escaleras. No, no, no: mi objetivo de año nuevo es no quejarme por esto. A ver, si Mateus (¡Mateus!) se rompiera la pata, tendría que andar con las mismas muletas, pero con tres dedos menos. Así que vamos, Renata, vamos, Quatrina. Tú puedes.

—¿Sigues enojada? —pregunta Violeta con un puchero.

—¿De qué? ¿De que te lleva bajando dos meses y me dejaste aquí aventada? Noooo, para nada.

—Ay, ya ni me digas… —Y niega con la cabeza. Algo le pasa. Algo trae. Suena la campana, y yo ya estoy en pie; si quiero llegar a una hora decente a la siguiente clase, más me vale empezar a patalear hacia allá.

—¿Ahora sí te puedo contar lo de la biblioteca? —pregunto entre bufidos de esfuerzo. Puedo oler mi sudor rancio pegado a las hermosas telitas de colores de las muletas, desde acá.

—¿Es importante? Es que no sabes lo que me pasó. Está cabrón. Es lo más cabrón que… Escucha: ¿te acuerdas de Beto?

No, ningún Beto en mi disco duro. Niego con la cabeza.

—¿No te conté? Entonces, ¿a quién le conté?

Auch. Si tuviera alguna mano libre, me arrancaría el puñal de la espalda.

—El caso es que… en fin, lo conocí hace dos semanas en el Diavolo.

El Diavolo. Ese antro rojo con decoración de tridentes y humo artificial llenándolo todo. El lugar en el que decidimos, una noche que yo me quedé a dormir en su casa «a ver películas», que nos haríamos los tatuajes. ¿Con quién fue al Diavolo? ¿De qué más me he perdido? ¿Quién coños es Beto? Me detengo a reacomodarme las muletas y estoy a punto de continuar la peregrinación, cuando Violeta se para enfrente de mí.

—¿Neto crees que vamos a entrar a clase? No hay ma-ne-ra. Llevo años esperando el momento perfecto para contarte esto. Vamos a fumar.

¿Años? Nos hemos visto todos los días y cuando no nos vemos, estamos chateando. ¿De qué habla? Y ¿fumar? El callejón está tan lejos que pensarlo me agota. ¿Para qué me hizo caminar hasta acá? El Diavolo y Beto. Beto y el Diavolo, y la amiga secreta a la que sí le está contando las cosas. Trago saliva pero el nudo en mi garganta no se va con ella; necesitaría tequila para desintegrarlo. *Auch, megaauch, ultraauch.*

—¡Vamos! Antes de que nos vean —me apura. Me siento pesada y agotada, y mis oídos ya oyeron suficiente Violeta por hoy. Añoro mi cama y no moverme hasta que mi pata sea cien por ciento funcional de nuevo.

—No puedo faltar más. —Me oigo decir. Sí, ya sé, soy una aburrida del mal, una traidora que no quiere oír de Beto y todo eso.

—¿Estás hablando en serio?

—Me voy a meter en problemas. Ven a mi casa en la tarde y me cuentas con calma, ¿va?

—¿Por qué siempre soy yo la que tiene que ir…? —Se interrumpe cuando ve mis cejas alzadas, mi boca abierta y, quizá, mis muletas.

—Hablamos al rato —digo, y toco la puerta del salón.

—¡Ahora yo también voy a tener que entrar! —susurra, furiosa.

Me encojo de hombros.

—Haz lo que quieras. Si no quieres, no entres —le digo.

—¿Y qué voy a hacer sola, fumando fuera?

No, no lo digas, Renata. Cállate, no lo digas. Ten dignidad. Estás a punto de entrar al salón, cierra el pico dos segundos más y ya la hiciste.

—Puedes hablarle a tus otras amigas y contarles —digo. Y le cierro la puerta del salón en la cara.

«La verdad». La verdad nos va a salvar a todos, nos va a dejar soltar el aire, vivir en libertad y ser felices. La verdad es quitarse las máscaras y sentir el sol, la lluvia y las miradas de los demás sobre la piel. La verdad es decir, hacer, ser fuera de la cueva, donde vuelan las mariposas y crece el pasto. Por eso la gente se confiesa en la iglesia: para abrir sus corazones-coraza y que salgan volando de ahí los murciélagos que se balanceaban en las ramas podridas y que se comían las moscas. Pero las mentiras pueden estar vivas. Las mentiras pueden ser suaves y acolchonadas. Las cuevas pueden amueblarse y decorarse para que uno se oculte como un oso dormido hasta que pasen todos los inviernos y todas las primaveras, hasta que el oso sea ya un tapete sin nada adentro y caliente la sala de alguien más, muertamente.

Mi verdad es más fea que cualquier máscara de Día de Muertos. Tengo que cerrar mi corazón-coraza y echar la llave al escusado más profundo para que acabe en el negro mar.

Hay algo que sólo yo sé: que la verdad es peligrosa. Que las máscaras son buenas. Que hay confesiones que no deben hacerse nunca.

SEIS

El jarrón de la dinastía Ming se me resbala de entre las manos y lo veo en su camino al suelo en cámara lenta. Sé que, si cae, va a tronarse en mis pies, haciéndome sangrar. Sé que es el jarrón más valioso, el único de mi repisa, el que hace que mi cuarto sea especial y palpite, lleno de colores. A algunas personas, el jarrón les parece hermoso; otras no lo entienden, pero todas lo envidian: se les nota en los ojos entrecerrados y en los labios fruncidos. El jarrón contiene canciones, abrazos e idiomas secretos y, si se quiebra, todo se evaporará como alcohol etílico al sol, y no habrá manera de retener ni una partícula. El alma está guardada como cenizas en una urna funeraria y se irá volando para no volver, si lo dejo caer. Pero se me resbala de entre las manos. Se me va. Ansía el piso. Quiere romperse y esparcirse y, si lo permito, pasaré el resto de mi vida buscando rearmar el rompecabezas… el agua se me escapará hasta el último de mis días por los huecos de las piezas perdidas. Hasta que me muera. Porque ella es mis piezas perdidas y encontradas, ella es la mitad del envase que contiene mi vida: mi alma gemela. «Gemela no: siamesa», había dicho alguna vez.

Nunca habíamos pasado tanto tiempo sin hablar. Nos evitamos las miradas en la escuela y yo he estado huyendo a la biblioteca para no verla en los recreos. No nos mensajeamos. No nos aventamos papelitos. No *nada*, y el negativo y negativo me da negativísimo, negro, silencio y tristeza. Ayer el maestro de Mate me encontró con la mirada en el más allá y se le ocurrió llamarme

la atención preguntándome si estaba enamorada. La sangre se me agolpó en la cara y los inferiores de mi salón no tardaron en expresar su enorme creatividad.

—¡Claro! ¡Luna está enamorada de Sol!

—¡Está enamorada de «Violenta»!

Intenté calmarme, de verdad lo intenté, pero ellos no paraban, aunque el maestro los callaba. Hace mucho que no nos tienen miedo, pero había una especie de respeto, un «mejor ni me meto contigo» que se fue convirtiendo en un ignorarse mutuamente, lo cual era muy cómodo. Por lo visto eso se acabó esta semana. Yo acabé gritando coloridos insultos y me habría lanzado sobre el que estaba más cerca si no hubiera sido por el tema de las muletas. Acabé ganándome otro reporte por «majadera» y, como ya tenía dos, ahora tengo que llevar un papel firmado por mis papás el lunes. Eso los hará sumamente felices, no cabe duda. Mi mamá me lanzará su mirada de decepción más ensayada; mi señor padre guardará silencio para parecer amenazante y luego buscará alguna manera de castigarme y no estará en casa el tiempo suficiente para asegurarse de que el castigo se cumple.

Quiero esconder la cabeza en la almohada y empaparla de lágrimas, pero no puedo acostarme boca abajo por culpa de esta estúpida férula. Maldita estúpida férula. Maldito estúpido accidente: ahí comenzó a caerse el jarrón y, por más que intento limpiarme la mantequilla de los dedos, la porcelana se me resbala. ¿Qué nos está pasando, Louise? ¿Katrina? Siempre hemos tenido discusiones y enojitos, pero esto es otra cosa, algo más profundo, un terremoto que hace que la tierra se resquebraje poco a poco, como en las películas. Violeta está de un lado y yo del otro. Alguna tiene que brincar y más vale que sea pronto, antes de que sólo quede el vacío bajo los pies y sea demasiado tarde. Sin Violeta estoy sola, silencio-

sa y vacía. No puedo, no quiero. Estúpido accidente. Odio correr, odio deportes, odio la música, odio todo. Sobre todo, me odio a mí misma cuando estoy así. Las Catrinas no se la pasan chillando. Las Catrinas son fuertes. Yo soy fuerte, no una nenita llorona. Las lágrimas se me escurren por los lados y se me meten a las orejas. Todo es tan injusto... Luna enamorada de Sol. Qué originales. Violeta no es mi sol, ¿o sí? Y si sí, yo soy el suyo también, ¿o no? ¿Cuándo me convertí en Thelma? ¿Cuándo dejé de manejar el convertible?

¡*Tuíp*! Algo pasa en mi celular. ¿Será Violeta? ¿Cediendo? ¿Escribiéndome para contarme de Beto, el Diavolo y todo lo que ha estado haciendo en las tardes y en los fines de semana, sin mí? Estiro el brazo pero en vez de agarrar el aparato lo empujo y se cae al piso. Puta madre, todo se me escapa de entre los dedos, todo. La mano incompleta de Mateus aparece en mi cabeza por un instante... ¿Se le escaparán a él las cosas entre sus dos dedos? Espero el *crac* del teléfono contra el suelo, pero no llega, y ya sé por qué: cayó en la camita de Morrison. Siento una burbuja de aire en el pecho, no puedo respirar. Y claro, como el universo entero me odia, a lo lejos suenan cohetes. Estúpidos cohetes. Odio los cohetes. Estúpida vida. Vamos, Renata, respira. Estúpida Esmeralda que no tiene celular. Alcanzo el mío y la mantita de Morrison se viene conmigo. No huele a él, porque mi estúpida mamá la lavó e intentó almacenarla fuera de mi vista. La abrazo igual, haciéndola bola para que se sienta como algo más que un pedazo de tela sin relleno.

Desconocido: Campeona de atletismo en múltiples eventos intercolegiales. Supongo que puede considerarse una especie de genialidad.

No quiero sonreír. No quiero. Estoy triste y la vida apesta. Diablos, no, no, no… Pero ahí está: una sonrisa tan minúscula como la inteligencia de Pascual. ¿Cómo consiguió el pirata mi teléfono?

Desconocido: Tres reportes de conducta, inexplicable promedio de 70, fumadora desde los quince años, color favorito rojo. Signo zodiacal Escorpión.

¿Qué chingados…? ¿Me está *stockeando*?

Desconocido: Libro favorito *Frankenstein*, estilo musical alternativo *punk* con un toque de feminismo enfurecido. Listo.

¿WTF?

Desconocido: Ya te conozco.

Yo: De dónde sacaste mi teléfono?

Desconocido: Es el que está registrado como contacto en tu cuenta de correo.

Yo: ¿¿¿No es secreto???

Desconocido: No para mí.

Yo: *Hackeaste* mi *mail*??

Desconocido: Sólo un poco…

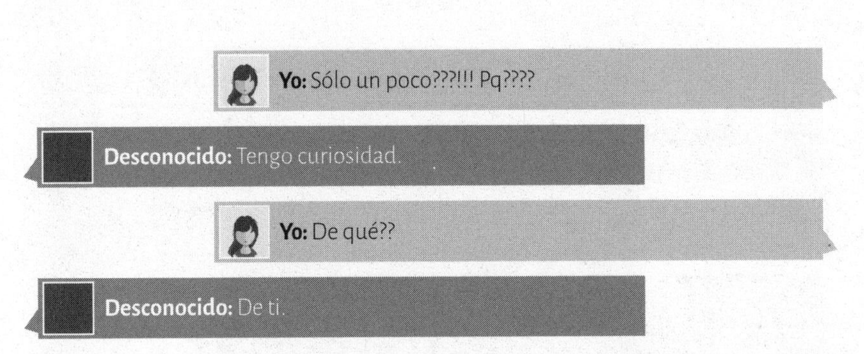

No sé si sentirme halagada o como un protozoario bajo el microscopio.

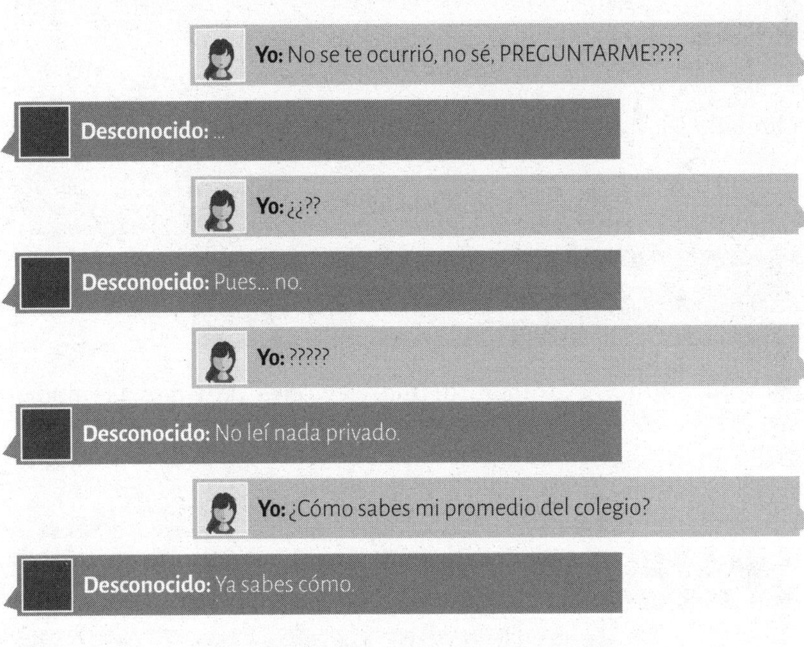

Guau.

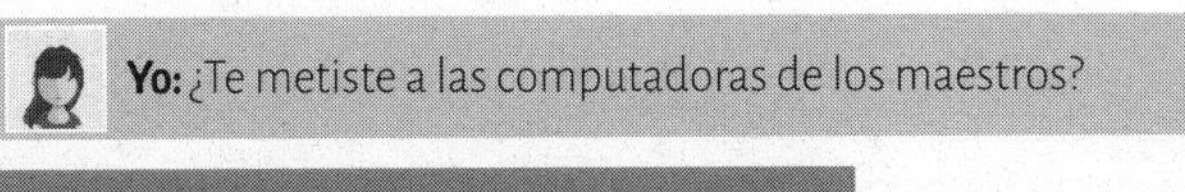

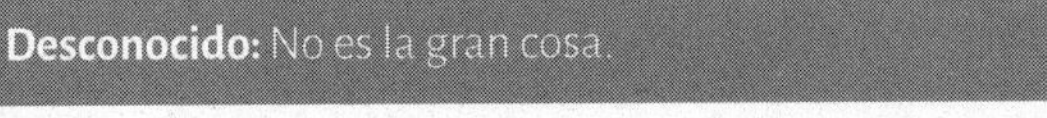

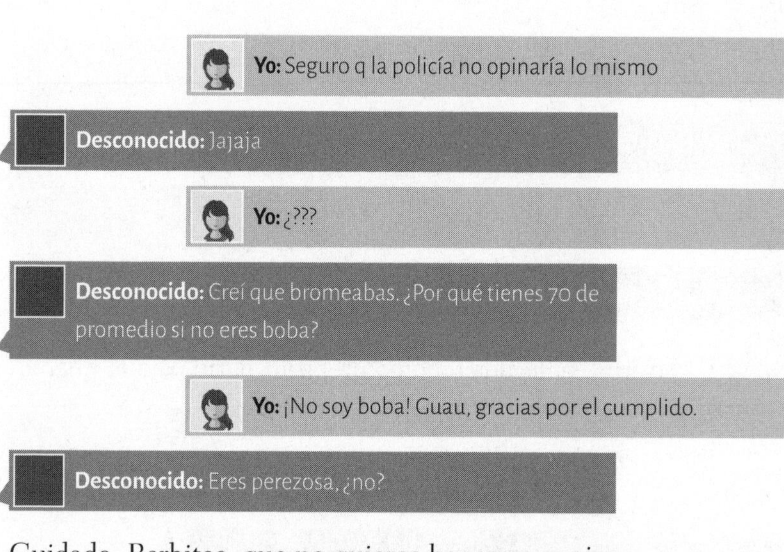

Cuidado, Barbitas, que no quieres hacerme enojar.

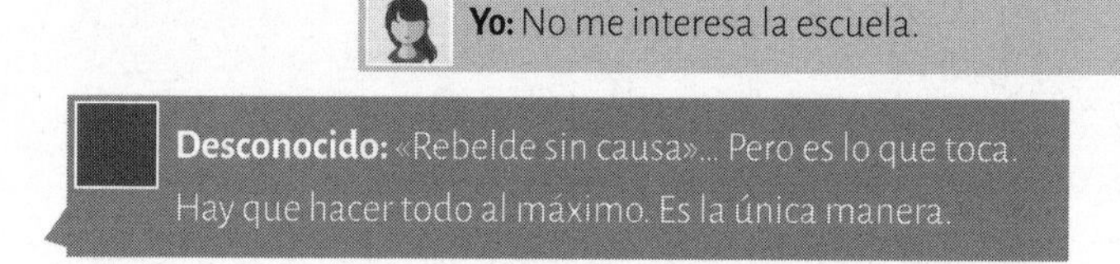

Y ahora resulta que quiere darme lecciones de vida. ¿Cómo se atreve?

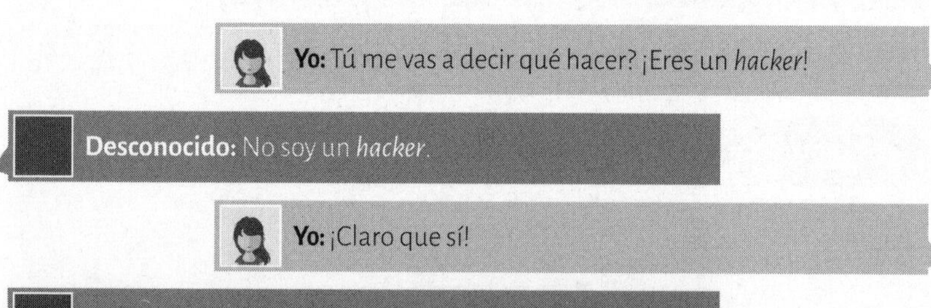

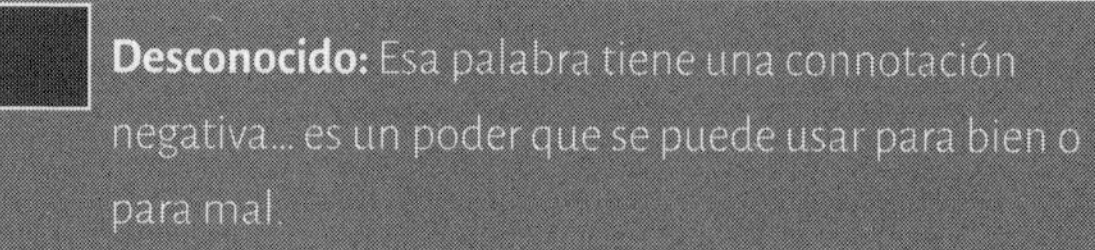

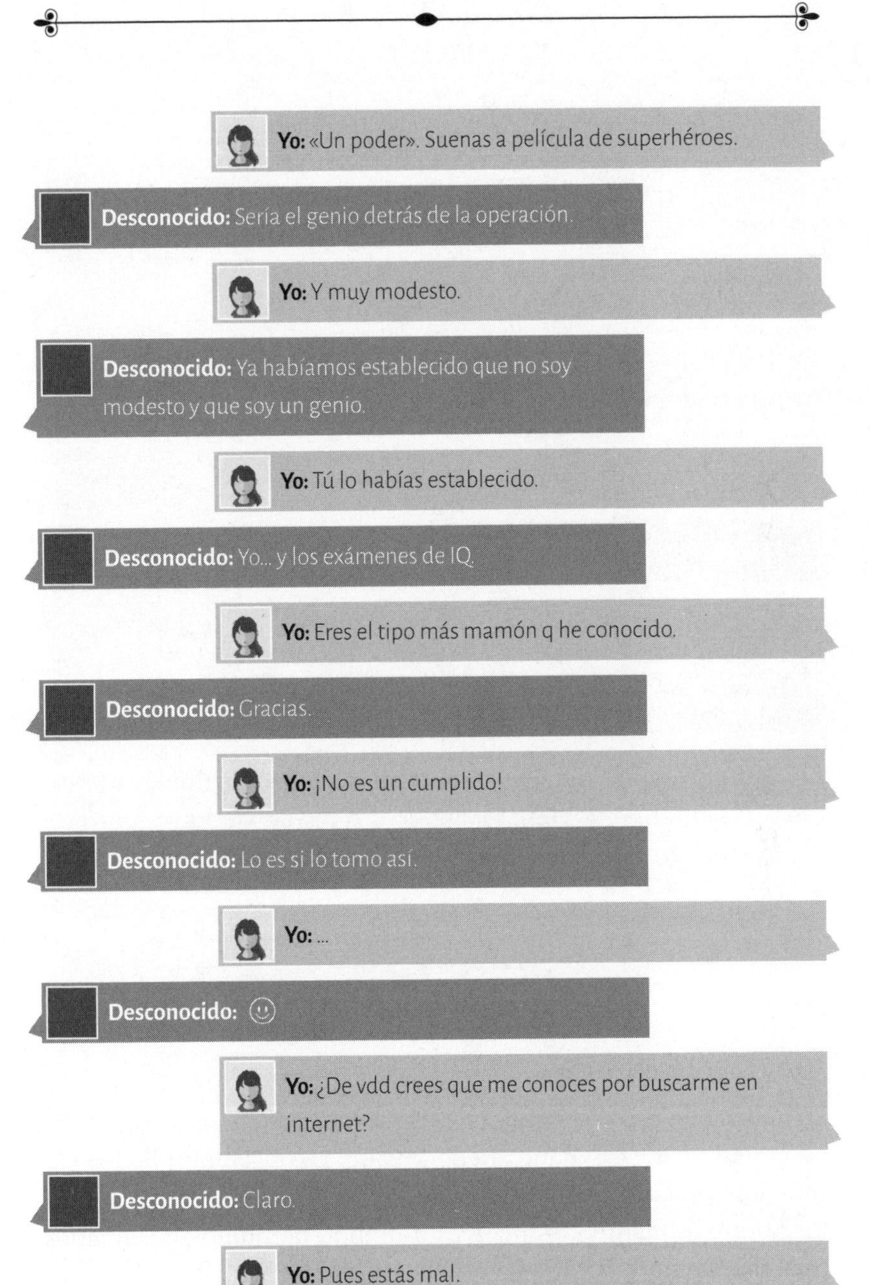
Yo: «Un poder». Suenas a película de superhéroes.
Desconocido: Sería el genio detrás de la operación.
Yo: Y muy modesto.
Desconocido: Ya habíamos establecido que no soy modesto y que soy un genio.
Yo: Tú lo habías establecido.
Desconocido: Yo... y los exámenes de IQ.
Yo: Eres el tipo más mamón q he conocido.
Desconocido: Gracias.
Yo: ¡No es un cumplido!
Desconocido: Lo es si lo tomo así.
Yo: ...
Desconocido: ☺
Yo: ¿De vdd crees que me conoces por buscarme en internet?
Desconocido: Claro.
Yo: Pues estás mal.

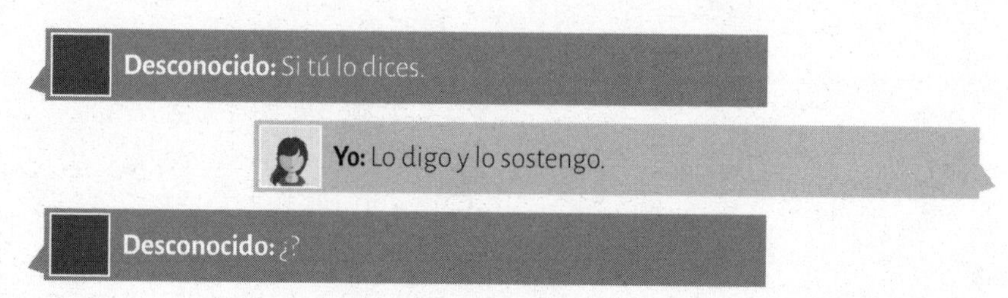

En las cuatro veces que lo he visto hemos pasado la mitad del tiempo traduciendo todo lo que hablamos.

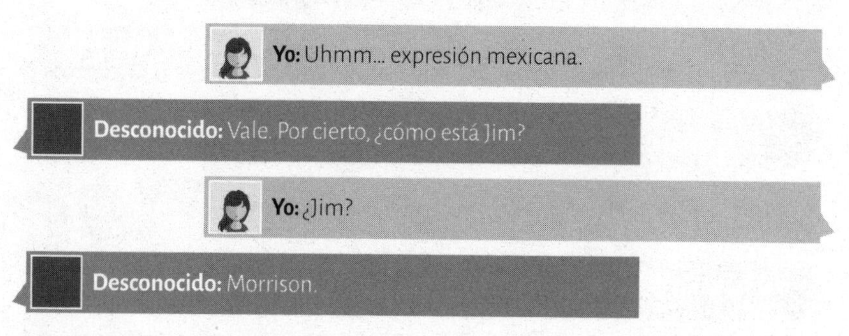

Un puño invisible me golpea en el diafragma. Estúpido. Me estabas distrayendo del tema y ahora lo traes de vuelta. Seguro vio alguna foto en Facebook. Por eso te mereces esta respuesta:

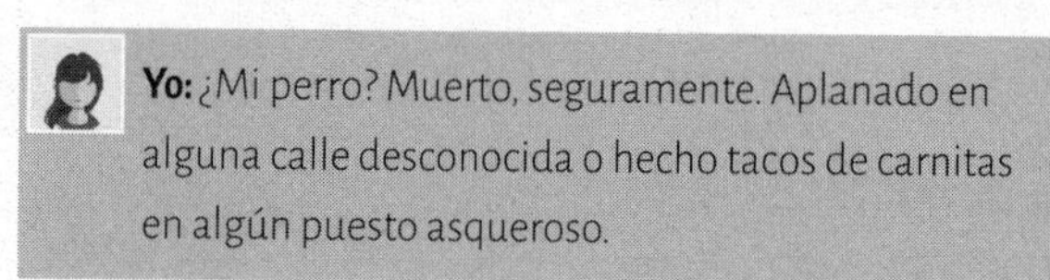

La aplicación dice que Mateus está escribiendo, pero no llega ningún mensaje. Otra vez me quedo sin aire. Las palabras pueden ser muy desgraciadas: ahora no puedo evitar imaginar lo que escribí. Abrazo la mantita otra vez y un mundo de niñitos imaginarios me grita: «quiere llorar y no puede, quiere llorar y no puede». No puedo porque lloré tanto por él que se me acabó el depósito acuo-

so. Puedo llorar por otras cosas, pero por Morrison no. En vez, me quedo sin aire. He pensado un millón de veces en la película *Eterno resplandor de una mente sin recuerdos*, que se trata de la posibilidad de eliminar del cerebro de alguien los recuerdos de una persona específica. Vivir en paz. Nunca haberlo tenido, nunca haberlo querido, nunca haberlo perdido. Y entonces ya no quedaría nada de él en este mundo. No, no sería capaz. Mi celular suena. Número desconocido.

—¿Bueno?

—¿Hola? ¿Renata?

—Sí.

—Es Mateus —anuncia y, al volver su voz, vuelve a ser un señor de cuarenta años.

—Ya lo sé.

—Eh… —Y tose, incómodo—. Era broma, ¿cierto? Lo de tu perro.

—No.

—¿Murió? Qué pena…

—Se perdió.

—Pero, entonces, no murió.

—Es lo más seguro.

—¿Por qué? Lo pudieron haber recogido, igual que tú lo recogiste a él.

—¿Cómo sabes que lo recogí? Nunca escribí de eso, no está en internet ni nada.

Más que un foro de ayuda al que me metí una vez, pero eso no se lo admitiría ni a dios.

—Eh… Asociación lógica, por el tipo de páginas que seguiste en Facebook hace unos meses.

Mateus es el tipo de persona de quien lo que ves es lo que hay, lo supe desde nuestros primeros encuentros. De los que te dicen

lo que piensan aunque te ofendas. De los que siempre dicen la verdad. Mentir no es una habilidad que les venga naturalmente.

—Mentiroso. Viste el foro ese.

—Vale… pero no te cabrees conmigo. El seudónimo que utilizaste en ese foro era el mismo que tienes como clave de Facebook. Me pareció curioso y, al buscarlo, apareció eso.

—Entonces, ya sabías lo que pasó con mi perro.

—Sí. Lo siento.

—¿Sientes haberme *hackeado* o sientes lo de mi perro?

—Haberte… invadido. Yo pienso que es más probable que Morrison esté vivo.

—¿Por qué no lo dices? ¡*Hackeado*! ¡Me *hackeaste*! —grito en el teléfono y, aunque puede que suene enojada, la idea de que alguien haya pasado horas buscando información acerca de mí es increíble.

—Lo que hice sólo fue una investigación. Cualquier interesado puede hacer eso. *Hackear* es otra cosa. Y, ya lo dije, tiene una connotación negativa que no me gusta.

—¡Ah! ¡No te gusta! ¡Quieres ser malo y parecer bueno! —ataco. Mateus se ríe.

—No, no, en absoluto. De hecho, siempre he sido un chico muy bueno.

—¿Nunca te han cachado?

—¿«Cachado»?

—Eh… descubierto. Atrapado. Arrestado.

—¿Arrestado? ¡No soy un criminal! —reclama.

—Más o menos.

—Pero menos, sobre todo. Sólo soy bueno en mi trabajo.

—¿Por qué dices eso?

—¿El qué?

—De Morrison. Que está vivo.

—Porque es lo más probable. Los animales están equipados para sobrevivir. Además, es guapísimo y pequerrechiño, seguro que alguien está cuidando de él.

—¿Para qué me dices eso? ¿Para que me sienta mal? —pregunto, y en vez de una burbuja, tengo dentro una de esas pistolitas que echan montones de burbujas; cada una lleva dentro una lágrima que no se llora y se queda flotando en mis pulmones hasta que ya no cabe el oxígeno.

—¿Mal? ¿De qué? —inquiere.

—¡De no seguirlo buscando! ¿Crees que no busqué como loca? ¡No tienes idea! ¿Crees que me conoces porque sabes que tengo tres reportes o porque me gusta la música *punk*? ¡No sabes nada! ¡Nada!

Parpadeo a ver si sale algo: nada. Más que burbujas de jabón que parecen de plástico. ¿Quién es este tipo? Debería colgarle, pero algo me deja adherida a la llamada y pasan muchos segundos antes de que escuche su voz grave diciendo:

—Lo siento. Pero, si fuera tú, preferiría imaginarle vivo por ahí que en un puesto de tacos. Eso es todo.

—¿De qué sirve imaginar eso? ¡Nunca voy a saber qué le pasó! —grito, y los recuerdos de todas esas tardes de búsqueda con Esmeralda vuelven a mi cabeza como una mala película que te hace sentir fatal pero no puedes dejar de ver. Los cohetes, la lluvia, las horribles calles que recorrimos gritando su nombre. Creo que mi tía sabía que no lo encontraríamos, pero me acompañó hasta que mi papá la corrió de la casa y me prohibió seguir «con esas tonterías».

—Exactamente —dice Mateus.

La puerta de mi cuarto se abre: mi papá mandó quitar los seguros porque «esta es su casa» y bla, bla, bla. No cree en la privacidad, en la libertad, en el amor verdadero… En nada importante.

Eso sí: en dios sí que cree. Hipócrita de mierda. Es mi mamá: tiene el fleco agarrado con un cepillo y la mitad de la cara maquillada.

—¿Por qué estás gritando? —susurra. Le señalo el teléfono. ¿Qué?, ¿creía que estaba hablando sola? No me he vuelto loca. Todavía—. ¿Es Violeta? —pregunta. Niego con la cabeza. Veo que su mirada se va hacia la mantita de Morrison, y la abrazo como diciéndole: «ni lo pienses». Mi mamá se me queda mirando. Está esperando que cuelgue.

—Tengo que colgar. Nos vemos —le anuncio a Mateus.

—Vale. Buen finde.

—No creo.

—Vale. —Y casi puedo verlo encogiéndose de hombros. O sea, ni le importa que mi «finde» vaya a ser malo. Qué tipo. ¿Para qué me habló? Claro: para demostrarme lo que podía hacer. Por mamón. Aprieto el botón rojo del rechazo y enfrento la mirada impaciente de mi mamá. Entonces pasa lo de siempre: suena su teléfono y, con una seña, me pone en llamada en espera así, en vivo y en directo. Seguro que es un cliente y, claro, sus clientes son importantes pero mis llamadas no.

Mateus: Si nunca vas a saber, ¿por qué imaginar lo peor?

Este tipo no se rinde. Insiste en darme una lección de optimismo.

Yo: Porque no soy una niñita que cree en los Reyes Magos y Santa Clos.

Mateus: ¿Qué tiene que ver esperar lo mejor con ser una niña boba?

Yo: «Ante la duda, lo más probable es la muerte».

Y en el instante en que mi respuesta se envía, me arrepiento: obviamente va a buscar la frase en internet y sabrá que no es de E. A. P. Mi mamá sale de mi cuarto con una seña de «ahorita regreso» y deja la puerta abierta indicando su intención. Me dan ganas de estar dormida para cuando eso suceda, como cuando era niña: si me había regañado, fingía estar dormida para que se quedara con la culpa hasta el día siguiente. Pero hoy no volverá: en cuanto mi padre llegue, los dos se irán a cenar a algún lugar elegante, porque hoy es el aniversario de su primer baile o de su primer chiste interno o del primer pedo que se echaron uno frente al otro… Mi mamá siempre anda encontrando estos estúpidos aniversarios y mi papá la saca a pasear porque tiene muchas mamadas que compensar. Es realmente triste cuando la mitad de una pareja sigue creyendo en el amor eterno aun cuando la otra mitad ya le escupió encima. A veces me dan ganas de arrancarle a mi mamá la venda de los ojos, aunque con ella se vengan todas sus bonitas pestañas.

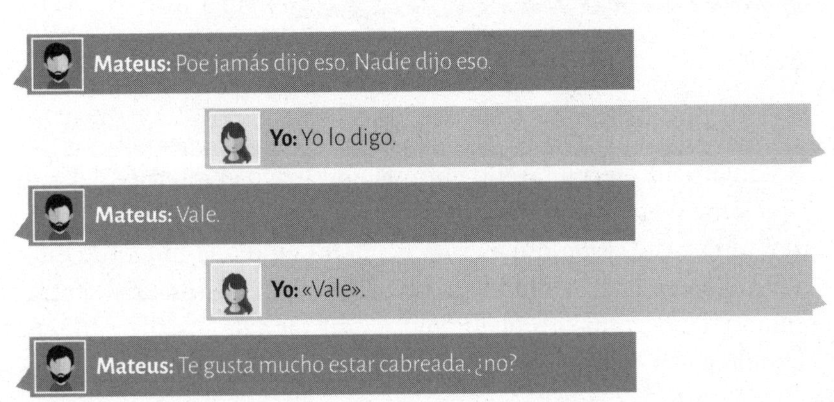

La Renata sabionda que siempre tiene una inmediata e ingeniosa respuesta se queda muda. O sin dedos para textear, que es lo mismo. Sin dedos… Una comparación desafortunada. Ahora no puedo evitar imaginar cómo textea Mateus sin el pulgar de la mano izquierda. ¿Me gusta estar *cabreada*?

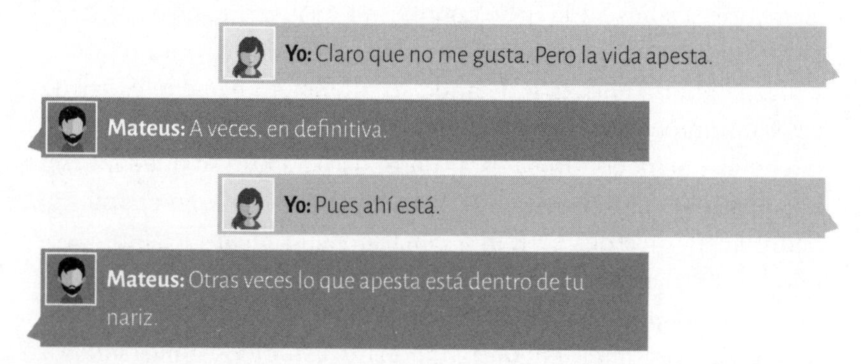

Qué asco… acabo de imaginarme un pedacito de caca de perro metido en mi nariz.

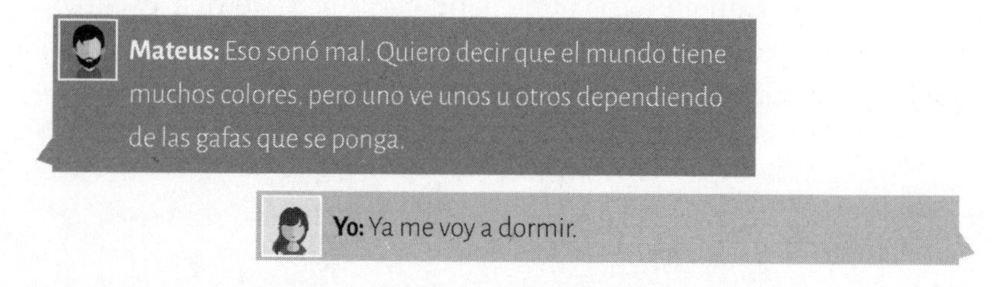

No quiero más lecciones de optimismo. Apago el internet del celular y me pongo los audífonos. Antes de chatear con Barbanegra, traía una tristeza de lo más fina y, por su culpa, la mitad de ella renunció y se largó azotando la puerta. Tengo que rescatar la otra mitad y envolverme en ella como en un saco de dormir. Ahí, en la melancolía, está la Verdad. Ahí me siento *yo*. Antes de elegir la

primera canción, escucho el claxon de mi papá. Tan romántico. Dos segundos después, mi mamá, arreglada y guapísima, pasa corriendo frente a mi puerta y me manda un beso volador. Oigo sus tacones bajando las escaleras a toda velocidad, la puerta cerrándose, el coche arrancando. La Cenicienta se dirige al baile mágico para ver si su Príncipe Azul la elige de entre todas las demás princesas. Sólo que, supuestamente, la eligió hace veinte años, ¿no? Quizá mi mamá leyó el guion incorrecto.

Mis padres tomando vinos caros, Armando masturbándose en casa del idiota de Raúl, Esmeralda fumando mariguana en la montaña, Morrison muriéndose de frío en algún basurero, Violeta haciendo quién sabe qué cosas con un tal Beto, y yo aquí, inválida, abandonada por todos, mientras mi Catrina llora en su cárcel de piel, preguntándose si las almas gemelas pueden seguir sus vidas por separado, arrancadas y sangrando. Tengo un montón de tornillos en el corazón y puedo elegir a cuál darle vueltas primero. Cojeo hasta la cocina y dos horas y media después, tiempo de discapacitada, tengo entre mis manos una botella negra muy elegante. Como Quatrina, que es una señora muy elegante y muy negra.

«Without You I'm Nothing», Placebo. Ni creas, querida Violeta, que es para ti. El *you* es quien sea, es nadie, el nadie que soy cuando nadie me ve. El *whisky* quema, luego calienta, luego adormece. Soy una célula envuelta en soledad. No soy lo más importante para nadie, y eso duele dentro de la carne, más allá de los tatuajes y las cicatrices. Fuego para mis tabaquitos, fuego para mis pulmoncitos, humo para imaginar que algo de mí tiene alas y huye por la ventana.

«Cada que desahogas tu rabia, yo pierdo el poder del habla». Sí, como si me pusieran la lengua en una parrilla y le frieran hasta la última sílaba, como si apagaras mi cerebro a control remoto, con sólo apretar un botón. El botón rojo del rechazo.

Una colilla se balanceaba entre los dedos de una Parca… como veía que se consumía, Renata se prendió otro cigarrito. Dos tabaquitos que se quemaban y que raspaban la garganta… como veía que se consumían, Renata se quemó un circulito. Qué linda canción. Una canción de elefantitos, de niños felices corriendo en el parque con papalotes voladores. De columpios. El *whisky* columpia, me lleva hasta arriba y hasta abajo. El calor del cigarro ni se siente. Un circulito, dos circulitos, tres circulitos perfectos en mi pie, el que está bien, para que no ande de presumido. Y ese olor tan raro de piel quemada.

«Te vas de mi alcance, me riegas como a una planta perenne y nunca ves lo solo que estoy».

Nunca.

SIETE

Paletas heladas. Esmeralda quería paletas heladas. Esmeralda nunca se niega nada. «Más que el derecho a ser flaca». Mi papá. Estúpido aguafiestas. ¿Qué sabes tú de paletas heladas? Y fuimos caminando, aunque iba a llover y yo llevaba mis botitas nuevas de gamuza. GA-MU-ZA. Qué palabra tan *cruriosa*. *Curosa*. *Curiosa*. Je, je, bien por el *whisky*.

—*Ga-mu-za. Ga-mu-za.*

Que mi mamá me había comprado para la confirmación de Armando. ¿Qué necesitaba confirmar?, ¿que existía? Quiero una confirmación, por favor. Dos, para llevar. Ah, náuseas. Universo giratorio y humeante, en sentido contrario. «¿Qué, mi gladiadora le tiene miedo a la lluvia?». Claro que no. Miedo a nada. Ga-mu-za. Caminemos: Esmeralda no cree en los coches. «¿No cree en los coches? ¿Qué significa eso? ¿No cree que existen? ¿O no cree en ellos como una religión?». Estúpido… ¿Qué sabe él de convicciones? De lo que sea. No sabe nada.

Las paletas se derritieron en la banqueta porque lo vimos. Quien bebe para olvidar es idiota. El *whisky* afina la imagen que, cuando la vida sigue, se vuelve borrosa: negro y con su negro engrisado por el cruel polvo de los meses; temblando, pues temblar es el llanto seco de los perros, y con los ojos opacos de tanto haber visto la fealdad del mundo. Las chispitas de lluvia, que a nadie con piel impermeable afectan, se colgaban de sus nudos. Tronó con saña y luego un relámpago partió el cielo como si fuera una cúpula de vidrio. Él corrió al interior de la taquería, aterrorizado. No era un

niño metido bajo las cobijas, llamando a sus papás para que lo consolaran porque le daba miedo la tormenta: era un trapo agujereado, un felpudo demasiadas veces pisoteado, un algo tan ignorado que nunca llegó a ser un alguien.

Pasó muy rápido, pero, ah, el *whisky* me pone esta película en cámara lenta y me tambaleo por el set de filmación para ver desde todos los ángulos. Aquel embajador del continente Escoria, pestilente cúmulo de manteca requemada, alimento ideal de carroñeros, pateó con su bota brillante de grasa al perro diminuto. Sus cortas patitas se agitaron en el aire como si ansiara tomar vuelo y salir revoloteando de ahí, y, si alguien esperaba un chillido, se quedó con ganas: ese animal ya no tenía fuerzas para quejarse. Fuera, «sácate, pinche perro», al infierno, a los fragmentos de cielo que te congelarán la médula, a escapar del laberinto de botas grasosas por el poco tiempo que te quede mientras las pulgas te consumen por fuera y los gusanos por dentro.

Luces... cámara... ¡acción! El director le indicó a Esmeralda que era su escena, y ella se frenó en seco a dos metros del toldo de la taquería. «Agárralo». Como si lo hubiéramos ensayado. No tuve tiempo de soltar el: «¿Cómo que agárralo? ¡Nunca he agarrado un perro! ¿Y si me muerde? Además, está lleno de...», porque Esmeralda entró a la taquería y le soltó al taquero un puñetazo en la cara. Mi mamá se atragantó con el arroz cuando le conté y se fue a la cocina a reírse mientras mi papá decía, con su cara de ser muy elegante, que Esmeralda siempre había sido de lo más fina. Ja. Mi cara está empapada de lágrimas y mis manos llenas de pañuelos mojados, pero el recuerdo de ese instante me llena de carcajadas y se me escapan hasta por las orejas. Sí: le soltó un puñetazo en la cara, agarró de por ahí un plato con dos tacos, ignoró al que dijo: «Óigame, esa es mi orden», y, después de gritarle al taquero que se metiera con los de su tamaño, dio tres pasos hacia mí. Entonces reaccioné y me fui tras el perro, que había cruzado la

calle y corría despavorido, intentando escapar de los truenos que lo perseguían sin que él comprendiera por qué. Pongo «Riders on the Storm», de The Doors. Y por razones obvias.

La gente nos veía como se ve a los locos o a los tontos. No importaba. Esmeralda era capitana, yo era una soldada siguiendo órdenes. Nuestra misión era crucial y, si los demás no lo entendían, podían irse a... alguna taquería. Después de cruzar la calle de un lado al otro varias veces, de que Esmeralda golpeara furiosamente los cofres de los coches que no querían frenarse y de estar más mojadas que una nube, lo logramos. El cachorro estaba arrinconado y no tenía a dónde huir. Se encogió, como a veces uno se encoge esperando volverse invisible, y me lanzó una mirada que nunca olvidaré, aunque me queden cincuenta años de miradas importantes. «No más, por favor», suplicaban sus ojos. Esmeralda tenía un plan: había que acercarse lentamente, cuidar que no mordiera, porque podía tener alguna enfermedad, etcétera, etcétera; pero algo en mí había despertado y no esperé ninguna orden. Me senté en el pavimento lodoso y bajé la cabeza lo más que pude, pero seguía estando demasiado alta. Él era un pequeño terremoto y parecía que sus huesos iban a zafarse uno a uno. «Por favor, no más».

Acabé, como soldada que era, pecho tierra. Esmeralda dejó de darme órdenes. Alrededor, todo se desdibujó. «Jinetes en la tormenta... Hemos nacido en esta casa... Nos han lanzado a este mundo». Tú y yo, chiquitín, estamos cabalgando la tormenta. Estiré los brazos. Morrison me miró una vez más y se arrastró hasta una de mis manos. Dejé de respirar, a la espera. Apoyó su cabeza en mi palma abierta, y yo me puse a llorar como una viuda de guerra, agitándome toda contra el asfalto. Me dio un beso con su lengua reseca, y yo no me atreví a verlo a los ojos, aunque los míos eran una alberca nebulosa de cualquier modo. Ya no era: «por favor, no más», sino «confío en ti». Así de rápido, con la patada grasienta aún fresca en el trasero. Mágico. Terrible. Acabé

cubriéndolo de la lluvia con mi pecho, besando lo que mis labios alcanzaban, su cabeza, su lomo, su corazón borrado en un instante de rencores y lleno de esperanza, como el alma de un niño intocado. Terrible. Mágico. Lo metí bajo mi suéter, Esmeralda me ayudó a levantarme, nos fuimos. Morrison temblaba contra mi estómago y yo seguía llorando sin saber que lo que sentía era el proceso de mi alma reprogramándose para siempre.

Te lo prometí, mi bebé, esa tarde, mientras cabalgábamos la tormenta. Más líquido negro, por favor. Más mareos, más muerte cerebral, que duele demasiado. Otro cigarro, otro circulito de fuego en mi pie, por ti, perrito, aunque no te sirva de nada, aunque lo que harías, si pudieras, sería lamer mis heridas y abrazarme el corazón. Porque prometí que te cuidaría para siempre, que nunca te iba a pasar nada malo, que no habría para ti más lluvia, botas, ni laberintos. Y rompí mi promesa. Quien rompe una promesa así a alguien como tú merece morirse, Morrison.

Cohetes, los que te daban miedo. Te cuido, bebé, yo te cuido. Vibran las ventanas. Gritos. Chillidos. Gritos. ¿Morrison? No, la cobija está vacía de ti. ¿Violeta? Se ha ido de mí. Nos hemos ido una de la otra. Una más, uno menos, el corazón vacío, *bye, bye*. El pecho lleno de cenizas y el cerebro lleno de *whisky*. ¿Quién está gritando? Muevo mi lengua dentro de la caverna espesa de mi boca: no soy yo. Toso un poco, respirar me pesa. ¿Quién está gritando? Abro los ojos y volteo hacia la ventana... Todavía no amanece. Todavía es mía la noche, pero más vale que cuando haya luz afuera las evidencias de esta patética y solitaria borrachera estén fuera de la vista de mis papás. Pero, con una chingada, ¿quién está gritando?

—¡Claro, claro, hay que guardar las apariencias, ¿no?! Pero ¡tú no lo haces! ¡Tú no te cuidas de nada! ¡Me vale si se despierta, me vale!

Los gritos de mi mamá se mezclan al vuelo con lloriqueos que le roban fuerza a sus (dizque) poderosas declaraciones. Eso sí, no cabe duda de que le tiene sin cuidado despertarme. Mi casa está girando sobre su propio eje y ¿los cohetes? No sé si los están tronando ahora mismo o si son un eco atorado en mi cerebro. Todavía tengo un audífono puesto y, ahora que me doy cuenta, mi barbilla está llena de baba. Una borracha poco refinada, en definitiva. Una borracha que todavía tiene que darle a firmar a sus padres el triple reporte de majadería… Más vale no hacerle competencia a ese gran evento. Intento ponerme de pie aunque mi equilibrio es tan bueno como el de un gordo en monociclo. ¿Dónde dejé mis muletas? Maldito si lo sé.

—Eres increíble, ¡increíble! —grita ella.

—Pues, gracias, Olivia, muchas gracias; tú también eres increíble, ¿eh?

—¡Eres un cínico!

—¡Era de trabajo! ¿No entiendes? De tra-ba-jo. ¿Quieres ver el número? ¿Eh?

No tengo que verlo para saber que está sacando su celular de su bolsa, haciéndose el muy honestote. Todavía le deletrea sus pendejadas a mi mamá, como si fuera una retrasada mental. Si Esmeralda estuviera aquí, tal vez entraría a la sala como a aquella taquería y le soltaría un puñetazo en la arrogante cara. Que es idéntica a la mía, dicen. Y ella… ¡argh!

—¡Ay, por favor! ¿Crees que soy una idiota o qué? —exclama.

—Estás echando a perder todo, eh. Todo, todo. Por tus pinches paranoias.

—¿Paranoias? ¡¿Paranoias?!

—¡Sí, paranoias! Y ya estoy hasta la madre. ¿Quieres divorciarte? Perfecto. A ver si te alcanza con tus pendejadas de bienes raíces. A ver. Porque cuando tu hija cumpla dieciocho, yo ya no te doy un puto peso, ¿eh? A ver cómo le pagas la universidad, si es que la aceptan en alguna.

Silencio. Un silencio que suena raro después de tanto escándalo. Las palabras se me clavan en los oídos, pero no podré procesarlas hasta después. O borrarlas. Quisiera, mejor, borrarlas.

—No tienes pruebas de nada, y ya me cansé de que estés toda la puta vida en mi cabeza con esto. Una más y yo soy el que se va a largar.

—¿Pruebas? ¿Ahora necesito pruebas? —chilla mi mamá.

—¿Sabes qué? Estás muy histérica. Mejor hablamos cuando estés más calmadita, ¿eh? —sugiere mi papá, y su condescendencia apesta hasta acá. Silencio. Por favor, mamá, por favor, hazme este regalo: déjame escuchar el crujido de unos huevos siendo pateados por tus zapatitos de tacón. Dame algo. El zumbido de una bofetada, al menos. Silencio.

—Feliz puto aniversario de la puta madre.

Luego: azotón de puerta. Luego: mi mamá llorando abajo. Yo llorando arriba. Armando, por suerte, durmiendo la resaca de la masturbación intensiva plácidamente. ¿Será suerte? ¿O tiene Armando un instinto mágico que le dicta cuándo debe desaparecer para no presenciar estas mierdas? Todo mi cuerpo se estremece; cada frase fue un latigazo en mi carne de niña llorona. Ah, pero, Renata, tú lo pediste, tú pediste sufrimientos e historias, ¿no? Ahora no te quejes. No seas una niñita chillona como tu mamita. Sé un hombrecito como tu papi. Puta, puta madre.

Debería estar cruda como un huevo recién tronado, pero tuve un resto de insomnio y otro resto de miseria para que se me bajara la borrachera, así que sólo me quedan el estómago hecho un pantano y la cabeza paralizada como una computadora vieja: el simbolito del *mouse* da vueltas y vueltas, y nada se procesa. El aire entra por las ventanas del coche, aflojando el chongo despeinado de mi mamá y llevándose en el camino un par de sus lágrimas. ¿Le pregunto qué le pasa? ¿Me hago tonta, como si no hubiera escuchado los gritos que llegaron hasta Rumania? ¿Espero a que ella me pregunte a mí cómo estoy? No sé cómo hablarle ni cómo ayudarle. Tal vez gritándole que deje de ver telenovelas y que entienda que tal vez su final feliz está en otra parte. Argh, no soporto viajar en silencio. Prendo el radio. Estéreo Joya... ¿de verdad, Olivia? José José. *¿De verdad?* Cada vez que una bocina escupe «Gavilán o palomaaaaa», a Beethoven, Bach y Mozart les da un infarto colectivo en el Más Allá. Apago el radio.

—Quería... —Y traga saliva—, hablar contigo.

Estoy lista. Ahí viene el «pues, mira, tu papá y yo... ya no estamos bien. Vamos a divorciarnos». Ahí vienen las serpentinas, el confeti y los pastelazos de crema. Estoy lista para celebrar la muerte del «amor eterno». Albricias.

—Por favor, trata de escucharme antes de discutir, ¿sí?, por favor.

¿De verdad cree que voy a intentar convencerla de quedarse? Diablos, no puedo esperar a que Esmeralda se entere. En su casa va a haber fiesta con todo y champaña para perritos.

—Okey.

—He estado pensando y… —Suspira. Venga, Olivia, escúpelo de una vez. El primer paso es reconocerlo—. Me gustaría que probaras a distanciarte un poco de Violeta.

WHAT?

—Escúchame: sé que no se han visto tanto últimamente y creo que estaría bien que aprovecharas este espacio para… no sé, conocer otra gente, moverte por otros círculos…

—¿Qué gente? ¿De qué hablas?

¿Cómo es que soy de nuevo el tema de conversación? Círculos… ¡me quiero mover pero a los círculos del infierno, con tal de estar lejos de estas estupideces! Buena, mamá… Voltear la cámara para enfocarme a mí cuando tú te estabas gritando con tu novio en plena sala y seguramente en pleno restaurante, si seguimos las tradiciones familiares.

—Tú sabes que yo quiero mucho a Violeta. Ha sido tu amiga por muchos años, pero a veces siento que…

—¿Que qué? ¿Qué tiene ahora mi mejor amiga? —interrumpo, y la rabia me sube como lava de volcán. Mamá se frena en seco, y el coche de atrás nos expresa su descontento con una mentada de madre de claxon afónico.

—A ver, ¿por qué te tienes que poner así? ¿Por qué siempre estás a la defensiva? Siento que no puedo hablar de nada contigo…

Se está poniendo histérica. Las lágrimas se le están colando por entre las cuerdas vocales. El camino a casa de Raúl no es largo, así que tendrá que despecharse, ofenderse y tragárselo de vuelta en menos de diez minutos. ¡Vamos, madre, tú puedes!

—… porque estás enojada de entrada. Eso, siento que Violeta y tú se contagian esa… esa… no sé, esa…

—¿Energía? ¿Pasión? —exclamo.

—¡Ja! Pasión… ¿Qué sabes tú de eso? No sabes nada. *Pasión…* ¡Pasión no es vivir enojada por todo, enojada con el mundo entero!

—No, ¿verdad? ¡Pasión es gritarte con tu esposo a las tres de la mañana porque te puso el cuerno OTRA VEZ! ¿No? ¿Eh?

Ups. La engrapadora de bocas llegó unos segundos tarde. Hasta los sapos dentro de mi estómago de pantano están diciendo que *no* con la cabeza. Mal, Renata, muy feo. Olivia está haciendo el giro lento, el de «guau, me quedo sin palabras ante tu crueldad tan absoluta». Con boca abierta y todo.

—¿Cómo te…? ¿Nos estuviste espiando?

—Ay, ¡por favor! ¡Te escucharon hasta en Puebla, mamá! Espiando…

—No puedo creer que me hayas… —No puede completar la frase, porque está llorando y dándome la razón, todo a la vez. Para que no digan que las mujeres no somos multifuncionales. Diablos. Tal vez sí me pasé. Aunque, bueno, el que le puso el cuerno fue el cabrón de mi papá, no yo… «No maten al mensajero», ¿no? Silencio. Las dos miramos al frente. Algo me molesta en el centro del cerebro, una sensación que detesto. Buaj. El coche arranca. Silencio. Prendo el radio, Olivia lo apaga y casi arranca el botón del volumen en el proceso. Está bien, Olivia… silencio. Que así sea. Pasan seis horas, tiempo de silencio incómodo, y se estaciona frenando como chofer de microbús frente a la casa de Raúl. Suspira. Se limpia las lágrimas; no tiene maquillaje que le ensucie la cara.

—No puedes… no puedes decir esas cosas así nada más, Renata, ¿entiendes?

—¿Decir qué? ¡Tú eres la que empezó con…!

—¡Cállate! ¿Está bien? ¡Cállate por una vez en la vida!

Su voz es distinta: me taladra el tercer ojo y me da dolor de cabeza. Jamás me había gritado así. Es gritona, nadie lo niega, pero sus chillidos siempre se quedan a nivel epidermis, por así decirlo; no buscan atravesar, ni arañar, ni imponer. Ahora sí que me ha mandado callar en serio y, ¡bum!, mi lengua se ha carbonizado

dentro de mi boca y todo sabe a quemado. La lava se apacigua, pero no se disuelve; está flotando en mi estómago y se quedará ahí unos días, la conozco. Quiero, necesito contestar, pero algo destroza mis ingeniosas frases antes de que lleguen a mi boca. Tiene que ser algún superpoder materno y desconocido hasta el momento.

Más minutos. Sus mejillas rojas se aclaran poco a poco. Vuelve a suspirar.

—Tú no sabes nada de tu papá y yo. No tienes la menor idea de cómo es un matrimonio y no tienes derecho a opinar, ¿entiendes?

Sí: me comió la lengua el dragón.

—¡¿Entiendes?!

Me oigo murmurar que sí y mi voz es tan parecida a la de una enclenque debilucha que la desconozco.

—Quiero que dejes de ver a Violeta por unos meses. Quiero que vuelvas a co… —Sus ojos se desvían a mi férula—, bueno, a correr no, pero a algo. Piensa en algo que quieras hacer en las tardes.

Mi cabeza de perdedora se inclina diciendo que sí. Todo lo demás está apagado y también mi voluntad, claramente.

—Entonces no quieres que vea a… —comienzo con mi vocecita de niña.

—No es que no «quiera», es que te lo prohíbo. Prohibido hasta nuevo aviso. Y lo de las clases no es opcional. Vas a entrar a clases de algo y, si tú no decides de qué, voy a decidir yo.

«Clases de algo». Como si fuera una niña de doce años o una ñoña que necesita seguir estudiando en las tardes para sentirse viva. Como si no tuviera mejores cosas que hacer. Clases de algo. A ver, cerebro, ponte a girar antes de que te metan a clases de flamenco o alguna estupidez.

—Piénsalo —concluye mi mamá, y mi cerebro se relaja. Olivia se baja del coche y tiene cuidado de no azotar la puerta. Camina

hacia casa de Raúl, pero, antes de tocar el timbre, se arrepiente; vuelve, mete la cabeza por la ventana abierta y saca su bolsa. Claro: necesita fumar. Yo también, la verdad, pero no me atrevo a hacerlo frente a ella así, descaradamente. Estiro la nariz para robarme algo de su humo, pero ella lo echa al otro lado para molestarme. Minutos más tarde, Armando sube al asiento de atrás, mi mamá entra en modo «Soy una mamá feliz y tú eres mi hijo consentido», y la vida sigue.

OCHO

—Es muy simple. Todo son algoritmos. ¿Sabes qué es un algoritmo?

Mis cejas se arquean antes de que yo les envíe la orden de hacerlo.

—Claro que no sé lo que es un algoritmo. Y si alguna vez lo supe, mi disco duro lo eliminó.

—Una secuencia de instrucciones para hacer algo. Por ejemplo, el algoritmo para hacer un huevo frito: uno, sacar el huevo de la nevera; dos, poner una sartén al fuego; tres, abrir el huevo sobre la sartén.

—¿De verdad me estás explicando programación con un huevo?

—Claro —dice, con tal naturalidad, que me ahorro el albur que se estaba buscando a pulso. El cuartito de bajo la escalera de la biblioteca huele a una mezcla de electricidad y Mateus. Él no usa perfume, pero huele a algo. No apesta, huele. No es el detergente ni el champú; es su humanidad. Su barba está perfectamente cortada, como siempre; trae una camisa de cuadros y unos *jeans*. Es una de esas personas cuya edad es imposible de adivinar, pero yo ya sé que tiene veintidós años, que un primo suyo tiene una empresa de sistemas aquí y que arreglaron que él hiciera sus prácticas profesionales en México mientras termina su tesis. Sí, su tesis a los veintidós años, porque es medio genio. Cuando me dijo eso, sin modestia ni presunción, le pregunté cuál mitad era la genial, si la de arriba o la de abajo. No entendió.

Desde que Violeta y yo no nos hablamos (doce días, dos horas y cuarenta y tres minutos, pero ¿quién está contando?), más que Catrina soy un fantasma común y corriente, como tantos otros en esta escuela, arrastrando los pies y mirando el piso, con aparente prisa de llegar a cualquier lado. Veo sólo al frente, como los caballos de carreras, y no hablo con nadie. A veces no puedo evitar hacer alguno de mis comentarios ingeniosos y/o burlas viborezcas en voz alta, y sin nadie para reírse de ellos, se van volando como burbujas de jabón y, *¡pop!*, se truenan y llueven sus dos gotas de agua sobre mi cabeza. No soy Catrina; soy la Llorona. Pienso demasiado en Morrison y oigo cohetes por todos lados. Lloro todo el tiempo. Otra vez estoy soñando que lo encuentro, y despertar cada vez equivale a que me fileteen el corazón. Mi mamá no me habla más que para lo más esencial, y ya ni disfruto fumar. Pero lo otro, lo que no son ganas, sigue ahí, y fumo más que nunca, sola, en los rincones de la escuela, junto a la ventana del baño de mi casa, en el pedazo de pasto que años atrás Violeta y yo habíamos clamado como «nuestra isla».

—Te noto más delgada —comenta Mateus.

—Es la depresión.

—¿La depresión económica? ¿O la tuya? —pregunta.

—¿La depresión económica? ¿De veras me acabas de preguntar eso?

—En España, la depresión económica hace que la gente pierda peso debido al estrés —acota.

—Tengo suficiente con mis problemas para pensar en los de este país de mierda.

—¿No te gusta Méshico?

—Mé-ji-co. No *Méshico*.

—Vale.

—Sí me gusta… Ay, no sé. No sé nada de política ni nada de eso —admito.

—A mí no me pareces deprimida.

—Gracias.

—No es un cumplido. Si no estás deprimida, no deberías decir que lo estás o tu cerebro comenzará a creerlo. Si tuvieras depresión, no querrías levantarte de la cama, no podrías pensar con claridad, no tendrías energía para... digamos, estar tan enfurecida.

Ya me voy acostumbrando a su tono formal y a sus consejitos que, más que eso, son visiones de la vida tan opuestas a las mías que ni caso tiene discutir. Mateus no entiende que es mejor destrozarse los huesos que no sentir nada o que una canción puede metérsete entre los órganos, plantarse ahí y crecer como un árbol venenoso. Intenté explicárselo con «Cripple and the Starfish», de Antony and the Johnsons.

—Escucha, escucha: «Es cierto que siempre quise que el amor dañara... es cierto que siempre quise que el amor estuviera lleno de sufrimiento».

—Si él quiere eso...

—Ella —interrumpo.

—¿Ella? —preguntó, y puso más atención a la voz de Antony.

—Sí. Es transgénero. Su cuerpo es de hombre, pero por dentro es mujer.

—Vale, pues si *ella* pide eso, es lo que va a tener.

—¡Es lo que está pidiendo! Prefiere sentir el dolor con tal de amar. Es... guau.

—No son necesariamente incluyentes. Amar y sufrir. Esa idea está mal. Y uno siempre obtiene lo que pide. Hay que tener cuidado al hacer la lista de deseos. Ella ha estado pidiendo eso y luego se queja de obtenerlo.

Estuve a punto de aventarle algo. Nada. No entendía nada, pero como él era tan paciente para explicarme lo de los códigos, yo respiré hondo y:

—A ver, no analices, nada más escucha… escucha su voz. «Estoy tan, tan feliz… así que, por favor, lastímame». Es un como éxtasis, entre el dolor y el placer. ¿Nunca has sentido eso?

—También me he engrapado un dedo por accidente y no necesito sentir *eso* de nuevo.

—O sea que no te quieres enamorar —reté.

—La premisa está mal, Renata. Y así, todo tu teorema te lleva…

—Premisa, teorema, ¡puta madre! ¿Qué tiene que ver?

—¿Tú has estado enamorada? —preguntó, y mi corazón se arrugó como un papel al fuego.

—No tiene nada que ver —farfullé, y ahí acabó esa conversación.

Además del horario de deportes, he estado viniendo aquí en los recreos. Ah, la ironía: Renata de refugiada en la guarida del *geek* más *geek* que ha conocido en su vida. Mateus es eso y más, pero al menos es diferente a todos los imbéciles que me rodean. Habla diferente, piensa diferente, ha visto otras cosas. Lo que es importante, popular o teto en mi generación, a él le vale madres; después de todo, para él todos somos unos «chavales» y no tiene que impresionar a nadie. Lo envidio un poco.

Mateus siempre tiene treinta ventanas abiertas, distribuidas en sus tres pantallas, y al parecer programa mientras escucha música, mientras ve alguna serie, mientras contesta correos electrónicos, mientras hace su tesis. La primera vez que llegué sorpresivamente y le toqué la espalda, pegó un respingo tal que rozó el techo con la cabeza. Desde entonces, se pone sólo el audífono izquierdo.

—Tú sabes el objetivo final. Lo que quieres que suceda, ¿vale? Hay muchas maneras de llegar a ese objetivo. La programación es un trabajo de creatividad y curiosidad.

—Claro que no. Es una cosa matemática. Yo no entiendo nada de eso.

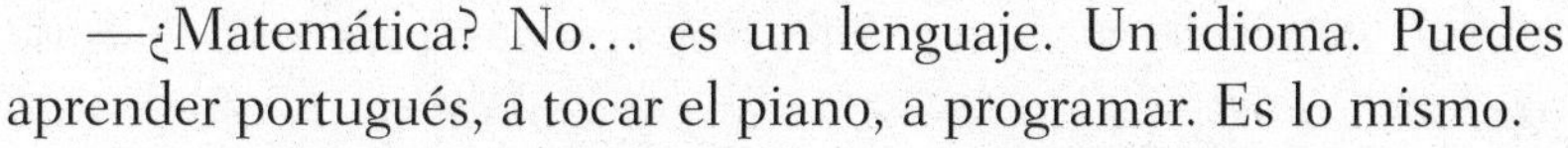

—¿Matemática? No... es un lenguaje. Un idioma. Puedes aprender portugués, a tocar el piano, a programar. Es lo mismo.

—Por eso yo no sé portugués, ni piano, ni nada.

—Por bacalao, nada más.

—¿Bacalao?

—Eh... Una expresión de allá. Es un pez.

—Ya sé que es un pez, pero...

—Quiere decir que eres perezosa. O pez-erosa.

Esa es la clase de chistes que hace, el pobre. Y se ríe con su voz grave. De cualquier modo, mi pereza no evita que siga explicándome y tampoco evita que un lado de mi cerebro empiece a interesarse, por más que yo trate de evitarlo. De hecho, eso del huevo lo pregunto por molestar: bajé la versión pirata del *Programación para tontos* y he estado leyendo un poco en las madrugadas, cuando Armando suelta la computadora y mis padres se han retirado a sus aposentos. Sin Violeta, sin piernas y sin concentración para leer cosas trascendentes, no tengo nada mejor que hacer. Además, en la tercera página del libro dice que mucha de la gente que decide aprender a programar es porque tiene inteligencia superior al promedio y lo ven como un reto. Con eso de la inteligencia me identifiqué; lástima que el promedio a mi alrededor sea tan bajo.

—Programar es resolver problemas.

—Yo soy mejor *creando* los problemas.

Se impulsa para rodar unos centímetros hacia atrás, se recarga en la silla y me mira como a una tarántula en una pecera. Luego apoya sus dos dedos en su sien para analizarme con cara de psiquiatra.

—Te gusta esa idea, ¿no? —pregunta.

—¿Cuál idea?

—La de que eres una chavala ruda.

Se me escapa una expresión de desprecio absoluto («¡Pfff!») y decido sostener su mirada hasta que desvíe sus ojos grandes,

negros, inquisidores y sin chiste. Soy la mejor para las peleas de miradas. Violeta dice que es porque mi azul distrae. Cuando éramos niñas, hacíamos eso todo el tiempo. Y teníamos otros juegos: hacíamos votos de silencio que ella siempre rompía primero o jugábamos al espejo. Eso la irritaba tanto... yo era buenísima para imitar sus gestos y predecir sus movimientos. En una ocasión, después de hacer toda clase de muecas y estupideces para ver si me rendía, y encontrando en mí su reflejo fiel, me soltó una bofetada. Fuerte. Una bofetada que me dejó la cara vibrando y el contorno de sus dedos marcado. Todavía me acuerdo de cómo se me quedó viendo después, mientras esperaba mi reacción. Tenía una sonrisa traviesa. Quería que la abofeteara, lo esperaba. Me estaba retando. Yo no pude.

«Perdiste», dijo entonces. Yo estaba muda. «Por cobarde».

Había agarrado una zanahoria y había seguido comiendo, como si nada hubiera pasado. Después de un par de mordiscos, me había volteado a ver.

«Sólo pa' que sepas: yo sí te la hubiera regresado».

Ay, Violeta. Está loca. Hoy no vino a la escuela; quién sabe en qué ande. Extraño sus locuras, sus carcajadas ridículas, su manera de pensar tan... tan... tan diferente a los algoritmos, a las listas, a las cosas lógicas. Violeta no piensa con un orden, más bien tiene treinta y siete ideas extrañas, las avienta pa' arriba y la primera que le cae entre las manos es la que lleva a cabo. Louise. Se le ocurrió aventarse del precipicio, pero igual se le pudo haber ocurrido montarse en un ejército de buitres y salir volando con ellos o ejercer sus poderes mentales sobre los que la perseguían y hacer que fueran *ellos* los que se aventaran por el precipicio. Así es Louise. Violeta. Katrina, mi mejor amiga. Y ahora también es otra cosa: prohibida.

—¿Te puedo hacer una pregunta?

—Dime —responde Mateus.

—¿Cómo le llamas a tus… dos dedos? O sea, si sólo tienes dos, no puedes tener dedo medio, ¿no?

—Claro que sí —responde—, mira.

Y doblando el que sería el índice, deja estirado el otro, en una perfectamente digna mentada de madre. No puedo evitar reírme a carcajadas y Mateus me acompaña. Qué idiota es.

¿Quieres saber por qué te mataron? Por decir «*All you need is love*». Dices eso y parece que uno puede vivir bajo el agua, en el espacio, en el desierto o bajo la tierra si tiene amor. ¿Qué es tener amor? Yo tengo amor. Tengo un puercoespín de mascota y se llama Amor. Él nunca guarda sus picos y yo lo sigo acariciando con las manos agujereadas y llenas de sangre. Tengo una piraña de mascota y se llama Amor. Cuando la quiero besar, meto la cabeza en su pecera y me arranca pedazos de labios con los dientes. Yo igual la quiero seguir besando en la boca. Yo tengo amor. Amor me tiene a mí. Yo soy la mascota del puercoespín y de la piraña. Ellos me sacan a pasear. Ellos me tienen amarrado a un poste.

Oye, John Lennon: si hoy estuvieras vivo, yo te mataba.

NUEVE

Claro que no está aquí. ¿Por qué iba a estar? Todavía tengo en mi celular la aplicación que nos instalamos para saber dónde estaba la otra en todo momento; me metí a revisarla hace un rato y su teléfono o está apagado o me ha apagado a mí. Nuestra isla está desierta. Detesto este silencio redondo en el centro de mi estómago, este montón de palabras que por quedarse dentro se rebelan y golpean las paredes de su cárcel cerebral. Mi existencia está en pausa, aunque alrededor el mundo siga girando. Los segundos se van y son intercambiables, porque la mitad de lo interesante de mi vida pasa porque ella está, y la otra mitad, si no se la cuento, es como si no pasara.

¿Qué fue lo que pasó? ¿Quién tenía razón? ¿Quién tenía la culpa? Me he repetido nuestro último diálogo mil veces y sé que la respuesta no está ahí, en esa línea recta, sino dentro de una bola de estambre enredado. ¿La dejé? ¿Me dejó? ¿Es una cuestión de orgullo o es otra cosa? Si fuéramos hombres, ya nos habríamos «pegado un par de hostias», como diría Mateus, y el problema estaría resuelto. No niego que he querido romperle la nariz a esa cabrona más de una vez, igual que he estado a punto de, con el puño cerrado, destrozar al espejo que me devuelve el retrato de un ser humano incompleto y defectuoso. Si ella es yo y yo soy ella, ¿cómo puede haber tanta ausencia entre las dos?

«Veo tu cara donde quiera que entro; oigo tu voz cada vez que hablo». Garbage, «Crush #1». No he podido sacarla de mi cabeza en todo el día, mientras me pregunto si Violeta también me mira

a escondidas, si se mete a mi Facebook a espiar, si trata de adivinar lo que yo diría en una conversación. «Moriría por ti, mataría por ti, robaría por ti…». Es una canción de sacrificio, obsesión, pasión. No es una canción de amistad como otras que nos hemos dedicado. ¿Qué me está pasando? A veces quisiera contratar a un soldadito de plomo para que se meta a mi cabeza y le pegue un tiro a la mini Violeta que vive ahí y que me está jodiendo la vida.

Yo, Renata, *yo* había sido la Presidenta del Club y la había nombrado vicepresidenta a ella. Violeta era la rara, a la que molestaban, primero, a la que temían, después. Yo la ayudé a aprobar exámenes, le pasé mis tareas, me uní a sus más incoherentes cruzadas… Ahora, la Presidenta está totalmente sola, sin patria ni feligreses, sentada en un pedazo de pasto que quedó atrapado en medio de dos avenidas gracias a la destreza de los arquitectos de este país. Nuestra isla.

Llegar aquí, cada vez, es arriesgar la vida: para empezar, el paso para peatones (cuyo uso, por cierto, está considerado por las Catrinas como suprema cobardía) está muy lejos. Además, a los automovilistas de aquí les dan un punto por cada peatón al que hacen correr, dos por rozarles el trasero con la defensa y cinco por hacerlos volar sobre el cofre, así que no tienen la menor intención de frenar. El pasto está reseco y polvoso, y lo que más se da es una especie de trébol que nunca, jamás, tiene cuatro hojas. Cuando éramos niñas, Violeta se traía la escoba y el trapeador de su casa, yo traía una sábana, y montábamos una especie de casa de campaña que parecía un tendedero. No importaba si los cláxones le taladraban los tímpanos a dios o si los semáforos cambiaban de amarillo a morado: éramos las dueñas del universo y nada podía molestarnos. «¿No estaría mejor una isla escondida, donde nadie pueda vernos?», le pregunté a Violeta alguna vez. «Nosotras no nos escondemos de nadie, Renata».

En esta isla se intercambiaron confidencias, se derramaron lágrimas y se hicieron planes. Se enterraron cartas secretas, se escondieron huevos con la esperanza de que la tierra los empollara y se guardaron silencios importantes. Aquí dormimos una noche, *esa* noche, luego de la pelea que me hizo entender que la «gran» historia romántica de mis papás realmente era una telenovela barata y que el amor eterno no existe. Lo primero que hice fue hablarle a Violeta y lo primero que hizo ella fue empacar una maleta con comida y citarme ahí. «No nos vamos hasta que todo se arregle», había declarado, como quien declara una guerra.

¿Me extrañará también? ¿En qué andará? ¿Por qué tengo ganas de perdonarle todo así, sin hablar, sin analizar nada, y hacer alguna estupidez juntas? Mateus lucha por volverme más racional y Violeta tiene la virtud exactamente opuesta. Tenía la esperanza de que, como en las películas, el salir a buscar a la persona a los lugares importantes surtiera efecto, pero estoy aquí sola, con un océano de nubes mugrientas a punto de derretirse sobre mi cabeza, una cajetilla nueva en la bolsa y una pregunta que, por más que trato de ignorar, vuelve como una ola a rozarme los dedos de los pies: si la extraño tanto, ¿por qué no la he llamado?

DIEZ

—Y ya está: ahora al entrar tu número de estudiante, aparecen los libros que has tomado prestados de la biblioteca. Este es un lenguaje SQL, para crear bases de datos. Pienso agregarle una función para que se conecte con Goodreads o alguna de esas páginas de recomendaciones de libros y el usuario pueda saber quién en su colegio tiene gustos similares. También propuse hacer clubes de lectura donde se leería a una misma hora en versiones digitales y los usuarios podrían comentar y subrayar en tiempo real. ¿Qué tal?, ¿no es como magia? —pregunta entusiasmado.

—Pues… aquí nadie lee, así que…

Sí, sí es como magia, pero no es cosa de admitírselo a este gallego para que se vuelva más mamón. De hecho, la Catrina tiene ganas de molestar y me pone palabras en la boca:

—¿Sabías que aquí hacemos chistes de gallegos? ¿De que son todos tontos?

—Ya me lo han dicho.

—Tú no eres *tan* tonto…

—Y tú no eres… Hostia. ¡Allá ni hacemos chistes de meshicanos!

—O sea: ni siquiera existimos.

—Pues… no mucho. —Y se encoge de hombros.

—Qué groseros.

Se vuelve a encoger de hombros. Hoy trae una camiseta pegadita, y resulta muy extraño: no es un escuálido jorobado, como

debería ser cualquier *geek* que se respete a sí mismo; no: tiene unos hombros grandotes, quizá de tanto encogerlos, y un par de brazos a juego. Hace rato, mientras él corregía no sé qué error del programa y yo escuchaba mi *playlist* de Heroínas Rockeras, pasó algo insólito. Culpo de todo a Nanna Øland, la bailarina danesa que igual se contorsiona como una acróbata de circo que compone una canción perfecta para imaginar que una se desviste lenta, lentísimamente frente a... ¿un brazo? Sí: me puse a ver el brazo de Mateus. Su brazo, solito, desapegado, desprendido del resto de su cuerpo, y me tenía totalmente cautivada. La piel morena pero sin esforzarse demasiado, de un tono «he vivido toda la vida junto a la playa»; el músculo marcado y moviéndose al ritmo del tecleo; las arruguitas de la manga apretándole pero no demasiado, acomodándose justa y perfectamente a su carne. Un brazo perfecto para aferrarse y caminar por la calle. Un brazo rico, musculoso pero modesto, fuerte para proteger y suave para recargarse en el cine. No era él, de verdad. Ni su voz ni su pecho ni sus tontísimas carcajadas graves: era su brazo.

Para cuando «I Found You» acabó y Lykke Li empezó con «Jerome», ya andaba yo perdida en una fantasía rarísima en la que estaba enamorada de un brazo llamado Tadeo. En la fantasía, el resto del cuerpo estaba borroso y lo único nítido era el brazo: mis dedos paseándose por la piel, mis labios hundiéndose en el pliegue interno del codo. Me he de haber visto como una zombi cuando Mateus se plantó frente a mí agitando sus dos dedos.

—¿Qué? ¿Qué? —pregunté en plan «escuché todo lo que dijiste, pero nada era suficientemente importante». Me saqué los audífonos y el ventilador de la computadora acabó de desvanecer a Tadeo.

—Sí que eres un bacalao... Acércate, te voy a explicar algo.

Pues no sé si soy bacalao de cuaresma o huachinango al limón, lo que sí es que se me han ido un par de noches frente al

monitor, usando simuladores de programación, y es mucho más divertido que jugar Tetris o apalear a viejos gordos que juegan ajedrez poniéndose nombres como JaqueCuate o Enroque&Roll. Si mi papá supiera que he estado metiéndome tras bambalinas en la computadora de mi casa, haría algo estúpido como prohibirme usarla y después tendría que retractarse. El caso es que ahora, cuando Mateus me explica cosas, entiendo un poco de lo que está hablando y eso le impresiona, aunque no quiera admitirlo. Está hablando de la máquina de Turing y, como eso no ha salido en mi aprendizaje autodidacta, le pongo atención, aunque disimuladamente.

—Todo unos y ceros. Increíble. Cuando descubrí la programación, recuperé la fe en la humanidad.

—¿Por qué?

—Pues… porque los humanos habían inventado algo increíble.

—Ya habían inventado *Macbeth*, la *Mona Lisa* y la *Novena Sinfonía* —argumento.

—Hay quien dice que programar y escribir una sinfonía es lo mismo.

—No mames.

—¿Dónde crees que están los Beethovens de hoy? ¡Detrás de un monitor, programando!

—No te pases, gallego.

—¿Yo? ¡Hostia! ¿La *Mona Lisa*? ¿De verdad? —Y hay en la inclinación de su cabeza una condescendencia que me quema a tal grado que ocasiona que me convierta en la defensora oficial de la *Mona Lisa* y sus cuates.

—¿Qué tiene la *Mona Lisa*? —pregunto.

—Esa es *exactamente* mi pregunta.

—¿La has visto en vivo y en directo?

—Sí —responde con toda naturalidad. O sea, ha estado en París. Maldito cosmopolita.

—¿Y no viste el efecto? ¿Cómo te sigue con la mirada?

—En absoluto.

—Pues eres el único. La *Mona Lisa* no te siguió a ti con la mirada porque le pareciste aburrido.

—Puede ser. —Y, ¡argh!, se encoge de hombros.

Mi mano viaja hasta mi mochila en busca del celular, pero no tengo a quién escribirle y mis dedos lo dejan caer. Todo mi ánimo belicoso se desvanece. Para Mateus, en cambio, nada es personal, y sigue hablándome del sistema binario como si fuera interesante. Y, demonios, lo es. La campana. Tengo que arrastrarme a ese salón habitado por inferiores confundidos, que piensan que la inferior soy yo. Tengo tantas ganas de estudiar la Revolución mexicana como de pegarme los dedos unos a otros con Kola Loka y quedarme con dos dedotes anchos y torp… Mis ojos vuelan directamente a la mano incompleta de Mateus. Guau, soy una mierda.

—¿Y por qué la habías perdido? —pregunto, para cambiarme a mí misma el tema, en lo que acomodo mis axilas rozadas sobre las muletas.

—¿Qué cosa?

—La fe en la humanidad.

—Ah, chavala. —Y suspira. Una sombra color sepia transita por sus ojos y los nubla por instantes. Ahí hay un alfiler enterrado. ¡Ajá! Gallego, tú que pareces todo yang y nada de yin, tienes tu historia. Y a mí que me había parecido que alguien tan… no sé, tan plantado en la tierra no podía haber sido regado con aguas negras. Ah, chavala, cómo quieres saber lo que pasó ahí.

ONCE

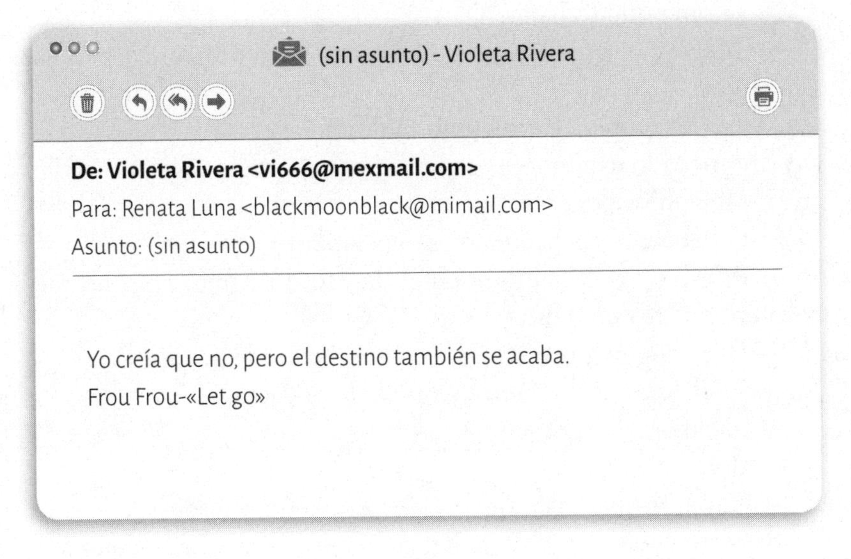
(sin asunto) - Violeta Rivera

De: Violeta Rivera <vi666@mexmail.com>

Para: Renata Luna <blackmoonblack@mimail.com>

Asunto: (sin asunto)

Yo creía que no, pero el destino también se acaba.

Frou Frou-«Let go»

Si pudiera correr... ¡Ay, cómo necesito correr! Correr, más que analizar; golpear, más que entender. Si fuera hombre, me iría a algún antro y coquetearía con la novia del que se viera más cabrón para tener una buena pelea. Quiero romper vasos contra paredes, ventanas con un bat. ¿Qué tiene que ver esa canción, eh, Violeta? ¿Cómo se va a acabar el destino? Eso es lo que pasa cuando tu mejor amiga no ha leído ni un libro en toda su vida. Dice estupideces como «el destino también se acaba».

Mi mamá vino ayer, me abrazó, me dio besos. Se alegró de no tener ningún reporte que firmar. Preguntó por Violeta y se le escapó una minisonrisa cuando le dije que no sabía nada de ella. Dijo que me veía «mejor». ¿Mejor que qué?

—Y ¿qué estás haciendo en los recreos? ¿Alguna nueva amiga?

—En los recreos trabajo, madre.

—¿Cómo que trabajas?

—Tengo que ayudar a un tipo a hacer unos programas para la biblioteca.

—¿En tu recreo? —preguntó molesta.

Entonces le expliqué lo que estábamos haciendo y que nadie me estaba obligando.

—Estas cosas las hacen los genios, madre.

—Pues yo no entiendo mucho de eso, hija mía, pero no me sorprende. Eres muy inteligente.

—Creo que mis maestros no estarían muy de acuerdo.

—Inteligente, eres. Pero una floja de primera.

—Bacalao.

—¿Qué?

—Nada. Ya sé de qué quiero las clases en las tardes.

Sí, suena como la ñoñería del siglo, pero es mejor eso que *ballet* o tejido profesional para abuelas prematuras. Hablo en serio: mi madre había estado trayéndome folletos de todo lo que se le cruzaba por el camino y entre ellos estaba el de un círculo de tejido. Sólo de imaginarme sentada contando puntos, me daba un ataque epiléptico. Así que encontré un curso de introducción a la programación en una academia no muy lejos de aquí. Que me den el poder, ya luego decidiré si lo uso para el bien o para el mal. Bueno, la verdad es que ya estoy decidida… ¿Quién quiere ser un genio benévolo? La vida es suficientemente aburrida para, además de todo… ¡Pero ese correo de Violeta! Desde que lo leí, todas mis vísceras han estado agitadas y en desorden. A ver, Frou Frou,

intentemos desencriptar tu código fuente y traducirlo al lenguaje literal de Violeta. Je, je, si Violeta fuera lenguaje de programación, sería BASIC. Je, je. Diablos, esas palabrejas se empiezan a colar en mis pensamientos. Te odio, Mateus. A ver, primera estrofa:

> Bébelo hasta el fondo, *baby*
> ¿Estás dentro o fuera?
> Deja tus asuntos atrás
> Porque todo está estallando sin ti
> Disculpa que te moleste mientras escribes tu tragedia
> Te encierras en el plástico de burbuja de tus desgracias
> Cuando no tienes idea de cómo eres

¿Qué debo beber? ¿Estoy dentro o fuera *de qué*? ¿Cuáles son mis asuntos, cuál mi tragedia? Prácticamente tengo una pregunta por cada línea de esta estrofa. Es tan extraño… Lo que mi instinto me dicta es llamar a mi mejor amiga, contarle que me enviaron esa canción y pasar las siguientes dos horas desmenuzando sílaba por sílaba con ella. Qué cansado es esto de pensar y tomar decisiones sola. ¿Viven así los adultos? ¿Crecerá Armando algún día? ¿Se convertirá en alguien con quien yo pueda hablar? ¡Cuántas preguntas! Yo no era así. No era un signo de interrogación ambulante. Tenía puntos finales, certidumbres, definiciones claras, de diccionario. Sabía qué era ser ñoño, qué era ser malo, qué era ser una Catrina. Estaba llena de signos de admiración y ahora soy sólo puntos suspensivos. Estoy exhausta.

DOCE

Yo: ¿Qué crees que significa?

Mateus: ¿La canción? Depende. ¿Qué crees tú?

Yo: Dejar ir. Despedirse. Rendirse a la tragedia del fin.

Mateus: Sí, dejar ir sí. Dejar-se ir. Pero no veo tragedia. Ni fin.

Yo: ¿Cómo no? ¡Toda la canción es del fin!

Mateus: No. Es del principio.

Yo: *There's beauty in the breakdown*. Hay belleza en rendirse. En el fin.

Mateus: *Let go, jump in, it's so amazing here.* «Let go» también es «déjate ir». Suéltate. Suelta las cadenas, aviéntate del paracaídas, da el salto. Porque del otro lado mola mogollón. O sea, está «chingón», como dices tú.

Yo: Pero ¿y el *breakdown*? ¿Lo que se ha roto, perdido?

Mateus: Ya sabes lo q dicen. Q hay q romper huevos para hacer una tortilla.

Yo: Un *omelette*.

Mateus: Allá se llama «tortilla».

Yo: Aquí no.

Mateus: Vale. Pues eso, un *omelette*. Al elegir un camino, renuncias a otro. Sólo puedes conocer mundos nuevos si dejas los viejos.

Yo: Mundos de huevo.

Mateus: Pues sí, en tu caso sí. Deberías estudiar Sistemas. El asunto de los huevos (algoritmos) se te da.

Yo: Claro que no (y no tenías que explicarme el chiste).

Mateus: No tengo por qué mentirte.

Yo: Cualquiera tiene razones para mentirle a los demás.

Mateus: ¿?

Yo: Tal vez quieres reclutarme p tu prox misión de *hackeo* de bancos.

Mateus: Tú estás hablando de *crackers*. *Hackear* no es meterte a las cuentas de los demás por joder. Un *hacker* verdadero es creativo, no destruye por destruir. Lo q se llama un *hacker* ético.

Yo: Suena aburrido.

Mateus: Pues es divertidísimo. Para *hackear* necesitas saber de redes. Tengo un libro muy bueno q te puede ayudar a entender lo básico. T lo presto.

Yo: ¿Viste lo q te mandé?

Mateus: Sí. No está mal para ser tu primer intento.

No es mi primer intento, gallego; sólo el primero que te mando. De cualquier forma, el seudoelogio me desborda, como a una máquina de palomitas, y la mantequilla hace que mi dedo resbale hasta el botón de «marcar». ¿Estoy loca?

—¿Gallego?

—¿Chilanga?

Nunca me había dicho así. Me gusta.

—¿Qué pasa? —pregunta.

—Entonces, ¿mi código estuvo bien?

—Bueeeeeno, así como bien…

Sus palabras son cuatro limones exprimiéndose sobre mis palomitas.

—… pero facilidad, tienes.

Y, *¡pop, pop!*, las palomitas vuelven a hincharse y a llenar mi cuarto de olor a cine. Tengo facilidad para el código. El geniecillo lo ha dicho. Ya me imagino lo que opinaría Violeta. ¿Qué es programar? ¿Quiero pasar meses frente a una computadora hasta volverme una obesa peluda y comedora de Cheetos? ¡Puaj! Al rato estaré chateando con niños de doce años y acabaré en la cárcel por abuso de menores. Además, no tengo una computadora para destrozar.

—¿Renata?

—Igual la semana que entra me quitan la férula y ya no voy a regresar a la biblioteca.

—¿La semana entrante? ¿Tan pronto?

Ah, su sorpresa. Su decepción. En voz grave y con acento. Y, ¡puta madre!, ¿qué es esto?, ¿más palomitas? No, es otra cosa. Son gomitas de colores. O una máquina de algodón de azúcar. Alrededor todo huele dulce y empalagoso y… no, no puedo. Qué estupidez. Qué cliché. Clásico: el ñoño y la chica mala. Qué pena me das, Mateus. ¿No leíste la advertencia en la primera página? Puf, qué flojera. Qué bueno que me quitarán ya la férula. Vengan las clases de deportes, venga lo normal, adiós a las estupideces y ñoñerías. Y a los Cheetos.

—¡¿Pronto?! A mí se me ha hecho eterno —digo.

—Claro, para una atleta, no poder correr…

Porque claro, no iba a tomarlo personal. No iba a entender que lo que se me había hecho eterno era ÉL.

—¿Atleta? ¡Yo no soy atleta!

—¡Claro que sí! Con esos récords…

—No sabes nada de mí —interrumpo. ¿Qué, cree que por *googlearme* me conoce?

—Creo que así es como la gente empieza a conocerse.

—¡Yo no soy gente! O sea…

—¿No eres gente? Vale. Los alienígenas. Así es como los alienígenas empiezan a conocerse. A partir de que no saben nada uno del otro.

—¡No soy…!

—Renata, discúlpame, tengo que cortar. Hablamos después.

Me colgó. ¡Me colgó! ¿Qué le pasa? Tengo los dedos entumidos de tanto textear. Vuelvo a abrir el mensaje de Violeta, pero no le han crecido más letras. Frou Frou se canta y recanta en mi cabeza, poniéndole a mi cuarto inmóvil un ritmo de aventura

y futuro que se acerca. ¿Dar el salto adónde? ¿Cuál es el nuevo mundo? ¿Y si el nuevo mundo es el viejo? ¿Y si el futuro tiene cara de pasado? «*Get in*», dice la canción. ¿Qué estás diciendo, Violeta? ¿Que nos despidamos o que me atreva, de una vez por todas, a dar el salto a donde tú estás? Y ¿dónde estás? ¿Dónde estoy yo? Tsss… el dolor que trae el pequeño círculo de fuego siempre me recuerda dónde estoy. Aquí.

TRECE

La ingeniería social es el arte de manipular personas para eludir los sistemas de seguridad. Consiste en obtener información de los usuarios por teléfono, *e-mail,* correo o contacto directo. Los atacantes usan la fuerza persuasiva y se aprovechan de la inocencia del usuario haciéndose pasar por un compañero de trabajo, un técnico o un administrador, etc., para así obtener fechas, nombres y otros datos importantes que puedan servir, por ejemplo, para probarse como contraseñas en las cuentas de correo electrónico o páginas de la empresa a la que pertenece la víctima y así obtener información importante o valiosa que puede utilizarse en beneficio personal y para extorsionar o manipular a la víctima.

Le di demasiado crédito a Violeta: sus procesos mentales no son tan complejos. Puede que sea mi amiga (y a estas alturas, también, puede que no), pero es tonta como ella sola. Lo más seguro es que haya puesto el nombre de la canción porque es la que estaba oyendo, simplemente. Poner a mis neuronas a trabajar horas extra por ella es un desperdicio. Y su frase esa, ¡bueno! Le encanta creer que es muy enigmática y es tonta, nada más. Tal vez mi mamá se dio cuenta de eso y me estaba motivando a que me juntara con gente más inteligente. Porque resulta que yo soy inteligente, aunque me vaya fatal en la escuela. La otra vez, con sólo estudiar un ratito, saqué 9.6 en el examen sorpresa de Álge-

bra. Eso es de genios. Me felicitaron públicamente y no faltó el comentario imbécil de Pascual o alguno de sus pericos, pero casi ni escuché: estaba ocupada tomándole foto para mandársela a mi mamá, compensando así lo de los últimos reportes; a mi papá, para que no esté chingando, y a Mateus, para que no se crea el muy listo.

Violeta sigue ausente. Si ella hubiera estado ahí, yo no habría estado tan orgullosa de pasar al frente por mi 9.6. O, más bien, nunca habría sacado esa calificación, porque habría estado ocupada haciendo algo divertido. A veces algún maestro me pregunta por ella, pero no tengo nada que decir. A ella sí que podría decirle esto: «Mi vida es mejor sin ti, niñita egoísta. No tienes ni idea de lo que me ha pasado ni te interesa. Muérete. Si ya estás muerta, que te atraviesen con una estaca de madera, no vaya a ser que algún vampiro despistado te convierta». Pero supongo que no siempre tiene que ver con lo que uno quiere decir, sino con lo que quiere escuchar: «¿Tu vida es mejor sin mí, Renata? Cómo me duele que me digas eso. La mía es mucho peor, de verdad. Siempre quiero saber qué estás haciendo y con quién, y Katrina pregunta por su gemela todo el tiempo. Simplemente no es lo mismo sin ti». Pero no.

La bloqueé en Facebook unos días después de nuestra pelea, cuando me topé con que había publicado esto:

> Las amigas deberían ser como los elefantes: con bocas chiquitas y orejas grandes.

Y esto:

> Todo estaba bien hasta que me di cuenta de que no entendías nada.

Y, por último, esto:

> Es todo lo que habíamos soñado juntas. Pero tú nunca podrás tenerlo.

Unos desconocidos le habían dado *like* a sus eruditas frases, y para mí fue evidente que todas iban dirigidas a mí. En un arranque de furia, la bloqueé y, luego, cuando quise enterarme de algo y, quizá (sólo quizá), escribirle, me encontré con que me había bloqueado de vuelta.

—Perra —había dicho en voz alta, y luego había llorado un ratito.

No es que me interese su vida ni que la extrañe. De verdad, estoy mejor sin ella. He leído más, estudiado más, descubierto nueva música, jugado con los simuladores de programación…

¡Puta madre! ¿A quién chingados engaño? Mi vida es tan aburrida que a veces me dan ganas de chocarle a alguna ñora de camioneta sólo por armar un escándalo. Pero no puedo, porque mi papá no me deja el coche viejo. ¡Me estoy convirtiendo en una ñoña! En la escuela, como no tengo con quién fumar, ya ni fumo. No he tenido un solo reporte en más de dos semanas, no me he gritado con nadie en el patio ni en ninguna otra parte y duermo tan bien que hasta una maestra me dijo que si me había cambiado el peinado o qué, porque «brillaba». Puaj. Y le sonreí. Megapuaj. No me reconozco. ¿Renata brilla? Ni que fuera vampiro de *Crepúsculo*… Mientras tanto, en una galaxia muy lejana, una chica que había sido mi hermana por más de una década está viviendo alguna aventura loca. No puedo soportarlo.

> ¡Alguien intentó meterse a tu cuenta de Facebook! Para cambiar tu contraseña y hacer que tu cuenta sea más segura…

No, Violeta necesita ver palabras domingueras para espantarse.

> Atención Srita. Rivera:
>
> Hemos detectado que un usuario no autorizado ha realizado 2 (dos) ~~intentos~~ tentativas de robo de identidad en su cuenta de Facebook. Estos usuarios maliciosos o *crackers* suelen hacer uso de información ~~personal~~ privilegiada para acceder a otras redes sociales o cuentas bancarias o, en su defecto, ~~para saber dónde está~~ conocer el paradero de ~~la inocente víctima~~ dicha persona para así asaltarla y/o secuestrarla. Le solicitamos que por su propia seguridad cambie su contraseña…

No, no, no… Necesito una mejor idea. Es viernes en la tarde: no creo que tenga nada mejor qué hacer.

 **Yo:** Hey, gallego, ¿puedes hablar?

Los poetas escriben de él. Hollywood se hace millonario haciendo películas de él. Todo el mundo lo quiere, todo el mundo lo busca, todo el mundo llora por perderlo. Le dedican libros enteros, pasillos del Blockbuster, cartas y cartas, las más bonitas canciones... El amor es hermoso, ¿no? El pecho se te infla y te caben ahí un millón de pájaros. Las cosas malas de la vida se vuelven musiquita de elevador y las dejas de oír. Quisieras vivir para siempre para seguir sintiendo lo que sientes y para seguir viéndole la cara de idiota al que siente lo mismo por ti. Es hermoso, ¿no?

El amor no correspondido debería llamarse de otra manera. A alguno de esos poetas, cuando le arranquen el alma y la metan a un triturador de basura, se le ocurrirá ese nombre. Yo no soy poeta, pero tampoco soy estúpido. Me doy cuenta de esto. De que el amor no correspondido no es amor y no es hermoso: es un insecto muy feo al que los demás persiguen con una revista enrollada. Es la visita incómoda que sigue aplastada en el sillón cuando ya se acabó la fiesta y que no entiende que los dueños de la casa ya quieren que se largue.

La visita incómoda no se va, porque, saliendito de ahí, le espera caminar bajo la lluvia, calcetines mojados, coches salpicándole los charcos, todo para llegar a su casa en donde no hay toallas, en donde las ventanas sólo son hoyos que dejan entrar la tormenta, en donde la cama es el piso. No se va porque prefiere que lo desprecien a estar solo. No se va porque sabe que nadie está esperando a que regrese, ni en su casa ni en ningún otro lugar.

CATORCE

Así que ya no es el Diavolo. Ya no es ninguno de los lugares que conocimos juntas. Ya no soy yo, y ellas tampoco: son un par de punketas chaparras, infladitas y maquilladas de catrinas. ¡De catrinas! No estamos ni cerca de Día de Muertos y no veo fiesta de disfraces en el fondo, sólo banquetas polvosas, circulitos de fuego como ojos de un animal nocturno entre los dedos de las nuevas amigas de Violeta. No sonríen, claro. ¿Es la Muerte feliz? Cuando mata. Sólo cuando mata.

QUINCE

—¡Voy! —grito por la ventana, pero no tengo la menor intención de ir. Mañana veré al doctor, me quitarán la férula y se habrán acabado los casi nulos privilegios de ser una discapacitada—. ¡En…ando! —grito. La mezcla de «enano» y «Armando» no surte efecto y vuelvo a gritar su nombre. Me contesta con un alarido desde su cuarto.

—¡Están tocando el timbre!

—¿Y qué quieres que haga? —responde.

—¡Que abras, menso!

—¡Abre tú!

—No puedo caminar, ¿te acuerdas?

Aguzo el oído, pero, por lo visto, Armando tampoco tiene intención de bajar y no hay nadie más: mis padres se fueron a misa y a comer al Centro; mi hermano y yo no estábamos invitados. Pasé el fin de semana recorriendo las seis fotos del renovado perfil de Violeta en Facebook porque, sí, soy una estúpida masoquista. Creí que iba a encontrar alguna señal de que me extrañaba; algún lugar conocido al que hubiera ido por nostalgia o alguna de sus idiotas frases de libro de autoayuda hablando del pasado, el orgullo, el perdón. Pero no. Un par de fotos seudoartísticas (o sea, en blanco y negro y movidas) de lo que parece ser un tipo con la cabeza rapada, «Beto», supongo; una *selfie* de Violeta enseñando la nueva perforación de su lengua y fracasando en su intento de verse *sexy*; la foto de las punkillas maquilladas; la imagen descarada de un escote (el de Violeta, claro. ¡Maldita sea!, lo reconozco)

y una foto bajada de internet de un dedo medio, levantado. No hay forma de que Violeta sepa que Mateus me ayudó a meterme a su cuenta (sin saber qué hacía, claro), pero siento que ese dedo medio es para mí. La lengua de fuera también. Tengo fotos suyas que podrían joderle la vida, pero, si las publico en su perfil, Violeta sabría que la *hacker* soy yo y nadie más que yo. Así que vi sus fotos, le di vuelta al cuchillo en mi espalda para que doliera un poco más y luego cerré la cuenta sin cambiar nada, lo cual tomó más fuerza de voluntad que dejar de fumar.

El timbre vuelve a sonar, ahora con bastante impaciencia.

—¡Enano!

¿Qué diablos…? ¿Mateus? ¿Aquí? ¿Ahora? Me levanto de la cama con toda la intención de volar hacia algún espejo y lo logro: apoyo mal la férula y literalmente vuelo por los aires y me estampo contra la mesita donde trabajo y que, enfrente, tiene pegado el espejo. Auch, el antebrazo; auch, el dedo meñique del otro pie; auch, el orgullo.

—¡Puta madre!

Levanto la mirada y ahí está Renata un domingo cualquiera: el chongo deshilachado que la ha hecho famosa, las ojeras de una noche pasada frente al monitor a escondidas, la piyama sudada

de todo el fin de semana y en el pie convaleciente unas garras que se ha prometido cortar desde hace muchos, muchos días. Empiezo las labores de mantenimiento y, en eso, la puerta de Armando se abre.

—¿Quién era? —dice, apareciéndose en mi puerta.

—Nadie. Regrésate a tu madriguera.

—¿Quién era?

—¡Que nadie, carajo!

Vuelve a sonar el timbre y el enano hace gala de su superpoder: el reconocimiento inmediato de una oportunidad para andar a tocarme los huevos. Puta madre: esa expresión es más española que la paella (que al gallego no le gusta)... ¿Qué?, ¿tanto hemos hablado? Bueno, el enano sabe cómo *buggearme*. Palabra de programación. Grr. A ver: el cabroncito sabe cómo chingarme y corre a abrir la puerta. Salgo tras él, pero no tengo la menor oportunidad: Armando es un puberto lleno de energía de hormona alborotada y yo una pobre mujer desahuciada. ¿O no? Empiezo a bajar las escaleras y resulta que puedo apoyar el pie perfectamente. El cálculo del tiempo necesario de ferulización era el correcto.

—Qué tal. —Escucho a Mateus decir, serio y formal. Armando no responde y casi puedo verlo barriendo al extraño visitante de arriba abajo sin la menor vergüenza.

—¿Eres un testigo de Jehová? —le pregunta a Mateus. Se me escapa una carcajada y sigo avanzando lenta pero segura, hasta que la espalda de uno y la cabeza del otro están en mi campo visual.

—Ah... no que yo sepa —responde Mateus. Entonces nota mi presencia—. Qué tal —repite, y los delgados labios bajo el azotador sonríen levemente. Levanta un libro por sobre la cabeza de Armando para demostrar que no mentía: en verdad vino a traerme un libro.

—Pasa —le indico, pero Armando lo bloquea.

—¿Puedo...? —pregunta Mateus amablemente, mientras con una mano hace ademán de abrirse paso entre una imaginaria multitud.

—¿Qué quieres? —pregunta Armando, que ha llegado demasiado temprano a defender el honor de su hermana.

—Sácate, enano. Es amigo mío.

Al escuchar mi declaración, Mateus sonríe. Tan contento de ser mi amigo. Qué bobo. Da un paso al frente, plenamente invitado, y Armando sigue sin dejarlo pasar.

—¿De dónde saliste o qué? —lo cuestiona el muy altanerito, y cruza los brazos invocando una pelea que perdería al primer puñetazo. Ah, sí, Tadeo ganaría la pelea solito, sin el cuerpo de Mateus detrás. La imagen de un brazo volador partiéndole la cara a mi pubermano es demasiado y suelto una carcajada. Mateus inclina la cabeza, sin entender, y Armando mantiene su pose unos segundos. Yo avanzo hasta la puerta y quito al enano del camino. Se da la media vuelta y vuelve a la casa.

—Tu amigo está muy viejo —comenta, y cierra la puerta de la cocina, dejándome fuera.

—¡Idiota! ¡Abre la puerta inmediatamente!

Pero oigo su carrera escaleras arriba y sé que estoy frita. Ah, pero ya verá... Le voy a meter esta férula por...

—¡Ala! Tranquila, chilanga —exclama Mateus, y sólo en ese momento me doy cuenta de que no sólo pensé lo de la férula: lo dije en voz alta. El gallego entra y me pregunta con la mirada si debe cerrar la puerta principal. Da un paso al frente mientras me tiende, con gesto orgulloso, un libro titulado *Penetración para principiantes*. Ustedes y yo sabemos que es un manual para *hackers* con métodos para meterse en los sistemas, pero...

—¡Hombre, qué directo! —exclamo.

Mateus me mira extrañado.

—Has dicho que el tema te interesa, así que… —murmura, y aleja el libro para abrazarlo como si fuera un niño en una película de terror.

—Al menos invítame a cenar primero o algo —agrego yo.

No entiende. ¡No entiende! Continuemos.

—Y me subestimas. ¿Cómo que principiantes? Hubieras traído ya posturas avanzadas, Kamasutra, no sé…

—¡Ah! ¡Qué boba! —reclama, y los tonos rojo profundo de sus mejillas no son reflejo del contaminado atardecer. Mira al suelo con un gesto tan avergonzado en la cara que, antes de darme cuenta, lo estoy abrazando mientras mis carcajadas rebotan contra su cuello. Huele a él. ¿Por qué demonios lo estoy abrazando? Suéltalo, Renata. ¡Suelta al ñoño! Pero entonces Tadeo I y Tadeo II me abrazan de vuelta (aunque Tadeo II trae el libro entre sus dos dedos) y mis carcajadas se regresan a mi boca y me silencian. Me he quedado sin aire. ¡Ah! ¡No puedo respirar! ¡Suéltalo! Pero es que se está tan bien aquí…

—Y ¿cómo que posturas avanzadas, eh? —dice Mateus en mi oído con una ternura que no le va a su barba piratesca. Una serpiente sube por mi columna y me estremezco—. Tonta.

—¡No!

El grito, seguido de un crujido en el suelo, destroza nuestro abrazo. Giro en mi eje y ahí está el idiota de mi hermano, asomado por la ventana. Su posición y su cara de susto dejan todo muy claro: estaba espiando, el muy tarado, y se le cayó el celular, al muy… Entonces no sólo estaba espiando, ¡estaba grabando!

—¡Te voy a matar, estúpido! —le anuncio amablemente.

—Menudo capullo —farfulla Mateus.

—¿«Capullo»?

—Capullo… cabrón —traduce Mateus. Me obliga a tomar su libro, me esquiva y se pone a buscar el teléfono en el suelo. Ya

está más oscuro y el farol más cercano lleva más de seis meses fundido.

—¡No hice nada! No pueden ver mis cosas, es invasión de la privacía. Es... es... ¡es ilegal! —grita Armando desde su ventana.

—«Privacidad», chaval, no «privacía» —dice Mateus en voz baja. Me cae bien este gallego: es remamón. Armando ya no está en la ventana; lo oigo corriendo hacia acá. Mateus ya tiene el aparato y está jugueteando con él—. Con esto tendrá —dice, satisfecho.

—¿Qué va a pasar?

—Ya lo descubrirá.

A veces las estrellas se alinean para que suceda algo maravilloso. Otras veces, la basura galáctica conspira para que pasen cosas como esta: mientras Armando intenta arrebatarle el teléfono a Mateus, que lo alza por sobre su cabeza como un villano escolar de caricatura, la puerta principal se abre y aparecen mis progenitores. Digieren la escena cortamente y los espectadores comprendemos de dónde saca Armando sus admirables modales.

—¿Qué está pasando aquí? —gruñe mi señor padre y, antes de esperar la respuesta, se planta frente a Armando, protegiendo a su pequeño clon del Temible Barbanegra.

—Toma, chaval —le dice Mateus a Armando mientras le lanza el teléfono—. Mateus, señor. —Y le tiende la mano a mi padre, que analiza la ausencia de dedos sin la menor discreción. Mátenme porque me muero. No puede ser tanta imbecilidad.

—Con él hago los programas —le digo a mi mamá, con la esperanza de que intervenga y evite que su marido me haga pasar más vergüenzas.

—¡Mateus! Mucho gusto. Renata me ha contado mucho de ti.

Mentira #1. «Mucho». Bah, gracias por nada, madre.

—¿Quién? —pregunta mi padre, pero mi mamá ya está con la rutina de saludar a Mateus de beso y que los dos se confundan porque él busque el segundo beso típico de España.

—Ven, pásale, pásale.

—Sólo me trajo un libro. Ya se tiene que ir —intervengo. Sálvate, Mateus, antes de que sea demasiado tarde.

—De hecho, no tengo prisa.

Ay, gallego.

—¿No? ¿No tenías que acabar el programa…?

—¿Por qué quieres correrlo, hija? —interrumpe mi mamá, y luego se voltea hacia Mateus y le dice, con una sonrisa vomitivamente diplomática—: Se avergüenza de nosotros.

—De quien se avergüenza es de mí. Soy un «ñoño» —responde Mateus. A ver, consíganse un cuarto si se caen tan bien. Puaj.

—Pareces muy joven —sigue mi mamá, mientras lo invita a pasar. ¡Está coqueteando!—. Te imaginaba más grande. Por como Renata habla de ti.

—También ha hablado mucho de vosotros.

Mentira #2.

A la mesa estamos el Enano, el Cabrón, el Pirata, Tadeo I, Tadeo II, mi madre, un manual de penetraciones y yo. Esta será la hora del té más extraña de mi vida.

P: Buen muchacho, ese Mateo.

M: Sí. Ha sido buena influencia para Renata.

P: Tan joven y ya con carrera…

M: ¿Viste cómo lo veía Armando cuando hablaba? Como si fuera un superhéroe o algo así.

P: Sí, lo noté.

M: Y ella… ¿viste cómo lo veía?

P: ¿Renata?

M: ¡Pues quién iba a ser!

P: No…

M: ¡Cómo no!

P: ¡Yo qué sé! Hace mucho que no la entiendo. Ni la conozco ya.

M: Si intentaras hablar con ella…

P: ¿Ya vamos a empezar?

M: No. Pero te estoy diciendo que a Renata le gusta.

P: Pues peor para ella.

M: ¿Por qué?

P: Se ve que es un muchacho muy listo.

M: ¿Y eso qué?

P: Pues… que Renata es…

M: ¡¿Renata es qué?! Tu hija es muy inteligente, ¿qué no escuchaste nada? Lo de las computadoras se le da.

P: No dije que fuera tonta, Olivia. Siempre haces eso. Siempre sacas de contexto todo lo que digo. Pero no me digas que Renata no es…

No, no es. Renata no es nada que tú conozcas ni lo será nunca. Y que yo lo veía ¿cómo? No lo veía. Él no me veía a mí. Nadie ve a nadie, nadie entiende nada, todo es una gran estupidez. Todo es una gran mentira. Violeta era buena para las mentiras. Violeta sí me veía. Me odio por extrañarla.

No debería. Ya sé que no debería. Los caminos se abren y eso está bien. A las almas siamesas también se les corta el cordón umbilical. Quiero borrar su teléfono, apagar la computadora, pero no me hago caso. Quiero dejar de ver sus fotos y leer sus estúpidos *posts* acerca de cómo está enamorada y de cómo la pasión es una tormenta eléctrica que ilumina la noche. Quiero no encender este cigarro, pero el fuego ya está en la palma de mi mano. Quiero

no creerle a mi papá que soy una basura en la que nadie que vale la pena se fijaría, pero no sé cómo se hace eso. Cómo gritarle al cielo: «No, no eres azul. Porque lo digo yo». No debería. Ya sé. ¿Escribirle? No, no debería. Es una egoísta. Es una chantajista manipuladora del infierno. Es una mala amiga. Pero ella escribió primero. No yo.

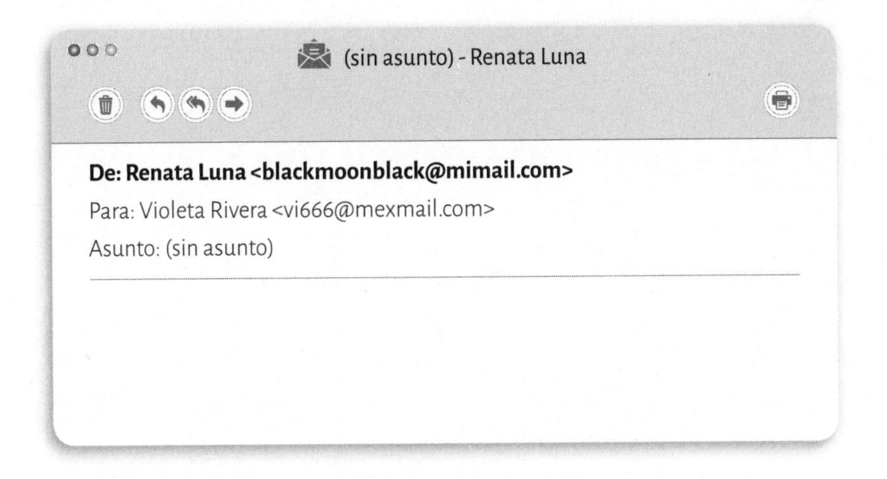

¡Argh! ¿Ahora qué? ¿Cómo quieren que entienda *algo* en esta vida? ¿Qué quiere? Será mejor nada: ni Mateus, ni Violeta, ni Renata. Ni escribir, ni platicar, ni pensar. Humo. Sólo humo. Dormir. Sólo dormir.

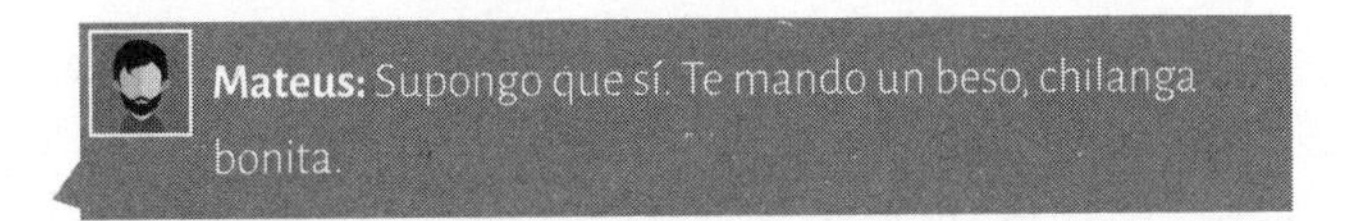

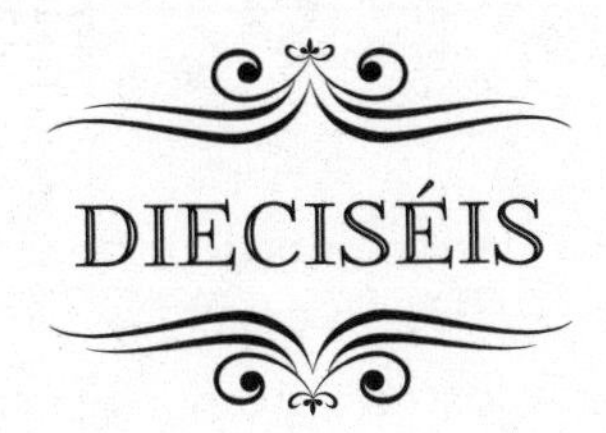

DIECISÉIS

—Muy bien… muy, muy bien —dice el doctor, mientras me toquetea el tobillo impunemente. ¡El tobillo! En épocas medievales esto habría sido una indecencia.

—¿Puede volver a correr? —pregunta mi madre. Ha estado de lo más contenta conmigo, aunque a veces se pone de mi lado sólo para llevarle la contra a mi vetusto padre. Me encanta esa palabra: «vetusto». Mi madre no es «vetusta»; es endeble. Y esa palabra no es tan linda. «Delicada» suena a florecita en invierno. «Frágil» suena a copa de cristal fina. Olivia: creo que su nombre le queda bien. Suena dulce, pequeñito, abrazable. Deben ser las dos íes.

—Preferiría que se fuera con calma. Hay que rehabilitar los músculos que no se han usado.

—¿Caminar…? ¿Hacer deportes?

—Poco a poco, sí. Puede volver a sus clases del colegio, caminar, empezar a moverse e ir probando.

—O sería mejor que descansara más —cuestiona mi madre.

—Pues, depende. ¿Le duele?

—No, no me duele —respondo casi en un grito, para recordarle a ese par que estoy ahí. Que se trata de *mi* tobillo.

—¿Segura? —me pregunta mi mamá. Tiene una expresión extraña—. No sé, Renata, el otro día te estabas quejando, y cuando te quitaste la férula, seguía hinchado.

—No tendría porqué hincharse, ya… —comienza el médico, pero ella lo interrumpe:

—En nuestra familia tenemos articulaciones muy frágiles —declara con firmeza. ¿Articulaciones frágiles? ¿De qué demonios habla?—. Mejor deme un justificante por un par de semanas más, para que Renata lo tenga, por si acaso.

Renata no lo tiene; lo tiene Olivia, en su bolsa, mientras maneja en silencio y con una sonrisita traviesa.

—¿Qué? —pregunto.

—¿Que qué?

—¿De qué te ríes?

—De nada.

—Te conozco, madre.

—Y yo a ti, hija.

—Algo te traes —le digo.

—Y tú también —repela.

—¿Yo qué?

—Con Mateo.

—Mateus. No Mateo. Mateus. No me preguntes por qué le pusieron nombre de… de…

—Te gusta.

Cualquier otro día, este atrevimiento le habría resultado a mi madre en una década de silencio luego del clásico: «No sabes nada de mí, no te metas en mis cosas». Pero hoy no. No, después de que hiciera la cita con el doctor en la mañana de un lunes, normalmente mi momento de la semana más agónico, me dejara dormir hasta las nueve y me llevara a desayunar a mi lugar favorito. Hoy puedo tolerarle la osadía de *sugerir* que sabe algo de mí.

—Claro que no. Es un ñoño —respondo.

—Tal vez tú también eres una ñoña, pero no lo sabías.

—¡Estás loca! Me tocó trabajar con él y ya. Tú, porque eres una romántica que quiere que todo mundo se enamore, y se case, y tenga hijos.

—¿Qué tiene de malo?

Cualquier otro día le habría dicho que sus cuentos de hadas ya pasaron de moda y que mire nada más cómo le ha resultado a ella, pero hoy…

—Está bien chulito, eh. Tienes buen gusto —opina.

Ahora sí quiero engraparle la boca. Deja ya de hablar de Mateus y de su «chulez», porque entonces llega Tadeo y me abraza, llegan los ojos negros y traspasan los cristales de sus gafas… ¡Argh! De sus *lentes*. ¡Sus lentes! «Gafas» es palabra española. Eso, eso es lo que pasa. Que empiezo a hablar como él y a pensar en códigos, y en mensajitos, y en la voz grave, y en la risa que casi nunca viene, pero, cuando viene, está bien, muy bien. Además, Mateus no está «chulito». Es más bien ordinario, la verdad. El «¡Cállate!» está por escapárseme de la boca, cuando mi mamá, sin dejar de ver al frente, hurga en su bolsa, saca el justificante y me lo tiende.

—¿Qué es esto?

—Ya sabes lo que es —responde, y se estaciona enfrente del Blockbuster.

—¿Por qué me lo das? —Que era la pregunta desde el principio. Mi mamá suspira. No quiere tener que explicármelo.

—Ay, hija, por si te duele el pie y lo quieres usar.

Cinco segundos de silencio. Mi mamá agita el papel y voltea a verme, presionándome para que lo tome. Me niego a aceptar lo que estaría aceptando junto con ese papel: que prefiero estar en la biblioteca que en otros lugares.

—Tal vez en este momento de tu vida haya cosas más importantes que dar vueltas alrededor de una pista.

Me echo a reír y guardo el papel. Olivia está loca.

—¡Mi propia madre me está alcahueteando! ¡No lo puedo creer!

Mi pobre progenitora se pone más roja que un Clamato y apaga el coche.

—¿De dónde sacas esas palabras, Renata?

—De los libros, madre.

Se baja del coche y la miro con curiosidad.

—¿No tienes que ir a trabajar? —pregunto.

—Cancelé todo. ¿Doble matiné?

Palomitas, comedias románticas, porque Olivia no soporta la violencia; una manta encima, aunque no haga frío. Calorcito en el pecho. Mami que vuelve a ser mami y uno de esos momentos en que parece que todo va a estar bien para siempre. En algún momento acabo con la cabeza sobre su regazo y sé que ella también piensa en Morrison y en cómo se echaba en ese huequito junto a mi panza, se quedaba dormido y roncaba. Siempre nos reíamos. Ella también lo amaba. Cualquiera lo habría amado. El aire alrededor se me enfría al acordarme de que mi bebé no está ni estará nunca.

Hace unos días le conté a Mateus cómo al principio Morrison no se separaba de mí. Si alguien se le acercaba, chillaba de miedo y me rogaba con sus ojitos que lo salvara de la maldad humana. Lo acurrucaba como el primer día, junto al tambor de mi corazón, y dejaba de temblar. No sabía jugar: le compré muchos juguetes y, después de olerlos, los dejaba ahí tirados. Prefería robarme un calcetín y llevárselo a su camita para echarse sobre él; algo del delicioso aroma a queso añejo de mis patas lo reconfortaba y se quedaba dormido. En el parque era lo mismo: mamá le lanzaba la pelota y yo acababa yendo por ella. «Tal vez será para siempre un perro miedoso», pero Esmeralda nos convenció de que no nos rindiéramos, y un día Morrison salió corriendo tras la pelota a toda velocidad y, después de atraparla, se puso a correr en círculos. Era un bólido aerodinámico: iba tan rápido que sus orejas se pegaban a su cabeza y parecía que iba a despegar. Al principio me asusté, pero comprendí que mi bebé acababa de descubrir sus patas y estaba loco de felicidad. Contagió a los demás perros, que

comenzaron a correr tras él como si Morrison supiera algo que ellos no. «Así es como deberías acordarte de él», dijo Mateus cuando le conté. Pero algo no me deja: el dolor de habernos perdido me une a él. Si elijo soltarlo en el parque, podría irse corriendo, libre, feliz, lejos de mí para siempre. «Si lo amas, deberías dejarlo ir», insistió Mateus, y le grité que no entendía nada y que mejor se concentrara en sus estúpidos códigos. No estoy lista.

En la película, el chico llega a la iglesia justo a tiempo para evitar que la chica se case con el tipo equivocado. «Si se casa, entonces la habré perdido para siempre». Como si fuera más fácil recuperar a una mujer del Más Allá que de un matrimonio.

—¿Ma?

—¿Mhm?

—¿Por qué se casa la gente?

—Mmm… porque se aman. Porque quieren creer que será para siempre.

—¿Por qué?

—Mmm… ¡Ay, Renata, qué preguntas me haces! Pues porque… porque nadie quiere estar solo.

—¿No es mejor solo que mal acompañado?

—En algunos casos, supongo que sí.

—¿Y en el tuyo?

—¿En mi caso? Ay, hija… yo amo a tu papá.

—¿En serio?

Me obliga a quitar la cabeza de su regazo y me mira a los ojos:

—¡Claro que en serio!

—Aunque te haya…

—¡Aunque lo que sea! —me interrumpe. No está enojada, pero sí sorprendida. Y yo también, de que sus respuestas sean tan automáticas. En la pantalla ya están los créditos con una cursi canción de fondo—. Es toda una vida juntos. Es…

—Yo te apoyaría, ¿sabes? Si quisieras…

—¿De dónde sacaste esto, Renata? No sé qué hayas oído ni qué estés pensando, pero es mucho más complicado de lo que parece. Y es nuestro problema, ¿está bien? De tu papá y mío.

—Pero, ¿nunca te enojas? ¿Qué, todo se perdona en esta vida? ¡Y también es mi problema si llegan a las tres de la mañana y…!

Mi mamá abre tanto los ojos que temo que escapen de su cabeza, brinquen a mi boca y me atraganten. Traga saliva y puedo oler el humo de su cerebro trabajando horas extra.

—Renata, escúchame: las cosas de una pareja son de una pareja. Hay muchas cosas que no ves y que no sabes. Es mucho más complicado de lo que crees, ¿okey?

Quiero gritarle que no es nada complicado, que, incluso siguiendo la lógica de sus películas cursis y sus telenovelas, cuando te ponen el cuerno, la cosa se ha terminado; cuando te gritan que eres una estúpida, la cosa se ha terminado; cuando te prometen que nunca volverá a pasar y pasa en tu aniversario, la cosa se ha terminado. La cosa tiene que poder terminarse; no puede ser una condena eterna.

—Lo odio —murmura una voz, y me toma unos segundos darme cuenta de que es la mía. Las cejas de mi mamá se arquean, tristes, y me toma de los hombros.

—Es tu papá, mi vida. No puedes odiarlo.

Se levanta del sillón y se arrastra para agarrar un klínex. Es tan chiquita y tan de vidrio que no es justo. Dan ganas de ponerle una armadura medieval, dan ganas de ponerle dos tigres de guardaespaldas para que nadie le haga daño. Estar enamorada es ponerse una venda en los ojos y tropezarse una y otra vez con la misma silla. Estar enamorada es arrancarse la parte del cerebro que sabe más, a cambio de una mirada de vez en cuando.

¿No puedo odiarlo? Claro que puedo. Y si ella necesita pruebas para unirse a mi equipo, se las daré.

DIECISIETE

El justificante médico es un sapo dentro de mi mochila: quiere saltar y que lo persiga hasta la dirección para tener dos semanas más de códigos, lenguajes y Mateus. Estúpido Mateus. Estúpido Pascual. Estúpido Armando y sus estúpidos amigos. Estúpido mi padre y el resto de los hombres del mundo. Violeta se enamoró unas diez veces a lo largo de los años y me fue quedando claro que lo estúpida que se volvía era por contagio directo. Pero hay un límite para todo y, si mi mamá no lo ve, tendré que arrancarle los lentes rosas como sea. He estado leyendo mucho, pero no hay manera de que haga esto sola. Una parte de mí se resiste, pero la otra se dirige hacia la biblioteca, en busca de la única persona que puede ayudarme.

Por primera vez en muchas semanas puedo apoyar los dos pies. No corran, babosos, ¡no corran! ¿Cuál es la prisa de ver a ese ñoño? Además, pies, ustedes no tienen ojos, así que ¡basta! Es que este asunto ya no puede esperar. Lo tengo perfectamente planeado: le diré a Mateus que se trata de una tarea y que mi papá está de acuerdo en hacer todas esas pruebas para que yo aprenda. Hasta haré una imitación de su voz para darle credibilidad al asunto. Y para ver si hago reír a Mateus. ¡No! Eso no importa. «Nunca está de más poner la seguridad a prueba… Además, ese Mateo parece un buen muchacho», diré con la frente fruncida. «Lástima que le falten unos dedos; fuera de eso, está bien». Estúpido.

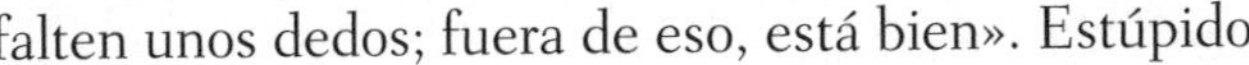

Mateus: Te echo de menos.

¿Ahora? ¿Justo ahora? No puede ser; seguro dirigió alguna cámara del colegio para espiarme. ¿Podrá hacer eso? Seguro que puede. Es un genio. ¡Cálmate, Renata! Deja de pensar como una idiota de cristal. Venga, ponte la armadura que deberían ponerse todas las idiotas del planeta y haz algo útil. Te ordeno que al entrar, ignores la media sonrisa y te fijes sólo en el azotador, que mires las gaf… los lentes y no los ojos, que uses al programador y no te relaciones con el hombre. El mundo no necesita más estúpidas. Inhalo. Exhalo. Inhalo.

—Ya sin muletas —observa la señorita Inés al verme entrar.

—Ya sin muletas —confirmo, y ella vuelve a sus lecturas eróticas detrás del mostrador, sobre su banquito, fuera de este mundo. Traigo una taquicardia de suero de cafeína pura conectado a mis venas. A ver, inha…

—¡Chilanga!

Está corriendo hacia mí. No es el tipo de persona que uno se imagina moviéndose rápido ni levantando mucho la voz, pero aquí está, abrazándome con sus grandes ramas y haciéndome cosquillas en la oreja con unos pelos de su barba, que han crecido de más. Mi celular vibra en la bolsa de atrás de mi pantalón: algún mensaje, algún *e-mail* menos trascendente que estos tres segundos de abrazo adicionales, segundos que sobrepasan la cortesía.

—¿Qué tal con el médico?

Al fin sus manos me dejan ir, pero seguimos juntos y me doy cuenta de que soy yo quien no lo ha soltado. Adiós, y un paso atrás para que no quede duda.

—Parece que bien.

—Ya —comenta. Hay una tristeza ahí. «Una pena», como él dice, pues allá «pena» no es vergüenza. ¿Es pena? Sí, eso parece.

Está en el aire, en la electricidad que sale de su piel. Una pena de que yo vuelva a mi horario de deportes habitual. ¿Es? ¿O no? ¿Le importa? ¿O no?

—Qué pena —murmura y luego sonríe. La sonrisa es «qué mal que no me alegre de que tu pierna se haya curado; pero tú me entiendes». Lo entiendo, y los médicos invisibles agregan cocaína a mi suero o algo por el estilo: mi corazón está latiendo como en mis mejores épocas como corredora. Y sólo con estar aquí, parada. En mi mochila, el justificante brincotea y quiero decirle que calma, que pronto saldrá de ahí para decirle al gallego un par de cosas que en palabras no me salen. Mateus me toma de la mano y sus dos dedos están calientes y firmes. Estoy sofocada. Me guía hasta el cuartito y cierra detrás de los dos. Siento que sus pupilas gritan mi nombre y no puedo evitar obedecer. ¿A qué había venido? Se me olvida. Mi celular vuelve a vibrar y, ahora, con tal de no seguir viendo esos ojos, lo saco de mi bolsa.

—¿Para qué fuiste hasta mi casa ayer? Estás loco.

—Para llevarte el libro.

—Me dijiste que me lo ibas a dar la próxima vez que nos viéramos.

—No sabía cuándo sería esa vez. Como ya ibas al médico… —Y sus dedos acarician mi mano. Trago saliva. Veo el celular. Dos *e-mails* nuevos.

—Si me mandabas un mensaje podía venir por él. Sigo estudiando en esta escuela; sí sabes, ¿no?

—Pues fui. Quería verte. Chilanga… deja el teléfono un segundo —me ordena, pero lo hace tan suavemente, que es una súplica. No quiero. No puedo soltarlo. Tengo que ver el teléfono. ¿A qué venía? Uhmmm. Se me olvida. Mis dos manos entre sus dos manos. Todo él cerca, tan cerca. Es una escena de una película que nunca creí protagonizar. No sé si quiero apagarle o ver la segunda y la tercera parte de corrido, en un maratón intensivo. El

calor de su pecho. Mis dedos que suben por uno de sus brazos. Calor, calor, vapor y sus ojos que me siguen llamando. Está pasando y no me atrevo a nombrar, ni siquiera a pensar, ni siquiera a... Dos *e-mails*. A ver, dos *e-mails*. ¡De Violeta! El calor abandona mis manos y yo abandono las de Mateus. El nudo de suspiros que traía en la garganta se convierte en un nudo de alambre de púas. *Crash*: las copas de cristal de nuestro brindis hermoso y privado se caen al suelo.

—Deja eso, Renata —insiste. Acaricia mi mejilla con una mano, intenta voltear mi cara hacia donde están sus ojos negros, su aliento ansioso, sus labios murmuradores. Pero es que. Pero lo que pasa es que. ¡Argh!, y me separo de Mateus y lo dejo parado a la mitad de un glaciar que no existía cinco segundos atrás. Solo, bien solo.

—Tengo que ver esto. —Y mi voz sale tan agria que hasta mi lengua se sorprende. La temperatura en el cuartito baja tres grados, y Mateus se marchita como un árbol en invierno.

De: Violeta Rivera <vi666@mexmail.com>

Para: Renata Luna <blackmoonblack@mimail.com>

Asunto: Adiós, oruga

La verdad nunca creí que esto sucedería, pero así es. La vida nos pasó una sierra eléctrica por en medio y separó a las almas siamesas. Tú y yo ya no nos parecemos en nada. Tú y yo tal vez nunca nos parecimos en nada y éramos dos orugas solitarias con miedo de convertirnos en mariposas y volar. Yo ya no tengo miedo, porque así somos los que no tenemos nada que perder. Tú no eres así. Tu vida es muy diferente con tu familia y tu casa y tus cosas. Nunca vas a poder entender lo que es el sufrimiento de verdad, porque todo te tocó fácil; pero no cambiaría mi vida por la tuya ni por un millón de dólares, porque sólo alguien que conoce el dolor de verdad va a conocer la felicidad de verdad. Tú eres una niña que ni siquiera ha hecho el amor y yo soy un alma vieja. Soy un pedazo de piedra al que de tantos golpes se le cayó lo que le sobraba y quedó una escultura de un ángel con alas grandes que puede volar hasta abajo del infierno sin quemarse. Una Catrina de verdad.

Silencio duro, del alma, silencio pesado, de montones de piedras y trozos de hielo cayéndome encima, silencio de lengua fantasma, de pecho aplanado por una carrera de cien caballos, de pulmones tronados como globos de animalitos con zapatos de tacón en una fiesta infantil. Todos los niños lloran y yo: silencio.

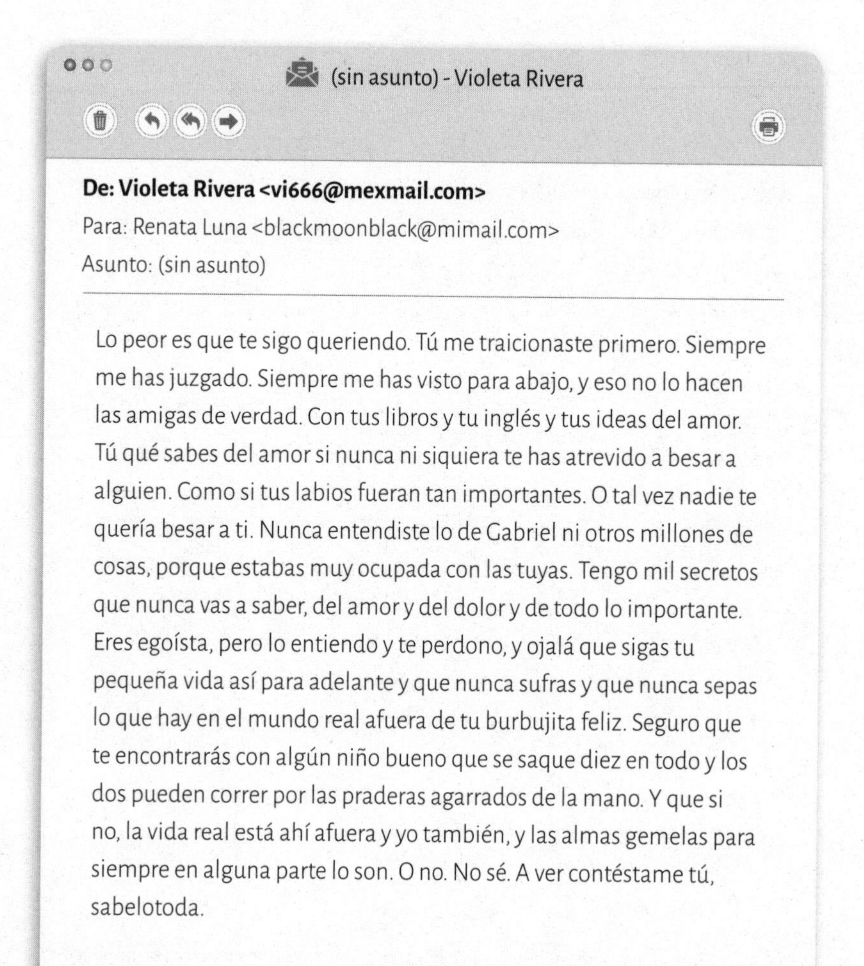
(sin asunto) - Violeta Rivera

De: Violeta Rivera <vi666@mexmail.com>

Para: Renata Luna <blackmoonblack@mimail.com>

Asunto: (sin asunto)

Lo peor es que te sigo queriendo. Tú me traicionaste primero. Siempre me has juzgado. Siempre me has visto para abajo, y eso no lo hacen las amigas de verdad. Con tus libros y tu inglés y tus ideas del amor. Tú qué sabes del amor si nunca ni siquiera te has atrevido a besar a alguien. Como si tus labios fueran tan importantes. O tal vez nadie te quería besar a ti. Nunca entendiste lo de Gabriel ni otros millones de cosas, porque estabas muy ocupada con las tuyas. Tengo mil secretos que nunca vas a saber, del amor y del dolor y de todo lo importante. Eres egoísta, pero lo entiendo y te perdono, y ojalá que sigas tu pequeña vida así para adelante y que nunca sufras y que nunca sepas lo que hay en el mundo real afuera de tu burbujita feliz. Seguro que te encontrarás con algún niño bueno que se saque diez en todo y los dos pueden correr por las praderas agarrados de la mano. Y que si no, la vida real está ahí afuera y yo también, y las almas gemelas para siempre en alguna parte lo son. O no. No sé. A ver contéstame tú, sabelotoda.

Inmovilidad. Silencio de tapones de cera, de tímpanos reventados, de antes del terremoto que derrumbará los edificios como piezas de dominó, uno por uno, uno tras otro. El contacto de su tibia mano me sobresalta. Las escenas son lentas, en blanco y negro, de pe-

lícula muda. Mateus dice algo, pero no le entiendo. Quiero agitar la cabeza, pero es pesada como una bola de demolición.

—Estás pálida. ¿Qué pasó?, ¿alguna emergencia? ¿Necesitas algo?

Bla, bla, bla. Esperadas las espinas, inesperado el dolor. Ah. Auch. Aaah. No. Sé. Qué. Ah. Violeta es buena con las mentiras. Violeta es buena con las verdades. Es mala. Es algo. «Sabelotoda»... Qué tonta es. ¡Qué tonta es! Las olas de este mar me revuelcan. ¿Piso? ¿Cielo? Me ahogo. Entiendo todo. Estoy ciega. Entiendo. Muda. Sorda. Me ve. Me ha visto. Me extraña. La odio. Entiendo todo. ¿Dónde está? ¿Qué hace? ¿Dónde estoy? ¿Qué hago? ¿Quién es él? ¿Qué viene? ¿Qué quiero?

¿Quién.

Chingados.

Soy?

¿?

Los Secretos.

La Vida.

La Burbuja.

El Niño Bueno... ¡Lotería!, y rabiosamente, más como quien busca una pelea que quien busca el amor, me estrello contra ti, Mateus, obligando a tus manos enormes a encontrar mi cuerpo idiota, que tiene una armadura que tú no ves y no sientes y no sabes; me estrello contra ti, Mateus, que querías ser dos plumas encontrándose a medio vuelo, suaves, y te robo entre jadeos nuestro primer beso, que debía de ser como en tus sueños, como en mis sueños, como en la siguiente estrella de la constelación que me ibas trazando, y ahora es de dos piedras que golpeándose sacan chispas, porque soy una piedra que quiere romper cosas suaves y dulces, y tú, ay, Mateus, estabas aquí antes que nadie más. Cuánto quieres besarme, tanto, que me abrazas y me suspiras, y

me vuelves a mirar; no ves que lloro de furia, mientras destruyo y planeo triple destruir, porque esa soy, eso soy, y el negro me pinta toda desde las uñas de los pies hasta la punta de los cabellos. Tú, pinche ñoño, pobre idiota, que no te has dado cuenta de que soy una Catrina. Una Catrina de verdad.

DIECIOCHO

Métodos de penetración

1. Ingeniería social en persona / *dumpster diving*

Visita a la oficina de mi padre. Revisé sus basureros mientras «lo esperaba» y no encontré nada interesante, aunque los artículos tienen razón: es muy fácil entrar con cualquier pretexto a cualquier lugar. Él ni se enteró de que estuve ahí. Había dos morenas: una con tetas grandes y nada de trasero en su falda sin chiste, y otra que se esfuerza mucho en maquillarse y que es como una mujer normal a la que dispararon con un rayo encogedor para que midiera setenta por ciento de su tamaño. Traía una camisa pegadita con un botón de más desabrochado. Y había otra, «güera», y va entre comillas, porque sus raíces empezaban a asomarse. Orejas grandes que surgen por entre su pelo alaciado, huesuda, con cara de caballo. Fea, pero larga. No sé. Ninguna es más guapa que mi mamá. Descubrí dónde se sentaba una, la pequeñita, y cuando se paró de su lugar, fui a curiosear y encontré su nombre: Rosa González. Qué genérico.

—Entonces, ¿me vas a enseñar? ¿Podemos hacerlo en los recreos?

—Cuando quieras, chilanga.

2. Cuentas de correo falsas

«El tema es que el correo electrónico llegue de una cuenta que parezca oficial. La mayoría de la gente ni siquiera revisa el remitente y dos minutos después tienes sus claves de acceso. Es un fraude que sigue funcionando a pesar de los cientos de advertencias que emiten los bancos. Impresionante».

A ver, entonces… ¿cuál es su banco? Banco Patria. ¿bancopatriamail? ¿banco-patria-info? ¿bancopatria-info-oficial? Increíble. Todas están tomadas por *hackers* anteriores a mí. ¿comunicados.banco.patria? Listo.

—¿Le avisaste a tu padre que ya empezaste con las pruebas? Lo ideal sería que avisara a otros empleados y pudiéramos hacerlas en más ordenadores o en el servidor de correos de la empresa.

—Eh… Quería que empezáramos con la suya. Tiene que… tiene que convencer a sus jefes de que vale la pena hacer el gasto.

—¿Gasto? No vamos a cobrar nada. Es un favor. ¿No le dijiste eso?

—¡Cómo! No, no puede ser gratis. Cuando lo hagamos para toda la empresa, les vamos a cobrar. Primero él, luego su área y después todas las demás.

—Las pruebas se cobran caras… ¿lo sabe tu padre?

—Le dije que le ibas a preparar un presupuesto —dije, y me felicité por mi capacidad de reacción: me había sacado todo eso de la manga.

—Pues vale… Si lo aceptan, podemos usar el dinero para comprarte una portátil.

—¿Una computadora? ¿Para mí?

—Necesitas una.

—Pues va —respondí, y de repente quise que todo eso fuera cierto: que yo estuviera aprendiendo a hacer pruebas de seguridad para la empresa de mi papá, que Mateus me estuviera enseñando, que estuviéramos planeando un negocio juntos. Ya luego se me pasó y el gris atardeció en negro.

3. Identidad falsa

«¿Sabes qué hacen? Sacan fotos de pantalla y ya. Ni siquiera diseñan las plantillas. Sacan fotos de pantalla y después insertan en ella los espacios para que los ingenuos rellenen sus datos. Un banco español me contrató una vez porque sus clientes reportaron trescientos por ciento más de cargos no reconocidos en una semana específica: más de la mitad de los cargos venían de compras por internet de un par de IPs diferentes, no más. Un chico de diecinueve años había mandado un correo de estos a una base de datos robada y más de sesenta personas le contestaron con sus claves secretas. Increíble».

Le pregunté a Mateus qué había comprado el chico: una televisión enorme, un PlayStation y juegos de video y, después, puras estupideces. ¿Y para qué? «Porque podía. Por el estatus. Los *hackers* coleccionan sus hazañas y las presumen con otros *hackers*. O las usan para ir a pedir trabajo». ¿Cómo? «Si le digo a una empresa que fui yo el que entró a su sistema y que puedo ayudarles a evitar que alguien realmente dañino lo haga…». Guau. Pantalla y clic.

—Renata…

—¿Qué?

—Yo no soy así, ¿sabes?

—Así ¿cómo?

—Impulsivo… No sé. Necesito que sepas que… Sé que te llevo algunos años y no quiero que creas que me aprovecho.

¡Ja! ¡Que ÉL se aprovecha! La Catrina se une a mis carcajadas. Ja, ja, ja. Como si él pudiera aprovecharse de mí.

4. *Phishing*

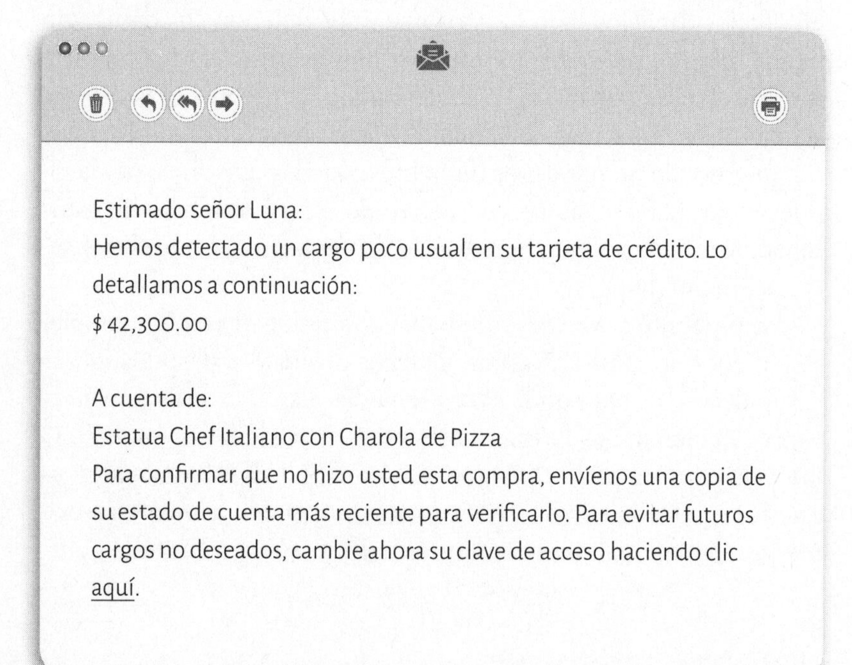

Estimado señor Luna:
Hemos detectado un cargo poco usual en su tarjeta de crédito. Lo detallamos a continuación:
$ 42,300.00

A cuenta de:
Estatua Chef Italiano con Charola de Pizza
Para confirmar que no hizo usted esta compra, envíenos una copia de su estado de cuenta más reciente para verificarlo. Para evitar futuros cargos no deseados, cambie ahora su clave de acceso haciendo clic aquí.

Conque tres mil setecientos pesos en *regalosonline.com*, ¿eh? Conque Trattoria Fratello los últimos dos miércoles, ¿no? Miércoles: días de junta en la empresa inmobiliaria de mi mamá. Qué hijo de puta. Qué gran, gran hijo de puta.

Mateus me trajo una USB decorada con calaveras. Me la dio envuelta en papel reciclado y escribió en él, con su pequeñísima letra y en pluma de gel verde: «Para mi niña ruda». Me da tristeza. ¿Qué cree que está pasando entre nosotros?

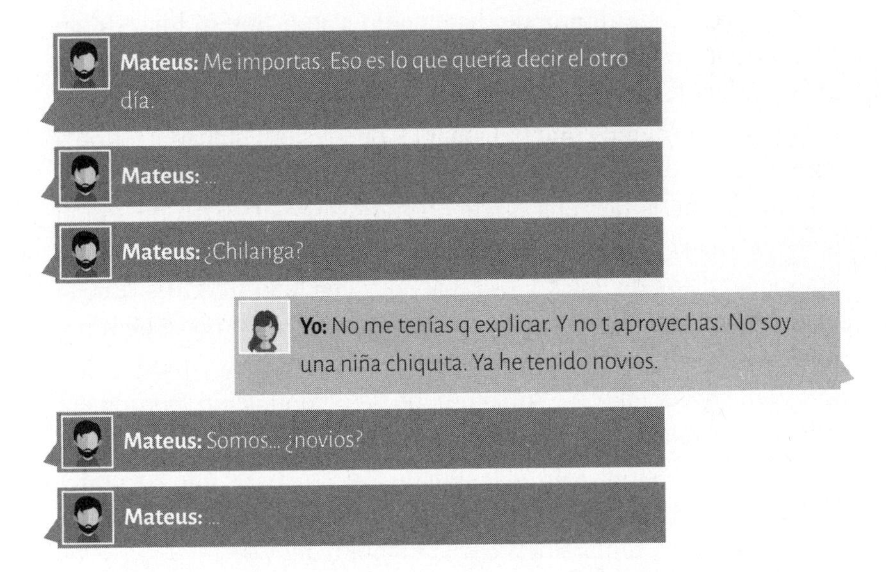

Y me llamó. Le dije que qué importaban los títulos, dijo que no importaban. Preguntó con voz nerviosa que si habían sido *novio*S, en plural, y dijo intentando sonar bromista que a qué hora me había dado tiempo si era apenas una niña. Parece que se está obsesionando. Por el momento, lo necesito, así que le sigo el juego. Eso es lo que estoy haciendo. El *whisky* y el humo se encargan de envenenar a las estúpidas mariposas cuyas alas me rozan el

pelo cuando la biblioteca está cerca o cuando mi celular anuncia la llegada de un mensaje con acento español: alguien les dio la dirección equivocada y es hora de que migren a otro sistema digestivo menos hostil.

5. Ingeniería social telefónica

«¿Hola? ¿Es la secretaria del licenciado Luna? Soy su hija, Renata. Necesito hablar con él. ¿A qué hora? No, no lo interrumpan. ¿Citas hasta las siete? Ya. Yo le llamo luego. Gracias».

Le pedí a Mateus que él llamara y obedeció. Estaba tan serio y formal, sentado muy recto con el teléfono en la mano izquierda y los dedos de la derecha tamborileando sobre el escritorio, como si la ineficacia de la secretaria le desesperara realmente. Dijo que era de servicios digitales y que habían detectado un virus que se originaba en la computadora del licenciado y que, si no se eliminaba de raíz, podía hacer que la red de toda la empresa cayera. ¿Que qué podía hacer ella? No sabía mucho de computación, porque era sólo una secretaria, y el licenciado ya no volvería a la oficina ese día. «Pues, mire, señorita, esto ya no puede esperar. Tiene que encender la computadora del licenciado…». Diez minutos más tarde estábamos conectados remotamente a la computadora de mi papá y los largos dedos de Mateus hacían magia.

—Listo. ¿Ves qué fácil? Ahora entramos a esta sección de documentos «confidenciales»… Me parece increíble que nombren así sus carpetas… —lo dijo para sí mismo—, y puedes enviarle a tu padre un correo con fotos de alguno de ellos para que pueda mostrarle a sus jefes el nivel de seguridad, o más bien, de no-seguridad que tienen. Es más, si nos metemos aquí… Mira, este

documento necesita contraseña. Le podemos aplicar un ataque de diccionario y…

Se abrió la puerta, y nos separamos y callamos, como si nos hubieran interrumpido en pleno manoseo. La señorita Inés miró al interior del cuartito por unos segundos y al fin entendió que le tocaba hablar.

—Se me había olvidado decirte, Mateo… Me piden el reporte de las actividades de la niña.

Yo era «la niña».

—Vale, sí, lo tengo —respondió Mateus, abandonó su silla y se puso a buscar entre un montón de papeles. Entonces saqué mi USB de calaveras, la metí en la computadora y clic, clic, clic. Así, a primera vista, mi padre había visitado páginas de regalos, de «escapadas románticas de fin de semana» y…

—¿El historial de internet? —dijo esa voz señorial a mis espaldas. Oh, diablos: atrapada con los dedos en las teclas—. ¿Qué es lo que estás haciendo realmente?

Giré en la silla y lo miré. Necesitaba distraerlo en lo que se me ocurría alguna excusa, así que me mordí un labio y traté de hacerme la *sexy* inocente, pero no picó.

—¿Renata? ¿Estás espiando a tu padre? —preguntó, y era tan alto y tan guapo y tan imponente que mi lengua se congeló como si la hubieran sumergido en nitrógeno líquido.

—Ay, tenía curiosidad. No exageres.

—No exagero. Eso no es ético.

—¡Es mi papá! ¡Ya sé todo lo que hace! Sólo quería…

—No importa si es tu padre o tu amigo imaginario. Tenemos permiso para hacer pruebas de seguridad, no para espiar. Yo soy responsable por ti —dijo, mientras se ponía de rodillas entre mis piernas y me tomaba las manos—. ¿Entiendes?

—¡Tú no eres responsable por mí! No soy una…

—Sí, que no eres una niña. No lo digo por eso. Si yo estoy enseñándote, soy responsable. Todo lo que hacemos sale de este IP. *Mi* IP.

Me miró desde abajo con esos ojotes e inclinó la cabeza. Esperaba una respuesta. Suspiré.

—Eres un ñoño.

—Eso no es novedad.

—Vale.

—Gracias —dijo, llevó una de mis manos hasta sus labios y la besó. Brrr. Cuando no me miraba, besé su beso y algo me supo a traición. Mía, no suya.

Ya tenía las últimas treinta direcciones de internet que mi padre había visitado. Escapadas de fin de semana… Al entrar a la página, los recuadros de las fechas se rellenaron automáticamente: mi padre quería escapar el fin de semana siguiente. La pregunta, claro, era con quién.

La contraseña de Violeta no ha cambiado. Violeta tiene otro tatuaje. Violeta tiene un chupetón en el cuello. Violeta está de espaldas, sentada a horcajadas sobre el tal Beto K mientras él le agarra el trasero con una mano y con la otra le jala la cola de caballo. Es un cerdo que ha escuchado demasiado *reggaeton* y ella es una idiota antifeminista. Son… No puedo dejar de ver la foto, y un flamazo me recorre desde el cuello hasta los pies. Intento quemar mi calentamiento global con unos abdominales: nada. Vuelvo a la foto y la Katrina de Violeta, que se asoma descaradamente por culpa de unos *jeans* demasiado bajos, me está guiñando el ojo. Me está llamando. Está llamando a Quatrina.

Ese Beto debe jalarle el pelo, morderla toda, aventarla a la cama, contra la pared, devorarla a uñas y a dientes, como en las

películas. Se me acaba el aire. Violeta en la película de mi cabeza, mis manos recorriendo mi cuerpo, que no se enfría ni con el vaso de agua helada que me destempla los dientes. Busco mi teléfono entre las sábanas vaporosas.

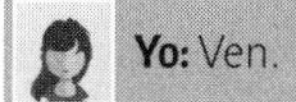

Y viene. Le prestan una «furgo» (ya le dije quince veces que aquí es «camioneta», pero no le importa). Quiere entrar, saludar a mi familia. No hay nadie más que el enano, le digo, y quiere entrar, porque le prometió enseñarle unos *cheats* de Warcraft, pues ahora resulta que son amigos de Facebook y chatean. Perfecto. ¿No tiene suficientes amigos el idiota de Armando? ¿No tiene ya una hermana mayor? ¿Necesita otro? Mateus trae una camiseta negra: eso es nuevo. Se acerca para darme un beso y yo cierro la puerta principal, dejándonos afuera, y lo atraigo a mí, jalándolo de las caderas bajo la luz naranja del farol. Se deja, porque, si no se dejara, sería tan sólido como otro farol y yo sería una torpe borracha peleando contra él. Para, Renata, para. «Protégeme de lo que quiero», de Placebo, aullando en mi cabeza. «Protégeme». No pares. Me pego a su pecho, recorro una espalda ancha y musculosa con los dedos, le busco la lengua, pero él quiere mis labios y los quiere pacíficos y dulces. Le ofrezco el cuello para que me muerda, y sólo me rodea con esa calidez silenciosa, y ¡argh! ¡No entiende nada! Tomo sus manos para que me estrujen y acaba a medio metro de distancia, con cara de susto.

—Eh, eh, tranquila… ¿Todo bien?

Exhalo. Exhalo. Exhalo. Un ejército galopa por mis venas; una mitad estaba en mis mejillas y la otra en el centro de mi cuerpo, y el capitán les ha exigido volver al centro de reunión: mi corazón.

El galope me aplasta un par de neuronas y me cuesta encontrar lo que quiero decir.

—¿Renata? ¿Qué pasa? Ven, ven. —E intenta acariciarme los hombros, pero retrocedo, con la piel erizada.

—¿Me estás rechazando? —le gruño.

—Claro que no, cielo, pero…

—¿«Cielo»? ¿Quién dice eso? —Y una carcajada que suena a tos me sale de la garganta.

—Yo. Yo digo eso —responde Mateus, ofendido—. No entiendo qué te pasa. Tú no eres así.

—¡Claro que no entiendes! ¡Y claro que soy así!

—Creo que mejor me voy y hablamos cuando estés más tranquila. —Y levanta las manos como si lo estuviera asaltando. Sus manos incompletas y deformes.

—Ah, claro, lárgate. Si no puedes hablar conmigo, lárgate.

—¿Qué te pasa?

—No me pasa nada. A ti te pasa. Tú pareces el niño chiquito. Cobarde.

—Adiós, Renata.

Se sube a su furgoneta y se va sin mirar atrás, dejándome con la pelea en los puños y los gritos en la tráquea. ¿Quién hace eso? ¿Quién abre la puerta para luego no dejar entrar? ¿Quién te da un tambor y se tapa luego los oídos? ¿Quién? ¡¿Quién?!

—¡Adiós, estúpido!

Toco el timbre pero mi hermano debe estar desgarrándose los tímpanos con sus audífonos ochenteros. Tomo vuelo para patear la puerta y me detengo justo a tiempo: no quiero joderme el otro tobillo y volver a ser «la niña» que ayuda al ñoño en la biblioteca. ¿O sí quiero? La Catrina me hace cosquillas y no sé cómo quitármelas. Las piernas me hacen cosquillas y salgo corriendo, que es mejor que pensar.

Eso. Noche. Viento frío con olor a lluvia sucia en la cara. Corro, ah, corro. Me alejo de no sé qué, pero me alejo; sudo por cada poro, soy invencible, soy para mí y nada más. *Quiero rebasar la velocidad del dolor*. Rebasar al dolor. Ir más rápido. Ganarle. Eso, sangre moviéndose por mis venas para hacerme más rápida; mejor, en vez de para andarme rellenando el corazón de estupideces.

Te quiero hace tanto tiempo que ya soy un vampiro para el que nada cambia. Necesito tu sangre, pero sólo tengo tu mirada, y sólo a veces. Nunca vas a quererme, porque eso es así y ya lo sé. Y ya lo acepté. Nunca vas ni siquiera a verme, porque soy muy bueno para ser invisible. No habrá una gran historia de amor ni un atardecer con dos pares de huellas en la playa. Habrá una confesión, algún día, el día que yo esté listo para morirme.

Escribo estas cartas como la gente que deja abierta una cuenta de *mail* para que le descubran sus infidelidades: para que exista esta evidencia, para que algún día alguien la encuentre, tal vez tú. Mientras tanto, necesito que este amor exista aunque sea aquí, en este mundo de papel. Cuando descubras este amor, me matarás. Ya lo sé. Y ya lo acepté.

DIECINUEVE

—Alicia va a pasar por mí a las once y media. Tiene la camioneta de su hermana. Vamos a estar llegando como a la una y media. Dejamos todo en el hotel, comemos algo y la primera conferencia empieza a las tres. Sí, tres. Segura. No. Porque tiene trabajo. Sí. Hasta el viernes. Chao.

Mientras mi mamá cuelga y escribe un par de mensajes en su chat del trabajo, mi cerebro está a punto de explotar y mi materia gris, esta vez, les salpicará a todos en la cara.

—¿Te vas, ma? ¿*Este* fin de semana?

—Sí, mi vida, ¿no te había dicho? Tenemos el Congreso Anual de la Asociación de Bienes Raíces.

—No, no me habías dicho. ¿Y mi papá?

—Va a aprovechar para ir a ver a su hermano a Metepec. Armando se queda con Raúl y tú te puedes quedar acá si quieres... ¿Vas a ver a Mateus el fin de semana?

—No sé...

—Lo puedes invitar acá. Se quedan en la sala, Renata, ¿eh? O váyanse al cine mejor. —Y saca de su bolsa un billete de doscientos pesos—. Si quieres pedir una *pizza* o algo.

La puerta principal se cierra: mi papá. Ahí viene la explosión y ¿cómo voy a controlar qué destruye y qué no?

—Ma... ¿tú conoces un restaurante que se llama Trattoria Frate...?

Y, claro, suena su teléfono. Me hace la señal de «ahora vuelvo» y se mete a su cuarto. Un par de pupilas están lanzándome

flechas a los omóplatos y volteo para encarar a mi papá. Está blanco, como vampiro sin asolear, y la mandíbula le tiembla como a Morrison cuando veía de lejos un pájaro y se preparaba para la cacería.

—¿Vas a Metepec? —le pregunto, intentando sonar inocente, pero una vieja rabia nebulosa nos envuelve a los dos.

—Voy a Metepec. A ver a mi hermano.

—¿Puedo ir contigo? No quiero quedarme aquí sola.

—No, no puedes porque… porque no le avisé y no tiene espacio para…

Tuve un segundo y medio para decidir si seguía con la farsa o no: donde vive la furia no cabe la hipocresía.

—¿Cuál es, eh? ¿La tetona, la chaparrita o la de cara de caballo? —pregunto.

—No sé de qué hablas, pero más vale que cambies de tono o…

Todavía se atreve a amenazarme. A tratar de educarme. Se me escapa una risa burlona.

—Metepec. Eres un cabrón.

Y habría dicho más, pero una bofetada sudorosa me cruza la cara. Sudorosa, por los nervios. Porque es cierto. Porque es un cabrón. Igual, sudorosa o no, auch. Megaauch. Me tambaleo y acabo sentada en el sofá hundido, el preferido de Esmeralda.

—¡Tú a mí no me hablas así, ¿eh?! —grita, y cada uno de sus gestos lo delata. Lo veo borroso, porque mis ojos están inundados y, también, porque *está* borroso. La piel de mi mejilla sigue pulsando, pero mi lengua no aprende la lección.

—¿Ahí es a donde van? ¿A la Trattoria esa? ¿A besarse mientras mi mamá trabaja?

—Una palabra más, Renata, y…

—¿Y qué? —lo reto, y por el rabillo del ojo veo que Armando está de pie en el marco de la puerta de su cuarto. No se le mueve

ni una pestaña y sus ojos azules, como los míos, están clavados en la mano de mi padre, que está cerrada en un puño.

—¿Pa…? —musita.

—¡Regrésate a tu cuarto, Armando! ¡Esto no te incumbe! —exclama mi papá, pero mi hermano parece incapaz de moverse. Y la que faltaba, para completar la hermosa reunión familiar, hace su aparición.

—¿Qué pasa? ¡Estoy en una llamada de trabajo! ¿Qué gritos son estos?

—¡Tu hija está loca! ¡Se está inventando historias, como siempre! ¡O la calmas o la calmo! —amenaza mi papá.

—¿Estoy inventando? ¿De verdad?

Mi mamá murmura una excusa en su celular y cuelga a su importantísima llamada. Me mira, lo mira a él, me mira, lo mira a él.

—¿Alguien me va a decir qué está pasando aquí? —exige.

—Dile, papá, dile a quién le compraste un regalito de tres mil setecientos pesos.

Entonces, el cínico suelta una risa y, un segundo después, desaparece dentro de su recámara y vuelve con una caja de cartón entre las manos.

—Tres mil setecientos pesos —dice mi papá, mientras abre la caja y saca una *laptop* negra, nuevecita—. Tu mamá me pidió que te la comprara para que aprendieras más de computadoras, pero… —Se acerca al barandal con ojos de volcán y agita la computadora sobre el precipicio—: ¡yo no creo que vayas a aprender nada! —Y deja caer la máquina al piso de abajo.

Mi mamá ahoga un grito, Armando parpadea como si el estruendo acabara de despertarlo de un largo sueño y yo me quedo inmóvil. La ha matado. ¿Aluciné? ¿Pude haberme equivocado tanto? No, no puede ser.

—Me voy de aquí —anuncia mi padre. Agarra su portafolio, baja las escaleras y pisotea el cadáver de allá abajo, que cruje.

No quiero asomarme y ver todas las piecitas desperdigadas. Unos segundos después, la puerta principal se azota y eso desata la histeria de Olivia.

—¡Renata! ¿Qué te pasa? ¿Qué pasó?

Me mira, mira a Armando, me mira. Armando se mete a su cuarto y azota la puerta. Yo me llevo la palma de la mano a mi mejilla enardecida.

—Me pegó —le digo a mi mamá.

—¿Qué hiciste? ¿Qué le dijiste?

—¡No es mi culpa! ¿Por qué siempre crees que es mi culpa? —grito y, ¡argh!, quisiera que mi voz sonara sólida y rotunda, pero es un chillido rencoroso—. ¿Sabes qué va a hacer este fin de semana mientras tú trabajas? ¡Se va a ir con una puta de su oficina a una «escapada romántica»!

—¿De qué hablas, hija? —pregunta en voz baja, y viene hacia mí. Mis hombros están bajo sus manos y me zarandea—. ¡¿De qué hablas?! ¡Te dije que dejaras ir esto! ¡No es tu problema!

—¡Te está engañando! ¡Otra vez! ¿Por qué no lo ves?

Del cuarto de Armando sale, a todo volumen, una música horrible.

—¡No necesito que me cuides, Renata! *Yo* soy la mamá y tú eres la hija. ¡Yo soy el adulto aquí!

—¡Tengo las pruebas! ¡Tengo las pruebas de que…!

—¡No quiero ningunas pruebas! —grita desesperada—. ¿No entiendes?

No, no entiendo. Me duele el cerebro y quisiera despertar de esta pesadilla. No sé cuándo empecé a llorar, pero mi cara y mi cuello están empapados. La veo, me ve. Las dos lloramos. El mundo cae y se truena como la computadora que, allá abajo, agoniza. Todo duele demasiado. Pienso la frase y no puedo creer que está saliendo de entre mis labios hasta que escucho mi voz clarita, clarita, saliendo a flote entre el mar de mentiras:

—Eres una idiota.

Y *¡zas!*, otra bofetada a la piñata humana. En la misma mejilla. Esta me agarra más de sorpresa y, aunque mi mamá es menos fuerte, el golpe es más vicioso y pierdo el equilibrio. Toda mi casa gira como un trompo alrededor de mí.

—Te odio —murmuro. Se me tapan los oídos, pero los labios de mi mamá se mueven, y creo que dice que ella también me odia. O algo así.

VEINTE

¿Para qué?

VEINTIUNO

Esto no puede durar para siempre, este silencio. No lo soporto, grito en mi cabeza, ahogo los aullidos en la almohada; luego, otra vez, silencio. Ni mi mamá, ni mi padre, ni Armando: ni una palabra. Esmeralda: no contesta. Mateus: cómo podría entender. No usamos las mismas palabras. Su vida y la mía están separadas por un océano y mañana estarán, literalmente, separadas por un océano. En ese océano se ahogarán los ojos, las barbas, las sonrisas, los hubieras y todo lo demás. Como debe ser cuando un pirata y una catrina se enfrentan. Pero Barbanegra es otra cosa: no tiene garfio para lastimar. Y yo soy un fantasma, una sábana vacía con huecos en vez de ojos.

¿Y Vi? He intentado responder sus *e-mails* cien veces y las palabras se me escapan. Se me escapa, también, la certidumbre de que yo tenía la razón y ella la culpa. ¿De qué? ¿Y qué? Tiene que extrañarme también. Tiene que. Quiero historias. Quiero cicatrices. Quiero conocer el sufrimiento y llover, quiero sentir lo que sea con tal de sentir... Lo pedí. Ten cuidado con lo que pides, mucho pinche cuidadito. Lo pedí. Lo tengo. Violeta lo entendería.

Tu correa de metal se hunde cada vez más profundo en mi tobillo, Morrison, en el mismo que, de tantos circulitos de fuego, ya tiene su propia textura. La jalo y la enredo, más y más vueltas, porque, si

me queda alguna emoción, está más allá de mi piel, de mi músculo y de mi hueso. En la médula: ahí debe haber un pequeño corazoncito para estrujar y que sangre un poco. Un pequeño corazoncito: como el tuyo, bebé, que dejó de latir porque no te cuidé; como el tuyo, que se preguntó mil veces qué habías hecho mal, por qué te había dejado de querer. No sé ni para qué te hablo: no hay un Más Allá donde esté tu alma escuchándome y, si lo hubiera, las almas no tendrían oídos. ¿Qué necesitan escuchar? ¿Las estupideces de los que vivimos en el Más Acá? Pero no, no hay: hay *un* mundo, *una* vida de mierda, un pantano lleno de sanguijuelas y un poco de alegría que te toca una vez en la vida y luego se muere, porque tú ni vales para eso, tú ni mereces ese amor, ese corazoncito que se te entregó para que lo cuidaras más allá de la sangre y de los huesos.

Ahora, toca la soledad. Ahora, toca el dolor. Pero no lo siento, no lo encuentro; se me ha perdido, igual que tú, Morrison. Se me ha perdido y lo necesito, porque es lo único que no me falla. «No siento placer ni duele»... Gracias, Oh Land, por dictarme las palabras que ya no tengo con tu voz de blanca nube, mientras yo estoy bien lejos de ti, en el lodo. «La silenciosa cortina lo está cubriendo... en mi cabeza se está perdiendo»... Los objetos de nuestro amor no vienen con garantía; se pueden descomponer, perder, incendiar. Pueden ser demasiado pequeños y mortales. Pueden ser idiotas, también. ¿Para qué querer así? ¿Para qué querer y cuidar, para qué proteger lo frágil, ponerle nombre, un techo si se moja, una red por si se avienta, si el Universo lo que quiere es que todo caiga desde lo más alto y se destroce? Ni amar lo vulnerable ni ser lo vulnerable. Amar sólo a las rocas que sobreviven, estrellarse contra ellas, guardárselas en la bolsa. Aprieto más la correa y ahí en el fondo hay un pellizco, pero no es suficiente. La piel es morada, la piel es ajena, el tobillo es un animal con correa para sacarlo a pasear. Ja. Este vacío que todo lo traga,

digiere y convierte en cicatrices: Violeta lo conoce. Violeta lo entendería. Violeta me ha escrito otra vez, preguntándome con la canción de Garbage: «Hey, *baby,* ¿puedes sangrar como yo?».

Puedo. Creo que sí, que sangro. Que ya llegué.

Segunda Parte

Cuando el sol se ha fundido y todo es tan negro que no sabes si tienes los ojos cerrados o abiertos, espera, que todavía morirá la luna. Cuando crees que ya has perdido todo lo que puedes perder y miras tus manos vacías, espera, que ahora te cortarán las manos. Cuando de tanto llorar y de tanto sangrar te has convertido en un desierto, espera, que aún viene la tormenta de arena que te arrancará la piel de los huesos.

En la oscuridad no necesitas pupilas ni brazos: la noche te mira y te abraza mientras tú encuentras tu sombra perdida y la reconoces. En esa duna sobre la que tu sangre se ha secado queda algo: una célula inmortal. De ella brota un torso nuevo y dentro de las costillas hay un corazón que viene de lo más profundo de la Tierra: bombea sangre negra mezclada con lava roja. Bombea oasis inundados, huracanes furiosos, monstruos llenos de dientes. Te levantas y la eternidad es tuya. Has estado allá, en el apocalipsis, y has vuelto. Conoces el fondo de todos los océanos

y te has alimentado de estrellas de mar mutiladas. Te han bañado en ácido sulfúrico y tu alma carcomida sigue lanzando puñetazos y gritos de guerra. No hay inocencia que perder: te han matado y has matado. No hay nada más que saber: eres una Catrina.

VEINTIDÓS

Perder la dignidad

Cuando quemas el puente que unía el ayer con el mañana, de pronto estás parada sobre el precipicio, sin nada bajo tus pies, y ese precipicio se llama «el hoy». Aquí todos hemos quemado nuestros puentes y compartimos el mismo vértigo, esas ganas de caer en el abismo y de no caer, al mismo tiempo. Aquí los conceptos del Bien y el Mal te confunden, al principio, luego entiendes que el mundo que te rechazó, que el mundo que te escupió, se ha quedado fuera: él y sus reglas. Aquí todos somos ángeles negros sobreviviendo en la noche asesina contra la soledad, el dolor y el olvido.

Violeta dice que les había contado de mí y que todas me esperaban. Que ella siempre me esperó, sabiendo que tarde o temprano tenía que llegar. No le pregunto por qué no me llamó o por qué, en vez de esos violentos correos, no escribió otra cosa, porque sé lo que me diría: que yo no estaba lista. Que tenía que bajar al Inframundo para encontrar el mapa que me traería aquí.

—A los cinco años tú me nombraste vicepresidenta de tu club. Algún día yo te nombraré vicepresidenta del mío. —Y me besó muy cerca de la boca con sus labios negros. Algún día y no ahora mismo, porque las Catrinas no es sólo nuestro: yo soy la sexta, la que llegó tarde aun habiendo llegado antes que todas las demás. No traemos los nombres de antes al club: nos dan nuevos cuan-

do pasamos la iniciación y somos miembros oficiales. Las reglas vienen de nuestro «club líder», los Negros Rabiosos, cosa que Violeta me explicó con mucho orgullo después de que me riera en su cara al preguntarle de dónde las sacaba y quién decía que debía ser ella quien las pusiera. Al principio se encabronó y creí que me mandaría de vuelta a mi casa; luego puso cara de paciencia ante mi evidente ignorancia.

—Esto ya no es de tener un tatuajito y ya, Natilla.

Así me llamó durante una época: Renata-Nata-Natilla. Supuestamente es un nombre cariñoso, pero alguna vez le dije que lo odiaba. Quisiera que no me llamara así, pero aquí las cosas son muy diferentes: ella es la que manda. Al menos cuando Beto, su Negro Rabioso, no está. Es la misma y a la vez no; es, quizá, la que estaba destinada a convertirse, para bien o para mal, cuando conociera al tipo correcto. O incorrecto.

—Hacemos cosas. Muchas cosas. Es algo importante. Los Negros Rabiosos han existido por muchos años. Son rebeldes sin causa —dice, y una sonrisa idiota se le planta en la cara. No hace nada por evitarlo.

Por mi parte, cada que escucho «los Negros Rabiosos» imagino a todos estos aspirantes a motociclista cubiertos de chapopote y echando espuma por la boca. Son aspirantes: no tienen dinero para motos y por eso no los aceptan entre los clubs oficiales, lo cual es, según entiendo, una gran vergüenza. Los que no pertenecen quieren pertenecer al «no-pertenecer» oficial. Pero dice Violeta que Beto ya tiene un plan para que los Rabiosos se recuperen de su situación. ¿Cuál plan? No puede decírmelo, porque todavía no he cumplido con todas las pruebas, aunque esté preaceptada. De cualquier forma, aquello estará bien: por ahora lo único que tienen son sus chalecos con el nombre de la banda bordado y un parche enorme de un xoloizcuintle furioso en la espalda.

«Un xolito», lo llamaría Esmeralda, y diría: «Nel, un xolito no puede representar a una banda como esta, porque son recariñosos y dulces. Es más, ningún perro podría representar a ningún humano, porque nosotros somos una mierda y ellos unos angelitos con un papi-dios bien cabrón que los manda a este pinche planeta a depender de la escoria del universo». Sí, diría eso y luego se largaría a fumar mariguana al monte o a algún lugar lejano de la civilización, donde su teléfono no tenga señal, para que su escoria de sobrina, a la que prometió apoyar a lo largo de su mierda de vida, no pueda encontrarla y molestarla en sus profundas meditaciones. Puaf. Adultos. Qué bien se les da eso de prometer.

«Amarte y respetarte hasta que la muerte nos separe». Puaf.

«Todo lo que hago es por tu bien». Megapuaf.

«Algún día lo entenderás». Ultrapuaf. Ni lo entiendo ni quiero entenderlo y váyanse al demonio, o mejor váyanse a otro lugar, porque hacia el demonio voy yo, ya que todos ustedes se pusieron de acuerdo para mandarme allá a patadas.

Y bueno, damas y caballeros, se preguntarán cómo es que las Catrinas son «aceptadas» por esta importante banda milenaria. Pues no lo son, no como iguales. Ellos son los líderes y las Catrinas quieren estar junto a ellos. Salir a las calles con ellos. Ser de ellos. Les damos caché, pues no todas las bandas tienen fans femeninas aventadas y *sexys*, dos de los (muchos) requisitos para ser Catrina: la calle no es lugar para las tímidas ni para las fresas.

—Estás enamorada —le digo a Violeta, que tiene cara de quinceañera soñadora. Su sonrisa cambia por una de sarnosa condescendencia y me dan ganas de rascarme el orgullo.

—Es mucho más que eso —declara—; no lo entenderías.

Si tuviera un tic, la certeza de Violeta acerca de mi estupidez lo habría activado. Ahorita ya me estaría temblando el ojo izquierdo, estaría encogiendo la nariz involuntariamente o tronándome el cuello una y otra vez.

—¿No lo entendería? ¿Y eso por qué?

—Ay, ya, no lo tomes así... —responde, mientras rueda los ojos para arriba. Soy terriblemente tediosa. Mateus aparece como un clip mal insertado en mi video y pienso en todas las preguntas que le hago, preguntas mucho más complejas que «¿No lo entendería, y eso por qué?», y que él me responde sin pizca de impaciencia, diez veces si es necesario. «No preguntar es de tontos», dice. No repito mi pregunta y volteo a otro lado, ofendida. Violeta apaga el cigarro en la suela de su zapato y me ofrece la colilla.

—¿Qué quieres que haga con eso?

—Que la vayas a tirar.

—Vela a tirar tú.

—Eres la nueva —dice, me sostiene la mirada y me vence. Agarro su colilla babeada y la pongo en la cumbre de una montaña de basura en la esquina. Llevo dos semanas haciendo tareas, amarrando agujetas, cepillando largas cabelleras, lustrando botas de Rabiosos, haciendo encargos estúpidos como «cómprame una botella de agua» y luego «vacíatela encima de tu camiseta blanca y ve a pedirle a esos tipos la hora». Las chicas se divierten. Soy la nueva. Perder para ser: el Nacimiento de una Catrina. Primer paso: listo.

(«Hey, Mateus, hipotéticamente, ¿un *hacker* podría robarse la dirección IP de otra computadora?». «Pues, Renata, "robársela", no. Es como una dirección física; no puedes robártela. Pero, sí, Renata, muchos *hackers* saltan de IP en IP para que sus actividades no sean rastreables a sus casas o sus búnkers o lo que sea». «Odias a los *hackers*». «No, Renata, ya te lo expliqué. Yo también soy *hacker*, pero no *cracker*. Sé dónde está la línea que divide el Bien del Mal y la respeto. Así soy en el mundo real, también en el digital». «Vale... digo, okey»).

A lo largo de estas dos semanas he estado, también, juntando lo de la cuota. Uno: abrir cuentucha para adolescentes en cual-

quier banco. ¿Requisitos? Identificación de mi mamá, que jamás se daría cuenta de que me llevé su pasaporte porque el que hace los viajes con sus putas es él, y veinte pesos. No, soy ecológica, no me manden estado de cuenta impreso. Dos: crear cuenta de Digimoni con *e-mail* falso. Tres: entrar a la cuenta de banco de mi padre desde otra IP y… de poquito en poquito, se llena el cochinito. Me paso al Digimoni cincuenta, setenta, quince pesos a cada rato. ¿Concepto? «Comisiones». Vuelvo a sentarme junto a Violeta en la banqueta.

—A ver —empieza Violeta. Claro: no puede aguantarse. Ella quiere decirme todo lo que no sé, todo lo que no entiendo—. Igual tienes que saber todo esto antes de tu iniciación.

—¿Que será…?

—Yo te aviso. Ya casi. Mientras, escucha. Hay dos noches para una Catrina: la que no escoge y la que sí. O sea, tu papá es un cabrón, tu mamá es… en fin. Eso no lo escogiste. Y te metieron una madriza y te dejaron de dar lana… Eso tampoco lo escogiste, pero te acercó a ser una Catrina. Ora, cuando agarraste al ñoño ese para que te ayudara a vengarte de tu papá con sus trucos esos de computadora, eso ya es la segunda noche, ¿entiendes? Algo que *tú* escogiste.

—Okey…

—Y vas y vienes para siempre entre una y otra noche, porque después, por escoger cosas, te pasan otras, y cuando te pasan otras, escoges otras más y así.

Mi estómago está haciendo corajes y creo que es porque hay una lógica en las pendejadas que Violeta está diciendo. Hay algo profundo y verdadero, y no puedo burlarme, porque está hablando del Destino y del libre albedrío y de muchas cosas que yo he leído y ella no, que ella no debería entender y, sin embargo, más que entenderlas, las vive. Violeta se inventó todo esto sin mí y eso me espesa la sangre.

—En el amor también hay dos partes. La primera es la del Abrazo. Ahí todo es bonito, es cuando te enamoras y haces mil planes y quieres besarte todo el día y ver películas tontas y eso. Y la segunda es la del Abismo. Es como… es como… es el otro lado del amor. A ver: imagínate una dona. Tú dirías que la dona es la parte del pan, ¿no?

Eso, ya vuelves a sonar como tú, Vi.

—Pues la segunda parte del amor es el hoyo. Por eso se llama el Abismo. Es todo lo que te falta y te duele. Si tú estás parada en el hueco de la dona, te sientes sola y fría y deprimida. Se te olvida que la dona está ahí, alrededor de ti, cuidándote. Y por eso te mereces ese dolor, para que no se te olvide.

—¿Es como un castigo? No entiendo.

—Te dije que no ibas a entender. No, no es un castigo. Es una euforia. Es lo mejor del mundo. Es más que amor. Se llama diferente.

—¿Cómo se llama?

—No te puedo decir.

¿Mi sospecha? No me puede decir porque no tiene ni puta idea.

—Él me sangra, me cura, me despierta cada poro y me vuelve a matar. Me muero nueve veces, como los gatos, y mis huesos se vuelven a levantar otra vez. Soy suya. Soy suya y ya.

—¿Y él es tuyo?

—¿Qué importa? El Amorte es más que eso. Es otra cosa. En el Amorte no te importa poseer al otro, sino que te destroce y te vuelva a armar. Que te dé lo que necesitas para sentirte viva otra vez, muerta otra vez, en el Abrazo y en el Abismo, y de vuelta. Esa es la libertad. Eso es lo único que importa. Él es libre. Mi cuerpo es suyo, mi alma es suya. Yo soy suya.

—Y… ¿cómo te mata cada vez? —pregunto, esperando que me diga que es una metáfora.

—De mil maneras. Y revivo para él. Eso es el Amorte.

—El Amorte —repito.

(«Hey, gallego», mientras él hacía unas cosas en su *laptop*, sin camisa, y yo gateaba por su cama hasta rodear su cintura dorada con los brazos. Porque peleamos, pero volvió. O yo volví, quién sabe. Le olí la axila. «Dime, chilanga». «¿Cuántas novias has tenido?». «¿Para qué quieres saber eso?». «¿Cómo para qué? Para saber». «No es una lista larga. No soy como tú, chilanga; no conecto tan fácil con la gente». «¿Porque todos te parecen idiotas?». «No, no es eso… Me cuesta, simplemente». «Cuéntame algo, gallego». «Vale… Te cuento que a medida que las cantidades aumentan, la posibilidad de encontrar un número primo se reduce». «Pinche gallego, ¿de qué chingados hablas?». «Te estoy contando algo». «No eso», y besé la base de su columna. Dejó la computadora sobre la almohada y volteó a verme, muy serio. «Te cuento que ese queso que vosotros llamáis "manchego", tiene de manchego lo que yo de mariachi». Carcajada mía, pero para él era un tema importante. Habló más de quesos y extrañó, junto a mí, la playa, los panes, los mariscos y su colección de cómics, empaquetada en una bodega en su lejana ciudad. A las diez: «¿Te llevo a casa?». «No». «¿Cómo no?». «Voy a agarrar el metro». «Te llevo». «No, quédate aquí». «Te quiero, chilanga. ¿Me oíste? Te quiero»). Es que no iba a casa.

Me miro los tobillos decorados de quemaduras de cigarro. Me miro las uñas negras. Miro entre mis sandalias: mis ojos están lloviendo sobre el pavimento. Sacudo la cara para que Violeta no se dé cuenta, pero es demasiado tarde. Violeta me ve. Violeta me sabe. Me rodea los hombros con el brazo y juntamos las cabezas. Ella cree que lloro porque nunca he sentido un amor como el que describe. Yo no sé por qué lloro.

VEINTITRÉS

Perder el miedo

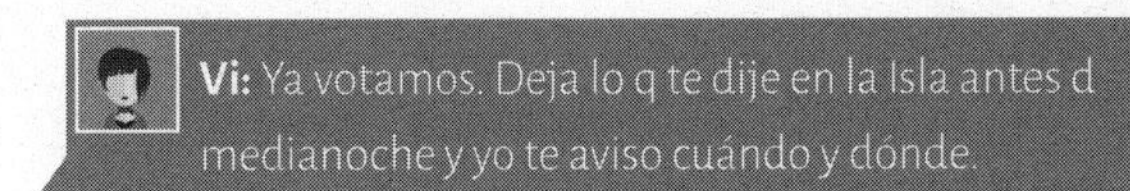

Antes de medianoche. ¡Hoy! Puta madre. No tengo los cinco mil. Las Catrinas estaban divirtiéndose tanto a mi costa, que creí que alargarían más mi iniciación. Me faltan dos mil cincuenta pesos. Una ola de calor llega hasta mi cara, y mi cerebro se sacude el polvo y empieza a planear. Hasta ahora, las «comisiones» no han llamado la atención de mi papá... También ayudó que le desactivara las notificaciones. Pero ¿dos mil cincuenta pesos? ¿Así, de golpe? Piensa, Renata, piensa. Recorro el historial de internet de mi padre y ahí, en su recorrido por las joyerías virtuales, está la respuesta, ahí y en el Facebook de la pequeña Rosa González, que en una foto trae puesto un dije de corazón con diamantitos. Qué cursi eres, Rosa González. ¿Te regaló ese corazón mi padre? No lo sé. Pensándolo bien, tal vez ni eres su tipo. ¿Y? No me interesa. Tengo el historial, tengo la foto y ahora tengo el pago, en el estado de cuenta arreglado en Photoshop. ¿Concepto? «Dije oro». ¿Dos mil cincuenta, un corazón, así? Así, como rompiste el de mi madre: de golpe. Segundo paso: listo. Clic. Dinero viaja a Digimoni, dinero viaja a cuentucha de banco. Hecho. Adiós, adiós, cuenta de Digimoni, y gracias por tu ayuda.

Nunca había tenido tanto dinero y ahora voy a ir a enterrarlo en una glorieta a la mitad de la ciudad. ¿Por qué? No. No voy a empezar con eso. Por qué esto, por qué lo otro y al final mejor nada: llevo ahí meses, en el «mejor nada». En esta nada está la soledad, están los fantasmas revoloteando, está la quietud que un día me va a provocar un infarto cerebral. Me va a disecar el corazón. Yo sabía lo que pedía cuando lo pedía: quería vivir. Quiero vivir. Poco o mucho, no importa, pero ahí fuera, donde están la locura y los escalofríos.

—Yo ya sé que me voy a morir joven. No me importa —me dijo un día Violeta—. Así se han muerto todos los grandes, y viven para siempre sin las ataduras del cuerpo.

—Pero ¿y Beto?

—Beto, ¿qué?

—¿No quieres vivir con él para siempre y…?

—Ay, Renata, nuestras vidas no son así. No vamos a casarnos y tener hijos y salir a comer los domingos después de misa.

—No digo eso, pero…

—Somos una llamarada que ilumina la noche… Acabaremos consumiéndonos. Es inevitable.

¿Cuándo se me volvió poeta, la cabrona? ¿Y por qué me toca tanto los cojo…, digo, por qué me irrita tanto?

(«Jo, ya habla como una gallega nativa, mi nena». «No le digas eso a nadie, "Mateus", que acá ustedes no tienen la mejor reputación». «¿Qué importa la reputación? Jamás me ha importado lo que nadie piense de mí». «Eso es imposible; seguro que algo o alguien te ha importado». «Claro: la gente que me quiere, mi familia, mis amigos… tú». «¿Yo?». «Claro». «¿Y qué crees que pienso de ti?». «Que soy un ñoño, pero divertido», y aquí me abrazó por detrás, mientras yo veía algún otro mensaje de Violeta; me obligó a bajar los brazos y hundió su barba, con todo y sus labios ocultos entre los pelos, en mi nuca. «Y creo que me consideras un

gran besador». «¿Ah, sí? ¿Cuándo dije eso?». «Lo vas a decir justo ahora, chilanga», e inesperada y casi violentamente me obligó a girar como un trompo para llenarme la boca de su boca. «¿Y qué piensas tú de mí, gallego?». «Que eres muy dulce», dijo, y casi lo abofeteo. «No soy dulce». «Claro, eres muy amarga». «Eres un baboso». «Vale», y me lamió la mejilla como un perro gigante. Me limpié en su camisa y ahogué mi risa mordiéndome el labio. «Dime, dime de verdad». «¿Que te diga qué pienso de ti?». «Sí. Dime de verdad». «Que eres un alma torturada». «¿Otra vez me estás tocando los cojones?». «¡Esa boquita, nena! Y no, no te estoy tocando los… no sé, ¿los ovarios? De verdad lo creo: que piensas mucho, que quieres hacer y ser muchas cosas, que estás buscando respuestas todo el tiempo, que tienes un montón de secretos oscuros… que eres una chica, básicamente». «Una chica… Y si soy como todas, ¿por qué te gusto?». «Eso no se pregunta». «¿Por qué no?». «No se cuestiona el amor». «Entonces, ¿estás enamorado?». «Ya lo sabes». «¿Y yo?», pregunté. «Perdidamente, chilanga. Perdidamente»).

Tener secretos no tiene nada de malo, ¿o sí? La vida es corta y angosta. ¿Y qué si vivo otra paralela? No es cierto que estoy… eso, y por supuesto, no «perdidamente». Claro que no es cierto. Necesito que me aconseje y, bueno, sí, es un buen besador. Y él tampoco está… eso. Lo que está es totalmente solo en otro país, ¿cómo no va a querer a una niñita que lo distraiga, que lo haga sentir supergenio con todas sus preguntas? Además, esa vida paralela se regresará a España al acabar el año. Obviamente. ¿Quién se quedaría en este basurero si puede largarse? *Todos se van*, como el título del libro ese. Todos se van; él también se largará. Así que es una inversión estúpida. Este sobre que estoy enterrando junto al postecito de la glorieta, no. Es la única manera de recuperar a mi mejor amiga y de recuperar, también, lo que yo era antes de… antes de que me dijeran que podía, que *debía*, ser otra cosa. Aven-

turas, amistad, gente que me entiende: esa es la inversión. Cinco mil pesos y la otra cosa. Sacudo la cabeza intentando espantar los recuerdos del *flash* deslumbrándome. Cómo me había bañado para quitarme de encima las manos que no eran ni grandes ni morenas ni cálidas. Dentro de este sobre hay una esperanza, una traición y un pedazo de mí, todo junto, todo enterrado junto al postecito de la glorieta.

Soy muy diferente a ti y a los demás. Ustedes viven en la acción, son los protagonistas de la película y no usan dobles para las partes más peligrosas. Yo sí. Mi doble es muy buen actor: sabe cuándo tiene que reírse y cuándo tiene que ponerse serio. Llega muy puntual a las reuniones, hace lo que tiene que hacer, dice lo que se espera, no lo que TÚ esperas, y no se cansa de actuar, porque no tiene que hacerlo con toda la vida encima. El costal de mentiras me lo deja a mí y yo veo todo desde las gradas.

Es chistoso cómo, cuando ya te acostumbras a tu dosis diaria, no quieres que nada se mueva. Aunque no vaya a haber una solución jamás, eso no importa: ya sabes qué esperar, cómo se siente ver y saber que lo que más quieres en la vida nunca te va a querer igual. Yo prefiero que nada se mueva porque ya sé jugar este juego y porque todo lo que se mueva no va a cambiar las cosas para mí.

Compartirte nunca me importó. Mientras las manos de ella te tocan, yo sueño que son las mías. Veo su boca y sé que conoce partes de ti que yo no voy a acariciar nunca. Ya no trato de cambiar, porque lo intenté mil veces antes, intenté ser normal y entonces ni siquiera dejaba en paz a mi imaginación para soñar. Estoy más tranquilo si puedo soñar. Esa es mi droga. Compartirte nunca me importó, porque igual no eres mío. Pero compartirme a mí es otra cosa, porque yo sí soy tuyo y ese juego no lo sé jugar. Alrededor huele a tormenta. A que las cosas van a cambiar.

VEINTICUATRO

Qué noche maldita, maldita noche. No sé si lo que quiero, por favor, por favor, Morfeo, es dormir y que mi cerebro se vaya volando como un globo de diálogo sin dueño, o despertar de esto que parece una pesadilla de esas que repiten el mismo guion quince veces hasta volverte loca, hasta que todo pierde sentido. Los cinco mil pesos no me importan. Me importa lo otro. ¿Quién guardará lo otro?

—Es una garantía. Una prueba de confianza —dijo la abeja reina.

Y qué, ¿no confío en ella? Antes le habría confiado mi vida entera. Antes no habría titubeado. Qué cómodo era vivir así, libre de dudas. Quizá en quien no confío es en Luz de Lourdes, «Luli»; María Karina, y Ana Lidia… y Teresa. ¿Se sentirá menos Teresa porque su nombre es tan básico? Ja. ¿María Karina? Nunca había oído esa mezcla. ¿Luz de Lourdes? Qué serio, y es la más chistosa de todas. ¿De dónde las habrá sacado Violeta? ¿Tendrá fotos de todas en el fondo de su cajón? Y ¿quién tendrá las fotos de Violeta, *su* garantía, *su* prueba de confianza? Tuve que imprimirlas en mi casa, y Armando casi me mata del susto cuando, de la nada, apareció para exigir que le dejara la computadora para hacer su tarea.

(«¿La borraste? No te creo». «Claro que la borré, chilanga. Esas fotos sólo existen para que la persona incorrecta las encuentre o para que algún pervertido descubra el modo de bajar de la nube todas esas fotos que ustedes mandan sin pensar». «¿Quié-

nes son "ustedes", eh, gallego?». «Eh... Ustedes, las chicas. Que además se las toman para mirarse a ustedes mismas más que para que alguien más las vea». «Ahí estás totalmente equivocado; yo quería que tú la vieras». «Pues cuando vi lo que era, la borré de inmediato». «No te creo». «No me importa si me crees, chilanga. No hagas eso. No te tomes fotos como esas nunca más, ¿vale?». «Vale», respondí, pero estaba tan ofendida que tuve que hacer un esfuerzo muy grande por no colgarle el teléfono. Suspiró. «Prefiero soñar, imaginar lo que hay debajo de tu ropa y, cuando sea el momento, aprender cada línea, cada poro. Besarte cada pedacito de piel. Las fotos son tan planas», dijo, y estuve a punto de suplicarle que viniera a mi casa. Pero no. «Y ¿cuándo va a ser el momento?». «No tengas tanta prisa, mi nena».

Sus últimos besos seguían refugiados entre mis labios y bajo mis orejas, en mi nuca, en mis dedos, que le encanta besar. Me había besado en un parque, lejos, a escondidas de la noche pero a la vista del mundo, como debe ser el amor limpio, el amor bueno, un viernes por la tarde. «¿Un parque?», le había dicho, «va a llover». Pero no llovió, al contrario: las nubes se disolvieron como una gota de tinta en una cubeta de agua y quedó el azul y, en mi mente, «Good Friday», de CocoRosie, porque «una vez me enamoré de ti sólo porque el cielo cambió de gris a azul» y porque era viernes. Un buen viernes).

11:34 de la noche. Quizá no han pasado todavía. Tengo que recuperar ese sobre. Todo esto es una locura, una gigantesca estupidez. ¿Quién cobra una cuota...? No, la pregunta correcta es: ¿quién *paga* una cuota por pertenecer? Supongo que, de cierta forma, todos. Pero yo no soy todos. Yo no. *Ya* no. No puedo pagar la próxima cuota sin enterrarme a mí misma un cuchillo en la espalda y otro en el corazón.

—Cuando sea oficial, vas a poder estar más a solas con Rafa. Sí te gusta, ¿no? Se veían bien juntos. Te tiene que gustar. Es el mejor amigo de Beto.

—¿Por qué me *tiene* que gustar?

—Porque es el único soltero.

—¿Y?

—Las Catrinas y los Rabiosos van juntos. Para todo. Es una membresía dos por uno, je, je. Una Catrina es pasión y no puede pertenecerle a nadie más que a un Rabioso.

Vuelo escaleras abajo, las llaves de la carcacha brincan en la bolsa de mi sudadera. Ahí están los dos, en la mesita de la cocina. Ella revisa un contrato, él tiene prendida la computadora; quizá hace planes para su próxima escapada con Rosa González o Margarita Pérez o Azucena Rodríguez. Toman té de menta. Cualquiera creería que son un matrimonio plácido y feliz, tomando el mismo té, trabajando al mismo tiempo en la misma mesa, compartiendo uno de esos silencios que sólo se pueden compartir con alguien a quien le tienes mucha confianza. ¿La realidad? Mi mamá está furiosa con mi padre porque finalmente accedió a darme la carcacha.

—¿Qué es lo que le estás premiando, eh? —Escuché que le gritaba la primera vez que ella me vio salir corriendo con las llaves en la mano—. ¿Las malas calificaciones? ¿Lo grosera que se está portando?

—Si quiere largarse que se largue, mejor —respondió mi padre, y me largué inmediatamente.

Me tocaba hacer encargos para las Catrinas, y el coche hacía todo más fácil. Mi papá no estaba premiándome: estaba pagando por mi silencio, por mi promesa de destruir las pruebas que tenía de sus «indiscreciones», como él las llamó cuando se acercó a hablar conmigo unos días después del asesinato de la computadora.

—No espero que entiendas lo complicado que es estar casado con alguien tantos años, Renata, pero sí que decidas no lastimar a tu madre.

—¿Yo? ¡Tú eres el que la lastima! —le había gritado, y su puño se había tensado de nuevo. Los dos recordamos la cara de susto que había tenido Armando la última vez y dimos un paso atrás.

—Ya paré —aseguró. No le creí.

—Tienes que parar, pero para siempre.

—Y tú también tienes que parar de… —No sabía cómo completar su frase, porque no tenía la menor idea de cómo me había enterado de sus cosas— de espiarme.

—Si tú paras, no voy a tener nada que espiar —había declarado yo, y después había estirado la mano en la que había de caer el horrible llavero de Torre Eiffel que mi mamá usaba cuando la carcacha era suya.

—Me estás chantajeando —dijo mi padre en tono de estar descubriendo América.

—Claro que no.

—Ves demasiada tele.

—No me gusta la tele —dije en tono de «no sabes nada de mí, evidentemente».

—¿Qué te gusta, eh? ¿Qué te gusta, Renata? —había preguntado con genuina curiosidad. O con ganas genuinas de volverse mi amiguito justo en ese momento, justo cuando podía joderle la vida, justo cuando ya era demasiado tarde.

Mi mamá sigue ofendida y ni levanta la mirada de sus papeles. Lleva días sin hablarme. Armando, por cierto, tampoco me habla. Debe pensar que la tensión que se respira en la casa es por culpa mía, como él nunca se mete en problemas y es tan sociable y tan genial… Puaf. Mi papá da un trago a su té.

—¿A dónde crees que vas a estas horas?

—A ver a Mateus. Sólo un ratito.

—Buen muchacho. No te tardes.

Cierto: podría ir corriendo hasta la Isla, pero desde que tengo la carcacha siento que tengo que sacarla a pasear una vez al día, como si fuera un perrito. Ay. No, no pienses en M; dale, recupera tu sobre y sigue tu vida. Tu *otra* vida: sácala del paréntesis y manda hacer pancartas, grítalo con los pulmones llenos de ese helecho que traes dentro y que M, el otro M, riega con su voz, con sus besos. Quiere salir de tu garganta, florecer, compartirle oxígeno a quien lo necesite. Déjalo y no sigas cortándole las hojitas. Sé valiente. O cobarde; ya no sé cuál es cuál. 11:48 p.m. Salto del coche y me lanzo pecho tierra sobre la Isla.

(«¿Te acuerdas de cuando me dijiste que habías recuperado la fe en la humanidad y yo te pregunté…?». «Sí, me preguntaste por qué la había perdido en primer lugar». «¿Y? Pues… lo de siempre, chilanga». «¿Qué es lo de siempre? ¿Una vieja?». «Claro. Una chica». «¿Te rompió el corazón?». «Me engañó». «¿Con otro?». «Claro. Pero eso no es lo importante. Lo importante es la mentira. La traición». «Pero ya recuperaste la fe, ¿no?». «Va y viene, chilanga», y me besó como si yo fuera el «viene» y no el «va». Va y viene).

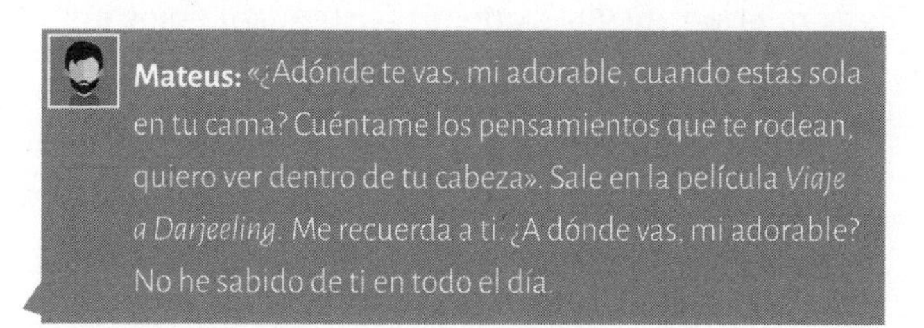

El sobre ya no está aquí. La tierra está removida, porque las Catrinas desenterraron un cadáver diminuto: el de la Renata que se había muerto hace unos meses para que naciera una nueva, la que era contigo, gallego. Confesar. Volver sobre mis pasos. Ser esa, la

adorable, la tuya, tu nena, que se ríe, que se queda dormida, tranquilita, en tu regazo, la que hace planes y piensa en mañana. En mañana contigo. Pero no soy esa, Mateus. No soy la adorable. Soy la vieja Renata, revivida. Una Renata zombi. Una Renata Catrina. ¿Que adónde voy? De vuelta al negro, como Amy Winehouse. «Me engañé a mí misma, como sabía que lo haría. Te dije que yo era problemática... sabes que no soy buena».

(«Preciosa chilanga... Mi preciosa chilanga... Eres tan bonita», murmuró, creyendo que yo me quedaba dormida. Cuando detrás de tus pupilas hay un universo de traiciones, los ojos más negros y más transparentes amenazan con descubrir una verdad que ni buscan. Es mejor fingir que duermes para que nadie se dé cuenta de que cada una de tus mentiras es un anzuelo pequeñito que le encajas en el corazón al hombre más bueno que has conocido, el más bueno y el más tonto. Un día llegarán los Pescadores de Mentiras, enrollarán sus cañas con fuerza y jalarán hacia arriba, hacia abajo, hacia la izquierda y hacia la derecha, y el corazón de Mateus explotará. Quedarán colgando de los ganchos de metal, mil pedacitos rojos y palpitantes. Cada pedacito tendrá un par de ojos, sólo ojos, ni oídos para escuchar explicaciones que no existen ni bocas para gritar insultos que no bastan; sólo ojos para temblar y llorar sangre y secarse sin comprender jamás por qué).

Traté, de verdad.

VEINTICINCO

Perder mi nombre

10:22 p.m.
Pantitlán. Espero aquí bajo el letrero de la estación de metro, toda de negro y empapada de pies a cabeza, porque llegué a las diez en punto, como decía el mensaje de Violeta, y el dios del agua me odia.

10:55 p.m.
Tienen que hacerme esperar, claro. Deben estar refugiadas bajo algún toldo en los alrededores, burlándose de cómo mi ropa se seca y una nube más tarde se vuelve a empapar. Tal vez podrían haber dirigido una cámara de tránsito para… no. Eso no podría hacerlo nadie más que Mateus. El ñoño de Mateus. El que dice que soy hermosa, inteligente, especial. Que si me quito lo bacalao voy a lograr grandes cosas. Él, que me mira como nadie me había mirado antes: como un idiota enamorado. ¿Cómo es que no se ha dado cuenta? No tiene mucho de genio, entonces, o tal vez su amor en verdad es ciego. El mío, en cambio, es cojo: nunca va a llegar a ninguna parte. La chica que está con Mateus es una máscara, su amor es falso porque lo siente una Renata que no existe, con un corazón prestado.

11:15 p.m.
Mi cuerpo tiembla de frío por fuera y de miedo por dentro. Nadie me ha dicho qué va a pasarme esta noche, sólo sé que será difícil.

—Tienes que morir para llegar al Inframundo y volver. Tienes que perder tu nombre, tu cara, tu pasado, todo. Vas a sufrir, eso es seguro. Pero después nunca volverás a sufrir sola —había dicho Violeta, y las demás habían asentido antes de que yo me fuera de esa reunión en la que planearían mis tormentos iniciáticos.

Ahí vienen, cada una con ropa diferente, pero todas de negro y maquilladas. Inhala, exhala, inhala profundo; dale, ni que fueras asmática. La gente alrededor las sigue con los ojos y algunos hacen comentarios. Las Catrinas siguen avanzando como si el mundo les perteneciera. Es imposible no verlas: son perfectas y flotan dentro de su propia galaxia de silencio entre el escándalo de la entrada a la estación y la tormenta que no cede. Hasta las gotas de lluvia se apartan de su camino. Las chicas que pasan se quedan sin aire y con el deseo de ser una de esas criaturas misteriosas; se detienen, les toman fotos. Yo palpito toda y el tatuaje me araña desde dentro de la piel, queriendo cobrar vida y unirse a su clan.

Violeta trae una toga que deja fuera su hombro izquierdo y un maquillaje superelaborado en blanco, negro y azul. Sus párpados brillan como si fueran de plata. Teresa también trae una toga, pero es menos *sexy* que la de su presidenta, lo cual seguro fue una orden directa, y su pelo con rayos rosas parece algodón de azúcar volador. Es irritantemente guapa, con su cara de muñeca drogada y sus labios carnosos, y lo peor es que no lo sabe y va ahí por el mundo como si cualquier cosa. María Karina, diminuta como una niña, trae un kimono negro apretando sus igualmente diminutas tetas y un maquillaje de samurai extremadamente *cool*; Ana Lidia, que es grande y sólida como un refrigerador, un conjunto holgado que se mueve suavemente con cada paso y combina con su pelo artificialmente rojo, y Luli, un vestido amplio con un

cinturón de piel que le inventa una cintura donde no la había. Se detienen frente a mí e inclinan la cabeza al mismo tiempo. Sé que debería responder al saludo, pero no puedo moverme, es como si estuviera viendo la escena desde fuera. Son perfectas. Quiero, quiero, quiero.

Me quitan mi teléfono, mi cartera y las llaves de la carcacha. Ana Lidia las almacena en algún lugar dentro de su ropa y me mira fijamente con dos pares de ojos: los suyos y los que tiene pintados justo encima.

—*Úrdeno abaldumetot. ¿Fijulo ki keilif ofil ifda?* —me dice Violeta en el lenguaje secreto de cuando éramos niñas. Quiero gritar de emoción, lanzarme a sus brazos y jurarnos fidelidad eterna, pero lo solemne de la situación me frena. La miro con los ojos húmedos, pero ella está en su papel. No me importa: al usar nuestro código me está diciendo que sigue existiendo algo que es sólo nuestro, más viejo y más allá de las Catrinas.

—*Fijulo. Ifdax refdo* —declaro.

11:30 p.m.

Renata. Renata. Renata. Cinco listones negros, cinco dedos, cinco Catrinas. Me guían por calles oscuras jalando cada una un listón como si yo fuera una marioneta gigante a la que hacen bailar. Renat. Renat. Renat. Una cuadra, una prenda, y a cambio de la prenda, unas líneas en el rostro. Rena. Rena. Rena. Pierdo la ropa vieja, pierdo mi rostro y soy un fantasma desnudo y helado de tanto vagar por el purgatorio, por el que me llevan expuesta; yo pero no yo, porque pierdo también, con cada tramo, una letra de mi nombre. Ren. Ren. Ren. La última vez que nos detuvimos fui Re, y juré solemnemente ser fiel a mis hermanas Catrinas y ellas asintieron a un tiempo. Frenan de nuevo. Me quedan sólo los zapatos; bajo la capa, que a veces me cubre y a veces se vuela con el viento y que pesa como una cruz por el agua de tormenta

que se le ha pegado, está sólo mi cuerpo desnudo. Las nubes me han acompañando todo el camino, hasta llegar aquí. Soy R. Cientos de desconocidos me han visto, cientos han desaparecido volviéndose ellos fantasmas, mientras yo me acerco a ser algo que tal vez era desde siempre muy dentro. Aquí estoy, esta es mi piel, estas son mis heridas. Mira, mundo, me vales madre; mundo, eres ciego, sordo y mudo, y no queda nada qué hacer aquí.

Perder mi rostro

12:00 a.m.
Las nubes saben que les toca retirarse y la luna aparece, aunque sólo a medias. Los listones dejan de ejercer presión sobre mis dedos morados por la falta de sangre y se me indica quedarme quieta. Estamos frente a una verja de metal de tres metros de alto y dos de ancho. Escucho el temblor de mis huesos, pero me son ajenos; por dentro estoy quieta, tranquila, segura. No tengo frío. No tengo miedo. Mi rostro es el de una Catrina. Violeta da un paso al frente e intercambia unas palabras con un hombre que aparece del otro lado, le da un sobre; el hombre nos abre, mis cinco correas son guiadas al interior y detrás de mí la reja se azota con tal fuerza que me hace brincar del susto y creer que nunca, jamás, volverá a ser abierta. Parte de la cuota de entrada que mi padre tan generosamente aportó está ahora en la bolsa trasera del velador de este pequeño cementerio.

12:05 a.m.
Las Catrinas avanzan en silencio, porque ya no quedan letras de mi nombre para repetir. El hombre nos guía al fondo del terreno y los trozos de vidrio y demás desperdicios me hacen alegrarme

de haber decidido quitarme, unas paradas atrás, el sostén y no los zapatos. Está la vida, está el bullicio, están los parques y los niños que juegan, y a la vuelta de la esquina, en una esquina como cualquier otra, hay una verja y un montón de muertos descomponiéndose así, en un pequeño cementerio, a la mitad de la ciudad.

No tenía miedo. No temblaba de frío ni de nada. Pero nos hemos detenido ante una fosa abierta y las Catrinas se están acomodando, con pasos lentos y elegantes, alrededor del agujero negro.

—Este es el abismo del que nadie vuelve —dice Violeta.

—Este es el abismo del que nadie vuelve —repiten las demás Catrinas. El latigazo de un escalofrío me recorre la columna.

—A'i, cuando acaben, me echan un grito —dice el hombre del cementerio, y se aleja sin siquiera un gesto de sorpresa en la cara. Miro de reojo a Luli, que está intentando contener una carcajada. El maquillaje de Violeta está fruncido: el velador la sacó de su ánimo y está haciendo lo posible por volver.

—Hoy entrarás al abismo del que nadie vuelve, pero tú sí volverás y serás una de nosotras.

—Una… —comienza Ana Lidia, pero es como una actriz con pánico escénico. Todas la miramos, expectantes, pero su mente está en blanco. Los ojos de Violeta se abren medio kilómetro más. Le da dos segundos más de plazo y estalla:

—¡Una hermana de la noche, purificada por la muerte! ¡Te lo repetí mil veces!

Ana Lidia voltea a otro lado para no sostener su mirada de fuego. Hermana de la noche… como la canción de Depeche Mode, aunque estoy segura de que Violeta nunca escuchó los discos que le quemé. La tonadita está sonando dentro de mi cabeza y la dejo ser, porque estoy comprendiendo que hay una escalera de madera a mis pies y que tarde o temprano tendré que bajar al fondo de esta tumba. La voz de Dave Gahan me dice que esté tranquila, que él está conmigo. Pero ¿está? «Nacemos solos, vivimos

solos, morimos solos», dijo Orson Wells. Si esta fuera en verdad mi muerte, ¿quién estaría aquí? ¿A quién le importaría? No seas tonta, Renata, es sólo un juego. Inhala. Exhala. Violeta dice algo más, pero me suena a otro idioma.

—Hora de bajar —me ordena; eso sí lo entiendo.

Veamos: en el fondo hay un ataúd abierto y lleno de lodo. ¿De quién era? O ¿de quién va a ser? Tenemos que estar rompiendo diez o quince leyes, si no religiosas o federales, de ética fundamental. ¿Qué diría el ñoño de…? Nada. No diría nada. Para él, este mundo no existe, y para este mundo, él no puede existir. Un pequeño sismo en la galaxia y esos dos planetas se big-banguearían sin importarles que este pequeño satélite de largas pestañas estuviera entre ellos. ¡Big-bada-bum!, adiós satélite convertido en polvo espacial y adiós planeta plateado cuyos restos iluminarían la galaxia para siempre. Porque este otro mundo, el negro, rabioso y catrino, no moriría: es una criatura de película, un *supermassive black hole*, que se alimenta de accidentes, golpes y destrucción. Yo soy la línea que no puede cruzarse, soy el Río Bravo, el muro de Pink Floyd, la tierra que rodea la fosa sepulcral.

Hora de bajar.

12:09 a.m.

Exhalo. Exhalo. Exhalo. No, para, deja de soltar bióxido de carbono.

(Me miraba por el rabillo del ojo, divertidísimo: «¡Suelta el aire, chilanga, que tú no estás bajo tierra!». Estábamos viendo a Beatrix, de *Kill Bill*, enterrada viva. «Tiene que respirar suavemente, con calma, para no producir tanto bióxido de carbono y que el oxígeno le dure más». «¿Por qué sabes esas cosas, gallego?». «¿Qué cosas?». «Esas. Siempre sabes cosas». «Soy curioso». «Me encanta que sepas todo», y le llené de besos la cara. Es que

ahí, en ese ahí que es él, se borra lo demás. El fondo baja de volumen y se vuelve blanco y negro, y mi amor no se siente como una mentira; pero la única verdad que hay es que él, el *esto* que es él, vive dentro de los paréntesis y no fuera, y todo el mundo sabe que en una historia lo de adentro de los paréntesis es prescindible. Son lindos, eso sí, cual globos de colores adornando el paisaje lodoso de los párrafos, la realidad gris y las tumbas, pero, si los dejamos volar demasiado alto, se truenan y sólo queda un cordón en el suelo, porque todo era una ilusión, un espejismo).

Este ataúd es pequeño para mí. Violeta sabe cuánto mido. Es pequeño. No estaré cómoda aquí por el resto de la eternidad. Mis rodillas están dobladas y raspan contra la tapa. Mis pies están helados dentro de los tenis mojados. Tengo tierra en los ojos, en la boca, en las orejas. La capa está mojada y pesa, me inmoviliza. Tengo tierra, soy tierra, lodo sucio.

12:11 a.m.

¿Y si yo soy Beatrix Kiddo? ¿Y si Violeta planeó todo, desde la creación de las Catrinas hasta esta iniciación macabra, sólo para vengarse y dejarme morir aquí? Nadie sabría dónde estoy, pues, por razones obvias, me negué a instalar la aplicación con la que Mateus podría encontrar mi teléfono desde su computadora. Enterrada viva, con tanta vida por delante, tantos planes... Ningunos planes, en realidad. Nada por salvar. Un par de noches y la búsqueda, y si hubiéramos instalado la maldita aplicación, un príncipe azul llegando a desenterrarme y a prestarme su aliento para volver a la vida. Ni una pizca de luz, ni tamborileo de gotas sobre la madera. No hay tamborileo de uno y dos dedos morenos sobre una mesa, junto a un teclado, junto a un ratón, en otro planeta.

Violeta no está tan loca, ¿o sí?

12:14 a.m.
Cuando estaban de moda las trencitas, mi cabello lacio no se dejaba trenzar y yo lloraba, y mi mamá lo entrelazó con listones de colores; cuatro niñas en la escuela me imitaron al día siguiente. Recuerdo rescatado de una base de datos bien vieja. Tibio, lindo, suave recuerdo sin astillas; no como este ataúd de pino barato, mojado, mohoso y ajeno. Inhalo. No exhales, no mucho.

—La —digo en voz alta. Para oír una voz.

12:18 a.m.
Esa vez que mi papá tuvo que llevarme al hospital a que me cosieran la frente, porque me habían tirado del pasamanos. Después fuimos a su oficina y todo el mundo dijo que yo era preciosa, y él estaba tan orgulloso. Cuando llegamos a la casa y Armando se burló de mi herida, mi papá me puso en la cabeza su gorra preferida, una que mi mamá le había regalado cuando eran novios. Esa herida que ya ni es herida me pulsa: claro, hay tanta claustrofobia aquí, que todo quiere salir, hasta la sangre añejada de mi cerebro.

12:20 a.m.
Si da lo mismo abrir o cerrar los ojos, es mejor mantenerlos cerrados: así te crees que la oscuridad tan rotunda, que la muerte tan de mentiras pero tan casi real, la estás eligiendo tú, y que cuando parpadees volverán los colores, el movimiento, el ruido y el espacio para que abras tus alas y vueles… Si es que la metamorfosis te convirtió en mariposa. Si estás yendo hacia atrás, oruga, te toca ser microbio, te toca ser estiércol y que te filtren en pedazos a través de la tierra hasta que no quede nada de ti, sólo un vago recuerdo o una vaga pestilencia…

12:21 a.m.
Voy a morir aquí. Se me acaba el aire. ¿Cuánto tiempo ha pasado? ¿Una, dos, tres horas? No hay manera de saberlo. Voy a morir sin haber hecho tantas cosas… Voy a morir sin haber conocido Escocia. Sin haber ido a un concierto de Radiohead. Sin haber comido espaguetis en Italia. Sin saber si Armando se convertirá en un chico guapo o feo. Sin haber leído *Don Quijote*. Mi fantasma volverá, pinche Violeta hija de puta, a escarmentarte hasta que te vuelvas loca y te pegues un tiro.

Virgen. ¡Voy a morir virgen!

(«Me estás preguntando, pero no quieres saber». «Claro que quiero saber». «No son grandes historias, chilanga». «Y tú, ¿no quieres saber de mí?». «Claro que no». «¿Por qué?, ¿eres celoso?». «No puedo ser celoso de tu pasado y de lo que te hace ser lo que eres; pero no me interesa imaginarte con algún otro… gilipollas». «Ja, ja, te amo». Silencio. Ojos negros muy abiertos, mientras se preguntaba si había sido un accidente, un «ay, ja, ja, te amo», como se le puede decir a cualquier amiguito cuando nos hace reír en una borrachera, o si…).

12:24 a.m.
Cuando Esmeralda llegó y me dio el abrazo más largo del mundo mientras yo gritaba que para qué servía amar, que nunca en la vida quería querer tanto a nadie ni a nada porque se podían perder o morir o desaparecer. Y mi pelo quedó empapado, porque ella había llorado conmigo en vez de decirme que me calmara. Esmeralda: tú tienes la culpa de todo; la culpa del dolor más cruel que me ha estrujado el alma. Tú me enseñaste a amar lo vulnerable y yo no leí las letras chiquitas del contrato, donde decía que no hay garantías. «¿Te das cuenta de que todos a los que conoces morirán algún día?». Yo no tenía que darme cuenta tan pronto, Esmeralda.

12:27 a.m.
Cuánto silencio, asesino silencio, abrasador y oscuro. No al silencio, di no al silencio, pancartas contra el silencio.

(«Ya te dije que no cuestiones el amor, chilanga». «No estoy cuestionando el Amor; no cuestiono que me quieras, sólo el porqué». «Por ti. Por cómo eres. Nunca había conocido a nadie como tú». «Ay, qué cliché». «En serio… Estás como llena de vida; te ríes mucho, hablas mucho…». «¿Hablo mucho, eh? ¿Quieres que me calle?». «Jo… No lo decía por mal», dijo con un puchero culpable. Teme tanto lastimarme, decir la cosa equivocada… Miedo más infundado no podría haber. «Es que yo no hablo», dijo. «Tú me haces hablar». «Me gusta». «¿Más que el silencio?». «Sí». Y entonces es como de papel y yo quisiera hacer de él un avioncito y volar juntos al otro lado del planeta, donde están su playa y su sol. De papel, que se puede doblar, romper, manchar de negra tinta).

Alguien enséñeme a amar lo invencible, a enamorarme de una columna de metal a la que pueda abrazar sin asfixiarla, a la que pueda patear sin magullarla, que sobreviva las lluvias, los incendios y a mí, que me sobreviva a mí también; sin ojos para verme la cara de farsante, sin oídos para llenarlos de mentiras, sin corazón para romperse cuando alrededor todo se haya destrozado y quede claro que no fue a ti, que no te quise a ti, columna de metal, no te quise en realidad, sólo a la idea de ti, sólo a la forma, a la tranquilidad, a la alegría, a los brazos con nombres de santos y a los siete dedos que no podías haber tenido, porque no eres un hombre, ¿no, columna de metal? No eres un ser humano, porque también te romperías al primer apocalipsis, como todo lo que respira y palpita, y basta ya de todo eso, de todo lo frágil, de todo lo que se araña y sangra así, tan fácil.

12:28 a.m.
Exhalo. Podría dormir. Y ya. El sueño de los justos, la muerte de los justos. Adiós al último oxígeno y nos vemos del otro lado. O dormir, simplemente, sin morirme, sólo dormir y que me despierten cuando pase el temblor.

12:31 a.m.
No, no puedo dormir. Si Tyler Durden estuviera aquí, me diría que este es el momento más crucial de mi vida, que no escape de él, que lo sienta y lo viva. «Tienes que saber, no temer, saber que un día vas a morir. Sólo después de que lo hemos perdido todo, somos libres para hacer cualquier cosa».

Perder la dignidad ☑
Perder el miedo ☑
Perder mi nombre ☑
Perder mi rostro ☑
Perder mi sanidad ☐...

—«Se pierde bastante en el camino, se pierde, se pierde, queda un vacío...».

Guau. Estoy cantando en voz alta. Puede que esté por palomear la quinta cosa que tengo que perder. «Y perder, perder... peeerdeeeeeeer...». En la tonadita de «Volver, volver». Mariachis. Ya me volví loca. Mariachis dentro de una tumba. Mateus en miniatura, dentro de esta tumba, diciendo: «No sueltes dióxido de carbono». Cosas que perder y tal vez lo que gane... ¿Qué voy a ganar? Cosas bellas... No te duermas, Renata; vive la muerte, vive la oscuridad, el presente... Acostúmbrate a la oscuridad, ya que vas a perder.

Ojos que filtran las impurezas y ven la versión ideal de ti y la construyen con dedos que en invierno están calientes y listos para acariciar cabellos rubios, mientras:

- labios refugiados en selva de barba suave y tupida te besan la frente
- carcajadas graves de hombre mayor te alivian
- pecho te acoge para que sientas al
- corazón que pulveriza monstruos viejos y te quiere, eso parece, eso parece…

12:33 a.m.
Bebito mío, tal vez sólo huesos tirados en la urna funeraria que es toda la Tierra, que fueras polvo para que te respirara y no te extrañara, que te llegaran mis cartas de lágrimas, de cuánto te busqué, de cuánto te quiero, que eso te acompañara cuando en la calle llovía; que tuvieras respuestas al por qué y me perdonaras, que fuéramos egipcios y estuvieras aquí conmigo, porque los dueños son de los perros y los perros son de los dueños, y había algo más en tus ojos, algo más de dios y menos de los animales; pero ni dios se salvó, y al final perdido, perdido en la urna funeraria gigante, solo, bebito, de papel como un barquito en un océano de verdad, el agua borra las ventanitas, el timón y el nombre, y se hunde, se derrite, se desintegra, y deja de ser el barquito de un niño y es nada, nada, nada, para nadie, sólo esta espina, sólo esta cortada en mi pecho, y porque las cortadas de papel duelen como el demonio, ¡demonios!, cómo duele.

12:36 a.m.
Los colores batidos: negro. En el horno de mi cerebro: pastel de carne. Se quema. Humo. Dentro del horno: cadáver quemado. Traición, mentira, códigos. Muletas. Mi idioma voltea las letras.

Ki pardeo rof ridlof. Carcajada grave, sin eco. Cabeza hueca. Dedos sueltos flotando en una alberca. Ladridos en el teléfono. La mesa de la abuela. El trasero de Esmeralda marcado en el sofá. El vestido rojo de mi mamá. Carcacha. ¿La noche? ¿Por qué? Xolitos indefensos. Artemias. La abuela olía a cloro. Siempre. Dedos. Pastes. El zumbido de la tinta en la piel. Gritos violetas. Una niña feliz. Mantita. ¿Cuándo se acabó la inocencia?

(«No se acaba, Renata». Un pedazo de su filosofía práctica, limpia, de programador. «El mundo es un millón de mundos. Para llegar a la muerte hay caminos infinitos. La inocencia no se acaba, la infancia tampoco. Puedes volver cuando quieras. Todo es una elección. El Universo es lo que es, tiene las piezas que tiene, los colores, los ecosistemas, los climas. El idioma tiene las letras que tiene para… Yo puedo escribir un pedazo de código que destruya las fotos de alguien, sus recuerdos, sus *e-mails* y su novela casi terminada. O puedo inventarme algo que preserve todo eso. Con los mismos comandos»).

Parpadeo, pero sigo hundida. Se me sale un río por los ojos, ¡déjenme salir! Mientras pateo la tapa de madera, exhalo. Exhalo. ¡No más! Mi corazón martillea y se cansa, me ahogo, ¡no más! ¡No más!

Negro: ausencia de colores.
Muerte: ausencia de vida.
Mentira: ausencia de verdad. ¿Cuál es la mentira? Que él sí me quiere. ¿Tú no? Yo lo usé. Dile adiós y acaba con la mentira. No puedo. ¿Por qué?

(«Creía que los optimistas eran tontos». «Pues ya ves», y se encogió de hombros. Siempre se encoge de hombros. «¿Cómo puedes, en este mundo de mierda? ¿Lo ignoras?». «No, pero no ignoro lo demás tampoco. Lo que me puede hacer feliz. Lo que puedo

amar. "Encuentra lo que amas y deja que te mate", dijo Bukowski». «Lo que amas puede matarte». «Tal vez. Pero sólo puedes morir si estuviste vivo. Y yo quiero estar vivo»).

¿Cuál es la mentira? Yo, toda yo soy la mentira. Pues sé la verdad. No puedo. Siempre supe. Algo pasó que no estaba planeado. Algo pasó.

12:40 a.m.

¡Sáquenme! Basta, ¡basta! Perdónenme todos. Y tú, piensa en lo que viste y créele a tus ojos negros, quédate con esa Renata que algo tenía de cierta, algo, sí. Por favor, ¡por favor! ¡Ya!

12:41 a.m.

Quietud. No, no es mi vida en un minuto. Es quietud pura. Es «mis pulmones ya saben que no tiene caso suplicar por aire». Es «puede que no esté tan mal dormir y dormir y ya». Las nubes se disipan en un cielo azul, los montones de letras se ordenan, el prisma de colores deja de girar y queda una epifanía, lo más importante, lo que explicará todo. Hay que jalarla como a un pez que se quiere escapar del anzuelo: con cuidado, pero con firmeza. Hay que asirse a sus alas transparentes, porque se quiere ir: así son las epifanías. La frase se está aclarando mientras yo dejo de luchar, mientras mi sangre bosteza y mi corazón se resigna. Se está aclarando. Es perfecto, es todo lo que necesitaba saber, estoy consciente, entiendo todo, voy a asirla, casi tengo a ese pez de diamantes en las manos... Crujido de madera, luz amarilla, una bocanada de aire y se me va el pez, era un pez volador y se me va de entre las manos sin dejar ni un solo diamante. Se me va. Para siempre.

—Bienvenida de vuelta, pequeña zombi.

VEINTISÉIS

No sé cómo llegué a casa, sé que creí que no volvería nunca más. ¿Es mi casa? ¿Soy yo? Soy un amasijo de negros, un basurero galáctico con todas y ninguna de las respuestas. Ni de las preguntas. Cerré la puerta principal y eso me llenó de alivio, el agotamiento no me dejó avanzar ni un paso más y me desvanecí junto a la puerta cerrada. En casa. Estuve llorando hasta que a lo lejos empezó a clarear y llorar al alba me pareció grosero. Aquí estoy y no entro, no sé por qué. Son las seis. Soy un estremecimiento, con la humedad royéndome los huesos, con los pies tosiendo de frío, con el maquillaje bajando por mi cuello y mi disco duro congelado, literalmente, congeladas y trabadas las memorias de lo que pasó después de que me sacaron de la caja y me despedía de la epifanía aquella. Se me fue. Era crucial y se me fue. Eso es… ¡y guau! Creí que no tenía más lágrimas, pero aquí estoy, llorando otra vez por lo que se me fue.

Tengo mis llaves de la casa, el celular y la cartera. No recuerdo cuándo me devolvieron todo ni cómo acabé vestida de negro, bautizada, pintada, repitiendo los nombres de las demás Catrinas, como si estuviera soñándolo todo o recordando, desde el más allá, unas extrañas escenas de cuando estaba viva. Pero estoy viva: las pulsaciones de mi cabeza lo atestiguan. Los muertos no tienen jaquecas.

Esto… esto es una locura. Todo está muy claro. Muy claro. Contarle todo a alguien. A Mateus. Lo del IP, lo del dinero, lo que pasó ayer, para que alguien me envuelva en una manta, como en

las películas, y me diga que todo estará bien. A Mateus. Si no lo hago ahora mismo, si no lo escupo ahora mismo... es comida tóxica, desechos radioactivos, un murciélago rabioso. Si no lo escupo ahora mismo, terminaré digiriéndolo, y entonces formará parte de mí, lo tóxico, lo enfermo, lo radioactivo, la rabia. Sólo a él, sólo a él puedo contárselo; quizá era eso, quizá eso era el pez de diamantes, el pez volador que huyó; quizá era eso, que tenía que salir volando, ser valiente o cobarde, no importa, pero irme de esto ya, y no sé irme sola. No tengo que irme sola. A Mateus. A él.

Yo: Necesito que vengas ahora mismo. Es crucial. Por favor.

Una nueva ola de alivio, más cálida todavía que la que sentí al cerrar tras de mí la puerta, me sumerge en una tina llena de agua caliente. Ya lo hice. Ya lo llamé. Ya no hay vuelta atrás, pues me encontrará aquí, así, y habrá que contárselo todo. Sí.

Quince minutos, veinte minutos, cuarenta minutos.

El morado se azula. La luna sigue colgada de la noche. Todavía. Más clara, cada vez menos sombra, menos luna y más sol. Se me acaba la oportunidad: la noche es la de los secretos. Ven, Mateus; llama; al menos, mira tus mensajes; Mateus, escucha.

Una hora. Un poco más.

Dentro de la casa empiezan a encenderse las luces. Alrededor, la gente despierta, se lavan los dientes, los perros ladran al ver sus correas, se hacen jugos de naranja y se muelen granos de café. Mateus debía encontrarme; no Armando, mi padre o mi madre. Se me van pasando las náuseas, comienzo a digerir. Pero sigo llorando. Me levanto, y mis músculos entumidos me obedecen con mucho esfuerzo. Alcanzo a abrir, a escabullirme hasta el baño, a

mirar la cara de una extraña en el espejo. A intentar reconocerme, a la que soy, a despedirme de la que fui para él, que se fue con el pez volador, y se acabó de ir cuando no viniste. Mateus, ay, *lover, lover, lover, you should've come over*… debiste haber venido.

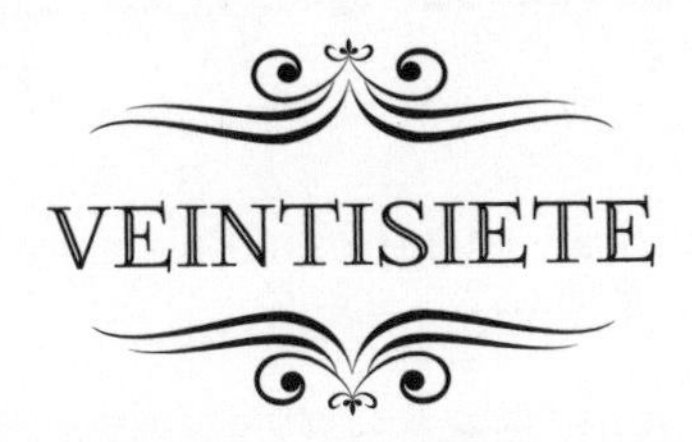

VEINTISIETE

En otros tiempos habría cancelado sus citas para cuidarme, pero la relación amor-odio con mi mamá últimamente tiende más al lado del odio. Una brusca toma de temperatura, el permiso de quedarme en casa, un vaso de agua sobre el buró y una puerta cerrada más en tono «púdrete aquí con tus virus» que «voy a cerrar para que no entre aire frío».

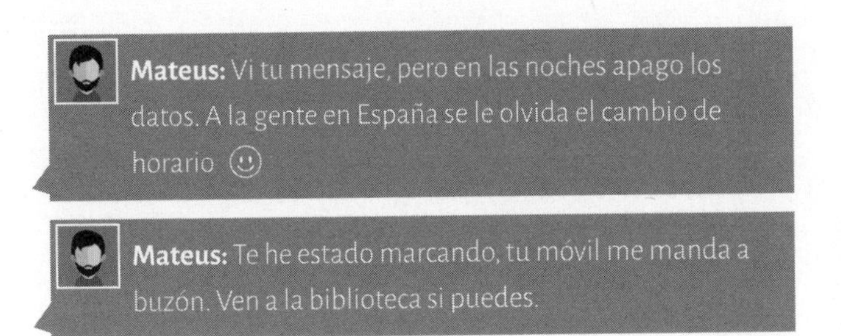

Dormir, dormir y desear que todo haya sido un sueño; empapar las sábanas de sudor y desear que así salga de mi cuerpo todo lo que me hace una Catrina, deshidratarme, olvidar mi viaje subterráneo y olvidar también que no viniste, Mateus. Ay, dormir.

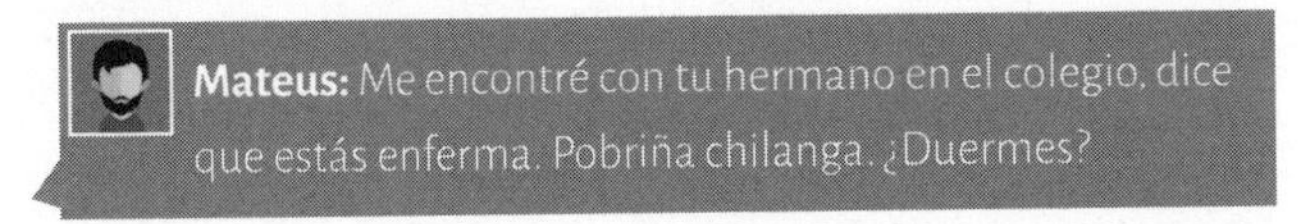

¿Saliste de tu cueva en la biblioteca? Milagroso. Ay, cómo duelen las sábanas en la piel, cómo pesan, cómo arañan.

Ding-dong. Mentira: así no es como suena el timbre de mi casa. Está sonando el timbre.

Podría. Tal vez podría.

Pero ¿para qué?

VEINTIOCHO

Es cosa de dejarla aquí y para mañana habrá desaparecido como por arte de magia, igual que desapareció él. Aquellos hombres de olfato asesinado abrirán la bolsa mientras se dirigen a la siguiente casa y echarán estas cosas del lado de «tal vez se puede vender». Porque todo está impecable, dobladito, oliendo a memorias y nostalgia, o bueno, a mi sudor, mi champú y algún otro fluido mío que se le haya pegado a las mantitas y los dos suéteres de Morrison.

Es hora de crecer, de despedirse, de entender que todo y todos acaban yéndose por el drenaje: tus peces dorados que «estaban durmiendo», tus perritos que se fueron a vivir «al rancho», el amor «incondicional» de tus padres, tus sueños que nacieron por accidente, sin que nadie los invitara, y que se han dedicado a presumirte, desde dentro de un escaparate, una vida para la que nunca te va a alcanzar.

Adiós al amor inocente, a todo lo inocente, a la infancia, a las colas que se mueven como rehiletes, porque tu perro quiere volar y aterrizar en tus brazos y llenarte de baba pestilente la barbilla. Adiós a lo que puede perderte, a lo que no puede comprenderte, a lo que no puedes evitar romper.

Bienvenidas las voces que sí saben, que te convencen de que si no te agarras de este tren, te quedarás sola para siempre, pero sola de verdad. Bienvenida la vida. Sólo puedo ser yo y la gente como yo, los que salimos defectuosos, los locos, los que entendemos que del abismo nos separa un paso. O un empujón.

VEINTINUEVE

—Prefiero irme en camión —declara Armando, y tomando su almuerzo de manos de mi madre, sale corriendo para alcanzarlo.

El idiota no sabe ni por qué sigue enojado conmigo, pero adivina el ánimo de mi mamá y, por lo visto, sus obligaciones de niño bueno incluyen ponerse del lado de los padres incondicionalmente, sin preguntar. Y yo que creía que el gremio de los hijos se uniría un día para manifestarse y clamar por sus derechos. O tal vez prefiere el camión, porque es una oportunidad más para socializar; él es así. Yo huyo de las personas, él corre hacia ellas. En secreto le agradezco que me haya ahorrado la vuelta: la escuela no es mi destino final hoy.

—Tómate el jugo de naranja —dice mi mamá, señalándolo con la mirada.

Para mí no hay bolsita de almuerzo, porque días atrás tuvimos una pelea (otra más) en la que dije que ya no era una niña chiquita, etcétera, etcétera. Pero su instinto de madre la obligó a hacerme el jugo y yo me arrastro hasta la mesa para tomármelo. Después, ella desaparece al piso de arriba para terminar de arreglarse.

Tu tía: ¿Cómo está mi gladiadora?

¿Esmeralda? ¿Desde cuándo tiene un teléfono? Eso sí que es un milagro. Además, jamás me la habría imaginado levantada a esta

hora. Me parecía una de esas personas que empiezan a existir a partir de la una de la tarde.

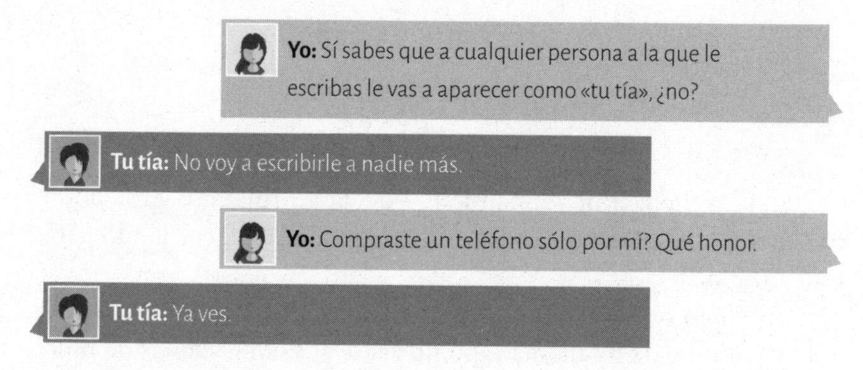

Sí, ya veo. Veo que como mi mamá no habla conmigo, le pidió a mi tía, «la que sí me entiende», que me saque la sopa. Seguro hasta le compró el teléfono. Guau, las he obligado a dirigirse la palabra. Para que no digan que soy una mala persona.

La carcacha tarda unos minutos en encender; tengo que bombear con el acelerador un rato para que se caliente el motor. Mientras, el viejo estéreo se prende y suena Lenny Kravitz… Ese casete (sí, un casete) lleva años atorado ahí. Era de mi tía y un día no quiso salir. Como último detalle está la bocina del lado del pasajero, que a cada rato se cae al piso y queda colgando de los cables. Pero es mi carcacha y la amo. El motor despierta y me voy camino a casa de Violeta, aunque ya sólo aterriza ahí un par de días por semana. Mi teléfono suena todo el camino… ¿Mateus? ¿Esmeralda? Lo siento, queridos, tengo una mano en el volante y la otra apoyada en la ventana, mientras sostiene un cigarro. Ora que tenga tiempo les echo una llamadita, ¿vale?

—No puedo creerlo. Estaba segura de que en cualquier momento iba a recibir un mensajito de «perdón, no puedo faltar a la

escuela porque bla, bla, bla» —dice Violeta mientras se sube al coche. Tiene un moretón verdoso en la mejilla y el medio kilo de maquillaje que se untó no lo acaba de esconder.

—¿Qué te pasó?

—Ay, ya sabes.

—¿Tu papá?

—Uy, no; él ya no se atreve a tocarme. ¿Vamos?

Hoy voy a conocer el local en el que Beto y Rafael trabajan, en Eje 1, y en la noche hay una especie de reunión de las Catrinas y los Rabiosos, la primera en que soy miembro. Supongo que debería estar emocionada.

—Oye, ¿tu teléfono nunca deja de sonar? —pregunta Violeta, y se estira sobre mí para intentar sacarlo de bajo mi pierna.

—¡Quítate, mensa! —Y acabo subiéndome a la banqueta por su culpa. Toda la carcacha resopla, y Violeta se ríe a carcajadas. Por suerte no había un poste o un perro o un niño. Semáforo en rojo y tengo unos segundos para sentir cómo la sangre me invadió la cara del susto. Violeta, perdón, *Tovelia*, se sigue riendo a carcajadas. Tovelia, la Catrina griega, cuyos colores son el blanco, el azul y el negro. María Karina es Arima Rankai, la japonesa, y todas le decimos Rankai. Ana Lidia es Aidalani, la Catrina hindú. Las letras de Teresa quedaron en Aresté, que suena egipcia o algo así. Y Luz de Lourdes, habiendo tantas mezclas, acabó siendo Zulu De Ledors, que suena muy de la familia real de algún lugar, pero le decimos Zulu y resulta africana. Catrinas africanas, hindús y japonesas: esto sí que es globalización.

—¿Quién tanto te marca, eh?

—Nadie.

—¿Nadie? ¿A ver?

Me empujo el celular bajo el trasero. A ver si se atreve.

—Es mi tía, ¿ya?

—¿Tu tía? ¿La loca de los perros? ¿Sigue existiendo?

Un bocado de arena se me atora en la garganta cuando Tovelia se refiere así a Esmeralda y sugiere, además, que podría (¿o debía?) estar muerta. Pero me lo trago con un *shot* de agua de mar, que esa me sobra.

—Sigue existiendo —confirmo.

—Déjame ver el teléfono.

—Ya te dije quién es.

—Entre las Catrinas no hay secretos, ¿eh?

—No es ningún secreto. Está loca; se cree la muy *hippie* porque se la pasa fumando mariguana. —Me oigo decir, y mi voz interna le pregunta a la externa: «¿Qué demonios?». A Tovelia esto le causa gracia. Hoy todo le causa gracia; la que parece drogada es ella.

—¿Qué hace de su vida?

—Las mismas pendejadas de los perros. Creo que duerme con cinco en la cama o algo así —digo, sin perder de vista el camino que nos lleva cuadra a cuadra al Barrio Bravo. Por aquí abundan los perros abandonados, ignorados, invisibles. Unos metros atrás vi a uno echado en un diminuto camellón entre dos avenidas de alta velocidad: se sabe atrapado, su muerte es segura si intenta cruzar hacia un lado o hacia el otro. Entonces se rindió y se echó ahí a esperar la muerte, mientras el sol le quema la sarna y la lluvia le enfría los huesos. Tal vez Morrison se pudre así en un camellón por el que nunca pasaré. Oculto mis ojos humedecidos con unos viejos lentes oscuros que encontré en la cajuelita de la carcacha. Seguro eran, justamente, de Esmeralda.

—Tal vez lo que necesita es que se la cojan —comenta Violeta, y sube los pies al tablero.

—Puede ser… Al fin que es demasiado fea para ser lesbiana.

Quisiera succionar mi comentario y tragármelo de vuelta, pero ya está ahí fuera, y mi karma está tomando nota. Ese comentario lo

dijo mi papá y lo odié por eso. Ahora me odio a mí misma, y Tovelia se ríe otra vez, o todavía, más bien. Le sube al estéreo y tararea en un inglés inexistente. Tovelia. Y yo soy Nerata. No me gusta. Lo odio. Me suena a «nata», y a las chicas les suena a «rata» y están empezando a decirme así. Después de que salí de la tumba, nos fuimos del cementerio y llegó el momento de nombrarme. Escribí «Renata» en letras grandes y temblorosas, y las demás empezaron a jugar con ellas, ordenándolas y desordenándolas para encontrar mi nombre de Catrina. Parecían niñas pequeñas con un rompecabezas y yo estaba en *shock*, tanto, que escuchaba todo como desde el fondo del mar.

—No me gusta mi nombre de Catrina. —Me oigo decir, mientras veo a mi derecha el letrero de la estación de metro Lagunilla.

—¿Qué tiene? —pregunta Tovelia.

—No sé... Aidalani: suena bonito. Rankai: ese nombre está chingón.

—Si no te gusta, encabrónate con tus papás, que te pusieron un nombre tan pinche.

Siento un pellizco de rabia en el estómago. Me lo aguanto, porque esto es una negociación.

—Por qué no Tearan, o Eranta, o Artané. Artané. Ese me gusta. Quiero ser Artané.

—Porque ya tenemos a Aresté. Suena muy igual. Además, tú no escoges tu nombre; te lo ponen tus hermanas y te aguantas. No seas chillona, Ratita.

Viajamos en silencio un rato; la abeja reina con una sonrisita de satisfacción que no puede ni quiere disimular y la obrera con una víbora venenosa mordisqueándole los intestinos.

—¿Y qué?, ¿nunca vas a regresar a la escuela? —pregunto.

—No, qué hueva. No estoy hecha para estudiar.

—Pero ¿y entonces qué vas a hacer? ¿Estás trabajando o...?

—Le estoy ayudando a Beto con lo del nuevo negocio. Cuando arranque, no voy a tener broncas de dinero nunca más y yo creo que me largo ya de casa de mis jefes. ¿Tú qué?, ¿vas a seguir? Seguro tus papás quieren que vayas a la universidad y todo el rollo.

Es tan extraño... pregunta como si no lo supiera, como si no hubiera estado ahí toda mi vida, conviviendo con mis papás, planeando el futuro conmigo. Por alguna razón, aunque «entre las Catrinas no hay secretos», no le cuento de las clases que he estado tomando ni de mis planes de estudiar programación.

—Sí, voy a seguir.

—Obvio. Siempre fuiste medio ñoña.

Últimamente todo lo que dice Violeta suena a verdad absoluta no sólo para mí, sino para todas las Catrinas. A veces, seamos honestos, habla pura pendejada, y cuando veo a las chicas asintiendo emocionadas, siento que soy un extraterrestre recién llegado al planeta y tratando de entender las reglas de los terrícolas subevolucionados. Mi tía es una loca. Yo soy una rata chillona. Soy una ñoña.

(Le quité la camiseta y acaricié su pecho marcado, las líneas de esos músculos junto a las costillas que nunca había visto más que en la foto de algún famoso. No creía que esos músculos existieran; estaba segura de que los editores de las revistas se los inventaban para que Wolverine se viera sobrehumanamente poderoso. Pero ahí estaban, bajo la camiseta de Tetris de un *geek* tímido y barbón. «Esto es muy raro», le dije después de haberlo manoseado más con curiosidad que con deseo. «¿El qué?». «Que seas un ñoño de computadoras, de esos que viven pegados a la pantalla todo el día, y que tengas... esto. Que seas...». «Uno no es una sola cosa», dijo. «Sería muy aburrido»).

Basta, Renata, no puedes seguir visitando los paréntesis. Ya no hay paréntesis: se acabó.

Beto sale a nuestro encuentro y me guía hasta un rincón donde puedo dejar el coche sin miedo a que lo descuarticen apenas cierre la puerta. Violeta salta a sus brazos y comparten un beso que parece excesivamente baboso. («¿Cómo aprendiste a besar así, gallego? No es justo que hayas besado a tantas para aprender. Las odio a tod…»). Que te quedes fuera del paréntesis, dije. Beto le está acariciando el lugar del moretón y Violeta, con gesto de dolor, se aparta, pero no acaba de apartarse.

—¿Ves lo que me haces hacer, chaparra? ¿Ves?

¿Chaparra? Si son de la misma estatura…

—Pórtate bien, ¿eh?

Ella vuelve a besarlo y yo vuelvo a sentir arcadas. Mientras ellos se atascan, yo veo que tengo otro mensaje de Esmeralda, pero no se entiende nada, gracias al autocorrector. Dos mensajes de Mateus. En el primero se dice preocupado por mí, menciona su nada fructífera visita a mi casa y cómo me extraña. «No llamo por si estás en clase». En el segundo, de un rato más tarde, expresa su completa falta de comprensión ante mis acciones. ¿Sigo enojada porque no fue a mi casa a las cinco de la mañana? Pues estoy siendo irrazonable y el asunto ya no es gracioso. Pues no, gallego, ¿quién se está riendo? Guardo el teléfono a toda prisa: la curiosidad de Violeta podría matarme a mí en vez de al gato del refrán.

Los tres caminamos por un laberinto de puestos donde se vende absolutamente todo al grito de «es robado pero no usado». Los policías toman atole en las esquinas, sabiendo que es mejor mirar y callar: seguro la mitad de los rateros de aquí son sus primos. El *reggaeton* suena tan fuerte que las bocinas que lo escupen ya están tronadas y distorsionan las «melodías». Bajo los toldos de todos los colores marchamos miles de hormiguitas; yo con el celular en la bolsa delantera de los *jeans* y cien pesos metidos en la bota, por si acaso.

«Lleve, lleve, güerita; lleve camisetas, zapatos, bolsas originales de Chanel, sus perfumes, botas, películas, "uesebés". ¿Qué busca?, tengo relojes de todas las marcas, "sofuer" para su computadora, ¿qué buscaba, sus lentes de Rei-ban?, barato se lo dejo, barato, güera, ¿qué juego buscaba?, micheladas, micheladas de a diez, de a diez, pa'l calor» y ¡fua!, sí que hace calor aquí abajo.

Una imagen de mi papá, todo peinadito y con sus zapatos recién boleados, aparece en mi cabeza. «Esta es una de las peores colonias de la ciudad, Renata. ¿Qué, eres tonta? Empieza a ganar tu dinero y ya luego te vas a Tepito a que te lo roben». A él, aquí ya le habrían quitado hasta los calzones. Mateus, en cambio… ja: Mateus, con su gesto habitual de «todo el mundo es mi casa», tan seguro sin ser prepotente, andaría por aquí tomado de mi mano, regatearía por una camiseta con un estampado de PacMan, y él y su acento saldrían ilesos del Barrio Bravo, donde dicen que el impuesto a la ingenuidad se cobra caro. El ñoño de Mateus, al que nadie se le acercaría, porque ni vale la pena. No vale la pena, estúpida, lo supiste desde siempre, que él es como un alien y tú… tú eres otra cosa.

Todos dicen que está buenísima. Será por lo güera. Yo digo que sí, que también, y que hoy será la noche en que las cosas serán oficiales y que la putita ni se lo espera. Las mujeres no son mujeres: son putitas. ¿Qué más digo? Lo que me dicta el Rabioso de mi cabeza. El del espejo, o el de fuera del espejo, que a veces ya ni sé cuál es el de carne y hueso y cuál el de mentiras y sueños. Tu brujita no me importa. Nunca me ha importado. Pero a ti no te importan mis puertas cerradas, la piel que toquen mis manos, a quién me coja. Los Rabiosos no hacemos el amor: cogemos. ¿De quién será mi corazón? Los Rabiosos no tenemos corazón, tenemos güevos.

Los demás están más emocionados que yo, y eso que saben, o más bien, creen que saben, que no será la primera vez. Tú también crees que sabes lo mismo, porque nunca he sido bueno en nada más que en ser mi propio reflejo. Soy dos personas a la vez, y ninguna. Vivo dos vidas a la vez y a veces es más real la que pasa sólo dentro de mi cabeza. En esa estoy cerca de ti y

soy lo que soy, todo completo y sin disfraces. En la de fuera no sé quién soy. Pero he tenido viejas, obviamente: los Rabiosos tenemos viejas.

Nadie sabe que soy virgen. Nadie entiende lo que es ser virgen. Creen que es una cosa del cuerpo, del sexo. Yo no he perdido la virginidad ni la voy a perder hoy ni nunca: más bien la gano, preparándome para ser lo que voy a ser siempre, ese alguien que nunca va a conocer el amor, ni de ti ni de nadie, ese amor que penetra, que desgarra, que rompe y revive mil veces al que lo tiene. Hoy seré más negro y más rabioso que nunca, viendo todo desde fuera, ese cuerpo que es mío pero no es mío, estando con esa mujer que es mía sin que yo la quiera, sin que ella me conozca ni pueda conocerme jamás.

TREINTA

—Y si pasamos por aquí, mis leidis… —dice Beto, mientras nos guía por estrechos pasillos llenos de fundas para celular de todos los colores.

A veces, cuando está callado y tranquilo, hasta parece que está pensando en cosas muy profundas. Sus cejas se relajan y se le borra esa sonrisa-mueca de «aquí sólo mis chicharrones truenan» que me irrita tanto.

—Si un día quieres una funda o un cable o algo, le dices y te lo regala —susurra Violeta, orgullosa.

El Chico Malo. Qué cliché. Qué cierto. Los ojos de Tovelia no se entrecierran para pensar: se superabren para guardarse más fotos mentales de él. Si pudieran, se liberarían de su lugar en esa cabeza loquita y volarían como mayates detrás de Beto, y chocarían contra él como los mayates contra las ventanas, estrellándose una y otra vez sin entender que esa luz que se ve ahí dentro no es para ellos y que, tal vez, no es ni siquiera luz de verdad. Para ella, Beto es el más alto, el más fuerte, el más más.

—Por acá. —Y llegamos al fondo del localito. Beto levanta una cortina de plástico y ahí detrás hay una puertecita de metal, un «sésamo». ¡Como en *El nombre de la rosa*! Quizá una guarida secreta con sillones *vintage*, lámparas de luz naranja y un tocadiscos antiguo. Una botella de *whisky* fino, vasos de los que se deben usar para tomar *whisky* fino, música increíblemente melancólica de fondo y, ¡ah!, somos una pandilla de bohemios de clóset. Quizá un almacén de cocaína con mujeres semidesnudas empacando el

polvito en bolsitas, como en las películas y, ahí está: Beto es el rey de las drogas de Tepito. Quizá entraremos a la mitad de una orgía y quizá… no.

El portal se abre y es una especie de trastienda del tamaño de mi cuarto. Hay muchas cajas de cartón, una colonia de moscas patas arriba y una silla en la que, a juzgar por el número de colillas en el suelo, alguien se sienta a fumar muy seguido, a tomarse cinco minutos para comer una torta en paz mientras afuera el caos continúa. Sobre una de las cajas hay un montón de platos con servilletas sucias y restos de salsas en diferentes estados de descomposición. Apesta a caja mojada, a comida vieja, a polvo y a patas.

—Pásenle, pásenle. —Y la primera en obedecer es Violeta. Se agacha y, justo cuando está cruzando, Beto le da una nalgada que casi la tumba de boca sobre la colonia de moscas. Qué irrespetuoso habría sido alterar su mortuoria paz. Bah.

(Mateus jamás me daría una nalgada. Mateus no ve pornografía; me lo dijo en una ocasión y yo pensé que no sonaba lo suficientemente avergonzado. ¿Qué clase de hombre no ve pornografía? «¿Qué?», le había preguntado, «¿uno siempre tiene que "hacer el amor" tiernamente, mirándose a los ojos y diciéndose "te amo" cada dos segundos?». «Claro que no», respondió él, «a veces uno folla como animal. Y muerde y aprieta y suda y grita. Pero uno nunca olvida que está con otro animal y que quiere a ese animal». «O sea que hasta las cogidas más violentas acaban siendo "hacer el amor"», había dicho yo. «Vale, ¿y qué tiene de malo?»).

Beto me sonríe como si fuera uno de sus cuates, en plan «cómo ves, cabrón, así me traigo a mi vieja», sólo que para mí no es su vieja, es mi mejor amiga. No alcanzo a sonreír y miro sus ojos un poco caídos por demasiado tiempo. Y, de reojo, veo también sus orejas enormes. Me siento violenta y acalorada. Él no baja la

mirada y su sonrisita se convierte en otra cosa. Se yergue, pero ni así alcanza mi altura, y eso que vengo en tenis.

—Pásale —ordena.

Violeta ya acabó de analizar el lugar y ahora nos mira, o más bien, *me* mira con las cejas arqueadas y esa expresión que tenía cuando era niña y estaba a punto de soltar un grito mitológico. Me agacho para entrar a la cueva y extraño la otra cueva, la de la biblioteca, que olía a (él) electricidad y estaba llena de (él) cosas útiles. ¿Se atreverá? ¿Frente a Violeta? Mi trasero espera el golpe y ya estoy pensando en cómo haré para tragármelo. Pero no llega. Beto cierra la puerta tras él.

—Pues aquí es. ¿Cómo ves, reina?

—No va a caber tanta gente —opina Violeta.

—No hay pedo. A la raza le gusta estar amontonada como pollos en jaula —asegura Beto, y se pone a ordenar un poco. Apila las cajas, mientras Violeta lo mira como quien mira a un superhéroe. Luego Violeta parece recordar algo, camina hasta mí, me abraza la cintura.

—¿Estabas coqueteando con él, Ratita? —sopla en mi oído. No sé si es lo insultante de la pregunta, el maldito apodo del cual no logro deshacerme o el tono arañante de su voz, pero me convierto en una estalactita, tiesa y fría entre sus brazos. Vamos, Renata, contesta algo, suelta una carcajada, indígnate, lo que sea.

—Cómo… cómo crees —tartamudeo.

Me suelta en el momento exacto en que la puertecilla se vuelve a abrir, y Rafael aparece en el umbral. Todo el mundo insiste en que lo llame Rafa, pero cuando pienso en «Rafa y Beto», me suenan a dueto de cómicos. Me saluda antes que a nadie, alzando la barbilla. Le devuelvo el saludo y se me escapa una sonrisita… ¿coqueta?, ¿nerviosa? ¿Y si mejor no nos lo preguntamos? Vale. Digo, va.

Hemos salido en bola unas cuantas veces y tanto los Rabiosos como las Catrinas orbitan a nuestro alrededor, haciéndose señas «discretas» en lo que se acomodan para dejarnos siempre juntos. A diferencia de Beto, que es evidentemente el perro alfa, Rafael no tiene la viril costumbre de apestar a sudor, y a diferencia de todos los demás, siempre está rasurado perfectamente; su piel es más suave que la mía. O al menos lo parece; no la he tocado, aunque todos lo esperan, y esperan mucho más que eso. Supongo que tiene sentido: Rafael es el único soltero que queda, aunque no entiendo por qué; siendo el mejor amigo del alfa, debió haber podido escoger entre las demás chicas. Violeta dice que es muy quisquilloso para las mujeres y que, aunque ha tenido viejas, nunca se ha enamorado.

—Yo me di cuenta desde el principio de que le gustaba. Siempre ha habido una tensión sexual superfuerte entre nosotros. ¡Al principio nos echaba unas miradas de celos a mí y a Beto…! Pero obviamente nunca va a pasar nada —me dijo hace unos días—. Creo que desde que te conoció lo está superando. Como que sí le latiste. Qué bueno. Mejor para todos. ¡Imagínate…!

No me imagino, la verdad. Mientras esté en mi poder no imaginarme a Violeta besándose o agarrándose con alguien, no lo haré.

—¡Salúdala bien, pinche puto! —le dice Beto a su amigo, y luego llega hasta Violeta, la atrae hacia él con violencia y le da un beso de pulpo mientras le amasa el trasero con enjundia. Luego la suelta con la misma fuerza, y Violeta se tambalea—. ¡Así! ¡Así se saluda, cabrón!

Rafa alza las cejas, me mira de reojo y duda por un instante.

—Estamos bien —digo yo, y retrocedo hasta tener las nalgas pegadas a la pared.

—¡Qué tímida nos salió esta vieja! —exclama Beto—. Cabrón, dale un besito. Un besito para que se relaje.

—Ya, güey —reclama débilmente Rafa.

—¿Ya qué, pendejo? Vela, ella también quiere. ¡No seas puto!

No sólo estoy pegada a la pared como una araña acorralada, ahora tengo los labios apretados y los brazos cruzados sobre el pecho. «Ella quiere» es la descripción más lejana de mi estado actual. Violeta me cuestiona con la mirada. La cuestiono de vuelta. Mueve los labios; creo que me está diciendo: «Bésalo». Debo de estar loca, pero me parece que Rafael el Rabioso está igual de petrificado que yo. Nuestras pupilas conectan a medio camino y dejo de escuchar las órdenes literales de Beto y las sugerencias silenciosas de Violeta. No sé qué, pero algo tenemos en común Rafael y yo. Hay un miedo en él que me fortalece y me despega de la pared. Estoy caminando, estoy tragando saliva, estoy regocijándome al ver que su respiración se acelera. ¿Quiere que llegue o no? No me importa: tiene más miedo que yo, y eso se siente de maravilla.

Suaves, qué suaves sus mejillas. Aliento neutral, agitado. Me sostiene la mirada como buen macho, pero es como si buscara algo dentro de mi cabeza o, más bien, detrás de mi cabeza. Como si quisiera perforarme el cráneo para asomarse por los huecos y encontrar otra cosa. Lo llamo con las cejas; no responde. Su cara está hirviendo. Me pego a él; su corazón me pega de vuelta. Cierro los ojos. Mis manos bajan por su nuca, por ese cuerpo de chico que jamás engordará y que no es el que quisiera estar tocando. Llego hasta sus caderas y las empujo hacia mí, aferrándome de su cinturón. Violenta, me siento violenta y Catrina. Le encajo los labios y se me resiste; su cara está hirviendo, pero su boca está helada. Lo veo por entre mis párpados: tiene los ojos abiertos, las pupilas dilatadas.

—¡Eso es una vieja de verdad, chingao! —exclama Beto, entusiasmado, y esto hace que Rafael reaccione.

Un segundo después, una de sus manos se planta en la parte baja de mi espalda, la otra en mi nuca, y no queda aire entre nuestros cuerpos. Sus dedos se cuelan por debajo de mi camiseta

y unas yemas húmedas y heladas tocan, que no acarician, a la Catrina de mi piel. Su boca me engulle, su lengua ataca a la mía y es una batalla, a ver quién se unta más, a ver quién besa más fuerte, a ver quién se gana más sardinas y más aplausos antes de volver a su lado de la pecera; mi cuerpo lucha por separarse, pero mis manos vuelven a jalar al ente flaco que de pronto dejó de tener o de mostrar miedo. Ojos abiertos, calor de furia, saliva ajena y violenta.

—Bueno, ya, ya, ya, tortolitos, déjense algo para la noche —dice Violeta, y como si nos hubieran bajado el *switch*, nos separamos, resoplando.

—Yo nunca he… —comienza Rankai. ¿Le habrá gustado todo el rollo oriental antes de que se decidiera que ella era la Catrina japonesa o decidió adaptarse al papel? Hoy está maquillada como un personaje de animé, con pestañas falsas y rubor exagerado en las mejillas. Debe haber seguido algún detalladísimo tutorial en YouTube— comido algo que se siguiera moviendo.

Su Rabioso, Héctor, la mira de reojo y luego arquea las cejas como diciendo: «Ah, ¿sí?».

—¿Qué? —pregunta Rankai.

—¿Yo no cuento o qué? —dice Héctor. Rankai niega con la cabeza y le da un golpe en el hombro sin mucha intención.

—Cerdo.

«Yo nunca he…». Los que han hecho la acción descrita tienen que beber, los que no, no. Confesiones alcohólicas y silenciosas. Yo, que he comido almejas retociéndose en jugo de limón, le doy un trago a mi cuarta cerveza. La mitad del grupo me imita, pero Violeta no.

—¿De qué hablas? —le grito, y oigo la babosidad de la borrachera en mis sílabas—. ¿Y las artemias?

Violeta/Tovelia asiente, como si acabara de recordar el episodio, y se echa a reír. Los demás no saben de qué hablamos, y eso se siente bien. Le da un trago a su cerveza y brinca del suelo al regazo de Beto, que la acomoda sobre sus piernas. Rafael está sentado a mi lado, y de cuando en cuando me mira de reojo. El humo se niega a subir y flota alrededor de nuestras cabezas; la música es demasiado fuerte y nos obliga a gritar, pero es buena música, es una lista mía y nadie la ha quitado, aunque estoy segura de que no conocen ni una sola canción.

—Yo nunca he... —empieza Zulu, con esa voz que de solo oírla dan ganas de reír. ¿Cómo hará cuando quiere que la tomen en serio?—. ¡Ya sé! ¡Nunca lo he hecho en público!

Fausto, su Rabioso, es regordete, como ella; pareciera que estuviéramos emparejados por estatura y complexión. Le rodea los hombros con el brazo y la atrae.

—¡Pues ya vas, mamacita! —exclama alegremente, y ella le acaricia el casco de pelo negro que le llega casi hasta las cejas. Por un segundo, los imagino transportados a una década más adelante, vestidos de oficina, gordos, felices y con dos hijos gordos y felices comiendo hamburguesas en McDonald's. ¿Acabará alguno de nosotros teniendo una vida normal, con ropa de oficina, hijos y hamburguesas? Probablemente no. Mi cerveza se queda intocada, y Violeta me echa una de sus miradas de «sé cosas».

—¿De veras, Renata? ¿Nunca? —me pregunta con cara de inocente. La fulmino con los ojos. Sonríe. Frunce la nariz. Le da un trago a su cerveza, y las expresiones divertidas de los demás no se hacen esperar.

—¡Qué les puedo decir! —dice Beto, orgulloso—. A veces mi vieja no se puede aguantar.

Violeta se gira sobre el regazo de su orejón y empiezan una sesión que, según las reglas, los habría obligado a darle un trago a sus cervezas si no lo hubieran hecho ya. Rafael me mira de reojo y me atrapa mirándolo de vuelta. Nos sonreímos y sus dedos encuentran los míos en el suelo. Están fríos, pero no húmedos. Huesudos, sin pelos. Su cara es larga, seria, tiene una nariz picuda y una barbilla picuda también. No sé cómo le han permitido conservar su fleco emo; los emos y los Rabiosos no se llevan.

—Bájenle, ya, que me están poniendo cachondo —anuncia Gonzalo, y Aresté, su diosa hindú, se sonroja. Todas las parejas combinan, menos esa. De hecho, verlos juntos es como escuchar a Shakespeare a ritmo de *reggaeton*, como vestir a la Venus de Milo de dominatrix, como echarle cátsup al mejor pastel de chocolate del mundo. Traslúcida piel sonrosada/cacarizas mejillas redondas. Cabellera ondulante/*mohawk* espinoso. Sirena/luchador. Grotesco. Pobre Teresa. Aunque debo decir que Gonzalo es bastante ingenioso y a ella le gusta reír; lo hace siempre en silencio y bajando la mirada. La onda de Gonzalo son las pesas y dice Violeta que está «mamado como un biberón», que puede ser la expresión más asquerosa que la haya oído decir jamás. Al recordar esto, me echo a reír a carcajadas y un par de voces se me unen.

Los dedos largos de Rafael se abren camino entre los míos, moviéndose como sensuales lombrices. Los empujones de sus falanges tienen algo de… no sé. De sexual. Hace calor, estoy un poco borracha, mis hombros se balancean al ritmo de la música. Me mira y sonríe. El alcohol lo tiene sonrojado. Lo miro también. Todas las personas, vistas desde el ángulo correcto, tienen algo de hermoso. Ahora mismo, Rafael se ve anguloso, elegante y relajado. Largo y contrastante. Dueño de sí mismo y con una sonrisa misteriosa.

—Yo nunca me he enamorado —declara Aidalani fríamente, y Mario, su pandillero asignado, asiente, como si fuera un tema del que ya hubieran hablado.

Yo, por mi lado, siento presión en la garganta y tardo en darme cuenta de que es mi propia mano la que me aprieta el cuello. Chicos y chicas beben, y a mí la botella de cerveza me pesa en la mano. Muero de sed. Mi garganta necesita un trago, lo exige, mi alma lo exige y el celular en mi bolsa quiere apagarse, porque le avergüenzan tantos mensajes sin responder, tanta soledad al otro lado de la línea. Es sólo un juego. Ponerme más borracha no honra lo que sea que haya habido entre nosotros, gallego, ¿me oyes? Claro que no me oyes. Para que me oyeras, tendría que hablarte.

—¡Pues así quién! —exclama Gonzalo, y voltea a ver a su amigo con expresión traviesa—. ¡Si este güey siempre trae una cara de encabronado...!

Perfecta descripción: cara de encabronado perpetuo. Si a eso le sumas sus ciento veinte kilos de masa muscular, su apariencia de guarro y su ojo caído, te queda un tipo al que quieres tener de tu lado. Mario me da escalofríos. Violeta suelta una carcajada que es interrumpida por un empujón de Beto.

—¿Qué? —pregunta, y voltea a verlo entre sorprendida y enojada.

—No tomaste.

—¿Qué? —grita Violeta sobre «Like a Prayer», de Madonna.

—No tomaste, pendeja. ¿No estás enamorada de mí?

Todos se callan. El tipo habla en serio, y Violeta está asustada. Asustada de verdad. Se acaba su cerveza de un trago sin dejar de mirar a su novio a los ojos y deja la botella vacía en el suelo. Las últimas notas de la canción se van disolviendo, y todos escuchamos a Violeta ronronear, mientras le besa el cuello a Beto:

—Si ya sabes que sí. Ya sabes que te amo.

Beto le agarra el chongo y la aparta de sí con violencia. Ya estuvo. Ya estuvo, hijo de puta. Tal vez tu novia esté demasiado borracha como para reaccionar, pero yo no. Así no se trata a las Catrinas. Ya...

—... estuvo. —Me oigo decir.

Estoy de rodillas, a punto de lanzarme contra ese animal, cuando Rafa me abraza de la cintura y me sienta sobre su regazo por la fuerza. Entonces, la canción más improbable llena la sucia bodega con su alegre acordeón: «Where Do You Go To My Lovely», la que sale en *Viaje a Darjeeling* y que Mateus había citado en un mensaje de texto. Se me escapa un suspiro. ¿Por qué estoy sentada sobre las piernas de Rafael?

—No te metas, güera —susurra en mi oído, y por alguna razón le hago caso y dejo de resistirme. Miro a Violeta fijamente, pero se da cuenta y le huye a mis ojos. De pronto, se pone de pie, como impulsada por un resorte, y se pone a bailar.

—¡Nuestra canción! ¡Nuestra canción francesa! —exclama, y me tiende los brazos para que me levante a bailar. Esta canción no es francesa y no es, ciertamente, nuestra canción. Estoy segura de que jamás en su vida la había escuchado, pero hago ademán de pararme de todas formas, y Rafa me ayuda empujándome la parte de atrás de los muslos con demasiada familiaridad. Violeta me rodea con los brazos e intenta guiar nuestro absurdo vals. Recarga su cabeza en mi hombro.

—¿Qué ibas a hacer, Natilla? —susurra dulcemente. Su aliento en mi oreja me da escalofríos.

—¿La neta? —digo, mientras la abrazo y me parece muy bajita.

—La neta.

—Partirle la cara a ese imbécil —declaro, y se me vuelven a calentar los puños.

Violeta se encoge entre mis brazos y se convulsiona. ¡Está llorando! No, no… está doblada de la risa. Carcajadas que la hacen estrellarse contra mí.

—¿De qué te ríes? —pregunto, y aunque su condescendencia me enfurece, su risa se me contagia. No soy la única contagiada de Violeta: las demás chicas están bailando y los Rabiosos aprovechan para renovar sus cervezas.

—Estás loca —me dice, y se pone de puntitas para verme a la cara. Me muestra una sonrisa tan grande que no puede ser fingida y estira los brazos para acariciarme el pelo.

—¿Por qué dejas que te trate así? —le pregunto. Su moretón verde brilla con el sudor de su cara.

—Puedo aguantar. Por algo soy una Catrina —dice muy seriamente.

—No deberías aguantar *porque* eres una Catrina —respondo.

—Así es la pasión. Ya verás.

La línea delgada entre el dolor y el placer, las marcas en la piel, marcas de eres mía y que lo sepan todos. Las Catrinas se intercambian anécdotas, se presumen las ferocidades de sus hombres: los celos, los zarandeos de su ser, árboles zarandeados en vez de huracanas zarandeantes, porque amor es dolor y porque pertenecer es plenitud, aquí entre nosotras y allá entre los brazos tatuados de sus hombres, sobre sus regazos, bajo sus cuerpos.

—Oye, ¿qué pasó con el tipo ese de las computadoras? Ya nunca me contaste —dice Violeta.

Mateus. La imagen de su cara late en mi cerebro como una hermosa migraña.

—¿Cuál tipo? No pasó nada.

Ahí te va un puñal entre los omóplatos que recorrí con las palmas de mis manos.

—¡Te peleaste conmigo por su culpa! Estabas hablando de él esa vez… ¿Cómo se llamaba?

Mateus. Quisiera gritarlo, pero cada letra es un alfiler enterrado en mi lengua.

—¡Claro que no! Me peleé contigo porque… ¿qué importa?

Nada. Ya nada importa. Sus letras no importan; su cara no importa.

—¿No me quieres contar?

No. ¿Contarte? ¿Contar? Sería una cuenta regresiva que acaba en cero.

—Era un ñoño que trabajaba para la biblioteca. Me obligaron a ayudarlo con unas pendejadas.

Todo cierto.

—Tenías mensajes suyos en tu celular.

Mateus. Ya sabía que se llamaba Mateus. Me está probando. ¿Me está probando?

—Para qué me preguntas su nombre si ya habías visto.

—¡Porque se me olvidó! —Y se echa a reír.

—Pues nada. Pinche ñoño, se enamoró de mí. Es de España. Dice que se quiere mudar aquí por mí. De hueva. Cuando se me curó el pie, hasta me fue a buscar a mi casa para dejarme unos libros de no sé qué de computación que para que no lo olvidara. Me habla todo el día, está obsesionado.

—Pinche ñoño —concuerda Violeta.

Tengo ganas de vomitar. Tengo ganas de vomitarme. De que me volteen al revés para que mi superficie mentirosa quede escondida y mis entrañas no me dejen mentir. Mateus. Mateus. Ya escúchame de una vez. Ponme una cámara enfrente y ve lo que soy. Lárgate antes de que te rompa.

—No tienes idea —digo, y me duelen el cerebro y algo más intangible. Cerveza y humo, por favor—. Ah, y escúchate esto: le faltan dedos.

Violeta es dramática, así que, para darle énfasis a su burla, escupe el trago de cerveza que tenía en la boca y me rocía todo el brazo.

—¡Te lo juro! —exclamo, mientras ella sigue riendo, y hago una pinza con el pulgar y el índice, aunque esos son los dedos que Mateus NO tiene. Le pellizco la barriga a Violeta y suelta uno de sus épicos chillidos—. Soy el Pirata Barbanegra, soy el…

Violeta huye de mi tenaza y yo la persigo; más que borrachas, parecemos drogadas, y la droga es la niñez, que ha vuelto, y así es como se sentía tener un hogar dentro de otra persona, poder ser, tener un Para Siempre asegurado.

—Cómo te quiero —dice Violeta, y vuelve a echarse a mis brazos. Estoy borracha, pero ella más. Rafael llega con nuevas latas de cerveza para las dos y se va. Violeta abre la suya—. Di: «Yo nunca he matado a nadie». Dilo.

—¿Para qué…?

—Dilo —insiste.

—«Yo nunca he matado a nadie».

Violeta me mira intensamente y le da un trago a su cerveza.

—Artemias —dice. Le da otro trago—. Pollo.

—¿Kentucky? ¿Tú mataste a Kentucky?

—Fue sin querer queriendo —dice, y se echa a reír.

Yo había llorado por ese pollito. Lo había enterrado en mi jardín. Le había puesto una pequeña lápida con su nombre (Kentucky) y sus apellidos (Fried Chicken). Violeta pone una mano en mi mejilla: está helada. No es su mano, es su lata de cerveza. Se asegura de que la estoy mirando y da otro trago deliberado. Entonces me separo de ella.

—¿De qué hablas? —pregunto. Nuestra «canción francesa» sigue sonando alegremente en el fondo.

—Elda —dice, y pone cara de traviesa.

«Elda… ¿Elda? ¡Elda!». Violeta atestigua cómo voy entendiendo y se echa a reír. Suelto el aire, aliviada, y me río con ella.

—Eres una idiota. Por un segundo no supe si en verdad…

—Te extrañé mucho, mensa.

«#1 Crush», de Garbage. Cerveza. Más cerveza. Cigarro, otro cigarro. Violeta baila como Jessica Alba en *Sin City*. Todos los Rabiosos la ven. Todas las Catrinas la vemos. Las paredes se agitan a mi alrededor, soy liviana como una nube, estamos tomadas de las manos, ella me respira en la clavícula y yo hago volar su pelo de cuervo. Estoy ebria, estoy aquí, donde tenía que estar. Sus manos acarician mis costados. Todos los Rabiosos nos ven. Todas las Catrinas nos ven.

El humo. Los años de los años. Las risas, las lágrimas. Ya llegamos, ya somos, juntas, como estaba destinado. Mis pupilas clavadas en las suyas, tan noches, mis manos en sus hombros, bailamos, bailamos, cerca, tan cerca, cuánto calor, cuánto humo, cuánto presente. Que no se acabe nunca. Pero se acaba, porque Beto la abraza por detrás, luego la empuja hacia mí, como si me la estuviera cediendo. Violeta está de puntitas y sus labios se pegan a los míos. Se me doblan las rodillas… ¿para alcanzarla mejor? ¿Por que soy la definición de un desbalance? «Veo tu cara donde quiera que entro; oigo tu voz cada vez que hablo». Nuestras lenguas se engarzan, nuestros cabellos se mezclan, nuestros latidos se enfurecen. «Creerás en mí… y nunca más seré ignorada». Se vuelve a reír, borracha como nunca la había visto. Se tambalea y se recarga en el pecho de Beto, que empieza a manosearla. La expresión en mi cara la cuestiona. La expresión en la suya me dice: «Déjalo ser, demonios. No cuestiones todo». Déjalo. Ser. Me echo a reír. Y cerveza.

—Vela, güey. Está pedísima.

—Y eso qué, güey.

—¿Cómo que qué?

—Pinche Rafa puto. Tiene que pasar. ¿O qué?, ¿no te gusta?

—No es eso, güey.

—Tons, ¿cuál te gusta? ¿Con cuál quieres? Dime. ¿Hace cuánto que…?

—Está bien ella.

—¿Y entonces?

—¡Está inconsciente! ¡Eso!

—Despiértala.

—¡No mames!

—Como quieras. Pinche puto.

—El lunes.

—Pero el lunes, güey. Ya.

Dejo que el alcohol corra por mis venas y mis músculos se aplanen contra el suelo. Ojalá se mueran mis neuronas y no tenga que recordar todo lo que dije hoy. Ojalá te des cuenta de que los zumbidos en tus tímpanos los causó este insecto del infierno y lo aplastes con una revista de moda. Ojalá te saques los puñales de la espalda y no vuelvas la mirada nunca más, Mateus. Tengo que estar inconsciente. Tengo que despertar. Tengo que…

El lunes algo. Tengo que recordar que el lunes algo. Tengo que verte antes del lunes y… No, tengo que dejar que navegues fuera de este desagüe radioactivo. Aquí sólo hay petróleo chorreado que

mata peces, pollitos y cosas más hermosas y más importantes. A ti te gusta el mar. A ti te gusta la playa. No dejes ni una sola huella en la arena y vete ahora que ha subido la marea. Pero, ay, no, no te vayas, no te vayas nunca, manos grandes, ojos negros…

¿El lunes qué?

TREINTA Y UNO

Ayer de noche los escuché gritándose, con el mismo tema de siempre. Elección tuya, madre: te di las pruebas y no quisiste verlas. «Tú no sabes nada del matrimonio». No. Sólo que estás enamorada como una idiota y ya perdiste. Una cosa es nacer ciego y otra muy diferente pegarse parches en los ojos.

De cualquier forma, gracias a eso tengo la carcacha y la libertad que me da el desprecio de los dos. Dentro de un rato se largarán a la iglesia y no tendré que lidiar con los silencios que flotan siempre por la casa después de una de sus peleas.

Tengo que terminar unos ejercicios de programación. Ya no estoy en el curso, aunque mi madre ignora este dato particular; pero tengo el cuadernillo de ejercicios y, cuando el enano se va a la cama, yo tomo posesión de la lenta, lentísima computadora (Mateus se volvería loco si tuviera que usarla) y avanzo en lo que puedo. Tener un grupo de amigas toma mucho tiempo y, cuando me atrasé tanto que fue imposible de disimular, la maestra amenazó con sacarme del grupo. Quatrina no se lo tomó a bien:

—¡No puedes sacarme! ¡Mi mamá ya pagó el curso completo!

—Es mi grupo. Puedo hacer lo que me dé la gana.

—¡No es una clase obligatoria! —le grité.

Me miró a través de sus lentes de John Lennon y ladeó la cabeza.

—Precisamente, niña.

—Precisamente qué —la imité, y la imagen de Violeta apareció en mi cabeza. Eso de imitar a los maestros hasta que perdían la cordura se le daba bien.

—Precisamente, no es obligatoria. Alguien como tú baja el nivel de toda la clase.

—¿«Alguien como yo»? —cuestioné. En ese momento me habría convenido que fuera maestro y no maestra: así le habría reclamado su machismo.

—Alguien que se cree mejor que los demás y por eso no trabaja. Fui la primera en decirte que tienes un don, pero también te puedo decir que le va mejor a un pendejo que se mata trabajando que a una niñita holgazana y arrogante.

—¿Como, por ejemplo, a una pobre pendeja como tú, que se dedica a darle clases a niñitas dotadas como yo?

Y eso, la maestra no se lo tomó a bien.

Violeta quiere que le entre al negocio de los Rabiosos con ella. Ayer nos vimos bajo el puente y me dijo que, si le entro desde el principio, puedo ganar una buena lana y dejar de preocuparme por mis papás.

—Yo no me preocupo por mis papás —le contesté—; tengo coche y hago lo que se me da la gana.

Intercambió miradas con Aidalani y Rankai, y las tres sonrieron por un segundo, cómplices. Me quedó clarísimo que habían hablado de mí.

—¿Eres independiente por tener coche? —preguntó Violeta, en el tono con el que se habría burlado de alguna niña fresa en el colegio—. ¿El coche que te regaló tu papito?

Y las demás se rieron con fingido disimulo. Independiente o no, el hecho es que a las Catrinas les ha convenido bastante que yo tuviera coche: siempre hay algún favor que hacer, algún aventón que dar, lo cual hacía mucho más molesto el rumbo que estaba tomando la plática.

—No me lo regaló, creéme. —Y entonces les conté cómo había descubierto la aventura de mi papá y cómo lo había chantajeado para que me diera el coche. Eso les calló el hocico—. Y no sólo eso... ¿de dónde creen que saqué los cinco mil?

—¿Los cinco...? —empezó Zulu, y volteó a ver a alguna otra con la pregunta en la nariz fruncida. Violeta la interrumpió de inmediato.

—Cuéntanos, chica mala —me retó. Una sonrisa maquiavélica se quedó colgando de su cara, y era igualita a la sonrisa que lucía cuando, tiempo atrás, me había pedido que la abofeteara.

—Olvídalo —dije, ofendida. Violeta sonrió triunfante, y yo me tragué la bilis.

Después la plática se desvió, naturalmente, hacia Violeta. Empezó a hablar de todo el sexo que tiene con Beto y yo intenté irme a mi refugio mental para no tener que imaginarme a ese duende encima, atrás, a un lado de ella. En un par de ocasiones, alguna otra Catrina intentó insertar un comentario dentro del inacabable monólogo de su líder, sin lograrlo. ¿Había sido siempre así? ¿Tan así? No pude recordarlo. Estuvo volteando en mi dirección a cada rato y me sonreía. Estaba empezando a darse cuenta de que yo había cambiado y le parecía bien.

Las chicas se dispersaron y yo ya me iba también, cuando Violeta apretó mi mano.

—O sea que ya eres una ñoña profesional —dijo.

Solté su mano y me levanté. Por aquel día había tenido suficiente de ella y de su liderazgo. Se paró rápido y me jaló la coleta, obligándome a retroceder. Me di la vuelta y avancé hasta ella, aprovechando mi estatura para verla desde arriba. Pero nunca desvió la mirada.

—¿Qué te pasa? —exploté.

—¡No lo digo como algo malo, Ratita! ¡De ver...!

—¡Odio que me digas así! —interrumpí—. ¡Lo odio!

—¿Que te diga cómo?... ¿«Rata»?, ¿«Ratita»?, ¿«Ratitita»? —Y siguió agregando sílabas a su estúpida palabra, mientras el calor me subía al cráneo y mis manos se cerraban en puños—. ¡Ah...! ¿Está enojadita mi Natita? ¿Está furiosita mi Ratita? —canturreó y, antes de que pudiera controlarme, le solté un puñetazo en plena cara.

Un inmenso silencio me rodeó. Tardé en darme cuenta de lo que había hecho: en ese instante simplemente agradecí a lo que fuera que había callado a aquella urraca chillona. Un segundo después, mi mirada enfocó, y Violeta seguía tambaleándose, con la boca abierta como una ventana y el pómulo del color de su nombre. Miré mi puño apretado y, al intentar soltarlo, se negó. Quería más, quería destrozarle la cara a Violeta y que dejaran de existir sus ojos, su nariz, su boca. Cuando recobró el equilibrio, buscó mi mirada, rozándose la mejilla con la punta de los dedos.

—Guau —dijo.

Abrió y cerró la boca muchas veces, revisando que su mandíbula estuviera en su lugar. Lo estaba. Al fin pude desapelmazar mis dedos y de pronto me sentí aterrorizada. Tensé los músculos mientras me erguía, esperando que Violeta se abalanzara contra mí y peleara sucio. En lugar de ello, abrió mucho los ojos y asintió con la cabeza.

—Guau.

Caminó hasta donde yo estaba y me abrazó. No la abracé de vuelta, porque no entendía qué demonios estaba pasando.

—¿Estás... bien? —le pregunté. Quizá le había matado un par de neuronas que habían estado en el momento incorrecto en el lugar incorrecto.

—¿Qué?, ¿de esto? —Y señaló su pómulo—. Yo estoy acostumbrada. Pero tú no. ¿*Tú* estás bien?

Me soltó. Estaba muy sonriente.

—¿Yo? ¿De qué? —pregunté.

—¿Estás bien? —insistió.

—Sí...

—Se sintió bien, ¿no?

—Eh... sí. Porque eres una hija de puta —dije.

—Eso no importa. ¿Se sintió bien o no?

Abrí y cerré los puños buscando la respuesta. Y en eso, mi boca se arqueó en una enorme sonrisa.

—Lo sabía. Lo sabía —dijo ella, muy satisfecha consigo misma, y me abrazó con todas sus fuerzas—. Sólo había que empujarte un poquito.

Yo seguía sin entender muy bien, pero estaba de excelente humor, y de pronto las dos estábamos riéndonos a carcajadas. Yo le acariciaba el pelo junto a donde la había golpeado y ella imitaba mi cara de furia y fingía tambalearse, seriamente impresionada con el madrazo que le había metido.

—A ver, ñoña —dijo cuando nos calmamos, y se cubrió la cara con las manos, como si temiera que la golpeara de nuevo. Nos reímos—, si puedes *hackear* cuentas de banco, eso le va a interesar muchísimo a Beto. Y a todos. Sacas una lana, armamos el negocio y te largas de casa de tus papás. Porque me queda claro que ya no eres una niñita consentida.

Quisiera que no fuera así, pero la verdad es que su comentario me llenó de alegría. Le pregunté de qué se trataba el famoso negocio y dijo que me contaría hoy. Que debía ir a casa de Rafa cuando mis papás se largaran a misa.

—Ni te emociones, que Beto y yo vamos a estar.

—¿De qué me iba a emocionar? —pregunté.

—De estar a solas con Rafita y...

—¡Cállate! —la interrumpí, antes de que usara alguna expresión asquerosa; pero era demasiado tarde: estaba gesticulando y eso era mucho peor.

—Los vi muy acaramelados en la fiesta —dijo.

—Ay, cállate.

—Oye, está guapo. Está *sexy*. ¿O me vas a decir que no?

No dije nada. Pensé en el beso que nos habíamos dado y en sus dedos como lombrices escurridizas. Sí, tenía algo de *sexy*. Cualquiera podía verlo. Una onda misteriosa, como de alma torturada. Eso me gustaba. ( ) Bien, Renata. Nada de paréntesis.

—Pero mañana nada, ¿eh? Pura plática de negocios. Imagínate, Natilla… Oye, ¿así tampoco te puedo decir? —preguntó, y pensé que cualquier apodo era mejor que «Rata», así que ya no dije nada y me encogí de hombros—. Imagínate: así nos mudamos a otro lado los cuatro. Imagínate.

La primera vez que fui al departamento de Rafael esperaba que fuera un sótano con olor a meados y latas vacías de cerveza tiradas por todos lados; pero Rafa no era Beto. El lugar era diminuto y estaba amueblado con cosas viejas que no combinaban entre sí, pero todo estaba muy pulcro y ordenado. Tenía una cocina chiquita con una mesa para cuatro personas, un baño, un sillón enfrente de una tele y una recámara de dos por dos. Rafa dormía en la recámara y Beto, que acababa de mudarse, en el sillón. Violeta se quedaba con él muy seguido, pero querían buscar otro lugar con dos recámaras, por obvias razones. Me imaginé a Rafael encerrado en su cuarto, muriéndose de sed o de ganas de ir al baño, con miedo de salir y encontrarse a su mejor amigo y a Violeta haciendo algo asqueroso. Y luego me imaginé a mí misma, junto a él, ambos con las orejas pegadas a la puerta y diciéndonos en susurros: «Asómate tú. Yo me asomé la última vez». Eso me llevó a la imagen de Beto desnudo y sacudí la cabeza.

—Estaría bien —dije, sin demasiada convicción.

—¡Estaría increíble! Tú y yo juntas todo el tiempo… Nos ayudaríamos a maquillarnos, podríamos preparar comida para los hombres, decorar a nuestro gusto…

¡¿Que qué?! La vida ideal de Violeta sonaba idéntica a la vida real de mi mamá.

—Oye, ¿estás nerviosa del lunes? Vas a ver a Rafa, ¿no?

—Sí… me escribió —dije. Si ella había decidido fingir que no sabía exactamente lo que iba a pasar, yo también.

—Ese día voy con Beto a Toluca… —dijo, con expresión pícara—. Así que van a tener toda la casa para ustedes solitos… ¿Estás nerviosa?

—¡Ya me preguntaste quince veces!

—Y no me has contestado. Sigues siendo virgen, ¿no?

—¿Importa? —Quise saber. ( ) Quería cambiar de tema, pero ya sabía que Violeta no iba a dejarlo ir.

—¡Qué linda! ¡Estás toda roja! Pero ni te preocupes: Rafa ha estado con muchas viejas. Tú sólo déjate llevar. Ah, ¿y te acuerdas lo que te dije el otro día?

No, querida, hablas tanto, que el RAM no me da para almacenarlo todo. Negué con la cabeza.

—De que Rafa sí está medio clavado contigo, ¿te acuerdas? Pues Beto me dijo que desde que se mudó con él, no se ha acostado con nadie. Ahí está, ¿no te sientes especial?

—Superespecial. Y no, ya no soy virgen —declaré, y pensé en ( )… En qué iba a ponerme el lunes. Eso.

—Como tú digas, Natita.

—¿No me crees?

—Sí, claro… —respondió, burlona, y me estampó un beso en la mejilla—. Les va a ir bien. Tienen química; se veía luego, luego en las fotos.

No quería recordar que esas fotos existían y ahora no puedo sacármelas de la cabeza. En fin. Violeta siguió hablando de sexo, me dio algunos consejos, mientras yo tomaba notas mentales, pero intentaba convencerla de que no eran en absoluto necesa-

rios, y acabamos, por alguna u otra razón, riendo a carcajadas de nuevo. Es increíble cómo puedo desearle la muerte un minuto y adorarla al siguiente.

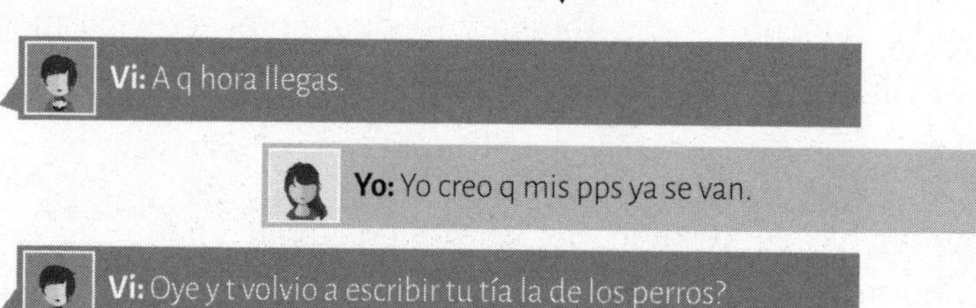

¡Esmeralda! Nunca respondí sus mensajes. No, no sé nada de ella desde hace mucho tiempo. A ver, chats. Esmeralda, Esmeralda… La puerta de mi cuarto se abre de improviso y aparece la cara de mi papá.

—¡Tú también! —grita—. ¡Te me vistes y nos vamos a misa y a comer! ¡Como una familia normal, carajo!

Y se va, dejando la puerta abierta. ¿Qué le pasa? ¿Él y mi mamá se pelean y yo tengo que ir a la iglesia? No veo la lógica. Un minuto después aparece mi madre.

—¿No oíste? Ya nos vamos —dice. No puede ser que el enojo no le dure ni veinticuatro horas, que esté de su lado siempre. ¿No sabe que hay otros lados? ¿Que la vida no es una línea, sino un pentágono? ¿Un octágono? ¿Un mil…iágono?

—Yo no voy —anuncio, y vuelvo a mi celular.

—No es pregunta, Renata —dice mi madre. Últimamente somos la mezcla de dos refranes: ella es el vaso medio lleno y yo la gota que está siempre a punto de derramarlo.

—¿Me vas a arrastrar hasta la iglesia? ¿Qué va a opinar dios?

Respira hondo, con los ojos cerrados.

—Vístete y ya, Renata. Cinco minutos —dice, y se da la media vuelta para acabar de arreglarse.

—¿No me oíste? Yo no voy —repito.

—¡¿No me oíste tú?! —grita. Duró poco, el autocontrol. Apuesto a que tiene ganas de destrozarme la cara a golpes, como yo a Violeta esa vez. Y apuesto a que, si lo hiciera, se sentiría bien—. ¡Vamos a ir todos juntos! ¡Como una familia!

—¿Ahora somos una familia feliz?

—¿Qué te pasa, Renata?

Su voz tiembla, toda ella tiembla y, en mi espalda, Quatrina se regocija.

—Si quieres, te confieso mis pecados aquí y ya. —Me oigo decir.

—¿De qué hablas? ¿Qué te pasa? ¿Por qué me hablas así? No entiendo… —Y, ante mis ojos, su poderosa rabia se convierte en algo patético. Deja caer los hombros, se vuelve escuálida, pequeña y débil. Los ojos se le humedecen y su boca tiembla. Se le acabaron las palabras, y es como un muñequito sin pila. Se da la media vuelta y se va. Patético.

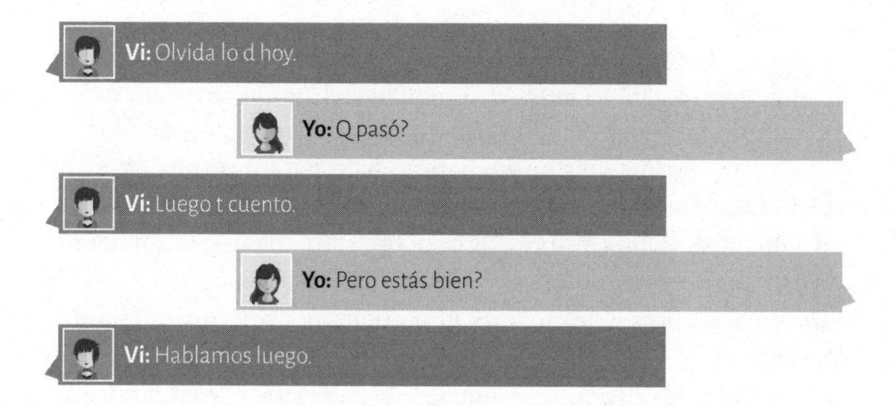

Violeta nunca perdería la oportunidad de contarme cualquier cosa con lujo de detalles. Algo está mal. Le marco, pero no contesta. Ah, mi mamá ya trajo refuerzos. En esta guerra, las alianzas sí que van cambiando, ¿eh? Ayer, ellos eran enemigos, y ahora él me grita lo malagradecida que soy, mientras ella asiente, ofendida, desde el marco de la puerta. «Mi casa… mis reglas… como le vuelvas a faltar al respeto a tu madre… no sé en qué te estás convirtiendo, pero te advierto que…». Pongo mi mejor cara de zombi y dejo que sus gritos y amenazas reboten en mis tapones de oídos invisibles.

—¡Te vas a quedar aquí hasta que regresemos, ¿me oyes?! ¡Estás castigada! ¡Y arregla este chiquero, que tu mamá no es tu sirvienta! Si no estás aquí cuando regresemos, Renata, te advierto…

Increíble. Ya se le olvidó que todo empezó porque yo me negaba a ir y ahora me ordena hacer lo que yo quería hacer. Definitivamente, la inteligencia no es hereditaria. Estoy castigada hasta el fin de los tiempos; puedo olvidarme de mis estúpidos cursitos esos (que también habían empezado como un castigo); de ahora en adelante, si quiero dinero, voy a tener que ganármelo, etcétera. Nótese que, dentro de las amenazas, no se menciona la carcacha, porque el hombre sabe perfectamente lo que pasaría si me la quita.

Allá, en el fondo, está Armando vestido de domingo, con un pantalón *beige*, una camisita de cuello, el pelito lleno de gel y su cara de niño bueno. ¿Qué chico de su edad tiene pantalones *beige*? Parece un señor en miniatura, listo para ir a trabajar a su oficinita con su portafolito. No cabe duda: acabará siendo idéntico a mi papá. Pobre. Y pobre de la pobre estúpida que se enamore de él. Aunque bueno, tal vez la desgraciadez tampoco sea hereditaria… Si yo no soy mi madre, él no tiene por qué ser mi padre. Ya veremos.

—¿Me estás oyendo, escuincla? ¡Ya me estoy cansando de…! —Y lo dejo de mirar, sólo para no darle el gusto.

Armando está espantado, pero algo lo mantiene fijo en su lugar. Ahora mi papá se está poniendo creativo con los insultos y algunos, los más rastreros, perforan mis tapones de oídos con sus aguijones y revolotean dentro de mi cabeza, inyectándome su veneno aquí y allá. Duele. Puta madre, duele, y me odio porque duela. Lárguense, lágrimas, regrésense. Todas me obedecen, menos una. Mis ojos encuentran los de mi hermano, y eso, por alguna razón, lo hace reaccionar. Se desatornilla del suelo y baja las escaleras corriendo. Acto seguido, mi Señor Padre azota la puerta de mi cuarto deseando, seguramente, que fuera una celda en lo más profundo de un calabozo medieval, y los tres se van a escuchar acerca de dios, los ángeles y el infierno.

No chilles, estúpida. Das pena. Bueno, dale, una horita nada más. Y una siesta enlagrimada, que te la mereces.

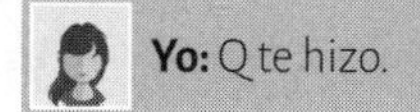

Violeta no lo dijo, pero estoy segura de que Beto le hizo algo.

Ah, sí. La combinación de símbolos y letras que Violeta usa para decir «pene» en los chats. Pene. El pene de Rafael, específicamente. El… uf, sudor frío, estómago revuelto, boca seca. Quiero aferrarme a mi preocupación por Violeta, al enojo de mi mamá, a la iglesia, a lo que sea, con tal olvidar el B====D. Nunca he sido del tipo romántico, que sueña desde los seis años con una boda, un vestido blanco y una cama cubierta de pétalos de rosas. Pero ¿quién es este Rafael? Un hombre más, un nombre más que

contrasta con el que está siempre colgado en mi cabeza como una marquesina de cine.

Qué cansado es estar amontonando ideas encima de su imagen, letras encima de su nombre, para ver si al fin se queda donde debería estar: lejos, en el planeta al que pertenece, fuera de mi cabeza y de mi sangre. Pero no. Puede que sea dulce, puede que sea un niño bueno, pero no es obediente. No es inteligente. No se queda a salvo, donde lo puse, y se me aparece en el cerebro, en el suspiro y en un dolor permanente en el pecho, un dolor que ya me cansé de ignorar y que no acabo de comprender.

El lunes llegará, sí o sí. Y yo soy Catrinicienta, mirando el alba de su última noche acercarse. Cuando el domingo se vuelva lunes, mis zapatos de cristal se quebrarán bajo mis pies y el resto de mis pasos estará manchado de sangre.

En mi mente aparecen imágenes de escenas nunca vividas y de otras cuidadosamente encriptadas y almacenadas en el fondo de mi memoria. Las lágrimas ya se me secaron; la añoranza ya se me despertó; las horas corren en todos los relojes, y con cada segundo me acerco a la última fase del pacto, al último paso al precipicio. Y estoy lista. ¿Estoy lista? Sí. No.

Una piel dorada, una voz muy seria, una mirada tan mirante, ese alguien que me transforma y a veces logra convencerme de que bajo mi armadura de latón hay un corazón que es bello, de que dentro de mi cabeza de espantapájaros hay algo más que paja, de que valgo, aunque el resto del mundo me grite, en todos los idiomas, que no es así. De que, de alguna manera, volveré a casa.

¿A quién me dispongo a traicionar mientras me pongo los zapatos, mientras mis ojos me miran como fieras desde el espejo? Ah… ya lo sé. A todos. A él. A mí. A ellas. Pero no a mi corazón. No. Quedarme aquí. Quedarme y ya. Este es un amor mutilado: será mejor que se desangre poco a poco y así, casi sin darse cuenta, se muera. Yo no sé curar heridas. Fuera zapatos. Quedarme

aquí, dejar que se vaya, que acabe de evaporarse, que empiece a olvidarme. «Sepultar la verdad, engañarnos diciendo que el agua es el mar, que el incendio es el fuego, que el amor escapó con los peces del viento…». Sí, que no hubo, que no hay. Pero para algo es mayor, ¿no? Para decir «no» si hay que decir «no». Para algo es tan listo, también: para cerrarme puertas y ventanas y silenciar mi voz si sabe que sólo cantará una canción, sólo una, la canción traicionera que te deja devastado cuando acaba y que se queda sonando en tu cabeza hasta que buscas un taladro para agujerearte el cráneo y que la maldita se vaya volando como una polilla.

No es traición si se ama. No es traición. Que venga la traición, que así tocó la vida.

Tomo las llaves de la carcacha y vuelo escaleras abajo. Una tarde, nada más. Nadie lo sabrá nunca. Una tarde, nada más. Hasta el satélite más insignificante se topa, de cuando en cuando, con una estrella.

TREINTA Y DOS

—Ya sabes que no soy así, Renata. Necesito una explicación.

—No tengo… no hay una explicación. ¡No todo tiene lógica en este mundo! —exclamo.

Lo primero que hice cuando me abrió la puerta fue colgarme de su cuello y buscar su boca, pero me tomó de los brazos y me alejó de su añorado cuerpo por la fuerza. Ahora he perdido ese último contacto: me acaba de soltar y retrocede. Y entonces siento en la ansiedad de mis brazos y de mis labios cada día que no lo he visto, que no lo he estrechado, que no lo he engullido a besos. Pero en vez de insistir, retrocedo también.

—¿No tienes una explicación? ¿Cómo es eso? Me escribes a las cinco de la mañana, luego dejas de contestar, desapareces… —dice, controlando una rabia que no me había tocado conocer y que se potencializa con su marcado acento—. A mí no me gustan los juegos. No es mi estilo. Quiero lo que quiero y ya.

—¿Y qué quieres? —pregunto, y siento cómo mi barbilla se alza, arrogante.

—Ya sabes qué quiero.

—¿Y entonces? —reclamo. Pero me niego a volver a acercarme. Soy una llama en tres colores: mi azul es la furia; mi naranja, la culpa; mi rojo, las más puras ganas de estar entrelazada con todas sus extremidades.

—Entonces ¿qué?

Está lloviznando. De lado. Son pocas gotas, pero vienen cargadas y me golpean las mejillas como diminutas bofetadas. Mateus

está bajo el toldo a la entrada del edificio, pero me toma de los hombros y me cambia de sitio casi mecánicamente. Se niega a dejarme entrar, pero está dispuesto a mojarse en mi lugar. Menudo caballero.

—Entonces déjame entrar. Si me quieres, tenme. Aquí estoy.

—No es una película, Renata. No es cosa de que llegues en la noche y nos besemos bajo la lluvia y... Necesito entender. Dejaste de contestarme. Muchos días. Te fui a buscar. Desapareciste después de todas esas semanas de... de perfección. Me acojoné. Me cabreé. Y luego me puse muy triste.

—¿Por qué necesitas entender todo? Estoy loca, ¿okey? ¿Qué quieres que haga? Estoy loca. Así me conociste —digo, pero esa palabra, «perfección», se me cuela por el cuello de la camisa y me resbala por debajo de la ropa.

«¿De verdad, Ratita? ¿Estás rogándole a este perdedor? Claro. Siempre fuiste bastante ñoña. Ve, cásate con él y tengan seis hijos, y un día, cuando te despiertes a los cuarenta años y te hayas convertido en tu mamá, pégate un tiro». Cállate, Violeta. No sabes nada.

—No. No te conocí así. A ti te pasó algo. Quiero saber qué.

—No puedes saber toda mi vida —replico. Sueno furiosa, ¿por qué? ¿Por qué quiere saber, entenderlo todo?

Las pendejadas que le dije a Violeta en la fiesta se repiten en mi cabeza y me vuelven loca. «Esa es la que eres, Natilla. Eres una hija de puta. Y está bien». No entiendes nada, Tovelia; ninguna de ustedes entiende nada. Busco la mano de Mateus y la aparta. La mano de la que me burlé, haciendo un garfio con los dedos. «Soy el pirata Barbanegra, soy...». Quisiera olvidar, pero mi mente no me concede lagunas mentales; sólo resacas crueles con ecos infinitos. Me burlé de su mano incompleta y ahora todo mi cuerpo anhela completarse con el contacto de esa mano, anhela abrazarse a la piel bajo la camiseta blanca y empapada. A mí

me pasó algo: sin duda, Mateus. Algo que no podrías entender: volví de la tumba.

—No. No tengo que conocer toda tu vida —replica—. Tú tampoco conoces toda la mía…

—¡Porque no me cuentas nada!

—… pero te puedo decir que ya he jugado estos juegos y no acaban bien —dijo, subiendo un poco el volumen de su voz para ignorar mi interrupción— para mí. No acaban bien para mí.

—Te estás mojando.

—¿Dónde estabas? Si ya no querías verme, podías decirlo y ya. ¿Sabes que no me has mirado a los ojos ni una vez? —insiste, y ahora su voz ha perdido la calma y tiembla. Necesito abrazarlo. Necesito alejarme de aquí. Necesito…

—Ódiame mañana, gallego, pero hoy no. Por favor…

—¿Que te odie? ¿Qué hiciste, Renata? ¿Por qué estás tan culpable? —exclama. Me toma la cara entre sus enormes manos empapadas de lluvia y vuelve a buscar mis ojos. Su contacto me hace temblar y pongo las manos sobre las suyas para que no se me escapen—. ¿Qué hiciste?

—No es nada de lo que crees, no es… No puedo decirte. Es otra parte de mi vida, es…

—¿Otra parte de tu vida que ya terminó? ¿Estás volviendo o no? ¿Llegando o yéndote?

Tengo los ojos cerrados y siento sus pupilas intentando quemar mis párpados. Me busca, me busca y me aprieta la cara, se acerca más, su boca a centímetros de la mía, su aliento en mi espacio, el vapor de su cuerpo furioso.

—Dime. Dame algo. Iba todo tan bien y así, de pronto… No entiendo, tengo que entender. Estás llegando o yéndote.

—Te extrañé… —murmuro. Está apretándome la cabeza con demasiada fuerza, como si quisiera exprimirme la verdad. Su cuer-

po entero se tensa, respira trabajosamente a la espera de algo a qué aferrarse. Pega su frente a la mía y su lluvia me baja por las sienes.

—Mentira. Eso es mentira —dice, y su dolor se cuela por entre sus dientes apretados—. No puedes llorar, Renata. No es justo. Sabes que no es justo.

—Nada es justo —me escucho decir.

No me atrevo a mirarlo, pero siento su agitación, la tensión de sus músculos y las corrientes fría y caliente que chocan dentro suyo, como en el mar que adora. El concreto de mi dique se cuartea, está a punto de romperse y, cuando eso pase, me pondré a llorar. Contrólate, Renata. Un trámite. Una rebelión. Llegar así con Rafael, dueña de mí, sin miedo. Eso quiero. Una última noche de ser Renata para poder, al fin, ser Nerata donde sí puedo, donde sí me entienden, donde no tengo que cambiar. Para eso estoy aquí.

—¿Qué hiciste? —susurra. Mis dedos avanzan por sus muñecas, suben por sus antebrazos erizados. Él sigue apretándome la cabeza, quizá llorando en silencio, empapándose.

—«Una vez me enamoré de ti sólo porque el cielo cambió de gris a azul…» —musito.

—Cállate —ordena, con la misma autoridad que un soldado derrotado. Las gotas resbalan por su nariz y caen entre mis labios. «¿Eso es lo que quieres? ¿Que tu primera vez sea con un niño bueno, con un *geek* de mierda? Cada quien sus gustos, Rata, pero, cuando nos enteremos, te vas a arrepentir. Hay reglas. Además, ¿quién eres tú para tener doble visa? Firmaste el pacto. Estuviste bajo tierra. Eres una de la nuestras». No. Hoy no. «No funciona así. Ne. Ra. Ta. O eres una de las nuestras… o no». Le ordeno que se calle. Le ordeno que se largue.

Y se calla. Y se va. Y entonces no queda nadie para amordazarme y evitar que diga lo que se me viene escapando de entre los labios.

—Te quiero, Mateus.

Se acerca más y los músculos furiosos de sus brazos pulsan bajo mis palmas. Quiere soltarme, quiere aferrarme, quiere convertirme en un cubito de chatarra entre sus manos y a la vez fundirse con el envase de esta alma mentirosa que, sin embargo, no mintió cuando le dijo que lo extrañaba. Que lo quería. Apáguenme el cerebro, por favor, que ser dos es muy cansado. Ser dos es tan cansado que casi quiero no ser nada.

—«¿Adónde te vas, mi adorable, cuando estás sola en tu cama?» —pregunta en el tono de la canción. ¿De qué le ha servido quemarse si no aprendió a reconocer el fuego? ¿Al amor bueno del malo? Tal vez no somos tan diferentes. Tal vez también busca el dolor. Yo tengo dolor para darle. Ni siquiera finjo que responderé—. ¿Adónde? Es que yo ya te quiero, chilanga, yo ya te quiero de verdad… No es justo… No es justo…

Me planta un beso de agua en la frente y al fin abro los ojos. Todo él es lluvia brillante, triste y desesperada. Le dije que lo quería. ¿Cómo podría quererlo? ¿Cómo él a mí? ¿Por qué? ¿Para qué?

—Dime que no vas a partirme en pedazos —le dice a mi boca.

Cantarle Depeche Mode: «Las cosas se dañan, las cosas se rompen…». Pero sólo le digo:

—Nadie que se enamora puede prometer eso.

—Entonces dime algo que sea verdad —suplica. ¿Por qué quieren todos verdades cuando hay mentiras tan hermosas?

—Que una vez me enamoré de ti sólo porque el cielo cambió de gris a azul…

—No… no… otra cosa —dice, niega con la cabeza y sus manos hacen que mi cabeza niegue también.

La punta de mis dedos se ha deslizado por las mangas de su camiseta y lo siento, escucho su corazón y escucho el mío, que me habla en un idioma que no entiendo. ¿Que lo suelte? ¿Que lo deje ir? ¿De veras, corazón? Cantarle con la voz de Anthony:

—«Es cierto que siempre quise que el amor estuviera lleno de sufrimiento…».

—Yo no, Renata, yo ya no quiero sufrir.

—Ya lo sé. —Y mi voz es aguda y suave como la de una niñita llorando.

Creí estar actuando. Creí estar obteniendo lo que quería. Ya no sé qué creer ni para qué creer en algo si todo está destinado al abismo. Él, además, se irá. ¿Por qué se quedaría? En este país de mierda, en esta ciudad polvosa, en esta alma mía que es un rosal sin rosas, un montón de espinas secas. Se irá, el hijo de puta.

—Dime algo cierto.

—Vale. —Y hundiendo mis pupilas en las suyas, me preparo para decirle lo más cierto que le he dicho jamás. Dejo caer los brazos, liberándolo. Inhalo, y la lluvia se cuela por mi nariz—. Si me dejas entrar hoy, te vas a arrepentir.

Sus manos sueltan mi cara poco a poco, sus ojos negros parpadean bajo las cejas tristemente fruncidas. Dije lo que debía. Dije lo necesario, lo que nadie quería oír, y sus dedos abandonaron mi cara y van a abandonarme toda en cualquier momento, lo sé. Es un tipo sensato; lo ha dicho con esas palabras exactas más de una vez. Sabe que tengo razón. Su corazón lo sabe y, más importante, su cabeza lo sabe. Pero su frente sigue pegada a la mía, su oxígeno al mío. Un rayo de electricidad sigue uniendo nuestros pechos. Veo el suyo palpitante y es lo único que se mueve. El tiempo está detenido. Suéltame ya, entonces. «Vete, vete, vete, antes que yo pueda desatar mis manos de estos harapos…». Hazle caso a Lucybell. Pero no se va. No se está yendo. Me desprendo de él y doy unos pasos atrás, a la cortina de lluvia.

—Vete —suplico con un último hilo de voz y una última pizca de voluntad, y la palabrita flota entre nosotros por un instante, pero entonces, Mateus llega hasta mí con un par de zancadas,

enreda una mano en mi cabello chorreante y con la otra me atrae a su cuerpo frío, ardiente, furioso e insensato. Ay, tan insensato.

Cien besos unidos en un beso prismático, noche filtrada por su blancura, todos los elementos conspirando en una calle una noche: el agua y la sal de las lágrimas lloradas y por llorar mezcladas con la lluvia, el fuego del dolor y de la ira trastocándose en puro deseo. El aire, no brisa, vendaval, ciclón, aturde los pulmones y eriza los cabellos, y la Tierra gira más rápido sólo para nosotros, aunque le gritemos que se detenga, que nos forre de bronce y quedemos así, inmóviles y eternos: una estatua embelesada e impermeable a las tormentas que vienen, una estatua enlluviada, pero seca, dulce de mirar e imposible de destruir, con los labios de los dos fundidos en un mismo cuerpo de metal dorado, clavada en el asfalto para que las parejitas enamoradas se tomen fotos pensando, también, que lo suyo durará para siempre.

¿Ha parado la lluvia? ¿Se han incendiado las nubes? ¿Se ha llenado la banqueta de alacranes? No sé, no importa. Sólo estamos nosotros, sólo estás tú, porque yo a mí ni me siento ni me busco; sé que estoy aquí entre tus brazos, que me aferran y se vuelven tan largos y tan anchos que pueden protegerme del naufragio, sé que estoy bajo tu sombra de torre erguida y confiada, sé que ya no vas a preguntarme nada, pero no sé si ya tienes tu respuesta: ¿estoy llegando o yéndome? Yéndome, gallego, yéndome, porque no soy perfección, como dices; no puedo estar aquí, como quieres; no puedo, porque hay más que arrancar después de esta noche y sí, soy mala, pero no tan mala, así que como dice Bat for Lashes: «sólo por hoy, querido, vamos a perdernos», a encontrarnos y a perdernos después, para siempre.

¿Entramos?, preguntas, ordenas, entramos, aunque te dije que te ibas a arrepentir, aunque las advertencias no sirven así, bajo la lluvia, así que entramos, subimos, cerramos, de vuelta en tu universo personal y yo soy el meteorito incendiado que choca contra los planetas y los destruye sin poder evitarlo, porque hay soles que iluminan, planetas que orbitan y migajas de cielo defectuosas que se caen como cuadros mal colgados sobre las cabezas de los niños. Entramos y huele a electricidad, a Mateus, a sábanas colgadas al sol, y hay un chico con una cubeta de lodo y ganas de ensuciarlo todo.

Cierras la puerta y te recargas en ella, te doblas para alcanzarme, primero, después me alzas para que yo te alcance a ti, mejor, porque sería mejor que yo creciera y no que tú te encogieras, Mateus, pero yo soy quien soy: una sierra contra la que cortarse. Cuando nos separemos, tendrás menos de algo, eso es seguro, aunque quizá la gente buena es como la estrella de mar de la canción que nunca entendiste, y quizá lo que yo voy a arrancarte sí vuelva a crecer, a sanar, a unirse. Volverás a ser tú, a toparte con alguna criatura normal, con un alma nueva. Porque yo no estoy rota. Soy rota.

Tus manos me sostienen, pero las mías son libres, y acarician tu cabeza mientras te beso, bajan por tu barba cargada de agua desde las sienes, por la mandíbula cuadrada, a la nuca. Abres los ojos. Abro los ojos. ¿Cuál era nuestro apocalipsis tan trágico, apenas cinco minutos atrás? No puedes recordarlo y sonríes. ¿Quién sonríe, así, Mateus, a la mitad de una escena tan dramática?

—Qué preciosa eres —dices, y entonces, quizá por esta vez tengas razón, o puede que esta vez, sólo esta, no importe que estés ciego y sordo, porque tal vez hacer el amor sólo necesita de ahora mismo, tal vez hacer el amor es encontrar el espejo más brillante en las pupilas del otro, querer desnudarse para que te descubran las verdades que las palabras esconden, que el mundo te pone sobre la piel, sobre los huesos, sobre aquello tan invisible que hace

que tu corazón palpite todos los días de tu vida. Tal vez quitarse la ropa es lo único que queda por hacer cuando lo que quieres es quitarte la piel, la sangre, el cerebro y las vísceras, y ser sólo el hueco que queda en el universo cuando ya no te estorbas con tanto cuerpo, ser sólo el hueco para que el otro lo habite y lo llene de todo eso que no sabías que podías amar, que querías ser.

Tal vez hacer el amor es esto, Mateus: mis pies volviendo al suelo, mis manos despojándote de la camiseta ya transparente, el aire entrándote con prisa por la boca, siete enormes y perfectos dedos aferrando mi cintura, el vello de tus brazos, tus labios en mi cuello y un suspiro para esa pausa en que no te atreves a quitarme la ropa, en que no vas a presionarme en absoluto, en que eres lo más hermoso que he visto en mi vida y casi olvido por qué pensé que había más opción que quedarme en tu piel para siempre.

Te quedas recargado en la puerta y yo retrocedo hasta topar con la cama individual perfectamente hecha. Me saco un zapato sin dejar de mirarte y al intentar sacarme el otro pierdo el equilibrio y el dramatismo. Caigo sentada sobre la cama y me saco el maldito zapato. Sonríes y sonrío. ¿Se habrá ido el momento? No. Contigo los momentos no se van; son eslabones de tiempo unidos unos con otros, piedras en un camino de lodo, y tú nunca me dejas ensuciarme los pies. Abandonas tu esquina y, al llegar frente a mí, te dejas caer de rodillas.

—¿Estás nerviosa?

Quiero negar con la cabeza, pero ella no obedece. Dice que sí, que dentro de mi cuello hay una bola de estambre que me dificulta la respiración, y refugiado entre mis costillas está el miedo. Tomas mi mano y la besas. Besas mi muñeca, mi antebrazo y el reverso de mi codo. Los suspiros se me atoran entre los dientes y los mastico hasta hacerlos trizas. Un trámite. Esto es un trámite, nada más. Porque me gustas, aunque no entiendas nada. Tu cuerpo y tu voz y tu piel. Nada más.

Me miras desde abajo y tus ojos sonríen. Estás hincado entre mis piernas e intentas, juguetonamente, meter la cabeza bajo mi camiseta, pero la tela está pegada a mi piel. La despegas con los dientes lento, muy lento, y besas junto a mi ombligo. Busco saliva para tragar, pero está sólo mi lengua, seca como corteza de árbol. Apoyas las manos en mis rodillas, sobre mis muslos. Ojos sonrientes, sonrisa de boca cerrada. Violeta ya perdió porque se enamoró. Y tú, Mateus, también. Yo no soy tan estúpida. Están los cuerpos y están las almas: la mía vive pulverizada en todo el universo. No es de nadie. No es mía tampoco. No existe, siquiera.

Vuelves a inclinarte sobre mi estómago y levantas la tela mojada un poco más, besando el nuevo centímetro de piel húmeda y fría, un poco más y un poco más, y en cada ocasión me preguntas con los ojos, con las cejas arqueadas, si continuar o no. Cuánto respeto, ¡ja! ¿Dónde está tu instinto? ¿Dónde eres hombre y ya, Mateus? Pero tu frente está a la altura de mis labios y no puedo evitar besarla, y acaricio detrás de tus orejas y serpenteas y ronroneas como un gato feliz. Un error monumental, que tenía que haber parado la primera vez que me dolió separarme de ti. Esa debió ser la última.

Alzo los brazos y sonríes; tomas los bordes de la camiseta y me la quitas sin prisa, despegándola pedacito a pedacito, como si fuera una calcomanía de cuerpo completo. Tienes tanto cuidado conmigo y yo voy a arruinarte. «Cuando se trata de amor, eres presa fácil: una flor en una pistola, un ave a pleno vuelo…». Besas la nariz de la Catrina, vuelves a mi ombligo, subes a mis clavículas y besas el calor que hay ahí, el rubor de mi pecho saltarín, los latidos de mi corazón repartidos a uno y otro lado de mi esternón. «He intentado decirte que, si me dejas quedarme, seré tu ruina». Marina lo dice tan bien… Tus dedos ya no están fríos, ya son como siempre seguros, hábiles y cálidos. Suben por mis costados hasta topar con mi sostén.

—De verdad que eres preciosa.

Un segundo más tarde, el broche se abre sin que me dé cuenta de cómo, y se me escapa una carcajada.

—¡Guau! —exclamo, y tú, como siempre, te encoges de hombros con una sonrisa.

¿Cuántos sostenes antes…? Maldita sea. Sigues mirándome. Eres adorable. Tus ojos repiten y repiten que soy preciosa, y tu calma y tu dulzura y todo en ti repite que no va a pasar nada que yo no quiera, pero quiero todo y me dejo resbalar por la orilla de la cama para rodearte la cintura con las piernas y el cuello con los dedos, y entonces te levantas, levantándome contigo, y me depositas sobre el colchón, y mi pelo mojado empapa tu almohada. Te inclinas sobre mí y de nuevo labios, lenguas y dedos, y esta vez mi pecho desnudo y el tuyo rozándome, caliente, moreno, y tus brazos cual columnas a los lados de mi cabeza, y yo, agarrada de ellos, quiero guardar trazos, cortes de esta película, fotos que se queden enmarcadas dentro de mis párpados. Me volteas sobre mi estómago y pienso en lo fuerte que eres, en cómo me gusta que puedas moverme para acá y para allá, y en cómo esa fuerza no es amenazante, jamás.

Mi cara está aplastada contra tu edredón gris y tus labios están en la orilla de mis *jeans*, sobre mi vértebra más baja. Un beso, un escalofrío. La punta de tu lengua sube, recorre todo aquel sendero y los poros despiertan a cada paso. Tus manos, mientras, rozan mis costillas; me muerdo el labio y me clausuro la mirada. Llegas al final, o al principio, y con una mano agarras la mata de mi cabellera y la apartas para hundir, de lleno, tu boca en la base de mi cráneo. Ahí se me acaba el silencio y me estremezco; quiero que nadie más, nunca, me robe así el aliento, que nadie sepa que ahí, bajo las raíces de mis cabellos, se esconde un escalofrío zarandeante.

—Te quiero, Renata —susurras en mi oído, y te dejas caer, sin caer jamás del todo, sobre mi cuerpo.

Eres tan tonto por quererme. Eres tan tonto. Tus dedos acarician mis hombros y obligan a mis brazos a estirarse; la punta de tu nariz roza atrás de mi oreja mientras tu boca exhala en mi lóbulo y me repite que me quieres, Renata, que soy preciosa, Renata.

—Quiero besarte —digo en un suspiro, y te levantas de nuevo sobre las columnas de tus brazos. Yo me doy la vuelta; contemplo tus hombros tensos, el vello negro de tu pecho, la línea que baja por tu estómago. Cierras los ojos y suspiras mientras trazo helados caminos en tus costados, en tu cintura, en tu espalda.

—Estoy fría. —Y retiro las manos de tu piel. Te yergues sobre un solo brazo; con el otro tomas mi mano y la plantas sobre ti. No has abierto los ojos.

—No me importa —musitas—, tócame. Tócame.

Rodeo tus piernas con las mías y bajo las manos hasta el borde de tu pantalón. Tus labios se entreabren, pero el suspiro nunca sale. ¿Estoy aquí? ¿De verdad estoy aquí? Te huelo, rebuscando en tu axila. Recordar esos ojos que me devuelven a la Renata más hermosa que ha existido, esas cejas arqueadas que preguntan a cada paso si dar el siguiente, esa voz susurrante acariciándome por dentro, el olor de ti después de la lluvia, tus dedos perfectos: amantes, amables, calientes; recordarte en pedazos y todo junto...

—¿Qué haces?

—Oliéndote.

—Vaaale...

Nos reímos otra vez. ¿Por qué? Porque nos gusta reír, habrías dicho. ¿Por qué no?, se puede reír y hacer el amor, ¿a que sí? Haces una lagartija y eso te acerca a mí, y mis manos acaban de acercarte y dejas que te desabroche el pantalón, que me tarde, que me arrepienta, que vuelva a intentarlo, con los dedos temblorosos.

—¿Te ayudo, chilanga?

Vuelven el miedo y la bola de estambre, llega un llanto nada bienvenido. Vuelve la idea de la traición y del dolor y el miedo,

simplemente, de fundirnos, de ser tuya, de que seas mío. Por primera y última vez. Te tiendes a mi lado, recargando la barbilla en una mano para mirarme.

—¿Estás bien, preciosa? ¿Paramos?

Inhala, exhala. Inhala. Dile. ¿Qué más da? Probablemente ya lo sabe.

—Es que… ¿te acuerdas de…? —empiezo, se me vuelve a secar la boca y, como si me leyeras la mente, me das un besito alegre, casi amistoso, sin intenciones ocultas.

—Me acuerdo de todo lo que me has dicho.

Te creo, gallego.

—Pero no sé si te lo dije… que nunca…

Ya me entendiste, pero ladeas la cabeza, cuestionando de todas formas. Malvado.

—¿Que nunca…? —repites.

—Ya sabes —atajo.

—¿Ya sé? —preguntas.

—Sí, ya sabes.

—¿Cómo sabes?

—¿Que sabes?

—Sí.

—¿Cómo sé que sabes?

—Sí.

—Porque siempre sabes todo.

—¿Ah, sí?

—¿No?

—¿No qué? —preguntas, sin dejar ir la broma, y me miras profundo, aunque sé que dejarías ir lo que yo necesitara si te lo pidiera.

¿Me dejarás ir a mí? Me gusta cómo me miras, que siempre me miras y que, ahora que me miras, se disuelve la bola de estambre, se me va volando el miedo y giro para estar frente a ti.

—Esta… —comienzo.

—Tienes razón —interrumpes. Te cuestiono con la mirada, y tus ojos se suavizan más, si es posible. Un beso en mi frente, uno en mi ceja, en un pómulo y junto a la boca.

—¿En qué tengo razón? —pregunto.

—En que ya sé. —Y otro beso en mi frente—. Ya sé lo que me vas a decir.

Te creo otra vez.

—¿Por qué es todo tan… tan fácil contigo, gallego?

—Porque así debe ser estar con alguien. La vida ya es suficientemente difícil —dices, mientras tus dedos dibujan sobre mi cuerpo distraídamente.

No te das cuenta, pero yo tiemblo. Como la superficie del agua antes de burbujear, tiemblo. Estoy sobre ti, los rubios mechones enredados en tus siete dedos, las extremidades convertidas en serpientes voraces. Se me va el miedo y a ti la dulce amabilidad: nos quedan el deseo y el ahora, y los nudos dentro de mí se desentrañan, se vuelven nubes cargadas, se vuelven hielo expuesto al fuego y se derriten, toda yo me derrito y tú estás ahí para beberme a grandes tragos.

Quiero estirar la noche hasta que se rompa, como una liga, para que me deje manca, ciega, sorda y muda. (Me acaricias como si me esculpieras, me aferras como si fuera a irme, me desnudas sabiendo cómo: sin titubeos, falsos comienzos ni sudor en las manos). Quiero no ser de nadie más, nunca más. Quiero que no hayas sido de nadie tampoco. Quiero que el mundo sea otro, que el futuro no importe, que el abismo me encuentre dormida y me lleve. (Soy pura piel, pura carne, puro ahora. Tu cuerpo abraza al mío, tu cuerpo está en todas partes, tu calor es vida y oxígeno; yo soy manos para abrazarte, piernas para atraerte y ojos cerrados por miedo a despertar). Quiero quemarme en esta hoguera y ser polvo blanco escarchándote el cabello, cenizas en tus pestañas y en la

punta de tu lengua. Quiero que no me olvides, quiero olvidar que te quiero, quiero querer quererte, poder tenerte y tener el poder de olvidarte, aunque te quiera, porque no puedo: ni tenerte, ni quererte, ni olvidarte.

Tercera Parte

Lo llevas sospechando toda tu vida. Leíste los libros, escuchaste las canciones y escribiste las historias con el oscuro corazoncito lleno de anhelo y la boca inundada de plegarias. Te vendieron que los finales felices se dan como moras silvestres y que un día recolectarías el tuyo y su frescura estallaría en tu boca; pero la voz del duende de la noche, que es tu duende, no te mintió nunca. Te ha venido susurrando que el cielo de la mosca y el del halcón no son el mismo, aunque los dos tengan alas. Te ha dicho que para los habitantes de las catacumbas el amanecer da igual, que las serpientes no pueden sino arrastrarse, que tú eres el negro del espacio, lo que queda después de la destrucción, y no el abrazo que alguien quiere, ni la belleza que alguien busca, ni la pieza que a alguien completa. Al fin entiendes y qué alivio: eres parte del Gran Plan Universal, eres la escoria, los dientes, la cucaracha radioactiva. No vales nada y qué alivio: asumir tu destino, crecerte las espinas, ser la traición generosa que el mundo se merece.

TREINTA Y TRES

Tras la primera serie de patadas, se arrastró hasta su teléfono y, antes que ningún otro, marcó mi número. «Renata estaba conmigo ese día. Te lo juro. Estaba con ella. No hay nadie más. Te amo. Renata estaba conmigo. Le voy a marcar, le voy a marcar y le preguntas». Y marcó mi teléfono. El mío. Y no contesté. Estaba con Mateus y no contesté. Segundos después llamó a su papá, pero Beto la descubrió, le arrebató el celular y se lo destrozó en la cara. Después se fue hasta casa de Violeta, tumbó a la madre, que abrió la puerta, y le puso al padre una pistola en la cabeza. De ahora en adelante no tenían que preocuparse por su hijita o él volvería. Preguntó si habían entendido. Los dos asintieron, aterrorizados. Violeta dijo que le daba gusto que su papá al fin le tuviera miedo a alguien.

—¿Te da gusto? ¡Está loco! ¡Te pudo haber matado! ¡Pudo haber matado a tu mamá! ¡A tu papá! ¿Tiene una pistola? ¡Tiene una pistola!

Se burló de mi ingenuidad, como siempre, pero reírse le dolía. Me dijo que no exagerara y se volvió a quedar dormida. Tres costillas rotas, los dos ojos morados, el labio de abajo reventado y catorce puntadas en la cabeza. La reina de las Catrinas parece justamente eso, sí, con no sé cuántos kilos de menos («el otro día Beto me dijo que me estaba poniendo gorda»), que ahora se le notan más que nunca; gloriosas ojeras negras; la mitad de la cabeza rapada y remendada, y manchas rojizas, amarillentas y verdosas repartidas por todo el cuerpo.

Está instalada en la cama de Rafael y yo aquí a su vera, como una dedicada enfermera, como un manojo de culpabilidad atento a cada pequeño movimiento, a cada mínima necesidad. Si hubiera contestado. Si no hubiera estado donde no debía con quien no debía. Si hubiera sido la Catrina, la amiga que prometí ser. Nadie más debía enterarse, me había suplicado Violeta en un susurro y, mientras la acomodábamos en mi coche, Beto me había pedido lo mismo en un tono bastante menos amable. Él mismo la había llevado a Urgencias en taxi, cuando, al volver de casa de sus padres, la encontró en la misma esquina donde la había dejado, inconsciente y sangrando.

—¿Por qué no contestaste? —había murmurado Violeta mientras yo le limpiaba un hilillo de baba sanguinolenta del labio. Violeta, que cuando la necesité huyó de casa conmigo, que brindó por nosotras con un vaso de artemias vivas, que conquistó una isla para las dos en plena ciudad y me aceptó de vuelta como si nunca nos hubiéramos separado. Violeta, mi hermana elegida, la que me conocía al derecho y al revés y sabía de las suciedades de mi alma. Le había mentido, la había traicionado para estar con un extraño que no sabía nada de mí y que, más temprano que tarde, se largaría, dejando este país igual de jodido que como cuando llegó. Dejándome a mí igual de jodida también.

Ahora no puedo ni verla a los ojos. Antes de la pelea que nos separó por meses, había querido contarme de Beto, pero yo había estado tan distraída con mis tonterías que no la escuché. No sólo eso: la saqué de mi vida. Mientras veo su cuerpo destrozado, me repito una y otra vez lo que nos dijimos ese día, lo que nos dijimos los días anteriores y lo que no nos dijimos. Cada vez encuentro más pistas que no pude ver en el momento, ocupada como estaba pensando en «Mateus, el Programador». Bah. Ahora todo me parece tan estúpido. Tan obvio. Si nunca nos hubiéramos separado, ella no estaría con este hijo de puta. Siempre tuvo gustos nefastos

y yo siempre estuve ahí para hacerle ver la verdad. Si yo hubiera conocido a Beto desde el principio, jamás habría dejado que mi mejor amiga se convirtiera en su costal de boxeo, en una de esas mujeres de telenovela que dicen que se cayó por las escaleras. Las otras Catrinas son estúpidas. No sirven para nada. Violeta contaba conmigo. Con su alma gemela. Se hace la fuerte, pero me necesita. Un golpe más, una patada más y tal vez hoy estaría en un cementerio despidiéndome de ella.

Sacudo la cabeza para ahuyentar ese pensamiento y salpico a Violeta de las lágrimas que me empapan la cara. Había estado tendida en mi cama, recorriéndome las últimas horas en el cuerpo, encontrándome las huellas de él en todas partes y llorando porque eventualmente tendría que bañarme, y la idea de lavarme sus besos me llenaba de una melancolía tan insoportable que debía convertirla en otra cosa, en codicia, en deseo, en volcanes. Había estado navegando por el mar de promesas que habíamos intercambiado: frases, suspiros, juramentos de la piel. Le había dicho muchas cosas. Que con él era otra. Cierto. Otra. No yo. Que su voz cerraba fisuras en mi alma. Cierto. Fisuras por las que se vislumbraba la verdadera oscuridad que me habita. Que era suya. «No», había dicho él, «no seas mía: sé tuya, pero conmigo».

Dijo que encontraría el modo de quedarse y yo le dije que sí, que yo también encontraría el modo de quedarme. Me había instado a volver a casa, porque le había contado que mis padres lo habían exigido. Un niño bueno y contagioso. Cómo le había costado soltarme, y a mí, vestirme. A su lado, la desnudez era tan natural, tan cómoda, que las telas ahora me parecían toscas y pesadas. Tontas y artificiales. Cada prenda era una pared; además, una capa que engrosaba la muralla que nos separaría cuando yo me atreviera a asumir la realidad. Había estado así, habitando aquellas horas y repitiéndome cada detalle, cuando mis padres volvieron.

El sonido de la puerta cerrándose me arrancó una vez más de los brazos de Mateus y el pecho volvió a dolerme. Tacones por las escaleras y, unos segundos más tarde, mi madre en el marco de la puerta.

—¿No viste tu teléfono? Te marqué para ver si querías tamales —dijo.

Mi madre, tacones, tamales: mi cuerpo volvió a su temperatura normal de inmediato. No, no había visto mi teléfono. No, tampoco había arreglado mi cuarto. Me había quedado ahí, como querían, en mi propio chiquero. ¿Algo más?

—¿Querías tamales o no? —insistió.

—¿Por qué? ¿Me trajiste? —pregunté. De pronto me sentía tan hambrienta como Morrison en sus primeros días. Ay, Morrison, lo había bloqueado de mi mente muchos días.

—No. Porque no contestaste el teléfono.

Y se dirigió a su cuarto. Me incorporé y agarré el maldito teléfono. Lo había puesto en mudo y tenía una llamada perdida de Violeta y seis de Rafael. Se me bajó la sangre a los pies y de ahí al sótano: nuestra cita del día siguiente no ameritaba seis llamadas con un minuto de diferencia entre cada una. Algo había pasado. Lo llamé y me dijo que Violeta y Beto se habían peleado (¡que se habían peleado!). Estaban en la clínica y Beto sólo había permitido que me llamaran a mí, porque tenía coche. ¿Podía ir para allá? Violeta no dejaba de repetir mi nombre. Rafa dijo algo más, pero yo no estaba escuchando. Agarré mi bolsa, bajé corriendo las escaleras y me topé con mi padre.

—Tengo que salir. Es una emergencia.

—No vas a ninguna parte. Estás castigada.

—¿No oíste? ¡Es una emergencia! —insistí, mientras buscaba las llaves de la carcacha en mi bolsa.

—¿Qué emergencia? —Y se cruzó de brazos. Encontré las llaves, pasé corriendo junto a él y salí de la casa.

—¡Violeta está en el hospital! —grité, y azoté la puerta de la calle.

Antes de subirme al coche, alcancé a escuchar el nombre de mi mejor amiga repetido por mi padre, entre signos de interrogación. Mi mamá me estuvo llamando todo el camino y una vocecilla en mi cabeza me sugirió contestarle para no preocuparla. La vocecilla, por supuesto, tenía acento español. Respondí a su cuarto intento y le di la misma breve explicación.

—¿Desde cuándo la has estado viendo, eh? —preguntó fríamente. Una chica agonizaba con mi nombre en los labios y mi mamá insistía con sus estúpidas prohibiciones.

—Desde hace mucho, ¿okey? Es mi mejor amiga.

—No me gusta que la estés viendo.

—¡Está en el hospital! —le grité.

—¿Qué le pasó ahora? —respondió, como si Violeta en el hospital fuera cosa de todos los días. No supe qué contestar. Mi madre repitió la pregunta agregando el «¿eh?» clásico de mi familia.

—¡Pues no sé! ¡Por eso estoy yendo! —exclamé—. No puedo hablar mientras manejo, voy a chocar —dije y, como no había nada que discutirle a tan sensato argumento, se quedó callada. Le concedí unos segundos y después le colgué el teléfono.

En la noche tuve la decencia de anunciar que me quedaría con Violeta y que al día siguiente me iría directo al colegio, lo cual, evidentemente, jamás estuvo en mis planes. Mi madre ni siquiera respondió a mi mensaje. Y heme aquí, un lunes a las once de la mañana, reprobando dos exámenes por *default* y cuidando a una enferma en la misma cama en la que horas más tarde debía terminar mi conversión al catrinazgo bajo el cuerpo de Rafael.

«Enferma». «Se pelearon». Ni pelea ni enfermedad. Una paliza y dos traiciones: la mía y la de él. No se muele a golpes a quien se ama: eso está en todos los ABC del amor. El famoso «Amorte» que Violeta pregona y que las otras estúpidas se tragan como si

fuera el mejor vino es un fraude. Beto no cambió sus planes y, al final, fue Rafael quien lo acompañó a Toluca. No puedo creer que no le dije nada en el camino hasta acá y que no le diré nada cuando vuelva. No se merece mi miedo, como no se merece el amor de Violeta, pero posee los dos. Y una pistola.

Necesito que despierte y llevármela. Cuando comprenda lo que pasó, cuando lo comprenda de verdad, no podrá negarme que la alianza entre las Catrinas y los Rabiosos debe terminar. Qué pequeñita y frágil me parece, como si hubiera vuelto a ser una niña y yo su hermana mayor. Pequeña Violeta: mientras la negra rabia se desplomaba sobre ti, mi piel era orilla de arena besada por la espuma. Quizá cuando despiertes podré contarte que el amor no siempre duele. Quizá cuando despiertes podamos hablar.

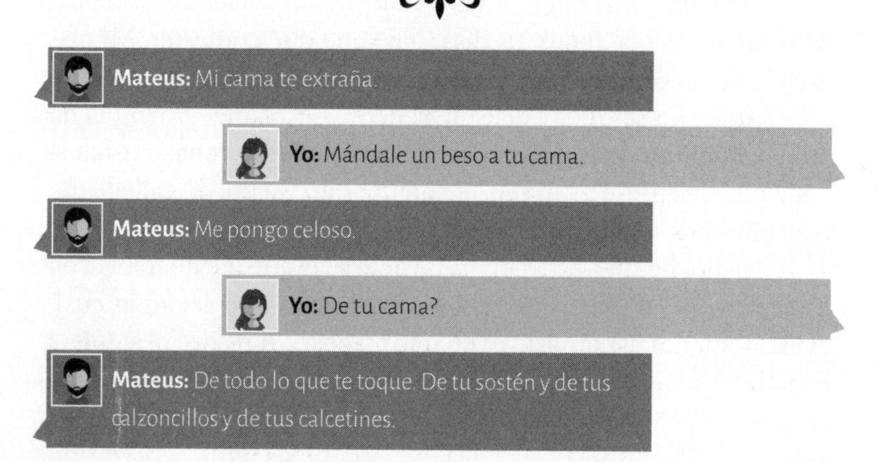

Con sólo ver la palabra «calzoncillos», la escucho en mi cabeza con el seseo de su adorable boca y no puedo evitar sonreír. Porque lo intento: no sonreír, no recordar, no revivir. Mi mente a veces lo logra; mi cuerpo, nunca. Logré lo que quería: eso es todo.

Perdí lo que había que perder, aunque más que perdida me siento encontrada, y más que derrotada, victoriosa. Sentirte más tuya que nunca cuando le estás perteneciendo a alguien más: quizá hacer el amor es eso. Pero basta ya, que por eso el pasado pasa. Debe quedarse ahí, donde pasó, en esa cama, entre esos brazos, aquella tarde.

—¿Natita?

Dejo el celular y me siento junto a ella.

—Aquí estoy, nena.

—¿De qué… —Le cuesta trabajo hablar—, de qué te ríes?

—¿Reírme? ¡No me estaba riendo! ¿Me estaba riendo? Para nada. ¿Cómo estás? ¿Cómo te sientes?

—Ya lo hiciste, ¿verdad? —dice en tono picarón y tose—. Ya lo hiciste.

Sí, incluso tirada y con la mitad del cuerpo roto, piensa en eso. Me siento hervir y, ¡ah!, cómo quisiera contarle a mi mejor amiga absolutamente todos los detalles. El primer instinto desaparece y llega el pánico… ¿Cómo demonios supo?

—¡Claro que no! ¿A qué horas iba a hacerlo?

—Pues ayer… o… ¿qué día es hoy?

—Lunes. El lunes —enfatizo, con la imagen de Rafael en la mente. Entonces se remueve en la cama, como si quisiera pararse.

—¿Dónde está… dónde está mi negro? —pregunta. Le doy unos segundos para ver si se da cuenta de que «su negro» es el responsable de que ella esté inválida, pero no.

—¿Tu negro? O sea, ¿el hijo de puta que casi te mata? ¿Ese güey?

—Beto, Beto, ¿cómo se veía? ¿Lo viste? ¿Estaba enojado?

Su mano está entre las mías y casi puedo sentir cómo se enfría mientras el miedo se apodera de ella.

—¿Enojado? —repito. Siento que estoy viviendo la escena de una obra de teatro del absurdo—. ¿De qué? ¿De que no te moriste?

—Estaba tan asustado… Lo hubieras visto.

—Muy pinche asustado, pero igual se largó a Toluca —digo, y la suelto, porque tengo ganas de zarandearla hasta que se le suelte la sanguijuela que trae pegada en el corazón.

—¿A qué hora? ¡Ay, no! ¡Yo iba a ir con él! ¿Y ahora? —gimotea, y de nuevo trata de levantarse, pero alguno de sus múltiples dolores la tumba de vuelta.

—¡Y ahora! —repito, incrédula—. A ver, Violeta, no te acuerdas de lo que pasó, ¿o sí? ¿Te acuerdas?

Cierra los ojos y vuelve a acomodarse en la almohada.

—Él supo que se le fue la mano. Supo.

—¿Él sup…? Neto. ¡¿Neto?! ¡Casi te mata y luego fue con una pistola a amenazar a tus papás! ¿Se le fue la mano? ¡¿Tú crees?!

Sí, me estoy oyendo gritar y sé que no estoy aportando demasiado, pero es que su explicación no puede ser que a ese psicópata «se le fue la mano». No puede ser tan… tan…

—Violeta, escucha: Beto es un psicópata. No puedes estar con alguien así ni un minuto más, ¿me oyes? Apenas te puedas parar de la cama, vas a venir conmigo y…

Me callo, porque hay una sonrisita cínica en la boca rota de Violeta, y no puedo seguir hablando mientras esa sonrisita esté ahí.

—¿Violeta? ¿Me oyes?

—Eres… —Y vuelve a toser—, eres como una niña chiquita… «una pistola, tiene una pistola»…

Se ríe suavemente, con los ojos cerrados, y hasta hace el esfuerzo de negar con la cabeza. A mí la lengua me hace cosquillas, pero no encuentro nada que responderle a esa sonrisita.

—Mejor cuéntame de tu cogida con Rafa.

—¡No hay…! ¿Qué?, ¿ahora es normal que los novios tengan pistolas?

—En el mundo de verdad, sí. Cuéntame. Cuéntame.

No está pidiendo, está suplicando. Cedería, si no fuera porque no hay nada qué contar.

—Es lunes, Vi. *El* Lunes.

—Ah... o sea que al rato, ¿eh?

—¡Claro que no! ¡Ve cómo estás!

—¿Qué tengo que ver yo? O qué, ¿me quieres invitar?

—¿Qué te pasa? Puerca. ¿Qué tienes que ver? Pues... para empezar, estás tirada en mi nidito de amor.

—Ay, no tiene que ser una cama, eh. Ni tampoco va a estar llena de pétalos de rosas y con música romántica de fondo.

Violeta no puede dejar de ser Violeta. No puede dejar de recordarme cuánto sabe más que yo, y lo ingenua y bruta que soy. No hagas ninguna cara, no hagas ninguna cara...

—Ay, ¡Natita!

Demasiado tarde. Para Violeta soy transparente. Y ella, con tanto moretón, es *violeta*. Je, je. Qué mala soy, diablos.

—Tú en verdad te creíste eso de «hacer el amor», ¿verdad? Te juro que hasta me dan ganas de abrazarte.

Cállate, Renata, cállate. ¿Qué importa lo que ella piense? Cállate.

—Sí se puede hacer el amor. —Me oigo decir. ¿Y no tenía ella toda una teoría del amor, al abrazo y el abismo? Tal vez la realidad ya la golpeó en la cara. Diablos, basta, Renata.

—¿Ah, sí? ¿Y con qué lo haces o qué?

—¿Cómo que con qué lo hago?

—Eso de «hacer el amor» suena a que lo haces o lo fabricas o algo así. Cuéntame, virgen experta. Cuéntame. Yo te compro dos kilos de amor. —Y se ríe. No, no y no. No puede ser que se burle de mí cuando es evidente que ella es la que perdió: está toda rota. Toda, menos su arrogancia hacia mí. Ojalá se guardara dos kilos de esa arrogancia para aventársela a la cara a su noviecito y romperle la nariz con ella.

—No soy virgen. —Me oigo decir, y debería clausurarme la boca con una engrapadora. ¿Qué estoy haciendo? ¿A quién le servirá esta confesión? ¿Por qué necesito que sepa, por qué?

—Sales —contesta Violeta. «Sales». Como si le hubiera dicho que ayer estuve en otra galaxia montando un unicornio sobre un campo de flores plateadas. Puta madre, me dan ganas de ponerle morado el tercer ojo.

—No me crees.

Había querido que fuera una pregunta, pero me salió así, sin signos de interrogación.

—Si ya lo hubieras hecho, no estarías diciendo estas tonterías del amor. La pasión no es así.

—No es cómo —digo, y ya no estoy junto a ella. He estado alejándome de la cama con cada línea de diálogo, sin darme cuenta.

—No es bonita. Es… es violenta. Es animal. Es… catrina. Y rabiosa —dice, y asiente con la cabeza, aunque se ve que le duele. Se ve que todo le duele y que a todo sigue diciendo que sí—. Es catrina y rabiosa.

—Y entonces ¿por qué no quieres que las demás te vean?

—Me lo juraste —dice, y su cara cambia. Está alterada y eso, en un lugarcito muy interno y muy malvado, me alegra.

—No te juré nada. Tú me rogaste que no le diga a nadie, pero yo no te juré nada.

—Júramelo —exige.

—¿Por qué? ¿Si estás tan orgullosa?

—Tienes envidia —dice, y su voz suena más ronca, como si estuviera a punto de quedarse dormida otra vez.

Estoy parada junto a la ventana y me volteo para darle la espalda. No sé qué cara estoy haciendo, pero prefiero que no la vea. Mi cabeza está punzando y no sé muy bien por qué estoy diciendo lo que estoy diciendo.

—Envidia de qué. ¿De que te rompieron la madre? ¿De que Beto tiene una pistola y está demente? ¿De qué?

—De que alguien me quiere tanto como para…

—¿… Como para volverse loco? —exclamo. Inhala, exhala, inhala. Estás gritándole a una mujer que tiene huesos rotos y que además es tu mejor amiga, a la que le debes todo. Inhala.

—Sí. Exactamente —responde ella, y puedo sentir su sonrisa sarcástica y vencedora hasta acá.

—¿De veras crees que quisiera estar en tu lugar? ¿Ahorita?

—Te conozco, Nata —suspira.

No digo nada y veo la parte trasera de este horrible edificio por la ventana. Un minuto, dos minutos, tres minutos. Media vuelta y veo que se volvió a quedar dormida. No sé por qué decido tomarle fotos a su cuerpo herido. Juro que no sé por qué.

Dice que la envidio y que lo sabe porque me conoce. O tiene razón en todo o se equivoca en todo, y yo tengo que saber cuál de las dos es porque de eso depende el resto de mi vida.

TREINTA Y CUATRO

—¡Shhh! ¡Van a despertar a Violeta!

—Está más drogada… A esa vieja no la despierta ni una cubeta de agua en la cabeza —dice Beto, y los Rabiosos ríen alegremente. Todos, menos Rafa; él me mira por un instante y me lanza una sonrisa en tono «ya sé, es un bruto», y se lo agradezco con una inclinación de cabeza.

Beto y él llegaron de Toluca hace un par de horas; Beto ya traía tres cervezas encima. Pidieron unos pollos asados como a las seis y el resto de la banda llegó justo a tiempo para arrasar con ellos y con dos botellas de ron mezcladas con Coca-Cola. Nunca había estado sola con todos los Rabiosos y ya van tres veces que intento irme, pero digo algo que los hace reír y me pasan un vaso; le doy un trago, y resulta que ya son las nueve y media y estoy medio borracha.

—Nunca te había oído hablar tanto —me dice Gonzalo, «Gonzo».

—Mejor —dice Beto, y eructa asquerosamente. El olor de la grasa de pollo llena la diminuta sala—. ¿Quién quiere a una vieja que se la pase hablando? Boca cerrada y piernas abiertas. Eso está chingón.

No tengo para qué estar aquí. Otro comentario de esos y voy a vomitarle en la cara. Violeta no se imagina el esfuerzo que estoy haciendo para ignorar el hecho de que ella está del otro lado de la pared con las huellas de los puños de este cabrón en todo el cuerpo.

—No mames, que hay una señorita presente —dice Héctor, y se lo agradezco con una inclinación de cabeza. Creo que llevo dos horas inclinando la cabeza para agradecer a los Rabiosos por sus ligeramente superiores modales. ¿Y si el único hijo de puta es Beto?

—¡Sólo es señorita porque este pendejo no se la ha tirado! —exclama Beto, y en mi garganta crece una furia en forma de erizo que tiene ganas de hacerle sangrar los ojos. Me levanto de mi lugar menos rápido de lo planeado (maldito ron) y ya tengo listo el puño cuando un brazo me rodea la cintura y me obliga a sentarme en un regazo tibio. Rafael, otra vez.

—No seas loca —susurra en mi oído. No detecto ni una gota de alcohol en su aliento y sospecho que ha estado tomando Coca sola sin que nadie se dé cuenta. Me da un beso en el cuello y usa sus brazos sobre mi estómago como un cinturón de seguridad. El beso: escalofrío borracho.

—Pura pinche envidia —asegura Gonzo, y Mario, ese monigote con cara de piedra, sonríe un cuarto de sonrisa. «Envidia». Ya escuché esa palabra demasiadas veces hoy.

—Que me traiga una chela y te digo —dice Beto al círculo. Y luego, a mí—: Tráete una chela fría, ¿no?

—Eh… no, no creo —respondo. Silencio. Los Rabiosos esperan la reacción de su líder, que frunce la nariz como una bestia furiosa y grita:

—¡Una chela, carajo!

—Ve tú por ella —replico.

Silencio más silencioso. Sí, ya sé que el silencio es un absoluto, pero ahora no sólo dejaron de hablar: dejaron de moverse, de tragar saliva, de parpadear.

—¿No que eres la pinche vicepresidenta? Mi vieja no me puede traer la chela, ¿o quieres que la vaya a despertar para que me la traiga?

—¡Tu *vieja* no está dormida! ¡Está drogada de medicinas porque le partiste la madre! —grito, y la última palabra se queda suspendida en el aire, entre el humo y el olor a pollo. Mi cinturón de seguridad se aprieta más, pero Beto, que no tiene uno, se levanta torpemente y se para frente a mí.

—¡Te la voy a partir a ti también, pinche vieja! —balbucea. Se abre el chaleco y me enseña la pistola que trae metida en el pantalón.

¿Qué…? ¿Estoy en una película? El calor del alcohol se evapora de mi cuerpo y me queda una mezcla de miedo y rabia que no sé en qué va a acabar. De pronto siento que Rafael me levanta y me empuja detrás de la silla en la que estábamos sentados. Está parado frente a Beto, que tiene los ojos inyectados en sangre.

—Güey, cálmate —le dice, pero, en vez de calmarse, le suelta a Rafael un puñetazo en la cara.

Creo que acabo de gritar, pero no estoy segura; tal vez fue sólo en mi cabeza. Rafa tropieza con la silla, se sostiene de ella y me mira de reojo: «No te metas». ¿Va a golpearlo de vuelta? Los demás Rabiosos se levantan, pero nadie se decide a intervenir. Yo tampoco.

—¡No va a venir esta pinche güerita de mierda a decirme cómo tratar a mi vieja!

Rafa se incorpora y lo mira directamente a los ojos, pero levantando las manos en son de paz.

—Ya, güey. Ya —dice, y señala la pistola con una inclinación de cabeza—. Guarda eso. No vas a hacer nada, güey. Es mi vieja. Todos estamos muy pedos. Ya cálmate.

—Dile que me traiga una chela, cabrón —ordena Beto, y se me ocurre que no sólo está borracho, sino drogado. Y no con medicinas para el dolor—. Dile que me obedezca, cabrón.

Contengo la respiración. Ah, quisiera pensar que me acordaré de esta como la tarde en la que enfrenté a un pandillero y le rompí

la nariz, pero es una pistola *de verdad*. Nunca había estado tan cerca de una. Rafa, cuya mejilla se hincha a velocidad portentosa, voltea a verme y me indica el refrigerador con la cabeza. Está siguiendo la orden de darme la orden y es doblemente humillante, pero es que es una pistola *de verdad*. Rafael no tiene una; la habría sentido cuando me apoyó sobre su regazo. Me doy la vuelta. Ya no estoy borracha. En absoluto.

—Ve, pero leeento, bien lento... —indica Beto, y ya suena más risueño.

Humillarme lo pone de buenas. Se vuelve a sentar en el sofá y siento sus ojos sobre mi trasero. Por suerte, el cuarto es muy pequeño y ya tengo la cerveza fría entre los dedos. Está helada... Qué bien se siente. Necesito cien botellas para ponerme contra la piel y que me bajen la impotencia, la furia y la vergüenza. Ni siquiera me ha rozado; sólo me ve y ya lo siento en todas partes, ensuciando lo que tus besos, hace menos de veinticuatro horas, embellecieron y purificaron. ¿A quién le estoy hablando? Ay, Renata, deja ir a tu amigo imaginario. Dice que va a quedarse, pero no puede ser cierto. Acabará yéndose. ¿Quién se quedaría aquí *por ti*? Y si yo nunca había visto una pistola, él seguro ni se ha enterado de que existen, y anda por ahí paseándose en un mundito en el que nunca sucede nada malo. Qué envidia. Pero aquí no es así. Aquí se necesitan garras para sobrevivir, armaduras, dientes. Y pistolas.

—Pues no, carnal, no te tengo envidia —concluye Beto después de su estúpido análisis—; tu vieja no tiene nalgas y mide como tres metros, pinche jirafa. Además, nunca me han gustado las güeras.

Me agacho para dejar la cerveza en la mesita y me cuesta trabajo abrir los dedos y soltarla. Estoy, toda yo, cerrada como un puño y temblando. La botella rompiéndose en su quijada y la cer-

veza espumosa explotando en el aire. Una linda imagen. Pero soy el puño del pequeñín que no se atreve.

—A huevo, güey, a nadie nos gustan las güeras altas —dice Mario, con su cara seria de siempre. Los demás se ríen, felices de que ya pasó la tormenta.

—Sí, la neta hasta parecen modelos. Qué asco —agrega Gonzo, y hay otros comentarios, pero los escucho a través de una bruma.

Vete y ya, Renata. Pero, ¿y Violeta? Nada. Vete y ya, vete para siempre, tu carcacha es una nave espacial que te llevará a la galaxia donde nadie te hablaría así. Donde eres perfecta.

No me voy. Claro que no me voy. Porque no soy perfecta y lo sé. Rafa camina hasta mí y me rodea con los brazos. Su mejilla parece un corazón que late. Me da un beso en la boca y me mira a los ojos.

—Estás buenísima. Este cabrón lo sabe y por eso me puso este madrazo —dice. «Estoy buenísima». Como un pastel. Como una torta. Como un pollo asado. Rafa toma la cerveza de la mesita un segundo antes de que Beto lo haga y se la pone sobre la cara.

—Buen madrazo —dice Fausto.

—Te pasas de verga —dice Rafael. Beto se ríe y todos somos amigos como antes.

—Tu vieja se puso blanca nomás de ver la fuska —comenta.

Es muy divertido escuchar a un grupo de gente hablando de ti como si no estuvieras ahí. De ti, de tus nalgas, de tu virginidad, de tu miedo.

—Échala —responde Rafa, y Beto se levanta, saca la pistola de su pantalón (y espero que no de sus calzones, si es que usa) y se la tiende a su amigo, que a su vez me la tiende a mí.

—Agárrala, guapa —dice Rafa, y otra vez tengo unos segundos para analizar sus rasgos como afilados por un cincel, la curva de su fleco tipo emo, la piel desbarbada. Metal frío en la palma de mi

mano. El peso se siente bien. Inhalo. Exhalo. Dejo de escuchar al mundo y sólo inhalo, exhalo. Parpadeo. Me acomodo la pistola en la mano; todos sabemos cómo. Cambiar llantas: no. Respiración de boca a boca: no. Sostener una pistola… La tele me ha enseñado desde que nací. Respiro tan rápido que voy a acabarme el aire del cuarto. Aprieto el mango y el metal reacciona a mi piel y se empieza a calentar. Rafa se para detrás de mí, sostiene mis brazos con los suyos y agarramos la pistola a cuatro manos: otra escena de película.

—¿Tú has… tú has…? —tartamudeo.

—¿Disparado? —completa—. Sí, claro. No a matar, pero sí.

¿Quiero saber qué quiere decir con «no a matar»? O sea, ¿a dejar inválido? ¿A dejar sin manos? ¿Sin dedos? No, no pienses en Mateus, que lo suyo es un defecto congénito y… Lo que sea. No pienses en Mateus y punto. Tienes una pistola entre las manos. Se siente pesada, fría, poderosa. Sí, se siente poderosa y escalofriante. Mis manos ya dejaron de temblar; el calor de Rafael alrededor de mi cuerpo me calmó. Me va soltando poco a poco y somos yo y la pistola. ¿Tendrá nombre?

—¿Tiene nombre?

—¿Quién? —pregunta Beto, en voz demasiado alta, como si no pudiera modular ni su volumen ni sus movimientos—. ¿La pistola?

—Sí, la pistola —digo, arremedándolo sin querer. ¿O queriendo?

—¡Ja! ¡Ya con la fuska en la mano se pone bien ruda, pinche güerita! —exclama Beto alegremente, y se rasca la entrepierna—. Ya entendí por qué le caes tan bien a mi vieja. No, no tiene nombre. ¿Quién le pone nombre a sus pistolas?

—Todo el mundo —dice Rafael.

—Pues yo no. ¿Algún pedo?

Y los seis se ponen a discutir en tono más o menos afable, mientras yo les apunto uno por uno con los párpados entrecerrados. Cuando les llega el turno, mueven el torso de un lado al otro, nerviosamente, como si así pudieran escapar de un tiro a quemarropa. El único que no se inmuta es Mario. No es que me esté retando, es que el cañón del arma no le espanta.

—Ya le gustó, güey. Así hasta se ve *sexy* —comenta Beto, y es como si me estuviera pidiendo que le apunte a su asquerosa cabeza.

Lo hago, y me sostiene la mirada. Un paso más hacia delante. Uno más. Silencio, respiraciones detenidas. Pues sí, me está gustando. Algunos hombres te dan flores, otros te dan pistolas. Uno que otro te da una USB de calaveras, pero esos son los menos. ¿Cómo sonará un disparo? ¿Se quedará el sonido flotando como el humo de nuestros cigarros? ¿Cómo se sentirá en las manos, en el cerebro? ¿A qué olerá? ¿Qué es lo que mata, el impacto, la pólvora, el hoyo en el estómago? ¿El susto? Quisiera tener un espejo enfrente para saber cómo me veo con esto entre las manos.

Alguien me roza la espalda y pego un respingo, que hace que todos peguen otro respingo.

—¡Cuidado, pendejo! ¿Y si se le va? —grita Fausto.

Rafael se ha situado detrás de mí para envolverme de nuevo y, suavemente, recuperar la pistola, sacándome de mi trance. No quiero soltarla. Mi corazón está aceleradísimo y las cosquillas me recorren desde la punta de los dedos y hasta el centro de mi estómago. Siento que el metal se desliza por mi piel y me abandona, y vuelvo a respirar. No sé hace cuánto no respiraba. Los Rabiosos sueltan el aire también. Mis brazos siguen tensos. Levanto la mirada y Beto está recibiendo la pistola de manos de Rafa.

—Eres bien brava, ¿no? —dice Beto, mientras se faja la pistola en el pantalón. Me está hablando a mí directamente, cosa rara,

que no dura mucho, porque voltea en dirección a Rafa para decirle—: Hay que montar a esta yegua ya, cabrón. Sólo así se les quita.

Sí, lo escuché. Es lo peor que ha dicho de mí en toda la tarde. De hecho, es lo peor que ha dicho de mí desde que lo conozco. Es más: lo peor que *cualquier persona* del mundo ha dicho de mí jamás. Contando a mi papá. No reacciono; reacciona antes Rafa:

—Pues ya, ahuecando el ala, cabrones.

—¿Nos estás corriendo? —pregunta Beto, mientras los demás se van poniendo de pie.

—¿Qué, güey?, ¿quieres que te invite o qué?

—Pues ya estaría —responde, pero se para de todas maneras y estira el cuello hasta que cruje—. Pero vamos a seguirla, ¿no? Vamos al local. Quiero ver al perro, güey.

¿El Perro? ¿Será el apodo de algún otro amiguito o qué?

—Vayan ustedes —dice Rafa—, nosotros tenemos que platicar unas cosas.

Los Rabiosos intercambian risas, comentarios de mal gusto, «uuuus» y «aaaaas», y se van dirigiendo a la puerta.

—Márcale a Rosa, güey —le dice Beto a Héctor camino a la puerta.

—¿A Rosa, mi hermana? ¿Para?

—Pues pa' que yo no esté solito, cabrón.

—¿Y qué, güey?, ¿le digo que traiga a Germán también?

—¿Quién es ese?

—Su esposo, güey.

—No, ese que se quede en su casa.

La puerta se cierra tras ellos y Rafa se apresura a abrir las ventanas y a juntar toda la basura en una bolsa. Yo me asomo a ver a Violeta. Sigue dormida, sanando lentamente, mientras su novio se enoja de que no puede llevarle cervezas, mientras su novio planea con quién ponerle el cuerno hoy, a menos de veinticuatro horas de

casi haberla matado a golpes. No sé cómo me siento. Quiero tener esa pistola otra vez. Quiero saber quién es El Perro. Quiero no estar a solas con Rafael, quiero acabar con el asunto, quiero acabar con todos los asuntos, vivir en un solo mundo, ya.

Puta madre, puta madre. Me guardo el teléfono y cierro la puerta de la recámara detrás. Rafael está parado frente a mí, sonriendo.

—Hola, *sexy*.

Su mejilla está hinchada y debe doler como el demonio.

—¿No querías ir a seguirla con ellos? —le pregunto, huyéndole a sus ojos.

—No.

—Puedes ir, si quieres. Yo me quedo a echarle ojo a Violeta.

—Que no. Que quiero estar a solas contigo.

Ahí hay una botella vacía. La recojo. Ahí hay una colilla humeante. La recojo. Ya no hay nada más, diablos, nada más qué hacer. Me sofoco, me mareo, ay. Rafael me atrapa un brazo y me jala hacia él.

—¿Estás nerviosa? —pregunta, y las palabras se repiten en mi cerebro con esa voz grave, dulce, tan lejana, que parece imposible que la escuché en mis oídos apenas un día atrás. Valentía, mujer, que hay que asumir lo que se elige y pagar los precios. Levanto la mirada y rozo la mejilla de Rafa.

—Deberías ponerte hielo.

—Eh, ni me duele —dice, pero, cuando mis dedos se acercan al lugar exacto del golpe, su expresión cambia por una de dolor durante una milésima de segundo.

En este mundo, las novias y los mejores amigos acaban moreteados. Mi corazón empieza a acelerarse otra vez, y algo muy diferente al alcohol empieza a correr por mis venas. Sus ojos, así de cerca, son bien dulces, y estamos demasiado sobrios para estar en paz.

—Se pone como loco, ¿no? —digo, mientras su cuerpo delgado se pega un poco más al mío.

—Así es él —responde en un susurro—. Bésame.

Se me escapa una risita. No sé por qué. El «bésame» me suena extraño. ¿Quieres besarme? Aquí está mi boca. Pedírmelo así, con palabras, en vez de hacer que lo desee y lo busque, es… No sé. O quizá es que hasta hace un segundo estábamos hablando de Beto. O que Violeta está aquí, al lado. Tal vez sólo estoy nerviosa. Tal vez sólo estoy pensando en ti, gallego, y no quiero que nada le estorbe a esos recuerdos y les robe espacio en mi cabeza, en mi cuerpo. Pero mi piel se entibia y puedo escuchar mi propia respiración, pesada, ronca, excitada. Soy un súcubo del infierno, una maldita desgraciada.

—Mucha presión, ¿no? —dice Rafa, más serio y menos sensual.

—Nooooo, para nada… que diez personas sepan exactamente dónde, con quién, a qué hora y…

Me interrumpe el sonido de su celular. Me hace seña de «un segundo» y contesta. Seguro es Beto: sólo por él dejaría de seducir a la chica con la que planea acostarse. Se aleja unos pasos y habla con él en voz baja. Tengo ganas de vomitar. ¿Tan pronto, chilanga, tan pronto? Déjame ser el único una semana, al menos. Tres días. Pero te dije, Mateus, que si me dejabas entrar… te lo advertí. Mi cuerpo lo recuerda y la piel se eriza imitando los caminos de sus dedos, pero, ahora, ¿a quién estoy engañando? ¿A Rafa? ¿A Vio-

leta? Quiero fumar. Quiero vomitar. Quiero desaparecer de este cuarto.

—Creo que… creo que me voy a ir —le digo a Rafa sin voz, gesticulando con dirección a la puerta.

Vuelve a pedirme un segundo y niega con la cabeza. Tomo mi bolsa. Estoy decidida, ¡albricias!, como diría Mateus, ya sé dónde quiero estar. Me voy, me largo, me defino. ¡Adiós! Rafael se me adelanta, bloquea la puerta, me toma de los brazos y los alza sobre mi cabeza. Después me cambia de sitio, estoy yo contra la madera y sus labios en mi barbilla, en mi cuello, mordiendo el lóbulo de mi oreja con demasiada fuerza. Tengo los ojos abiertos y él también. Su mirada es extraña. De nuevo siento que está mirando a través de mí, hacia otro lugar o hacia otra dimensión.

—No quieres irte —susurra—, no quiero que te vayas.

Su teléfono vuelve a sonar. ¿De verdad va a contestar? Sí. Y contesta.

—Tengo que bajar un segundo. Un minuto. Quédate aquí, ¿va? Quédate aquí —dice, y sale.

La cerradura hace ruido y luego escucho sus pasos bajando por las escaleras. Muevo la manija de la puerta y confirmo mis sospechas: ¡estoy encerrada! Rafael me encerró aquí. Pánico, pero es un pánico no muy justificado que digamos. Quizá lo hizo por costumbre. Podría abrir la puerta con un cuchillo o, en el peor de los casos, de una patada. Estoy sudando.

Me asomo por la ventana y veo a los Rabiosos fumando en la banqueta. Rafa aparece ahí y Beto le da un golpe «amistoso» en el hombro. Me duele la cabeza. No va a pretender que hagamos nada con Violeta dormida aquí al lado, ¿o sí? Y otra pregunta, ¿estará preparado? O sea, ¿tendrá condones, hablando en plata (diablos… «hablando en plata», expresión de Mateus)? Violeta me dijo que ha estado con muchas viejas… Lo único que me falta es que me contagien de sida o herpes o esas verrugas asquerosas que nos

enseñaron en la clase de educación sexual para convencernos de que el celibato es LA opción. Ja. ¿Y si esperaba que yo trajera los condones? ¿Y si esperaba que viniera con un *négligé* o ropa interior de encaje o algo así? ¿Una *playlist* especial? Puta madre. Con Mateus no se necesitaba nada: todo fue tan natural como mirarse al espejo y saber qué vas a encontrar ahí.

El piso se me mueve. Corro al baño y abro todos los cajones del mueblecito de plástico: nada de condones. Abro la puerta de la recámara con cuidado: Violeta está fundida. Le rozo la frente con la mano como hacen en las películas, pero su problema no sería tener fiebre. Aunque, bueno, visto de otra manera, su problema siempre ha sido la fiebre… ;-) ¿Qué haces, Renata? ¿En dónde está tu cerebro? ¿Por qué te estás preguntando todavía si es posible que esta muñeca vapuleada tenga razón? ¿Si en el fondo tú también quieres que un hombre te quiera tanto, te desee tanto, que se vuelva loco? Mateus no va a volverse loco jamás: es la sanidad mental hecha persona. Claro, si no contamos el pequeño detalle de que está enamorado de mí. ¡Está enamorado de mí! Está loco. Fuera, fuera de mi cabeza, conquistador español. Adiós. Quito la mano de la cabeza de Violeta y ni se inmuta, así que procedo a abrir los cajones del buró de madera: nada. ¿Dónde más? Cajón de ropa interior. Claro. Porque Violeta dice que a Beto no le gustan los condones, porque «le asfixian al macho» (asco). Pero una cosa es ser idiota y otra es ser IDIOTA, así con mayúsculas.

Aquí están sus bóxers dobladitos. Bueno, al menos son bóxers negros y grises, y no tangas amarillas y verdes. Nada. Calcetines: nada. Cajón de misceláneos: ¡eureka! Una caja de condones. Enorme. ¿*WTF*? ¿Con cuántas ha estado y qué expectativas tiene? En fin. Está preparado, eso ni quién lo dude. Inhalo, exhalo. Quiero uno. No sé por qué. Para que parezca que yo también estoy preparada. Tomo la caja y al meter la mano me topo con una

textura inesperada: aquí no hay condones, hay papel. Hojas de papel dobladas.

> Te quiero hace tanto tiempo que ya soy un vampiro para el que nada cambia. Necesito tu sangre, pero sólo tengo tu mirada y sólo a veces. Nunca vas a quererme porque eso es así y ya lo sé. Y ya lo acepté. Nunca vas ni siquiera a verme porque soy muy bueno para ser invisible. No habrá una gran historia de amor.

Espérame, mundo, pausa… ¿QUÉ? Exhalo. Exhalo. Ah… cartas de amor. Y son muchas. ¿De quién? ¿Para quién? Violeta no mentía… ¡Rafa está enamorado de ella! Guau… Esto está denso. Guau. Uf. ¡Ah! Acaba de entrar. Meto la carta a la caja, cierro todo, vuelvo junto a Violeta y le rozo la frente otra vez. Inhalo. Si Beto se entera de esto, lo mata. O a ella. Está tan loco que le echaría la culpa a ella por coqueta o algo así. Exhalo. Guau. Guau.

—Listo. Volví —anuncia Rafa.

¿Está listo? ¿En serio? Exhalo. Lo miro y sí, debería gustarme. Me gusta. Debería gustarme, y yo a él. Tengo que gustarle, carajo, porque ¿Violeta? ¿Violeta de nuevo? No puede ganarme otra vez. No puede. Me siento más alta, bastantes grados menos nerviosa… ¡Cómo ayuda saber las vulnerabilidades de los otros! Tengo tu secreto en la bolsa, Rafa. Abandono a Violeta y camino hacia él. Rodeo su nuca con las manos y me hundo en sus labios. Al principio no se lo espera, pero después me atrae hacia él brus-

camente. Lo muerdo, me muerde, nos atascamos y todo se siente como una obra de teatro, porque él está pensando en ella y yo estoy pensando en otro Él. Qué bonitas son las máscaras.

—Vamos afuera, ¿no? —dice, en una pausa para respirar.

No quieres que nos vea, ¿no? O no quieres verla tú. Estúpida Violeta. Incluso medio muerta le gusta más a todo el mundo. No, no quiero ir afuera. Quiero quedarme aquí, en tu cuarto. Vuelvo a rodearlo con los brazos y me besa con los ojos abiertos. Claro, ahora todo tiene lógica: Rafa se queda a cuidarla mientras el otro se larga... Rafa permite que los dos se queden a vivir en su casa para tenerla cerca, aunque no pueda ser suya jamás. Hasta resulta romántico, la verdad. La odio.

—¿En qué piensas?

—En ti —responde. Porque leyó el manual de respuestas correctas. Yo: le tengo que gustar yo. Un minuto después estamos sobre el sofá, tocándonos y besándonos en posturas incómodas y extrañas. Sus dedos están fríos.

—Dame un minuto —dice de pronto, y se encierra en el baño, donde debe tener los condones, aunque yo no los encontré por ninguna parte.

No me siento la habitante de mi propio cuerpo, que sigue latiendo con tu corazón, Mateus, que está más allá de este revoltijo de traiciones, furias y celos, de mentiras, pistolas y moretones. Tal vez tengo tu corazón: cuídame mientras al mío. Y luego átalo a una piedra y lánzalo al fondo del mar, como se merece el muy cobarde.

Un minuto.

Dos minutos.

Tres minutos. Me levanto sigilosamente y pego la oreja a la puerta del baño. Ahí dentro, Rafa inhala, exhala, inhala, exhala. Suspira. Llora. ¡Llora! Exhala. Un hombre se vuelve rabia por ella; otro se vuelve lágrimas. *Toc, toc.*

—¿Todo bien?

—Un segundo. —Y se aclara la garganta, muy viril. Ja. Sale.

—¿Estabas llorando? —pregunto.

Sonríe con sarcasmo, en plan: «¿Llorando, yo? ¿Por qué habría de llorar?». Los hombres no lloran. Más besos y toqueteos tan forzados, tan incómodos, tan ajenos y salpicados de lágrimas secretas suyas, mías. No está aquí. Puedo sentirlo, cómo sus ojos me atraviesan queriendo ver a alguien más. A ella. Y, desde otra dimensión, tú, Mateus, me miras a mí tristemente.

—No puedo. —Me oigo decir. Me bajo de su regazo y siento sus ojos fijos en mi cara, preguntando—. Estás pensando en alguien más —digo.

—¿De qué hablas? Estás loca. Ven acá. —E intenta volverme a sentar sobre él, pero no me dejo.

—¡Me doy cuenta! —exclamo, y logro sonar verdaderamente ofendida. Máscaras, que vivan las máscaras.

—Tal vez *tú* estás pensando en alguien más —contraataca. ¿Qué? Es una estrategia barata, nada más. No sabe nada de mí; es imposible.

—Violeta —digo yo.

—¡¿Violeta?! —Y su rostro se ilumina. Extraña reacción al ser atrapado poniendo el cuerno mentalmente a su mejor amigo y a mí.

—Sí, Violeta —repito, muy seria. Rafael me mira, asintiendo con la cabeza.

—No tenía ni idea… pero, claro… ¡claro! —Y es como si hubiera comprendido algún complejísimo misterio—. Que no se entere Beto, eh, porque te mata.

—¿*Me* mata? —repito. Confusión total.

—O… espérame. ¿Por eso tuvieron la bronca? ¿Por eso le pegó?

—A ver, ¿de qué hablas? —pregunto.

—¿Violeta sabe? —inquiere él, bajando la voz.

—¿Qué cosa?

Siento que estoy viendo una película sueca.

—¡Que estás enamorada de ella! —susurra Rafa con entusiasmo, y parece otra persona.

—Enamorada de Violeta —recito lentamente mientras mi cabeza se esfuerza mucho en comprender el sueco—. *Tú* estás enamorado de Violeta. Tú.

Rafael suelta una carcajada y luego se silencia a sí mismo.

—No le voy a decir a nadie. Te lo juro. Y así no tenemos que hacer nada. Luego le decimos a todos que sí, para que nos dejen en paz.

Mi cerebro avanza tan lento como un remolque, y mis frases salen de mi garganta con la misma lentitud arrastrada.

—No… tú. Tú estás enamorado de Violeta —repito. Sueno como la zombi más estúpida del clan, pero es que las expresiones faciales de Rafael no cuadran con la situación. Sus reacciones no cuadran. Nada cuadra.

—Por eso te aguantas todo. Por eso odias tanto a Beto. Por eso estás aquí y… ¡por eso te vistes así! —dice.

Esto sí es el colmo.

—¿Por eso me visto cómo? Estoy aquí porque Violeta es mi amiga. Somos amigas desde hace mil años, ¿okey? Desde siempre. ¡No sabes nada! A ver… —Y le señalo la mejilla hinchada—, ¿por qué estás *tú* aquí? ¿Por qué la cuidas? ¿Por qué le aguantas todo a Beto?

La mejilla no golpeada adquiere el color de la otra y veo su manzana de Adán esforzándose por tragar una saliva que no está ahí. Sabe que lo atrapé. Y ahora, por alguna razón, yo estoy furiosa.

—¡Yo no soy lesbiana! ¡Y, además, las lesbianas no se visten de una manera y ya, ¿eh?! Tú eres el que está enamorado. Tú.

—Claro que no. Me la quieres voltear, porque te descubrí.

—¡No descubriste nada! ¡Tú eres el traidor! ¡A ti es al que van a matar!

—Cállate. Cállate —exige en voz baja, y se acerca a mí, nervioso y amenazante a la vez. Pero yo estoy hilarante, gritona, feliz por haber salido de entre sus brazos que se sentían tan ajenos, furiosa porque Violeta volvió a ganarme, aunque yo lo que quería era perder—. Le voy a decir a Beto. Le voy a decir que la amiga de su vieja es una tortillera y que quiere bajarle a la novia. Le voy a decir…

—¿De qué hablas? Vi las cartas, ¿okey? Las leí —susurro como una víbora furiosa. Es una media verdad, pero, por cómo se abren sus ojos, sé que no necesito la otra mitad—, así que deja de amenazarme, ya.

—¿Leíste…? —empieza, pero se queda mudo y ahora, en vez de rojo, está blanco.

—Sí, las leí. Ni siquiera están bien escondidas. Y con ella quedándose aquí… Querías que las encontrara. No yo. Ella. Alguien. Yo no soy la lesbiana, tú eres el… —Y ahí está.

Las nubes se alejan y el sol más quemador queda al descubierto. No tengo que acabar la frase para saber que, sin querer, di con la verdad. Mi corazón late como si estuviera tocando la puerta de su casa de costillas. La carta. Me la repito mentalmente. «Para que *nos* dejen en paz», había dicho Rafa. *Nos*. La carta. La soltería. El mirar más allá, siempre. El entusiasmo de alguien que descubre un secreto. No: el entusiasmo de alguien que *comparte* un secreto.

—Estás enamorado de Beto. —Me oigo decir. Alzo la mirada y veo que Rafa se tapa la boca con la mano, como si hubiera sido él quien pronunció las palabras prohibidas. Un Negro Rabioso homosexual. Eso tiene que ser una especie en extinción o camino a estar extinta si alguien se entera. Nos miramos, colgando de un silencio tan largo y tan tenso como la cuerda de un equilibrista.

—Cállate. Cállate —sisea, pero la acción verdadera está en sus ojos, que no se toman el tiempo de llenarse de lágrimas poco

a poco: empiezan a chorrear como si tuvieran una reserva de mar ahí, atrás de los párpados.

—Guau. ¿Hace cuánto?

—¡Cállate! ¡Cállate! —suplica.

Sus piernas no dan más y se deja caer sobre el sillón. Su cuerpo tiembla y él llora, llora, llora en silencio. Guau. Esto es denso como un buen atole. Llego hasta él y pongo mi mano sobre su cabeza. Entonces hunde la frente en mi estómago y su llanto deja de ser silencioso; llena todo el departamento, llena los rincones más fríos del edificio, los callejones más olvidados del barrio.

—Gay… un Rabioso gay. —Pienso, pero resulta que lo dije en voz alta. Rafa me abraza la cintura y sigue llorando—. Si Beto supiera…

—Si Beto supiera, yo no existiría —gimotea. Trago saliva. Estoy atestiguando algo tan gigantesco que me abruma y me hace callar. Tiembla, llora más. Acabo sentada junto a él y lo rodeo con los brazos.

—¿Desde cuándo…? —pregunto después de unos minutos.

—Desde siempre —murmura él, un poco más calmado.

—Qué fuerte.

Alza la mirada y respira hondo.

—No es broma, Renata. Si mis cuates se enteran, me matan. Es en serio.

—Yo no le voy a decir a nadie. Pero ¿para qué escribiste esas cartas? Ni siquiera están bien escondidas.

—Porque… ¡porque tenía que hacer algo! ¡Porque tengo que hacer algo con… con… —Y se lleva las manos al pecho—, con todo esto que tengo dentro! ¡O iba a explotar!

Ahora yo también estoy llorando. Lo vuelvo a abrazar, y hay entre los dos una calidez en la que dan ganas de acurrucarse.

—No tienes idea… —Y se sorbe la nariz— de lo que es amar a quien no debes. No tienes idea.

—Bueno…

—¡No tienes idea! —declara en un contundente susurro—. De lo que es vivir una vida doble. Es… es…

—Agotador —completo. Rafa suspira y asiente. Sí, se le ve agotado.

—Sentir que le mientes a todos, que ya fingiste tanto que ya no sabes quién eres en realidad. Es…

Se le vuelven a llenar los ojos de lágrimas y me contagia. Porque tengo cierta idea. Porque vivo así, detrás de una máscara, aunque admito que su situación es bastante más desesperada que la mía.

—De verdad te entiendo. Ya sé que te parece imposible, pero sé cómo te sientes y te prometo que voy a guardar este secreto.

—¿Cómo puedes saber, eh? ¿Cómo? —me reclama, lloroso, y otra vez estoy en competencia de tragedias, como suele sucederme con Violeta—. Además, ustedes se cuentan todo. A la primera, le vas a acabar contando y…

—¡Claro que no! ¡Jamás te haría eso! Mira… —Inhalo, exhalo, inhalo. Ah, las palabras son mariposas revoloteándome entre los dientes; quieren salir a volar libremente y yo sé que no debería dejarlas. Sé que mi secreto también es peligroso. Pero…—, yo también estoy enamorada.

—De Violeta —dice Rafa, y de inmediato sonríe para que sepa que está bromeando.

—No, no de Violeta. De otro. —Y su nombre sí me lo guardo. Pero su cara ya está en la pantalla de mi cabeza, sonriendo con sus labios delgados, asomándose bajo su bigote negro.

—¿De verdad? —inquiere Rafa, y su cara afilada es ahora tan suave como un pastel mal horneado.

—De verdad. Locamente enamorada, de hecho. De un ñoño.

Y se ríe. Somos unos rebeldes. Somos unos locos. Somos una especie en peligro de extinción.

—¿Ves? —le digo—. Tu secreto por mi secreto.

—¿Por qué no estás con él? ¿Qué haces aquí?

—Porque tengo que estar aquí. Porque Violeta es mi hermana. Porque soy una Catrina.

—Pero lo amas.

Asiento.

—Tú también lo amas… Digo, a Beto. Y no puedes estar con él.

—Pero al menos estoy cerca de él —argumenta.

—Yo le haré menos daño estando lejos.

—Lo tuyo sería un asesinato; lo mío, un suicidio —concluye—. Sabes que si se enteran nos matarían con la misma bala, ¿no?

—Sí.

Rafa sonríe y me tiende la mano. Sellamos nuestra promesa de silencio con un apretón.

TREINTA Y CINCO

Tu tía: Estoy en mex, echamos café ???

¡Estás en México! Felicidades, Esmeralda. De verdad. Pero ahora mismo no puedo contestar. Mira: estoy en minifalda, balanceándome sobre unos tacones de prostituta, con el sabor del bilé morado de Violeta entre los labios y un cuchillo empapado de sudor entre los dedos. Así que dejamos el café para más al ratito, ¿sale?

—Toma, esta es para ti —me había dicho Violeta mientras me tendía una navaja barata con mi nombre de Catrina grabado.

—¿Todas tienen una? —pregunté yo.

—Sí. Por si acaso.

—Por si acaso ¿qué?

—Pues… a los de las otras bandas les gusta marcar a las viejas. Y por ahí rondan los Chamucos.

—¡¿Entonces para qué vamos a esa estación?!

—Porque no tenemos miedo, Ratita —dijo Tovelia.

Después de la golpiza, su nariz había cambiado de forma. Una persona cualquiera no se habría dado cuenta, pero yo sí: había visto la cara de Violeta por años y me la sabía de memoria: tenía una ligera inclinación hacia la derecha que antes no existía.

—Mejor —dijo cuando se lo señalé—. A él también se le inclina a la derecha.

—¿La nariz?

—No, mensa, no la nariz.

Sí: seguían juntos. Para conmemorar el evento que había culminado con mi amiga en la sala de urgencias, Beto se había hecho un nuevo tatuaje inspirado en su cara golpeada. Sí, como había hecho el novio de Rihanna. Sí, qué naco. Pero a mí nadie me preguntó mi opinión y a ella le pareció muy romántico: Amorte. Desde entonces, Violeta se rasura los lados de la cabeza para presumir la cicatriz de sus catorce puntadas y se deja crecer el negro pelo en el centro. La gente de la prepa no la reconocería; cruzarían al otro lado de la calle con tal de no compartir su banqueta.

Ah, la prepa, ese lugar al que una va de vez en cuando a que le digan que no sirve para nada, le manden reportes que nunca entrega a sus papás y le enseñen todo lo que jamás va a servirle. Ese lugar que tiene una biblioteca que tiene un cuartito que tiene un Mateus al que por más que una quiere evitar, no puede. (Porque en el fondo una no quiere evitarlo. Porque en el fondo, en la superficie, en los lados y en las demás dimensiones, una quiere estar ahí con ese olor a electricidad y a Mateus, convencerlo de cerrar la puerta con llave, ignorar sus ruegos de no provocarlo para no meterlo en problemas en horas de trabajo con una menor de edad, y hundir la cabeza debajo de su playera para besar entre sus pectorales y bajar por la línea negra hasta su cinturón. Porque una está enamorada como una estúpida y una es una hija de puta mentirosa que no tiene el menor respeto por los corazones de los demás).

Unos días después, Aidalani decidió solidarizarse con Violeta y llegó rapada: con su cuerpo de boxeadora, su nuevo arete en la nariz y ese corte, se ve superruda. Al parecer, esto mejoró enormemente su relación con Mario y ahora gruñen juntos. Tovelia sugirió que a Rankai le quedaría bien el *look*, y ella misma le rasuró la cabeza, mientras la pobre lloraba al ver caer sus mechones color algodón de azúcar. Al terminar, mientras sostenía la máquina, la presidenta de las Catrinas nos miró a Zulu, a Aresté y a mí.

—¿Quién sigue?

Yo pensé en que cortarme el pelo me haría parecerme más a mi pubermano y me recorrió un escalofrío. Zulu comenzó a retroceder mientras decía que con su cara redonda iba a verse gordísima, a lo que Tovelia asintió, y Aresté hizo lo de siempre: quedarse callada. Violeta la miró, mientras la máquina seguía zumbando, y Rankai recogía un mechón rosa del suelo para dárselo a Héctor. Por favor, no le quites su cabellera ondulante a esta diosa, pensé, mirando a Tere de reojo, pero no me atreví a decir nada: subrayar lo hermosa que era cualquier otra chica sólo haría que Violeta tuviera más ganas de arrancarle esa belleza para prenderle fuego.

—¿Ratita? —preguntó con una sádica sonrisa en la cara. Y en ese instante sonó su teléfono. Después de jurarle a Beto que estaba con nosotras, nos hizo gritar para que le creyera—. Y dile a Rafa que su vieja es una culera. Quiero raparle la cabeza y le da miedo.

—No me da… —empecé a decir, pero Violeta me calló con un gesto.

—Ah… sale. Va. —Y colgó. Bajó la máquina de rasurar y volteó a verme. Parecía furiosa conmigo, pero la razón era un misterio—: Que necesita que tengas el pelo largo y te veas bien buena para lo de la estación de mañana, así que te salvaste —me anunció. Pateó el resto de pelo rosa que estaba en el suelo y se fue de nuestro refugio bajo el puente con dirección a la avenida. Las demás Catrinas me miraron sin entender nada y yo fui tras ella entendiendo todo.

—Lo dice por joder —le aseguré a Violeta cuando la alcancé—. Creéme que no le gusto. Ni yo ni mi pelo de «niña rica», como me dice a veces. Güey, tiene un tatuaje de tu cara en la espalda, ¿qué más quieres?

—Odio tu pinche pelo. Quiero que te lo cortes —rugió, y la cicatriz de su cabeza comenzó a latir furiosamente.

—No me voy a cortar el pelo, Violeta.

—¿Por qué no, eh? ¿Para seguirle coqueteando a mi novio?

—Estás loca, de verdad. Jamás le he coqueteado a Beto. Jamás. Nunca te haría eso y lo sabes. Además, estoy con Rafa, güey, esa sería doble traición.

—Córtatelo. Yo digo que te lo cortes y soy la presidenta.

—¿Te puedo decir algo? —le pregunté, pero no esperé a que respondiera—. Ustedes dos se traen un juego muy enfermo de celos y paranoias. Te lo digo porque te quiero. Beto te dice esas mamadas para que te encabrones y tú caes en su juego.

—Te gusta. Te gustó desde el principio y te encabrona que yo le guste a Rafa, y por eso le coqueteas. Para vengarte. Porque sabes que Beto sólo te quiere para cogerte y que lo nuestro es para siempre.

Había tantas frases absurdas en ese reclamo que no supe ni por dónde empezar a responder. Violeta me miraba con esa furia que rara vez iba dirigida a mí, esperando a que accediera a raparme la cabeza.

—Si me lo cortas, Beto se va a enojar. —Me oí decir. Había elegido el más estúpido de los argumentos, pero a Violeta le hizo sentido y sus bufidos de toro furioso se convirtieron poco a poco en inhalaciones normales. Se sentó en la banqueta, sacó un cigarro y se puso a fumar.

—Sin él me moriría, Nata —dijo, mientras el humo le salía por la nariz.

—No te morirías.

—Claro que sí. Tú no sabes nada de amor. Ya sé que te vas a enojar, pero es cierto.

—El amor puede ser de muchas maneras —dije yo.

—No. El amor no es gris. Es un absoluto. Es como el dibujito ese de los códigos de barras, ¿sabes? De unos y ceros —dijo, y la voz de Mateus contestó en mi cabeza «sistema binario».

—Sistema binario.

—Ajá. Uno o cero. O es amor o no. Punto.

—¿Y si es amor tiene que incluir madrazos y frases como «me moriría sin él»? —pregunté, inventándome para imitarla un tono cursi que ella nunca había usado. De hecho, aquella frase había sonado desbordante de angustia.

—Ya tienes que superar lo de los golpes —me dijo, mientras se apagaba el cigarro en la palma de la mano.

—¿Yo lo tengo que superar? ¡Tú eres la que quiere raparle a todo el mundo la cabeza porque *tú* tienes una cicatriz!

—¿Qué tiene que ver eso?

—¿Cómo que qué…? —pero me interrumpí. No íbamos a llegar a ninguna parte. Nos quedamos en silencio unos minutos. Llegará el momento en que pueda sacarla. Tengo que lograr que entienda. Ella tiene que salir antes de que yo acabe de entrar.

—El amor es dolor. Eso no lo inventé yo —dijo finalmente. Y después me dio la navaja.

Así que aquí estamos Teresa y yo, paradas a la salida de la central de camiones, junto a una maleta llena de periódicos viejos, haciéndole de carnadas. La mitad de los Rabiosos observa a la distancia, no vaya a ser que las predadoras acaben violadas o secuestradas. La otra mitad espera en el lugar acordado, atrás del puesto de revistas, que para esta hora ya está cerradísimo. Tere es tan guapa que duele. Y ni siquiera se esfuerza. Veo que su mirada se clava en un hombre de unos treinta años que trae una bufanda alrededor del cuello y un portafolio nuevo en una mano. Me hace una sutilísima señal y camina hacia él con su mejor expresión de inocencia.

—Disculpa… yo soy Maru y ella es Isa. —Y me señala—. Venimos de Tijuana, pero la persona que iba a pasar por nosotras no anda por ningún lado y nos estamos poniendo nerviosas… Digamos que este no es el lugar más… seguro, ¿no? ¿Me dejarías hacer una llamada?

El buen samaritano sospecha un segundo, mira a Tere, me mira a mí.

—Se murió —explico, mientras agito mi celular apagado con mi mejor sonrisa extorsionadora. Por alguna razón, usé un acento norteño que ahora voy a tener que mantener. El buen samaritano se muerde el labio. Duda. Mira mis piernas, mira la maleta, mira a Teresa.

—Va. Una llamada rápida. —Y le tiende el celular a Tere.

Una ola de calor me inunda los pulmones: deseaba que no nos prestara el teléfono. Deseaba que huyera. Tal vez viene de una junta importante de trabajo y quiere llegar a contarle a su esposa cómo le fue. Tal vez trae en ese portafolio lo que pudo ahorrar para pagar el tratamiento de su abuelita moribunda. Tal vez, probablemente, seguramente es una persona normal haciendo su vida y no merece lo que va a pasarle aunque me haya visto las piernas y a Teresa el escote, aunque se crea el muy europeo con su bufandita ridícula.

Tere finge hacer una llamada y gira en su propio eje.

—No hay buena recepción —dice, y mira al cielo como si dios estuviera bloqueándole la señal. Aprieto la navaja dentro del bolsillo de la chamarra, lista para defenderme, pero es ridículo: la mala soy yo. Unos metros más allá, Fausto, Rafa y Héctor fuman y observan. Esto no puede ser real. No puede ser que yo esté aquí haciendo esto. Es una película. Es un sueño. El vacío en mi estómago debe ser la adrenalina, la comezón en las entrañas debe ser la emoción de formar parte de algo. De ser lo que soy.

—A ver —dice el buen samaritano, y se acerca a la bella Aresté, pero, antes de que llegue, ella empieza a caminar a paso rápido, increíblemente rápido, tomando en cuenta la altura de sus tacones. Yo me quedo junto a la maleta, porque es menos sospechoso, y veo cómo se alejan, cómo él la persigue y giran en aquella esquina detrás del puesto de revistas donde Beto y Mario esperan

con la pistola del primero y la cara de asesino del segundo. Cinco segundos, diez segundos y adiós portafolio, celular, cartera y hasta bufandita. Y siga usted su camino, que esta pistola es de verdad. Llevamos seis; cuatro más y tomaremos la maleta, nos intercambiaremos los abrigos y cada una se irá en otra dirección. Tan fácil que una se pregunta por qué no lo hace más gente.

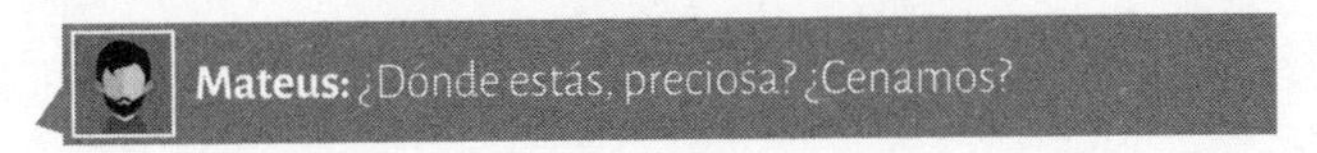

Demonios, gallego. Demonios.

TREINTA Y SEIS

—Nunca vas a dejarme, ¿verdad? —Y se cuelga de mi cuello.

—¿Por qué me preguntas eso?

—No puedes. Soy la presidenta y te prohíbo que me dejes.

—¿A dónde me estoy yendo o qué?

—No sé —dice, y seguimos bailando. Yo soy el novio y ella la novia que se pasó de copas. Su frente está en mi cuello y mis manos en su espalda desnuda, pues trae una de esas blusas sin espalda. Pequeña, pequeñita, y feroz como un chihuahueño rabioso, la cabrona.

—¿Y ahora por qué tan melancólica?

—No sé… últimamente… no sé. ¿Te acuerdas de esa vez que mi papá me sacó de la casa?

—Ajá…

—¿Y que fui a tu casa y me quedé a dormir dentro de tu clóset sin que nadie supiera y que mi mamá le habló a tu mamá, y nadie sabía dónde estaba, y me llevaste pan con mermelada a escondidas?

—Sí… te quedaste dos noches y tus papás fueron a la policía, y, cuando mi mamá te encontró, se puso como loca.

—Quisiera que fuera ese día.

—¿Ese día? Yo no. Me castigaron por meses y a ti te fue mil veces peor.

—Pero antes… Cuando llegué a tu casa, me acurrucaste en el clóset y me pasaste tu peluche de perrito y la cobija que te había

dado tu abuelita. Me acuerdo perfecto a qué olía. Me acuerdo perfecto de todo.

—Pero nos faltaba pasar toda la pubertad. Qué asco. Yo no volvería atrás.

—Ay, yo sí. A ese día.

—¿Por qué?

—Es cuando más segura me he sentido en mi vida. Quisiera vivir en ese clóset para siempre —dijo, con la voz quebrada en las últimas palabras. La abracé y empezó a llorar.

—¿Qué pasa? —le pregunté al oído.

—Nada. Me puse nostálgica.

Seguimos moviéndonos al mismo ritmo cuasi romántico, mientras mis tímpanos luchan por defenderse del *reggaeton* que los acuchilla.

—Estás borracha —contesto.

—No, no es eso. No es eso. Tú eres mi mejor amiga. Te quiero.

—Y yo a ti.

Ahora no llora, berrea entre mis brazos. Volteo a nuestro alrededor. Será mejor que nadie la vea así. Beto y otros Rabiosos están en la esquina del cuartucho, dándole de comer al perro. Le lanzan trozos crudos de carne roja «para que se vuelva adicto al sabor de la sangre». Lo bautizaron el Negro, simplemente. Rafa dice que lo encontraron en la calle, pero estoy casi segura de que se lo robaron a alguien. Los primeros días ni siquiera levantaba la cabeza: no quería comer, no quería hacer nada. Extrañaba a sus dueños. Se lo dije a Violeta y ella insistió en que Beto lo había encontrado en la calle. Le pregunté por qué no lo anunciaban como encontrado y se rio en mi cara, volviéndome a tildar de ingenua. Y con toda la razón.

Gracias a comentarios sueltos, entendí al fin cuál es el maravilloso proyecto de negocio de los Rabiosos, y desde entonces he tratado de bloquear ese conocimiento. No quiero saber nada, no puedo saber nada. No puedo ni mirar al Negro, pues, aunque es

un rottweiler de cincuenta kilos, sus ojos y los de Morrison son los mismos. Todo es lo mismo. Esmeralda me lo explicó y yo lo sé, sé que es un bebé como el mío, que es inocente, que hará lo que sea por sobrevivir, pero que lo que quisiera realmente es estar de vuelta en aquel sofá o en aquel rinconcito que era suyo, llenar de baba alguna pelota, esperar en la puerta a que vuelvan sus dueños. El Negro pasa día y noche encerrado en su jaula, en esta bodega de mierda en la que pronto tendrá que pelear por su vida mientras un grupo de humanos intercambia algunos pesos.

Violeta está empapándome las tetas con sus lágrimas. La arrastro fuera de la bodega, atravesamos el local desierto y llegamos a la calle. El aire que sopla es helado.

—¿Qué pasa? —le pregunto. Alza la mirada y sus ojos están llenos de algo extraño, de algo que no le va bien. Miedo.

—¿Por qué nos sacaste? Beto se va a dar cuenta. Vamos adentro, rápido, antes de que se dé cuenta.

—Está con el perro. No se va a dar cuenta. Además, ¿qué? ¿No puedes irte dos segundos? ¿Va contigo al baño o qué?

—Se va a dar cuenta de que hay algo raro. Vamos, vamos, por favor. —Y me jala el brazo, pero yo planto mis tenis en el pavimento y la jalo de vuelta.

—¿Qué chingados está pasando, Violeta?

—Nada. Olvídalo. No pasa nada.

—No mames. No soy estúpida. ¿Te hizo algo? ¿Qué hizo? ¿Te amenazó de algo? —pregunto. Vuelve a intentar jalarme, pero no tiene fuerzas. Está más flaca que nunca—. No voy a regresar hasta que me digas. ¿Estás enferma de algo? ¿Estás embarazada o algo así?

Se rompe como un vaso que cae al suelo. La rodeo y su piel está helada. Nunca la había visto tan aterrorizada y dentro de mi cabeza los escenarios más terribles se atropellan unos a otros. Pero no dice nada.

—Tienes que quedarte conmigo. Júramelo. Júrame que eres mi mejor amiga, que... —suplica.

—¡Ya sabes que sí! ¡Por favor, dime qué pasa!

—Creo que... creo que Beto está loco. Me da miedo, me da miedo... Renata, me da miedo...

Y se encoge tanto entre mis brazos que casi desaparece. Siento el corazón estrujado y quiero llevármelos a ambos, a Violeta y al Negro, a mi clóset. Taparlos, darles de comer, decirles que todo está bien y que nadie les hará daño.

—¡Pues vámonos! Vámonos de todo esto y ya —le digo, y un alivio como un vaso de agua fresca me inunda toda por dentro. En un segundo el mundo parece un hermoso lugar. Vámonos a mi coche, a mi casa, a donde sea, a casa de Mateus, a la playa, a Galicia, lejos, lejos de todo.

—¿A dónde? ¿De qué hablas? —pregunta con una sonrisa triste.

—¡A la vida! ¡A donde sea!

—¿Y las Catrinas? ¿Y Beto? ¿Y...?

—¡Me vale madres! ¿Y Beto? Beto es un psicópata. No lo necesitas.

Se aleja de mí y me mira con los ojos abiertísimos de una persona enloquecida.

—Lo amo. Tú no entiendes nada. Lo amorto. Soy una Catrina. Soy...

—¡Estás loca! ¡No lo amas! ¡Tú eres la que no sabe nada! El amor es otra cosa... Vámonos. Vámonos de aquí. Nos salimos de todo esto juntas. Juntas. Como siempre. Vas a ver que...

—No entiendes —musita, y yo bajo los brazos, derrotada—. No puedo salirme. Y tú tampoco.

TREINTA Y SIETE

Bla, bla, bla: decepcionados.

Bla, bla, bla: preocupados.

Bla, bla, bla: psicóloga.

Bla, bla, bla, todo con Esmeralda sentada también a la mesa, como un testigo invitado. Está incomodísima y el ruidito que hace con sus uñas llena los silencios entre una decepción y otra. Yo estoy incomodísima también: ayer Rafa y yo nos tuvimos que hacer el tatuaje de la alianza Rabiosos-Catrinas para «formalizar» nuestra «relación», y me muero de la comezón. («¿Por qué te tienes que marchar? Es muy temprano. Todavía me falta besar todo este lado, todo este brazo, repasar esta pierna por si se me fue algún trocito…». «Ah, gallego… ya. Ya me voy. Tengo que estudiar. Mañana tengo dos exámenes y estoy reprobando todo». «¿Te puedo ayudar en algo?». «Cámbiame las calificaciones en la base de datos». «Mejor te ayudo a estudiar». «Ah, eres un ñoño. Ya me voy»). Sí, me voy a hacer un tatuaje que simboliza mi relación con otro hombre en una vida que pasa tras bambalinas. Jamás podré explicarle ese tatuaje y, aunque ya me he repetido veinte veces que no volveré al cuartito de la biblioteca ni a su casa de la lluvia ni a sus brazos ni a su boca, rompo mis promesas cada tercer día y él ni se entera de que las hice en primer lugar. ¿Cómo van las clases de programación? Bien. ¿Qué tal tu familia? Bien. ¿Me quieres? Ah… te adoro. Carajo.

—¿Cómo puedes? ¿Cómo lo has hecho por tanto tiempo? —le pregunté un día a Rafa.

—¿Qué cosa?

—Esto. Vivir dos vidas. Ya no aguanto más.

—Se va a volver más fácil.

—¿Cómo? ¿Cuándo?

—Algún día. Pero ¿qué?, ¿sigues viendo al otro? Estás loca. No le has dicho nada de nosotros, ¿no? ¿Del negocio? Porque ahí sí que…

Y antes de amenazarme se acordó de que yo también tengo un secreto suyo entre las manos. Así de bonita es nuestra amistad: una danza entre confiar y temer ser traicionado. Todos mis días son un revoltijo de mentiras, medias verdades y adrenalina sin diluir. Realidad en estado puro. Estoy viva: eso que ni qué.

Ahora son este tipo de escenas las que me parecen irreales: mi papá gritándome, mi mamá asintiendo a todo, Esmeralda mirando sus manos mientras su enorme trasero se derrama de la sillita de la cocina. Les doy las llaves del coche, porque mi papá ya se dio cuenta de que la imbécil de mi mamá lo querrá a pesar de todo y mis amenazas de chantaje ya no funcionan. Admito que me han mandado seis reportes y que los he tirado todos a la basura. Encojo los hombros cuando me dicen que no me darán ni un solo centavo. Y sí, esa cajetilla es mía, y sí, tal vez me estoy volviendo loca, ¿quieren meterme a un manicomio?

—Pues creéme que lo estamos pensando, Renata —dice mi padre.

Le creo. Y de pronto, la idea de estar encerrada en un cuarto blanco sin tener que hacer nada ni hablar con nadie me parece tan atractiva que se me escapa un suspiro. Violeta dice que, cuando el negocio despegue, no voy a volver a necesitar nada de mis papás. Estoy a seis meses de terminar la prepa y tengo todas las materias reprobadas, así que es poco probable que tengan que preocuparse por pagarme una colegiatura de universidad. Violeta quiere que vivamos juntos, los cuatro.

—¡Tal vez mi vida es diferente a la de ustedes! ¡Tal vez yo no *quiero* su vida! —grito, súbitamente enfurecida.

—Bájale al tono, Renata. Te lo advierto —dice mi padre, y todo su cuerpo late con ganas de molerme a golpes. Reconozco la violencia, la detecto, la deseo.

—¡Perdónenme por no ser lo que ustedes quieren que sea! —continúo, y volteo a ver a mi mamá—. ¡Tú te la pasas fumando y quieres que no fume! ¡Tú eres un infiel de mierda y...!

¡Zas! Bofetada.

—¡Pégame! ¡A ver, pégame otra vez! ¡Luego págame una psicóloga para que le diga que...!

¡Zas, zas! Doble bofetada con intención de puñetazo. ¿Me habría abofeteado igual si fuera hombre o las bofetadas están reservadas para las mujeres?

—¡Ya párale, cabrón! —interviene Esmeralda. Escucho el crujir de su silla, pero no la veo, ni a ella ni a nada. Sólo un montón de luces brillantes. Cierro los ojos y recupero el equilibrio. No puedo creer que mi tía esté aquí para unirse al regaño colectivo. Claro... acabo de entenderlo. ¡Esto es una intervención! Ja. Y Esmeralda, que siempre fingió ser mi amiga, está aquí para ayudarles a ponerme la camisa de fuerza.

—¡No te metas! —ruge mi padre.

—¡No le grites a mi hermana! —chilla mi madre. Me da un ataque de risa. Quiero pararlo, porque no ayuda a mi mareo, pero no puedo.

—¿Te da risa? ¿Te da mucha risa? —dice mi padre en voz baja. Su cambio de tono no augura nada bueno y mis piernas empiezan a temblar. Aun siendo de los malos, le tengo miedo. Maldita sea. Cuando Beto amenazó al papá de Violeta, ella lo celebró. «Por fin ese hijo de puta le tiene miedo a alguien», dijo. Pero Violeta está loca.

Quiero dejar de reír, porque no me estoy divirtiendo nada, pero sigo sin poder. Quiero ser polvo y arrastrarme por debajo de la puerta o amanecer de una buena vez en ese cuarto blanco, silencioso, solitario. (Ayer, mientras escribía sobre mi espalda con las yemas de sus dedos, Mateus me hablaba de la playa que está cerca de su casa, en Galicia. «Allá hay tantas playas, que puede que encuentres una vacía. Nada de niños gritando, de vendedores, de escándalo. Arena suave, cielo azul, agua limpia». «¿Podemos recoger conchitas?», pregunté yo con la cara hundida en su almohada. «Todas las que quieras, preciosa». «¿Podemos escribir nuestras iniciales en la arena?». «Si quieres. Aunque en las tardes sube la marea y borra todo»). Todo.

—¿Saben qué...? —Me oigo decir, y siento que la piel dormida de mis mejillas despierta con el rozar de un par de lágrimas. ¿Esta es la tormenta que se anunciaba? No la vi venir. Para nada. Pero ahora la tierra se está moviendo bajo mis pies. Ahí viene.

(«¿Qué es esto?», preguntó, cuando se topó con las cinco líneas en mi tobillo. «Nada», y metí la pierna bajo la sábana. «¿Qué es, Renata?». «¡Nada!». «¿Cómo es que no me había dado cuenta?». «Porque no me conoces tan bien como crees, por eso». «Esto está hecho con una navaja. ¿Te...? ¿Te cortas? ¿Por qué? ¿Cuándo te hiciste esto?». Me paré y me vestí. Él se sentó en la cama sin perderme de vista por un segundo. «Contéstame». ¿«Por qué te tengo que contestar? No te tengo que decir nada. No te debo nada». «No, no me *tienes* que decir nada. Pero me gustaría que *quisieras* decirme». «¿Y por qué?». «Porque así son las relaciones». «Ah, así son», me había burlado yo. «¿Te tengo que decir toda mi vida? ¿No puedo tener ningún secreto? ¿Ninguna privacidad?». Entonces se levantó, y ahora estaba muy serio. Se paró frente a mí para clavar sus ojos en los míos. «¿Por qué te pones así, chilanga? Te quiero, ¿sabes? Si te pasa algo, quiero ayudarte. Dime por

qué te hiciste esto». «¡Yo no me lo hice, ¿okey?! ¿Ya?». Mi alma hervía de respuestas y secretos, y mi boca deseaba gritarlos todos. Empecé a llorar como una idiota. Como Rafael en la noche de su confesión. Mateus se acercó todavía más, como si quisiera meterse dentro de mi cerebro. «¿No te lo hiciste tú? ¿Entonces quién? ¿Quién?, Renata». «No te puedo decir». «¿Qué? ¿Por qué?». «Porque no. Porque no vas a entender». «Cuéntame y probamos»).

No le conté. No le dije que Violeta se había inventado ese ritual en que cada Catrina le hacía una línea con su navaja a las demás, un pacto de sangre. Que uno de los cortes alcanzó a Teresa en una vena saltarina que empezó a escupirnos sangre y no paraba, no paraba. No le dije cuántos buenos samaritanos tuvieron el peor día de sus vidas después de conocerme, ni que he estado soñando con Morrison desangrándose en un coliseo diminuto, y que despierto sudando y gritando porque sé lo que estoy haciendo y para qué es todo el dinero que estamos juntando. No le dije, porque no entendería: sus preguntas habrían hecho eco dentro de mí y las vibraciones de ese eco me habrían tumbado del alambre sobre el que camino, malabareando bastones en llamas, sin red bajo mis pies. («Estás temblando, Renata… ¿A qué le tienes miedo? ¿En qué estás metida?»). Él es lo mejor de mi vida y, si sabe que yo soy lo peor de la suya, se irá. Así que no le conté.

El trío de adultos espera a que complete mi frase. Esperan que declare la guerra, que les dé el pretexto que necesitan para, ellos también, liberar a sus bestias. Mi mamá, pálida y asustada pero con el ceño fruncido, daría lo que fuera porque esto se acabara y yo volviera a ser su hijita de seis años con la que podía hablar de príncipes y princesas. Mi papá me está repitiendo con sus ojos lo que me ha dicho toda la vida: que no sirvo para nada, que con Armando habría bastado, que soy una decepción. Y Esmeralda. Tu gordura no te hace ser buena gente, tía. Eres una traidora. Por

tu culpa amé y perdí, y me convertí en la peor persona del mundo para alguien. Llevas años vendiéndome tu alianza, pero, cuando las cosas se ponen difíciles, te vas del lado de los adultos.

—Los odio. A los tres. Muéranse.

Y obtengo una respuesta por persona:

—A ver, Renata… —Empieza Esmeralda, pero es interrumpida por el grito histérico de mi mamá.

—¡Ya no puedo! ¡No puedo! ¡No quiero volver a verla! —chilla, y en ese momento mi padre decide cumplirle su deseo: me agarra del pelo con la cara color sangre y trastabillamos escaleras arriba mientras yo intento soltarme. Me lanza al interior de mi cuarto como si se tratara de la celda más oscura del calabozo y azota la puerta.

—¡No sales de ahí hasta que decidamos qué hacer contigo! —ruge, y patea la puerta.

—¡Se van a arrepentir! ¡Se van a arrepentir de todo! —grito como una villana de telenovela.

Mi cara está empapada de lágrimas. Las mejillas me siguen doliendo y por pura inercia me llevo la mano a la cabeza para asegurarme de que mi papá no me arrancó todo el pelo. Parpadeo, pero esto es real. Quiero volver atrás y borrar todas las decisiones que he tomado, ser una planta que sólo se mueve con el viento, que crece si la riegan y se marchita si no. Quiero olvidar. Quiero olvidarme. Quiero ser el olvido.

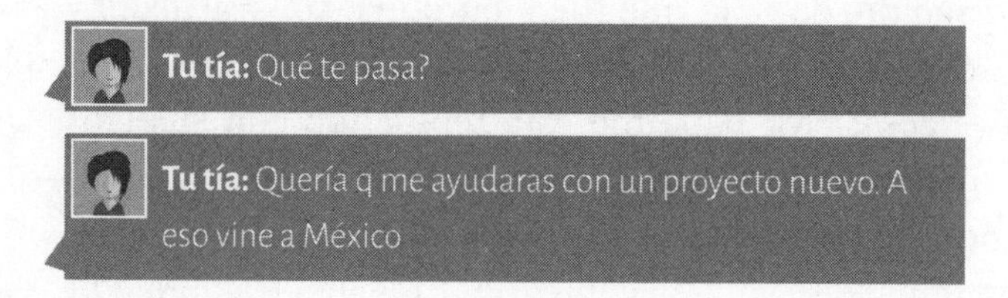

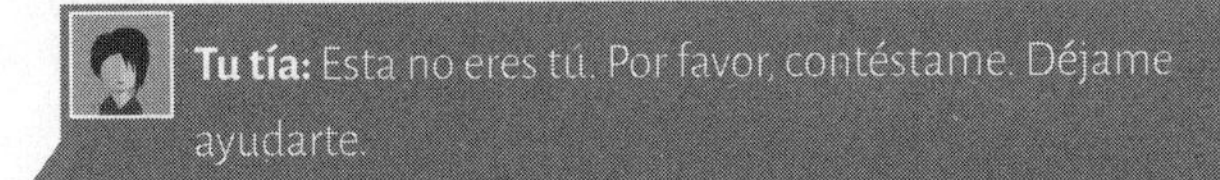

No le contesté.

TREINTA Y OCHO

¿Quién eres?

¿*Qué* eres?

Una película del odioso Eddie Murphy, en el que actúa todos los papeles. La hija, la amiga, la novia, la buena, la mala, la hija de puta, la Catrina, al fin y al cabo. Y como en esas películas, ningún papel me sale bien. Ella me obligó. Nadie me obligó. La piel se me pega a los pómulos y mis ojeras le hacen competencia a las de Violeta, reina del subsuelo. Quisiera correr pero hace mucho que me siento sin fuerzas. Esos ojos son los azules de mi padre, el traicionero. La nariz, la barbilla, la frente, todo es suyo. Era mejor ser traidor que ser estúpida, como ella, y creer que alguien se quedaría aquí para estar conmigo. Que alguien se quedaría aquí. Mi madre, yo misma. Bah.

¿Qué soy?

La de Mateus, la de Rafael. Jalada a un lado y al otro por una máquina de tortura medieval, la piel se desprende del músculo; los huesos se rompen en pedazos y queda un montón de vísceras inútiles palpitando en el suelo. Palpitando, porque sigo viva y aquí. Cada vez entiendo menos dónde es «aquí». «Celebrar el naufragio, desatar al destino, olvidar frente al mar que lo mismo es distinto…».

Siento que, si pongo atención, si realmente miro mi reflejo, podré penetrarlo, leer la canción que está escrita bajo las máscaras que me pusieron. Que me puse. Dejo la botella de *whisky* en el suelo y suelto el humo del cigarro sobre los labios de esa Renata

gris que no puedo ser yo. Lo único tuyo, mamá, son estas pestañas, las más largas del mundo, que sirven para taparte la vista de la realidad. Me arranco algunas y las soplo mientras pido un deseo. Ninguna vuela. Todas se quedan en mi índice amarillento de nicotina, húmedo de sudor viejo. «Cerca del fuego, el corazón es fiera herida». Yo soy fiera herida y en mi madriguera sólo hay frío.

Era bueno recostarme sobre tus piernas y que me acariciaras el pelo y me hicieras trenzas que se deshacían de inmediato. «Tu pelo es baba», decías, y yo repetía esa palabra babosa hasta que te reías. Veíamos la misma película dos veces seguidas con tal de no levantarnos, y tú me volvías a contar cómo te enamoraste de mi papá. Cómo se siente. Cómo se debe sentir cuando es *The One*. Ja. ¿Y si «el Indicado» es un violento de mierda? ¿Te quedas? ¿Y si tu indicado no es un hombre para vivir una película romántica sino una amiga para compartir un millón de aventuras? ¿Te quedas aunque ella sea el ancla que va a hundirte? ¿Y si encuentras a tu indicado pero tú no eres la indicada para él? ¿Te quedas y lo destruyes porque ni modo, porque ese es su destino?

> Sé que no puedo tenerlo todo
> Pero sin ti, temo que caeré
> Sé que estoy jugando con tu corazón
> Y podría tratarte mejor, pero no soy tan inteligente

Gracias de nuevo por las palabras, Marina. La misma canción circulaba por mi cerebro cuando la lluvia y los besos… y los besos de lluvia y la lluvia de besos, y me dejaste entrar. El título de la canción: «Soy una ruina».

Un trago más. Una fumada más. Que las pestañas y el humo me nublen la vista; que se me duerma la lengua con el alcohol; que se me vayan las preguntas y quede sólo la figura burlona de mi espalda, que al menos sabe quién es y qué quiere.

TREINTA Y NUEVE

—¿Me puedes pasar a Violeta? Ya me cansé de tanto rollo.

—Está aquí conmigo —dice Rankai.

Desde que ella y Aidalani se cortaron el pelo, actúan diferente. Se sienten muy rudas, y Rankai cada vez está más cerca de Violeta, lo cual me enferma. Sé que a mí es a la que le cuenta lo importante. Sé que soy su mejor amiga, pero a veces me parece que juega conmigo los mismos juegos que Beto juega con ella, que quiere ponerme celosa. Sigo pensando en alguna manera de hablar de lo que pasó la otra noche, cuando nos salimos de la fiesta. No se me ha olvidado el terror que vi en sus ojos: eso fue un grito de ayuda y, si no hago algo al respecto, lo que le pase a Violeta será culpa mía.

—Ya *sé* que está ahí, Rankai. ¿Me la pasas?

—Dice que sólo si estás segura de que tienes permiso para hablar con ella. —Y las cinco comparten una carcajada.

Que yo esté castigada es una fuente interminable de burlas. He estado a punto de escaparme más de una vez, pero ahora mi mamá no se mueve del cuartito de la tele y no está sola: Esmeralda se está quedando con nosotros y decidió que era hora de tomar clases de computación. Después de que mi mamá sugiriera que llamáramos a Mateus (¡como si fuera un amigo de la familia!) y de que yo me hiciera la sorda, Esmeralda trajo a una mujer de veinticinco años con muchas necesidades económicas y toda la paciencia del mundo para que le enseñara qué es un teclado y qué es un *mouse*. Los tres viven aplastados fuera de mi cuarto y yo no me largo porque… Ay, no sé, no me hagan preguntas difíciles.

—¡No quiero que *miss* Olivia se enoje! —grita Violeta a lo lejos. Oigo el escándalo de los coches en la avenida; están bajo el puente. Mi Catrina late de ganas de estar ahí.

—Si no me contesta ya, voy a colgar —amenazo furiosa.

—Uy, ya se encabronó —dice Rankai, pero su voz se va alejando, porque está pasándole el maldito teléfono a su jefa.

—Nati, Rati, Rati, Nati —canturrea Violeta. ¿Qué se fumó?—. Te tengo una buena noticia y una mala. ¿Cuál quieres primero?

—A ver, yo te hablé a ti, no tú a mí. Y no me digas «Rata», ya te lo pedí mil veces.

—¡No te dije «Rata»! Te dije «Rati, Rati, Rati, Nati»...

Risas de fondo y luego coros a su estúpida canción. Odio cuando se pone así.

—¡Necesito hablar contigo, mensa! —le grito, y de inmediato, bajo la voz. No quiero que mi mamá venga a preguntar qué pasa. Mañana voy a la psicóloga en la tarde y mis papás ya están más tranquilos: creen que ahí me van a arreglar, como si fuera un coche al que mandan al taller. Los prefiero así, calladitos y tranquilitos.

—Y yo contigo. Y como no me dijiste cuál noticia querías primero, te voy a dar la mala: eso de que no tengas coche no funciona.

—¡No me digas! —replico, y mi furia crece—. ¿A ti no te funciona? Qué pena.

—¡No es por mí! Es por el negocio. Beto necesita el coche para traer a los perros. ¿Cómo quieres que los lleve?

—¿Y qué quieres que haga?

—Y no es sólo Beto, eh. También *tu* Rafa. ¿No quieres que le vaya bien? El negocio es de todos, y tú ya no estás aportando nada.

—¿De qué hablas? Acabo de hacer lo de la... —Y vuelvo a bajar la voz. Me siento en el suelo, detrás de mi cama, para ver si así se disimula más el sonido. Recordemos que no tengo permiso de cerrar mi puerta con llave— lo de la estación de camiones. Ahí

juntamos como once mil pesos. Más lo que salga de vender los celulares y la computadora esa.

—No alcanza. Y todos estamos chingándole, mientras tú estás ahí como niña buena, haciendo galletitas con tu mami.

—¡No me jodas! —mascullo, y tengo ganas de azotar el teléfono contra el piso y que se borre de ahí cada foto, cada llamada, cada mensaje de esta cabrona. La cantidad de odio que siento ahora mismo le quemaría la piel.

—¡*Tú* no me jodas! —exclama ella, y ya no está con las demás—. La cosa está mal, Nata —susurra—; los Rabiosos se están poniendo... rabiosos, pues.

—¿Conmigo?

—Contigo y conmigo también. Esperaban lo del coche y... tengo miedo, amiga. Me tienes que ayudar con esto. —Y vuelve a ser la niña indefensa de la otra noche. Y yo vuelvo a ser la que haría todo por ella.

—¿Quieres que hable con Rafa? Él siempre tranquiliza a Beto.

—¡No! No, no, no, no le digas nada. Si le dices, va a saber que yo te dije, etcétera, etcétera. Pero tenemos que conseguir más lana. Tú puedes, ¿no? ¿Cómo conseguiste los cinco mil?

—Pues... —Y pienso en mi papá, su amante, las cenas italianas—, igual que tú. Igual que ustedes. Ahorrando, chambeando, vendiendo cosas... ¿Cómo hicieron las demás?

—Así, así, igual... Pero esto ya es urgente y no estamos juntando... ¿Tienes algo ahorrado? Vas a ver que, cuando el negocio jale, te lo van a devolver y hasta con intereses. Yo te lo voy a devolver. Personalmente. Te lo juro.

—Pero ¿de dónde quieres que lo saque? Mis papás ya no me dan nada...

—Tú puedes, tú puedes. —Y ahora escucho las lágrimas en su voz—. Haz algo, por favor... Me salvarías la vida. Literalmente.

¿Te acuerdas de esa vez que íbamos a la Isla y casi te atropella esa camioneta y…?

No me tiene que contar la anécdota. Me sé las dos versiones: la real y la suya. En la primera, una señora de camioneta iba mensajéandose en el celular y no nos vio cruzando. Violeta le pegó a su cofre con la palma de la mano, la sobresaltó, y la vieja frenó abruptamente y se nos quedó viendo, pálida y con las dos manos todavía ocupadas en su teléfono. Violeta fue hasta su ventana y empezó a gritarle, pero la tipa, aterrorizada, no abrió su ventana y volvió a acelerar para escapar de la ira de aquella adolescente enloquecida. Entonces la defensa de su camioneta me rozó la cadera y me sacó un moretón. Después fuimos a una heladería, Violeta no traía dinero, le invité un helado.

En la versión de Violeta, «una señora, o podía haber sido un guarro, ya ni me acuerdo», me vio cruzando la calle y, con la malicia inherente a un asesino serial, aceleró. Ella reaccionó, me empujó, salvándome de una muerte segura, y después golpeó la ventana del guarro exigiéndole una disculpa. Cuando el guarro (o la señora de celular) abrió la ventana y le advirtió que venía armado y que más valía que le fuera bajando de huevos, Violeta pateó la defensa del coche hasta aflojarla. El guarro acabó yéndose. Después Violeta, la Magnánima, me compró un helado para que me recuperara del susto.

La verdad es que había elegido el peor ejemplo para pedirme el «vida por vida». Me había defendido cuando dos tipos me acorralaron contra la pared del metro, amenazando hacerme «lo que decía que no quería, pero mi boca de mamadora decía que sí». Se había escurrido entre los dos y le había soltado al más chaparro un puñetazo en la nariz. Cuando el otro tipo reaccionó agarrándome del pelo y amenazando peores cosas (¡peores!), Violeta no titubeó: le soltó un rodillazo en la entrepierna y me arrastró hasta el otro lado del vagón, que estaba a reventar. Yo estaba paralizada

de miedo y me dejé arrastrar. Los tipos venían detrás de nosotras, escabulléndose entre los pasajeros. Cuando se abrió la puerta, Violeta apartó a la multitud a codazos, me sacó del vagón y huimos corriendo. En otra ocasión, yo había estado bailando con un tipo en el Diavolo y de pronto llegó su novia con dos amigas. La loca aquella marchó directo hacia mí con su bolsa llena de cadenas lista para destrozarme la cara, pero Violeta corrió hasta ella con expresión de psicópata mientras gritaba: «¿Sabes quién soy? ¿Sabes quién soy?». Le sugirió que se tranquilizara. La mujer se tranquilizó y nosotras salimos de ahí a todo vapor, riendo a carcajadas nerviosas camino a las quesadillas que estaban abiertas toda la noche.

—¿Cuánto necesitas?

CUARENTA

Otros cinco mil. «Ah, y que te metas a una página de adopciones de perros y escojas uno. Necesitamos perros para entrenar al Negro». A ver, ni pensemos en el negocio, los dientes, la sangre. En otras palabras, no pensemos en Morrison y algún animal parecido a él lanzado como carnada a un océano de pirañas. Que no. Que no pensemos. Paso a paso, escalón a escalón, que así se llega al infierno. Cinco mil pesos. No tengo nada que vender y nada en qué trabajar. Logré sacar un billete de quinientos de la bolsa de mi mamá, pero mi papá le controla tanto el dinero que, si le saco más, se va a dar cuenta. Esmeralda sigue dormida y esculco sus cosas, pero no tiene nada de efectivo. ¿De qué vive esta mujer? ¿Del aire puro del monte? ¿De las croquetas que le donan para sus quince perros? Sólo queda sentarme ante la computadora y visitar la cuenta de banco de mi papá.

—¿Qué te pasa?

Brinco hasta el techo pero alcanzo a tragarme el «¡puta madre!» del susto. Armando me mira fijamente, vestido y peinado y listo para un día más de su vida perfecta.

—¿Qué haces despierto? Son las cinco y media de la mañana —susurro. Lo jalo del brazo y abandonamos el estudio donde Esmeralda sigue roncando.

—Tengo examen de Química y estoy repasando. ¿Qué haces tú?

—Nada.

—¿Tienes algún examen?

—Seguramente.

—Pero no estás estudiando.

—No, porque no soy una ñoña de hueva.

—Ni yo. Pero tampoco soy un perdedor que se va a quedar sin universidad por idiota.

—¡Cállate, estúpido!

—Cállame.

Inhalo. Exhalo. Mis manos parecen garras de gárgola, pero ¿para qué romperle el hocico a este puberto intrascendente? No merece ni mi furia.

—No puedes. No puedes callarme, porque sabes que tengo razón. Y apestas a cigarro y a alcohol.

—Y tú apestas a puberto asqueroso.

—Lo puberto se me va a quitar. A ti lo *loser*, no.

Mi boca está abierta, pero no tengo ninguna respuesta ingeniosa. No dormí en toda la noche, y mi cerebro está carbonizado. «Lo puberto, sí, pero…». No. «¿Y quién quiere ir a la estúpida universidad?». No. «¿Y…?». Armando se da media vuelta y vuelve a la cocina a seguir estudiando. Me dejó con el silencio en la boca y burbujeando de rabia; su sonrisa de victoria brilla hasta acá. Subo las escaleras de puntitas y prendo la computadora. Maldito armatoste del milenio pasado: de aquí a que acabe de arrancar me daría tiempo de bañarme. Lo cual es buena idea.

Lunes. Seis de la mañana. Agua tibia. Cinco mil pesos. ¿En qué estoy metida?

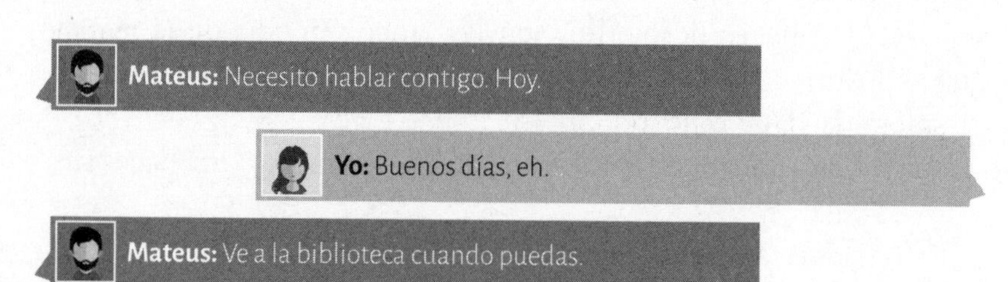

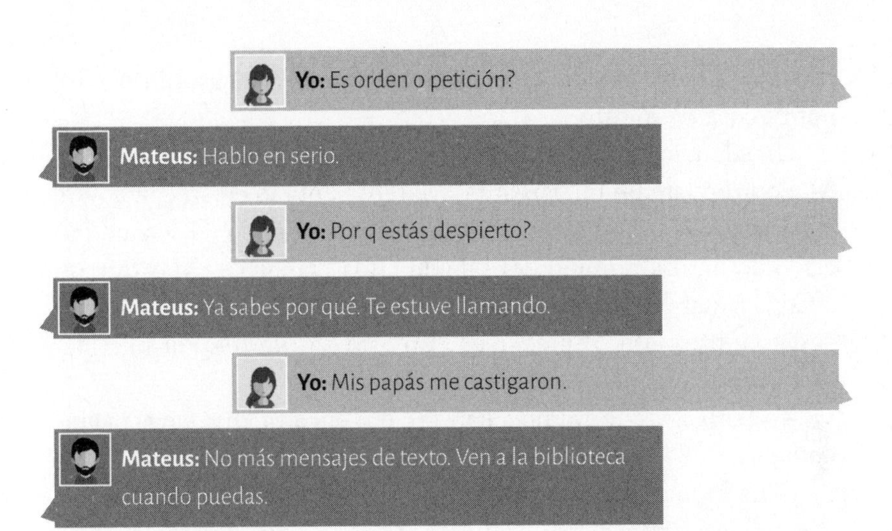

Tengo la toalla alrededor del cuerpo y mi pelo chorrea agua fría por mi espalda, que se siente más fría por el tono de Mateus. Sí, los mensajes de texto pueden tener tono. Lo llamo. No contesta. Lo llamo. No contesta.

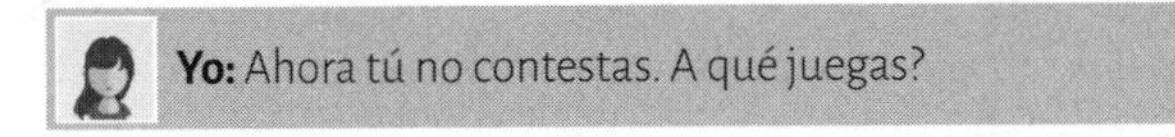

Silencio. Vuelvo a llamar.

—Dime.

Nieve en su voz. Auch.

—¿Qué pasa? ¿Por qué estás tan encabronado?

—¿De verdad no sabes?

—Estás exagerando. Te digo que me castigaron y tuve el peor fin de semana de mi vida. Ni se te ha ocurrido que tal vez a mí me pasó algo, ¿no? Sólo te enojas y…

—Hablé con mi primo. ¿Te acuerdas? La reunión fue el sábado en la mañana. De lo de la visa. De lo de quedarme. Te había dicho que era el sábado. Pero te olvidaste. Y claro que se me ocu-

rrió que te había pasado algo. Por eso te llamé. Y te escribí. Y pasé por tu casa. Pero esto…

Un silencio más largo que dos suspiros prolongados. Que tres. Mi corazón late en mi garganta. Mateus sentado en su cama, con la barba sin recortar, ojeroso, insomniaco y arañado. O sea: contagiado de mí. La reunión del sábado en la mañana… Más que un olvido casual, fue un reinicio de sistema, un formateo para borrar el dato y triturarlo. ¿Quedarse? ¿En este basurero? ¿Por mí? Habría que ser estúpido. Habría que ser…

—¿Esto…? —le animo a continuar. Venga ya, que caiga la guillotina.

—Es lo mismo otra vez, Renata. Juegos. No contestar las llamadas, desaparecer. Frío, caliente, frío, caliente. Y encima, este asunto de las cortadas…

—¿Me vas a dejar hablar? ¿Quieres que te explique o quieres seguir hablando solo?

Suspiro-risa sarcástica-agotada.

—Estoy…

—¿Estás…? —interrumpo, y hay un filo en mi voz que me corta los labios.

Mateus suelta el aire. Mateus sentado en su cama con su espalda morena desnuda, con los ojos cerrados, con los músculos tensos.

—No puedo más. No puedo.

Silencio.

—O sea que te vas, ¿no? Perfecto. ¡Perfecto!

Silencio.

—¿Hola? ¿Hola?

Pero, al parecer, ha sido «adiós». No sé en qué momento me quedé sola en la llamada. Tal vez se cortó. Ja: ni tú te la crees, Renata. Marco y marco: me manda directo al buzón de voz. Mateus apagó su teléfono. Me apagó a mí. Ni siquiera me dejó explicarle.

Azoto el celular contra el lavabo y se le suelta la batería. Odio este día. Odio este celular, este pelo que sigue chorreando, este país en el que nadie quiere quedarse, todo. Odio todo. Y no, carajo, no voy a llorar. ¿Por qué voy a llorar? Ni el enano merece mi furia ni este *geek* mis lágrimas. Siempre planeó largarse, siempre supo que estaba usándome.

Inhalo, pero tengo algo atorado dentro de la cara, entre la nariz y la boca, ahí por donde el aire pasa. Una barrera muda y densa que bloquea el paso del oxígeno y hace que tiemblen mis ojos, mis labios, mis mejillas. No. Alto. Inhala y para, estúpida cobarde. Pero no lo puedo evitar: un sollozo/chillido se me escapa y el dique se rompe. Lloro tanto como mi pelo de baba babea. Lloro hasta que se me cae la toalla al piso y me caigo sobre ella, lloro y todo el cuerpo se me convulsiona, lloro con la boca ahogada entre las manos y me muerdo los dedos de rabia, de ganas de callarme y de todo lo demás que no sé cómo se llama pero que siento en cada poro y que me tiene aterrorizada, pero en movimiento, camino a un túnel que no tiene luz al final. La boca me sabe a sangre y saco la mano de entre mis dientes. Lloro porque quisiera convertirme en un charco aquí mismo, evaporarme con el próximo rayo de sol y lloverle al mundo encima.

Alguien toca la puerta.

—¿Vienes en el camión o qué? —pregunta Armando. Quiero gritarle que qué chingados le importa, que se apure a llegar a la próxima cita de su vida miserable, pero resulta que no tengo más violencia dentro—. Porque llega en dos minutos.

No puedo creerlo: estoy de pie, agarrándome el pelo con una liga, vistiéndome a toda prisa, eficiente como una máquina. (Porque tengo que llegar a ese calabozo de escuela, correr hasta la biblioteca, meterme al refugio en donde vive atrincherado el mejor ser del universo y, con las palabras que lleguen y de rodillas si es necesario, pedirle que se quede).

Cueste lo que cueste tengo que sacarnos, Mateus, del paréntesis. Y va a costar.

O el chofer está dando vueltas adicionales para joderme la vida o es verdad que el tiempo es relativo: para Armando, que sigue revisando sus notas de Química, han pasado dos minutos; para mí, que he tomado una decisión crucial, dos horas.

Venga música, vengan palabras para ayudarme a hablar.

Kan Wakan dice:

> ¿Por qué no me salvas?
> ¿Por qué no me salvas de mí mismo?
> Estoy cansado.
> Somos los únicos perdedores que quedan.

Muse dice:

> Cantar para la absolución.
> Yo estaré cantando.
> Mientras caigo de tu gracia.

French for Rabbits dice:

> Las olas no van a detenerte.
> Ellas no van a perdonarte.
> Sólo tú puedes detenerlo.
> Toma las decisiones correctas.
> Deja tus vicios en la puerta.
> … y haz lo correcto.

Ane Brun dice (y ella es la que mejor lo dice):

> A donde sea que miro ahora.
> Estoy rodeada por tu abrazo.
> Amor, puedo ver tu aureola.
> Sabes que eres mi salvación.
> Eres todo lo que necesito y más.
> Está escrito en tu rostro.
> Amor, puedo sentir tu aureola.
> Rezo por que no te desvanezcas.

Nunca, en esos domingos en que me arrastraron a la iglesia, aprendí a rezar. Nadie me enseñó. ¿Cómo hago, dios mío? ¿Cómo hago, Dios, Zaratustra, Lucifer, San Como-te-llames, quien sea que se pone a escuchar las voces silenciosas de las adolescentes estúpidas? ¿Cómo te rezo, ángel mío, para que no te me desvanezcas?

CUARENTA Y UNO

—Él… ¡el programador! ¡Él… el de la barba! —intento explicarle, pero la señorita Inés me mira con cara de extrañeza, como si no se hubiera enterado jamás de que un español ha estado viviendo en el cuartito aquel desde hace meses. Gotas de sudor bajan por mi nuca y mis axilas y, a la vez, tengo frío. Estoy brincando en mi sitio para sacar algo de la desesperación que me provoca esta mujer, que arquea las cejas y no se mueve de su estúpido banquito. No esperé al recreo: salté del camión cuando todavía estaba frenando y corrí hasta aquí lo más rápido que pude. El cuarto estaba abierto, los monitores apagados, nada del olor a electricidad, nada de la estática y el calor que generan todas esas computadoras, nada de él.

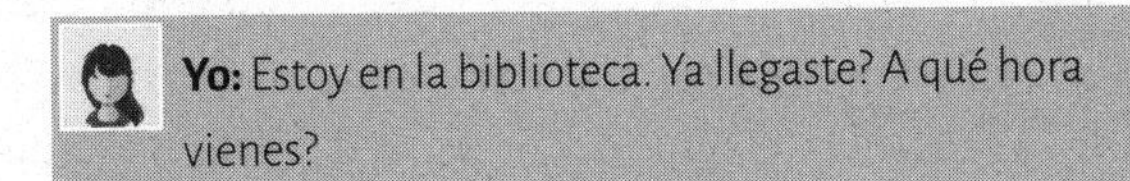

La campana del colegio: mi primera clase está por comenzar. Tengo una colección de reportes y advertencias tan variada y abundante que da lo mismo una más.

—A clase, a clase, señorita —dice la señorita Inés. Clásico: no sabe ni en qué día vive y no se ha dado cuenta de un tipo que comparte su biblioteca desde hace medio año; pero la campana sí, la clase sí.

—Ya voy. Sólo que llegue… el de la barba, que tengo que darle algo. Dos minutos.

—No, no, que luego yo me meto en problemas por andarlos alcahueteando. A clase, señorita.

—Dos minu…

—Voy a tener que llamarle al prefecto. Sí. —Y levanta el teléfono, mientras me mira con sus ojos agrandados por los lentes prehistóricos.

—Un minuto. Es muy importante. De verdad.

—¿Cuál es tu nombre? ¿Eh?

Bah. Media vuelta y de nuevo estoy corriendo. ¿Qué clase toca? Juro que no lo sé. Ah, el ruido de mis pasos sobre el suelo. *Cloc, cloc, cloc, cloc.* Relajante. El viento helado que siempre se cuela por los pasillos de este calabozo me golpea las mejillas acaloradas, se me mete por las orejas. El colegio está vacío: todos dentro de sus celdas. Menos yo, que ya di dos vueltas por el mismo pasillo. Menos yo, que paso mi salón de largo y llego a las canchas y corro, corro, corro. Lunes de invierno, ocho de la mañana: nadie tiene clase de deportes. Sería demasiado cruel. Neblina, pasto recién cortado y la pista para mí sola. Mis muslos empiezan a cosquillear, la sangre llega a todas partes y mi corazón recuerda que nos encanta correr. Le cuesta, y a mis pulmones también, pero mis piernas siguen, más rápido, haciendo volar la grava, haciéndome volar a mí, hasta que alrededor el escenario se vuelve un brochazo de colores.

«Chica deportista», había dicho Mateus al verme llegar un día con mis supertenis de atletismo, que eran lo primero que había encontrado en mi clóset, a ciegas, después de una noche de fiesta con los Rabiosos y las Catrinas». ¿Ya estás corriendo de nuevo?

«Claro que no».

«¿Y por qué no? Tu tobillo ya está bien».

«Porque no soy "deportista", aunque tú quieras que lo sea para que tengamos algo en común».

«Ya tenemos algo en común».

«¿Ah, sí? ¿Qué?».

«Uno al otro».

«Eso no es algo en común. Cada uno tiene al otro, así que no tenemos lo mismo. Tenemos lo contrario. Para que fuera, yo tendría que tenerme a mí y que tú me tuvieras. Y tú tendrías que tenerte a ti y que yo te tuviera».

«Perfecto. Así son dos cosas en común».

«Pero no son».

«Yo digo que sí».

«Yo digo que no».

La discusión se había terminado con un beso que luego se convirtió en algo más. En otra cosa en común.

¿Y qué es la lealtad, después de todo? No puede significar que yo deje de lado lo que a mí me hace feliz. Porque entonces ¿dónde estaría *su* lealtad hacia mí? Violeta va a comprender. Cuando nos vea juntos, cuando yo le haya contado, sabrá que es amor verdadero. Y sabrá también *cómo* es el amor verdadero. Nada de golpes, celos, locuras ni miedo. Nada de sus pendejadas de Amorte. Va a escucharme y no va a poder huir de la realidad. Yo la voy a ayudar. En todo. Como ella me ha ayudado. Rehabilitación emocional. Hermanas para siempre. Almas gemelas.

CUARENTA Y DOS

«Pero, ¿esta sí es la despedida real? Porque ya te despediste tantas veces que…», me había dicho Rafael en una de esas largas conversaciones sobre su cama, tras puertas cerradas, mientras todos creían que estábamos haciendo cositas sucias.

«Esta es la neta. Ahora sí», respondí yo.

«Ya se está poniendo peligroso, ¿eh? Si tu amiguita sospechara…».

«Pero ¿por qué? ¿Por qué crees que le importe tanto? ¿Qué más le da si estoy contigo o con quien sea?».

«¿Qué te puedo decir? Está loca. Su vida es una mierda y entonces controla la de las demás».

«Pero ella está escogiendo su vida. Si es una mierda, es porque ella la está escogiendo».

«Mira quién habla», dijo sarcástico.

«¿Yo?».

«Sí, tú. Tu vida también es una mierda».

«Ya sabes por qué tengo que estar aquí. Y para el caso, tú eres el que menos puede hablar».

«¿Yo qué? Yo estoy como Violeta. Al menos los dos pasamos todo el día con la persona a la que amamos, no como tú».

«¿Pasar todo el día con Beto hace tu vida menos mierda que la mía? Por cierto, ¿te has dado cuenta de que está loco y de que te trata con la punta del pie?».

«Al menos él es lo que es. No se esconde de nadie».

«Charlie Manson tampoco».

«¿Qué tiene que ver?».

«¡Que Beto es un psicópata!», grité yo.

«Ay, ya, ni empieces…».

«No, neto, neto, quisiera entender qué pedo con eso. ¿De qué te enamoraste? ¿Qué le ves? Lo pregunto de verdad. En serio».

«El amor no tiene razones. Se te entierra en el estómago como una daga y te desangra poco a poco hasta que te mueres. Punto».

«Suena romántico de a madres».

«No dije que el amor fuera romántico».

«Yo creía que era algo así como parte básica de la definición de "amor"», dije.

«Pues no. Has visto demasiadas películas gringas y crees que todos son felices hasta el fin de los tiempos».

«Y además, ¿el estómago? ¿Sientes el amor en el estómago?», pregunté.

«Pues…».

«¿El amor no tiene razones?».

«El amor no tiene razones», repitió, totalmente convencido.

«No estoy de acuerdo».

«Pues allá tú».

«¡No estoy de acuerdo! Yo tengo muchas razones para mi amor», declaré, y estas comenzaron a desfilar por mi cabeza: porque me hace reír. Porque lo hago reír. Porque cuando me quedo dormida en su cama, tengo los mejores sueños. Porque su existencia hace que el mundo sea un poquito menos feo. Porque no habla y se encoge de hombros e igual lo entiendo. Porque me ve a través de un lente que me embellece. Porque…

«Y ninguna de tus maravillosas razones es suficiente para estar con él en vez de estar aquí conmigo, encerrada. Si esto fuera un clóset, estaríamos los dos en el clóset. En el *clóset*, ¿me entiendes?».

«Te entendí desde la primera vez».

«Eres igual de cobarde que yo».

«No soy cobarde. Soy fiel».

«Sale».

«¡Al menos yo soy lo que soy! Tal vez no estoy con quien quiero estar, pero no *toda* mi vida es una mentira...», dije, y al mirarlo de reojo, supe que lo había lastimado. Pero no importó, porque con una preguntita, bien simple y llena de veneno, me destrozó de vuelta:

«¿Ah, no?».

Las gotas de sudor brotan de mi cráneo como legumbres diminutas en un sembradío y luego se incorporan a mi pelo, que ya está empapado. Acaba de sonar la campana y un montón de idiotas está en camino a las canchas. Antes su existencia me molestaba: ahora son parte del brochazo de colores al que dejo atrás con cada vuelta.

Que yo me quede con Rafael no le beneficia a nadie. Tampoco a él. El amor no debería esconderse, no debería vivir dentro de un paréntesis, y yo lo estoy «alcahueteando», como diría la señorita Inés. Le estoy ayudando en su propia mentira y alimentando de paso a la mía. La situación es como una de esas bolas de nieve de las caricaturas, que va creciendo y creciendo, agarrando más y más velocidad hasta que el pueblo entero rueda dentro de ella. Una amiga de verdad lo ayudaría a salir del clóset y seguir adelante, a pesar del rechazo que (no cabe la menor duda) enfrentaría.

«Beto ya se está quedando aquí casi todas las noches», me dijo Rafa después y sacó de su cajón la caja de condones llena de cartas. «No puedo tener esto aquí. Llévatelas».

«... ¿Yo?», y había retrocedido como si me estuviera dando una granada sin seguro. «¿Yo por qué? ¿Por qué no las quemas o las tiras o algo así?».

«No sé... Ya lo intenté una vez y no me atreví. Es como si... como si en estas cartas... No sé».

Yo sí sabía: era como si en esas cartas su amor sí existiera. En ese mundo de papel Rafa era la versión más real de sí mismo. Quemarlas era quemarse, convertir lo único auténtico que le quedaba en cenizas.

«¿Qué pasaría si se las dieras?», se me ocurrió preguntar.

En mi mente se proyectó un cortometraje en el que Beto descubría que él también amaba a su mejor amigo, y el descubrimiento lo llenaba de alegría y lo alejaba de la violencia, de los perros y de su pistola, que representaba su miedo a ser lo que era en verdad. Y vivieron felices para siempre. *The End*. Pero Rafa estaba pálido. Abrazó la caja; no, se aferró a ella, y su labio de abajo empezó a vibrar.

«No... no... entiendes nada, ¿no? Si Beto...», y aquí se aclaró la garganta, porque se le escapaba la voz, «... si Beto llegara a leer esto, me mataría».

«Tal vez sería el momento de separarse, de que salieras del clóset y empezaras en otra parte... No puedes vivir para siempre condenado a querer a alguien que jamás te va a correspon...».

«¡No entiendes! ¡Me mataría! No estoy hablando de "ay, su desprecio me mataría". No es una telenovela para niñitas idiotas. Me mataría *de verdad*».

«Estás...».

«¿Qué? ¿Estoy loco?», había susurrado Rafael, y sus ojos eran, justamente, los de un loco. «Violeta te conoce cabrón, ¿eh? Dice que vives en un mundito de cuentos de hadas».

«Violeta no me conoce nada», repelé yo, sin pensar. Al final me había llevado la caja de condones y Gonzo había hecho un chiste al respecto al verme salir.

«Violeta no me conoce nada». Mientras empiezo a aflojar el paso, me pruebo la frase para ver si me queda. Como el saco del refrán. Quizá Violeta me conoció y ya cambié. Quizá sólo conoce lo que ella quiere. Quizá debo ser otra. Quizá puedo ser otra.

Quizá soy otra, una Renata mejor que merece también mejores cosas. Y Violeta no quiere que me dé cuenta de eso. Quiere que me quede viviendo en su calabozo bajo tierra, porque a la miseria le gusta la compañía. Maldita Violeta egoísta. No. Cállate, asquerosa. Eres una amiga de mierda. ¿Ahora crees que eres mejor que ella? ¿Sólo porque lograste que alguien se enamorara de ti? Cualquier imbécil se enamora: ahí no hay ningún mérito. Pero las cosas que ella ha vivido… Sobrevivir a eso sí está cabrón. Ser una Catrina de verdad.

¿Quién dice que sólo se puede ser una cosa?

CUARENTA Y TRES

Bla, bla, bla trabajo que valdrá cuarenta por ciento de tu calificación.

Bla, bla, bla todas tus prácticas atrasadas.

Bla, bla, bla de una materia, de otra, y al fin llega el recreo y corro de nuevo a la biblioteca. Paso corriendo frente al mostrador de la entrada y la voz de la señorita Inés me frena.

—¿A dónde con tanta prisa? —pregunta la señorita Inés. Tiene que estar bromeando. Le sonrío en plan «¿neto?», pero su cara no cambia.

—Estoy buscando a... ya sabe. Al de las computadoras que ha estado trabajando…

—¡Ah! ¡El… el barbudo! Hoy no vino.

—¿No ha llegado o no va a venir?

—Llamó a la biblioteca a las siete y media y dijo que, si alguien preguntaba por él, que se había enfermado.

—¿A las siete y m…? —empiezo a reclamar, pero no tiene caso. La señorita Inés baja la mirada al mostrador (sigo pensando que está leyendo algún libro pornográfico) y yo me escabullo al cuartito bajo la escalera. Es cierto: Mateus no está aquí. Cierro la puerta con llave y me siento en su silla giratoria. Giro y giro, y el sudor comienza a secarse y a enfriarme la piel.

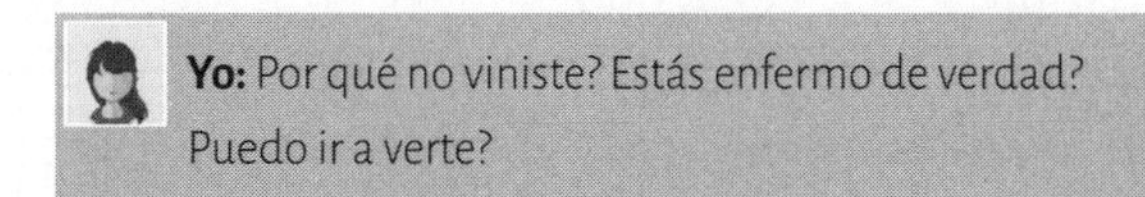

Giro y giro. Y nada. Huelo la tela de la silla, pero no huele a él. Hay un par de plumas en la mesa y me las paso entre los dedos. No me transmiten nada de él. Prendo la computadora, porque ahí dentro sí tiene que existir. Nada. Ni un programa abierto, ni una cuenta de *e-mail*, nada suyo. Abro el navegador y busco en el historial: ¡está en blanco! Mateus es precavido y, como esta no es su computadora, no deja rastros. Precavido, respetuoso, odioso… *Whatever*. Ahí está su impresora, llena de hojas de reciclaje, porque, claro: además, tenía que preocuparse por el ambiente. Mientras yo colaboro con un negocio de… En fin. Por algo necesito que me salves, Mateus.

¿Por qué no me salvas?

¡Una carta! No, no *una* carta. La mejor carta de amor del mundo. Una Señora Carta. La madre de todas las cartas de amor.

~~Querido Mateus~~ (¿«querido»? Ni que fuera mi tía lejana).
~~Amor mío~~ (demasiado, ¿no?).
~~Mateus:~~
Gallego… (eso, eso está bien. «Gallego:»).

Sí, Renata, va: «la mejor carta de amor de todo el mundo», ¿por qué chingados no? Pequeño problema: no sé escribir una chingada. ¿Se puede correr para demostrarle amor a alguien? Ja. Mira, Mateus, me grabé corriendo vueltas y vueltas, para ti. Están dedicadas a ti. Hey, si los caballeros medievales podían dedicar sus batallas a las damiselas, ¿por qué yo no?

Eres todo lo que necesito y más…

Gallego:

~~Estoy aquí en tu oficina y tú no estás. Ya sé que todo esto ha sido un desmadre y que te debo un millón de explicaciones, pero~~

Te quiero. Ya te lo he dicho mil veces, pero esta vez te lo escribo con mi letra asquerosa mientras doy vueltas y vueltas en tu silla, porque no quieres hablar conmigo. ~~Quiero decir las cosas que dicen en las películas: que el pasado no importa, que no soy nadie sin ti, que mi alma morirá si no vuelvo a verte, etcétera, pero creo que ese no es tu estilo. No sé si es mi estilo tampoco.~~

Claro que no quieres verme. ¿Quién querría verme? ~~Mi papá siempre lo dijo: soy una cara bonita y ya. Yo me di cuenta de lo demás: que no sé tomar decisiones~~ y ~~que sólo le hago daño a las personas. Mi vida está muy jodida. Bueno, ya sé que hay millones de personas que se mueren de hambre en África y todo eso.~~ Mi cerebro está muy jodido. A veces estoy segura de que tengo razón en algo y luego resulta que todo era al revés.

No sé si estoy loca o qué. Mis papás me contrataron una psicóloga. Hoy la voy a ver. No te he podido contar eso. ¿Servirá para algo? A mí me sirve más hablar las cosas contigo, pero no he podido contarte todo porque NO QUIERES VERME, son muchas cosas porque esto~~y en un enredo impresionante.~~

Pero no vine para que te compadezcas de mí ni nada. Cada quién escoge su vida y obviamente yo tomé un *mogollón* de malas decisiones. Perdón. No escribí eso para que pensaras «ay, qué linda~~, usa una palabra española». Pero es que no sé cómo explicarte todo lo que me pasa en el cerebro y en esa otra parte que es~~tá ~~más allá del cerebro. Sólo sé que te amo y que necesito estar contigo para estar~~ bien. Para ser yo. La yo que quiero ser.

«Protégeme de lo que deseo...».

«Podría tratarte mejor pero no soy tan inteligente...».

«Sálvame de mí misma...».

Hago bola la dizque carta, que más bien es una oda a la imbecilidad, y abro YouTube. Todo el mundo lo ha dicho mejor que yo, así que mejor usaré las palabras de los demás. Aquí están Placebo, Wakan, Marina… Aquí te explico lo que soy, te confieso lo que entiendo, Mateus, y te pido perdón por lo demás. Aquí estoy yo delineada por melodías hermosas y tristes. ¿Verdá que vas a entender? Vas a entender. En dos segundos averiguo cómo puedo compartir mi lista de reproducción y se va volando por entre las nubes virtuales hasta su buzón.

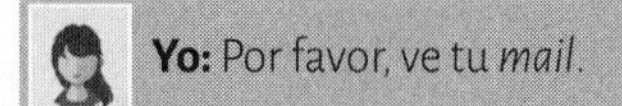

A mí sólo me queda esperar.

CUARENTA Y CUATRO

Vi: Yo nunca dije eso, Nata.

Mi boca se abre llena de asombro, pero no tengo ánimo de buscar un *emoticon* que diga: «¿Neto? ¿Ahora me vas a salir con esa mamada?».

Yo: D vdd no t acuerdas? No estabas tan borracha.

—¿Me oíste, Renata? —pregunta mi tía por segunda vez. Voltea a verme, y eso le quita atención del camino y se vuela un tope. Las dos fingimos que no pasó nada—. ¿Puedes dejar de jugar con esa cosa?

—Me lo hubieran quitado también si tanto les molesta.

Vi: Igual y tú lo estás interpretando como te conviene. Todos sabemos que odias a Beto

—Para que lo sepas, yo convencí a tu papá de que te lo dejara. Le dije que era por seguridad.

—Y ¿qué?, ¿quieres que te bese los pies? —pregunto.

Yo: ¿¿¿Ahora lo odio??? El otro día decías que me gustaba.

—No sabía que te habías convertido en una chamaquita malcriada y boba.

—Yo no sabía que te habías convertido en el chofer de mi mamá. ¿No hay trabajos buenos en Real de la Montaña ¿o qué?

—Sabes que es Real del Monte. Y me ofrecí a llevarte con la psicóloga porque tu mamá no puede verte ni en pintura —dice.

—Pues gracias por nada.

Vi: Si tú no te entiendes, yo menos, Nata.

¡Increíble! ¡Estoy en un planeta alterno! Ahora resulta que Violeta está como si nada, superultrahiperenamorada de ese hijo de puta al que le tenía terror hace unos días. O ella está loca, o yo estoy loca, o las dos estamos chifladas. Mientras, Esmeralda sigue bla, bla, bla.

—¿Qué te pasa, eh? Ya, aquí entre nos. Siempre he estado de tu lado, pero ahorita me la estás poniendo muy difícil.

Yo: «Me vas a salvar la vida, literal», «tengo miedo».

—Nadie te pidió que estuvieras de mi lado —respondo, y la Catrina en mi espalda sonríe.

Bip: mensaje nuevo. De Mateus. Vio mi correo. Escuchó la lista. Ah, diablos, necesito beberme sus palabras inmediatamente.

Entonces, la carcacha frena bruscamente y la mano regordeta de Esmeralda me arrebata el celular.

—¡Ya estuvo bueno, niñata! —grita. Inmediatamente después, el auto de atrás se nos estampa y todo cruje. Cinco segundos de silencio y estoy esperando que la carcacha se caiga en pedazos y quedemos sólo Esmeralda y yo en los asientos, como en las caricaturas—. ¿Estás poseída por el pinche diablo o qué? ¡Estás encabronando a todo el mundo y te vas a quedar sola, chamaca, bien sola!

—¡Pues así voy a estar mejor… lesbiana gorda! —chillo, y estiro la mano para intentar arrebatarle mi celular, pero se lo mete bajo el trasero. El eco de mi frase se queda flotando en el coche y me siento como una cucaracha recién pisada. «¿Lesbiana gorda?». Doy asco.

—¿«Lesbiana gorda»? —Y suelta una agria carcajada—. ¿Neto? Tienes que practicar tus insultos, puberta.

—Perdón, tía, ¡pero es que…! —Y estoy intentando inventarme una excusa cuando un chico de unos quince años aparece en la ventana del conductor, blanco como una nube. Esmeralda intenta abrir la ventana, pero no sirve. Je, je. Furiosa, abre la puerta con mi celular en la mano y se le planta al chavito enfrente. Yo abro mi ventana, saco la mano por la ranura y abro mi puerta desde fuera.

—Es que no la vi… Venía un poco distraído y no la vi… —explica el chico entre balbuceos. La nariz de Esmeralda se abre y se cierra como la de un dragón a punto de echar fuego. El pobre niño está muerto de miedo. Mi tía camina hasta la parte trasera del coche y patea la defensa, que se desprende de un lado. Auch. Mi pobre carcacha.

—¿Ves? ¿Ves? ¡Ahora ya no sirve! ¿Ves? —grita. El niño retrocede y se saca la cartera de la bolsa, pero se le escapa de las manos y cae al suelo.

—Es la primera vez que me prestan el coche y… no tengo licencia… y…

En cualquier momento va a quebrarse. Levanto la defensa caída e intento ponerla en su lugar.

—¡Deja eso, niña! ¡Es parte de la escena del crimen! —Y luego voltea hacia el chico, que ya está llorando—. Estabas mandando mensajes con tu celular, ¡¿no?! —le exige. El chico no puede contestar. Los labios le tiemblan.

—Iba lento porque… porque… —gimotea—. ¡Ay! ¡Mi papá me va a matar!

Me asomo a ver su coche. No tiene ni un raspón. Y tanto Esmeralda como yo sabemos que el accidente fue culpa de ella, por frenarse de la nada, y sabemos también que mi carcacha ha visto mejores tiempos.

—¡Todo por estos aparatos de la chingada! —grita Esmeralda, y avienta el mío con todas sus fuerzas. No lo puedo creer. Resopla tras el enorme esfuerzo de mover ese brazo que pesa lo mismo que mis piernas, y yo me llevo las manos a la boca. Sigo el trayecto del aparato hasta que se pierde de vista en unos arbustos, llevándose toda mi vida y mis secretos con él. Llevándose la respuesta de Mateus.

—¿Estás loca? —chillo, y veo que el niño también tiene la mirada fija en los arbustos aquellos. Está igual de impresionado que yo. ¡Eso no se hace, Esmeralda, no se hace!

—¡Ándale, niño, vete! —le dice al chico, que duda por unos instantes. La cartera se le vuelve a caer—. ¡Dame doscientos pesos del golpe y ya!

El chico recoge su cartera, la abre y saca un billete de quinientos.

—¿Tienes ca-ca-cambio? —pregunta. Esmeralda le arrebata el billete sin responder nada; él corre a su coche, se echa en re-

versa y sale «escopetao», como diría Mateus, aliviado de que no llamáramos al seguro ni a su papito.

Pobre. La Catrina de mi espalda se ríe. Y se enfurece. La gente rodea nuestro coche y nos tocan el claxon; algunos se asoman por sus ventanas y nos gritan cosas. Esmeralda les enseña el dedo medio y camina alrededor del coche para calmarse. Aprovecho el tráfico que estamos provocando para cruzar la avenida y buscar mi teléfono con la esperanza de que siga vivo. Por favor, que siga vivo. Pinche Esmeralda.

—¡¿Qué haces?! ¡Al menos fíjate antes de cruzar! —me grita.

—¡Vete tú sola a la terapia! ¡La necesitas! —grito, y el espejo de un coche me roza la cadera. Por favor, que esté vivo, que esté vivo. Llego a la zona de los arbustos. Ah, qué alegría… tienen espinas. Auch, auch, pero mi teléfono no se ve ni se siente por ninguna parte. Ya estamos en horario de invierno y empieza a atardecer. Mi bufanda tejida se atora en las delgadas ramas. No veo nada. Pero oigo algo. No alcanza a ser un chillido; suena más como un quejido débil y agotado.

—Te vas a subir al coche ahora mismo y…

—¡Shh! Ven, tía. Ven. ¿Traes tu teléfono?

—¡Claro que no! ¿Para qué lo iba a traer? Sólo lo uso para hablarte a ti.

—Ven.

—¿Qué haces? Vamos a llegar tarde y tu madre me va a matar. De por sí…

—Creo que hay algo aquí. —Y vuelvo a meter la mano. En la oscuridad siento algo suave, vivo y palpitante. Dejo de respirar y cierro los ojos. Cálido, pequeñito, oculto entre las espinas. Morrison. ¿Y si…? No puede ser. Una señal de que todo vuelve a su lugar, de que yo tengo que… ¿Qué pendejadas estoy pensando? Morrison es más grande. Era. Lo que sea. No podría estar aquí.

Ay, ay, pero la sangre, de cualquier modo, se me atora en el corazón, y la escena de su rescate se proyecta en mi cabeza. Mi bebé, mi bebito. El miedo que tenía, cómo me estaba esperando sin saber que era yo. Y cómo me había querido sin saber que yo lo traicionaría también. ¿Para qué amar y traicionar? ¿Acoger y abandonar? Mi diafragma empieza a brincar. Para, para chillona.

Esmeralda se hinca a mi lado, mientras los coches siguen tocándole el claxon a mi carcacha abandonada a la mitad de la calle. Se arremanga la vieja sudadera y desliza su mano junto a la mía.

—Con que sea una rata rabiosa, te mato —susurra—. Aquí hay uno… dos… ve, ándale, acércate el carro y prende las luces. ¡Renata! ¿Me oíste?

Parpadeo y mi bebé sigue perdido o atropellado o muerto de frío en alguna esquina. Saco la mano y las espinas me dibujan caminitos en la piel. Auch. Me incorporo demasiado rápido y pierdo el piso.

—¡Niña! ¿Qué te pasa?

Su grito es mi despertador, cruzo entre los coches furiosos, brinco al interior de la carcacha y la acerco lentamente a los arbustos. Ese pedazo de calle es sentido contrario pero ni a mí me importa ni a Esmeralda le importaría. Prendo las luces. La luz, porque la otra lleva años fundida, apago el coche y vuelvo junto a mi tía.

—Voy del otro lado. Por acá no los podemos sacar, está muy pinche espinoso. Ve alrededor a ver si ves a la mamá.

—¿Cuántos son?

—Todavía no sé. Ve alrededor. Seguro anda rondando por aquí y le da miedo acercarse —dice Esmeralda.

Su personalidad acaba de cambiar y ahora es totalmente eficiente, sabe perfectamente qué está haciendo y qué hay que hacer. Eso me hace reaccionar. Volteo a todas partes. Nada. Un puesto de tacos: me acerco y le pregunto a un trío de comensales

si no han visto por aquí a una perrita con las tetas grandes... mala elección de palabras. Apenas salieron de mi boca, lo supe. Uno de los tipos sonríe asquerosamente y empieza a contestar algo, pero decido sellar mis oídos y me alejo. Camino hasta la siguiente cuadra y me asomo a la callecita paralela, pero no veo nada.

—Ven, ayúdame —grita Esmeralda. Ya llegó al otro lado, encontró el caminito que debía estar usando la madre para ir y venir entre las espinas, y está parada ahí, en el centro. Parece una bailarina de ballet descomunal en medio de un bosque miniatura y los arbustos parecen su tutú. Se quita la sudadera y un chiflido llega desde el puesto de tacos.

—¡Ven y chíflame en la cara, puto! —grita Esmeralda, y pienso en la pistola *de verdad* de Beto. ¿Y si alguno de estos imbéciles tiene una y...? Pero no alcanzo ni a completar mi idea cuando ya nos dieron la espalda, intimidados.

Eficiente, en control y chingona: a huevo, tía. Me pasa la sudadera y, con muchos trabajos, se agacha entre las hojas. Farfulla: «puta madre, puta madre» unas veinte veces y unos segundos después emerge con un bultito tembloroso. La luz no me deja ver de qué color es; sólo veo las ranuras de sus ojos semicerrados. Acomodo la sudadera, Esmeralda pone al cachorro entre mis manos y yo dejo de respirar. No sé si él es el que tiembla o yo. Estira una de sus patitas y gime tan bajito que no sé si lo imaginé.

—Son seis —anuncia mi tía, y aparece con otros dos bultitos, pero yo estoy petrificada. El bebé abre los ojos y se deslumbra con las luces del coche. Lo pego a mi pecho y tengo miedo de que mi corazón lo golpee de tan fuerte que late entre mis costillas.

—Es... es... —Me oigo tartamudear, y Esmeralda abre mucho los ojos en plan: «hey, niña, reacciona», y me urge a tomar los otros dos bultitos. Los recibo en la sudadera, los envuelvo y corro al coche. Los deposito en el asiento de atrás y me quito el suéter para envolver a los demás.

—Dos hembritas, cuatro machos —declara Esmeralda.

Me pasa a una bebé negra como la barba de Mateus y ella se queda con dos. Sale de entre los arbustos con mucho esfuerzo y veo que el chiflador de los tacos mira con mucha atención cómo mi tía se sacude el polvo y las hojas, y sus brazos carnosos se menean. La ve con miedo. ¿O como si le gustara? Increíble cómo a veces esas dos cosas pueden confundirse. Se topa con mi cara de disgusto y voltea a otro lado. Esmeralda y yo acomodamos a los seis bebés y los tapamos con mi suéter. Ellos gimen como si nuestros esfuerzos les costaran trabajo, se pegan unos con otros, alguna patita sobresale del amasijo de pelos y vulnerabilidad, y se vuelven a dormir. Esmeralda rodea el carro y voltea a todos lados.

—¿No viste a la mamá? —grita desde el otro lado de la calle.

—Nada…

—Carajo… Cuando regrese se va a poner como loca si no los encuentra. Aunque ya están grandecitos. Ya pueden comer croquetas. Eso es lo bueno.

—La… ¿una perra peluda? ¿Con las…? —interviene tímidamente uno de los mirones.

—Sí, con las tetas colgando, llenas de leche, que para eso sirven. ¿Qué? ¿La vieron o qué?

Los tipos intercambian miradas y temo lo peor.

—¿No es la que habrán atropellado… allá, ayer en la noche? —dice el taquero, mientras señala a la distancia con la mirada.

—Yo no la vi —dice el que le había echado ojo a Esmeralda.

—¿De qué son estos tacos, cabrón? —bromea el tercero, pero los otros no se ríen y Esmeralda, ciertamente, no se ríe. Tiene la boca entreabierta y siento que está a punto de lanzarse contra el hijo de puta ese y que volverá con su cadáver entre las fauces.

—La vida de esa perra valía más que la tuya, pendejo. Cómete tus pinches tacos de sesos, a ver si se te pega algo —gruñe Esmeralda.

Quizá haya mejores maneras de convencer a alguien de que apoye tu causa, pero a mi tía le importa una chingada y yo, dentro de lo triste de la situación, no puedo evitar una minisonrisa.

—Yo creo sí era —continúa el taquero—, desde que andaba cargada la veía por aquí. Luego le daba los tuétanos.

—Puta madre —gruñe Esmeralda, y me indica subir al coche. Voltea hacia el puesto y le agradece al taquero con la mano.

Avanzamos en silencio, de ida y vuelta por todas las calles aledañas como si estuviéramos jugando Serpientes y Escaleras. Cada minuto es un *déjà vu*. Esmeralda le pregunta a la gente, y un par de personas confirman el informe del taquero: en algún basurero descargaron hace unas horas el cuerpo atropellado de una perrita que nació para sufrir y que murió bajo las llantas de algún hijo de puta que seguro aceleró para darle de lleno. Los bebés lloran o se quejan con insoportable suavidad, y yo lucho contra el llanto inminente que me infla y desinfla la nariz y me hace apretar los labios. Esmeralda mueve el control de la calefacción de la carcacha de un lado al otro y, al no obtener nada, se encabrona y golpea el volante.

—¡Puta carcacha de mierda! ¡No sirve la puta…! ¡Puta…!

Sus propios sollozos la interrumpen y se deja ir con tal libertad que yo me pongo a chillar también. Damos más vueltas por las mismas calles, pero ninguna de las dos busca nada ya. Su enorme cuerpo se estremece con el llanto. Los bebés duermen.

—¿Y ahora? —pregunto, mientras trago saliva, y Esmeralda se estaciona frente a mi casa.

—Ahora… a inventarnos una buena sesión de terapia y meter a los bebés de contrabando.

—¿Estás hablando en serio? —Y ya estoy imaginando la operación.

—Claro que no, chaparra. A rogarle a tu madre que me deje tenerlos acá hasta que me regrese a Real.

—¿Cuándo regresas?

—El próximo martes. Cuando me entreguen el permiso para el albergue en Real.

—¿A eso viniste? Nunca te pregunté… Y ¿qué?, ¿mi mamá y tú ya son *best friends forever* o qué?

—Así son las hermanas, Renata. *Forever and ever* —dice, y saca algo de la bolsa de su pantalón: mi teléfono. En dos partes—. Estaba junto a los bebés. Por suerte no le pegó a ninguno.

Le pongo la pila y ahora toca esperar a que reviva.

—Ora te vas a poner a leer tus tonterías y se acabó la plática, ¿no? —reclama, y hace ademán de abrir la puerta. Pero no quiero bajar todavía.

—¿No la odias a veces? —pregunto.

—¿A tu mamá? Ah, sí. Y ella a mí. Es toda una vida; no todo puede ser perfecto todo el tiempo. Pero la adoro y sé que ella a mí también.

—Nunca la dejarías.

—Nunca la he dejado. Ni cuando se ha metido con médiums para invocar a tu abuela.

—Y ella nunca te dejaría. —Y aunque suena como declaración, es pregunta. Mi celular no acaba de despertar.

—Le causo bronca. A veces no está de acuerdo con mi manera de ver el mundo. Pero sé que cuento con ella cuando de verdad la necesito. Me ha ayudado muchas veces.

Los bebés están demasiado calladitos. Prendo la luz del coche y me asomo a verlos: parecen un adorable monstruito de cuatro cabezas (las otras dos están escondidas). Sus respiraciones son pacíficas, como si su mamá hubiera vuelto. Como si todo fuera a

estar bien. Qué envidia: un poco de calor, un poco de croquetas, y el mundo vuelve a ser bueno. ¿Dónde está mi calor? ¿Mis croquetas? Las quiero. Las exijo. Necesito ser uno de estos cachorros y no la perrita que al final no sobrevivió. Tal vez mi Morrison fue rescatado por segunda vez y está envuelto en el suéter de alguien. Tal vez el Negro gane sus batallas y pueda retirarse al campo. Tal vez Violeta es como aquella cachorrita negra y está en espera de que alguien la encuentre bajo las espinas y se atreva a salvarla.

—¿Verdá que no todas las hermanas son de sangre? —pregunto.

—¿Qué te traes con la loca aquella, eh? ¿Por eso todo el desmadre?

—¡Es como mi hermana! No: *es* mi hermana. Mi hermana elegida. No la puedo abandonar.

—¿Ah, no? ¿Y por qué?

—Porque… ¿cómo que por qué? Ella es… —Esmeralda va a entender, ¿no?— es como uno de estos bebés. Como la bebita negrita que me pasaste. Tú has dicho mil veces que, si no hay nadie alrededor, entonces a uno le toca ser el héroe.

—Héroe, sí; mártir, no.

—¿Qué? ¿Por qué mártir? Cuando rescatas a tus doscientos perros no eres mártir, ¿o sí? —Y mi voz vuelve a tener ese filo que corta como papel. Tía, tía querida, hace cinco minutos eras mi ídolo. No lo eches a perder.

—Precisamente. Por eso me gustan los animales —responde ella—. Ellos no escogen sufrir, no le hacen daño a nadie y no se pueden ayudar a sí mismos. Por eso prefiero ayudarlos a ellos y no a la gente.

—¿Un perro rabioso no le hace daño a nadie?

Mi argumento es infalible. Esmeralda calla unos instantes. No sabe qué contestar y mira al frente. Luego se ríe.

—¿Estás diciendo que Violeta es un perro rabioso que quieres rescatar? ¿Esa es tu metáfora?

—¿Ya no le dices Louise?

—Renata, mi vida, ¿no te acuerdas de la película?

—Claro que me acuerdo.

Violeta y yo la volvimos a ver hace poco. Ella seguía recuperándose de la golpiza de Beto y le llevé el DVD y un horrible peluche de tortuga que me vendieron en la calle. Esta vez la historia nos pareció mucho más genial y, aunque ella me pidió que pusiera la escena de Brad Pitt quince veces, eso no fue lo más importante. «¿Ves?», había dicho Violeta mientras me agarraba la mano como en la película, «dos amigas contra el mundo».

—Dos amigas contra el mundo —repito, pero mi voz no suena tan declarativa como yo quisiera.

—Ya… ¿Y del final no te acuerdas? —pregunta Esmeralda con su tonito de sabihonda.

—Obvio que sí.

—¿Y por qué sigues subida en ese coche, mamacita?

CUARENTA Y CINCO

Primera llamada: «Buzón de voz. Usted puede dejar un mensaje…».

Segunda llamada: «El número que usted marcó es probable que se encuentre apaga…».

Tercera llamada: no la hago. En los teatros, la tercera llamada siempre es a la acción.

CUARENTA Y SEIS

—¿Dónde estás? Vas a traer el dinero, ¿no? —pregunta en voz baja Violeta. De fondo: ladridos, música y risotadas ebrias de Beto.

Balanceo el celular en mi pierna, porque lo único que no necesito es que algún policía me pare ya que logré escapármele a mi mamá y a sus dos preguntas: «¿cómo que no llegaron a la terapia?» y «¿qué demonios vamos a hacer con seis perros?». Esmeralda dijo algo relativo a la responsabilidad y cómo esto me ayudaría a poner las cosas en perspectiva, y yo salí corriendo mientras ellas discutían.

—Escucha, Vi. Escucha. ¿Te acuerdas de Thelma y Louise? —le digo a Violeta. Mientras, intento ordenar mi discurso. Clara, concisa, tengo que ser clara y concisa y convincente, y salvarnos.

—¿De qué?

—¡De la peli! De las dos amigas que acaban echándose al barranco —exclamo y, ¡ah!, cómo quisiera que acelerara su ritmo mental.

—Sí, más o menos… ¿vienes? Le dije a Beto que ya venías con el dinero. Y Rafa se está encabronando —agrega, aunque sé perfectamente que eso no es cierto.

—Tuve una emergencia. Y tengo otra. Tengo que hacer algo. Pero escucha, escucha: estamos en un torbellino y parece que no hay salida. Pero sí hay. Vamos a salirnos juntas del coche, ¿me oyes? Yo te voy a sacar. Tú me sacaste otras veces y ahora me toca sacarte. Para eso son las hermanas.

—¿De qué hablas? ¿Sacarme de qué chingados? —susurra Violeta, e imagino los ojos inyectados en sangre del psicópata de Beto sobre ella.

—¡Del… del calabozo! ¡Del subsuelo! ¡Del coche que se va al barranco!

—¿Qué te fumaste? ¿Dónde estás?

—Mira: entendí algo. Entendí un chingo de cosas. Del amor, por ejemplo. Beto no puede… ¡pegar no es amor! ¡No puede ser así! No puedes tenerle miedo a tu novio, Violeta.

—Tovelia. O me dices Tovelia o te cuelgo.

—¡No mames! Estoy hablando en serio.

—Yo también —dice, y ya no oigo ruido de fondo. Si se salió del local para escucharme, es porque pretende ponerme atención. Por una vez. Así que cumplo su estúpida demanda.

—Puta madre, okey, Tovelia. To-ve-lia. ¿Ya? Puta madre. Te estoy diciendo algo importante. Algo cabrón. Estamos… ¡estamos robándole a la gente! ¿Te das cuenta? Tu novio tiene una pistola, güey. Está en una pandilla. ¡Una pandilla! ¡Te rompió huesos! ¡No mames! Como que ya no nos estamos dando cuenta de lo que… ¡te pudo haber matado! ¡Eso del Amorte es una pendejada! ¡Lo sabes! ¿Qué estamos haciendo, amiga? ¡Y yo! ¡Estoy reprobando todo! ¡Ya nunca corro, le robé a mis papás, le grité «lesbiana gorda» a mi tía Esmeralda, güey! —Y al recordar eso, me da un ataque de risa histérica que no tiene eco del otro lado de la línea. Violeta no dice nada y yo sigo con mi monólogo enloquecido, porque por primera vez en la vida siento que comprendo el mapa del universo. Tengo que explicárselo, tengo que prestarle mis ojos para que vea lo que yo veo—. ¿No voy a ir a la universidad? ¡¿Neto?! ¿Te das cuenta de lo que estamos haciendo? Ahí donde estás van a matar perros, güey. ¡Matar! Hoy rescaté seis perros de la calle. Huérfanos. Seis bebés. ¡Son bebés! ¡Los Rabiosos van a asesinar bebés! ¡Y nosotras les estamos ayudando! ¿Qué estamos haciendo? La

gente que hace estas cosas está en la cárcel, güey. ¿Esto es ser Catrinas? No mames. Esto no es. No puede ser. Dos son perritas. Hembras. Una es negra con la nariz blanca y la otra es blanca y tiene una mancha negra. ¡Como el yin y el yang! ¡Como tú y yo! Si eso no es una señal, güey… Vamos a salirnos de ese coche. ¿Pistolas? ¿Peleas de perros? ¡¿Qué chingados estamos haciendo?! Todo lo de las Catrinas empezó por unas pinches artemias y un pollo… ¿Te das cuenta?

El fin de mi monólogo coincide con un semáforo en rojo que decido no pasarme. Inhalo. Exhalo. Espero. Estoy sudando; mi corazón brinca dentro de mi pecho, y siento las mejillas ardiendo y las sienes palpitando. Oigo su respiración, pero no dice nada. Sé que acabo de clavarle un embudo en el cerebro y que lo llené de información espesa que apenas comienza a bajar, así que le doy unos segundos más. Algunas de mis frases siguen rebotando dentro de la carcacha que huele a perro. Huele a perro, porque rescaté a seis perritos. ¡Ja! A Mateus le va a encantar conocerlos. Podemos hacer un sitio *web* para el albergue de Esmeralda, entre los dos. Y Violeta se va a quedar conmigo. No sé cómo voy a hacerle, pero tengo que convencer a mis papás. ¡Ah, es como si un ejército de hormigas corriera por mis venas!

—¿Vi? ¿Sigues ahí?

—Sí.

—¿Y? ¿Te das cuenta? —repito, porque no se me ocurre otra manera de formular mi pregunta. Estoy estacionándome frente a casa de Mateus. Mis brazos ya cosquillean por abrazarlo. Al fin entiendo la frase «el primer día del resto de tu vida». Violeta inhala. Exhala.

—Sí. Me doy cuenta —responde.

—Tengo que colgar. Hablamos luego. Te quiero.

No espero su respuesta, pero sé que, cuando el embudo se haya vaciado, comprenderá que tengo razón.

CUARENTA Y SIETE

—Dime.

Mateus: eres una fuerza de la naturaleza. Tus icebergs congelan con la misma fuerza con la que tus volcanes derriten. El frío me paraliza y el guion que fui escribiendo en el camino se me borra del cerebro. Estoy en blanco. Blanca contra el fondo blanco de su nieve. Se desespera.

—Te pedí que no vinieras y que no llamaras. No sabes respetar nada.

—¿Vi-vi-viste mi lista? —Busco saliva para tragar, pero no hay—. ¿La... la música?

—Sí.

«Sí». Y nada más.

—Estaba... Humm... Cada canción significa... —Y busco en mi cabeza las letras de las canciones, pero están revueltas y no logro rescatar ni una sola frase. Parezco una retrasada mental.

—¿Por qué no me dejas en paz? —Y en la pregunta no hay rabia, sólo dolor cubierto de auténtica curiosidad.

—¡Porque no quiero dejarte en paz! —gimoteo y, aunque no es la mejor, al menos fui capaz de decir una frase completa. Inhalo, exhalo. Inhalo—. Quiero... quiero estar contigo. Te quiero y, aunque he hecho muchas pendejadas, quiero...

—¿A qué estás jugando? —interrumpe.

—¡A nada! Ya entendí muchas cosas. Te lo juro. A eso vine, y... y por eso fui en la mañana a la biblioteca. Entendí...

Inhalo. Vamos, este es el momento, Rata. No: eres Renata. Renata: mereces algo mejor. No lo pierdas. Cuéntale todo lo que entendiste. Puta madre, ¡estaba tan claro diez minutos atrás…!

—Si vas a hablar, dime algo verdadero, Renata.

Inhalo: ¿por dónde empiezo? «Mira, gallego, mi mejor amiga y yo hicimos un club. Pero ella está un poquito loca. El asunto empezó a complicarse y ahora un tipo con una pistola *de verdad*…». Ay. «Mira, gallego: mi mejor amiga está loca. Para ayudarla, me metí a una especie de… de «club» que ella se inventó».

—Mi papá ha engañado a mi mamá mil veces y… mmm…

«¿Te acuerdas de esa vez que te hablé a las cinco de la mañana? Venía de un cementerio en el que me habían enterrado viva y…». Ay. «A ver, gallego. Escucha. ¿Te acuerdas de las cortadas de mi pierna? ¿Sabes lo que es una Catrina? Pues resulta que yo…». Ay.

—Hoy iba camino a la terapia con mi tía y rescatamos a seis perritos que… mmm… No es que eso tenga que ver, pero… Cuando se me perdió mi perrito, siempre pensé que yo había tenido la culpa por…

«¿Sabes que mi papá nunca me pidió que revisáramos la seguridad de su empresa ni nada por el estilo? ¿Que usé lo que me enseñaste para robarle cinco mil pesos de su cuenta de banco? ¿Y que usé la IP de la computadora de la biblioteca para hacerlo? ¿Y que después lo chantajeé para que me diera un coche?».

—¿Quieres que te tenga lástima? ¿Por tu padre y tu perro y tu vida? No entiendo.

«¿Sabes que he estado besándome y etcétera con otro?». «¿Que nadie sabe que existes, porque en mi mundo no deberías existir?».

—¡No quiero que me tengas lástima! Quiero que… ¡quiero que me quieras!

La Catrina de mi espalda frunce el ceño, decepcionada. «Eres una pinche rogona», dice.

—Te quiero. Eso lo sabes —dice Mateus, pero la frase no me huele a esperanza; huele al humo que flota sobre un campo días después de que se ha consumido en llamas. Humo que ya no ciega, humo triste, de ruina.

—Estás tan frío… Nunca habías estado tan frío conmigo. Me… me…

Me paraliza. Me congela. Me desangra.

—¿Cómo quieres que esté? Te dije que no quería juegos. Que no quería mentiras.

¿La verdad, entonces? ¿Quieres escuchar que soy una criminal hecha y derecha, y que ayudé a asaltar a una docena de personas? ¿Que soy una mierda que te ha traicionado de mil maneras? ¿Te lo explico? ¿Me quieres todavía? Ah, y no te he contado lo de las peleas de perros. Espera a que escuches eso. ¿Es lo que querías saber? ¿Suficiente verdad o necesitas más? ¿Me quieres todavía? ¿Te quedas?

—Te amo. —Es lo único que me atrevo a decir.

—Eso es mentira. Si me amaras, no jugarías conmigo. No me lastimarías así. —Y ha dado un paso adelante, pero no con los brazos abiertos, sino con los puños cerrados.

—El amor es dolor. —Me oigo decir.

—No el amor que yo quiero.

—Han pasado… Esta es la verdad: estoy dañada. Estoy jodida, gallego. He hecho muchas cosas malas, pero te amo. Te amo como…

—¿«Como nunca habías amado a nadie»? ¡Por favor! No me recites poemas, no me repitas películas románticas, letras de canciones. Odio tus frases hechas. «El amor es dolor»… —se burla, sin comprender que justo ahora, en este instante, mi amor es un dolor insufrible.

—¡No soy buena para hablar! ¿Cómo te explico? ¿Qué hago?

—Algo verdadero. —Y su voz tiembla de rabia—. Dime algo verdadero por una vez en tu puta vida.

La rabia es buena. Es mejor que la indiferencia. Me quiere. Me sigue queriendo. No lo he perdido. No pude haberlo perdido. No justo ahora, que he entendido todo. Tal vez no puedo explicárselo, pero lo entiendo, al fin. Entiendo qué es lo importante, quiero estar bien, ayudar, ser más paciente con las fantasías ~~estúpidas~~ románticas de mi mamá, ponerme al corriente en la escuela... Quiero dejar esta doble vida, sacar a mi mejor amiga de entre las espinas, subirnos juntas a un coche que no esté destinado a caer por un barranco. Quiero ser «deportista». Quiero estudiar Programación y reciclar hojas y ahorrar agua y toda esa mierda. Quiero ser feliz y lo quiero a él. Lo necesito. Necesito que me salve. Estoy al borde de la torre más alta del mundo y no tengo alas. ¿Vas a empujarme o vas a ayudarme a bajar, Mateus? Mateus, Mateus, «protégeme de lo que quiero, sálvame de mí misma, eres mi gracia salvadora, rezo por que no desaparezca». Rezo con mi popurrí de canciones, de palabras que explican lo que a mí se me atora en la garganta.

—Necesito que me salves —suplico—. Sálvame.

Estoy a punto de levantar la mirada y buscar su rostro. Con sólo un vistazo sabré. No puedo decirle nada: sé que mis verdades no le sirven a nadie, y que tendré que tragármelas y digerirlas por años, si quiero que alguien como Mateus me ame de vuelta. Y necesito que me ame de vuelta más de lo que necesito decirle toda la verdad. La verdad está subestimada; el amor, no. El amor nunca. Estoy pidiéndole un clavado al vacío, y él no es estúpido. Pero, ¿no querrá probar a ser un poco estúpido por una vez? Por una vez, por una vez, rezo.

Ahí están sus pies. Sus rodillas. Su estómago y los brazos cruzados sobre su pecho. Inhalo. Ahí está su amado rostro, encogido, envejecido, pálido y con más sombras de las que le pertenecen,

con lágrimas asomando de los negros ojos, humedad que no es suya y con la que lo he empapado. Así es como se ve cuando el amor y el odio se abrazan: es aterrador. «Te odio por quererte», dicen sus ojos, «me odio a mí, te quiero, nos odio a los dos». Traga saliva y da un paso más hacia mí. El odio se retira momentáneamente de bajo sus párpados para dejarnos hablar. Para dejarnos, creo, despedirnos. Dios, ¡dios! Se va a despedir de mí. Me va a empujar al precipicio. Cierro los ojos como si así pudiera pausar la película.

—Soy un tipo normal, chilanga. Con mis asuntos, pero bastante normal, a fin de cuentas… No soy el héroe que te va a salvar. Nadie salva a nadie de nada.

—No, no eres normal. No eres normal para mí. Eres el mejor. Eres… Me quieres. Ya sé que me quieres, y yo te amo. Dame otra oportunidad.

—Necesitas buscar ayuda. Tienes que estar bien para poder querer a alguien. Pide ayuda, Renata.

—¡Es lo que estoy haciendo! —exclamo, desesperada. Mateus niega con la cabeza.

—Ya no puedo hablar. Por favor. Estoy enfermo.

—Está bien. Está bien. Me voy, y te voy a dar el espacio o el tiempo o lo que sea. ¿Está bien? No te voy a molestar, ¿okey? Y cuando tú puedas o quieras, me hablas a mí, ¿okey? Y…

—No —dice sin titubear.

—¿No? ¿No qué? ¿Qué quieres? Hago lo que me digas. ¿Qué quieres? —sollozo, y la desesperación me ha hecho correr hasta él, a aferrar sus brazos que se niegan a descruzarse, a buscar sus ojos que se niegan a mirarme. Al fin los abre y me mira con una tristeza tan profunda que me congela la piel.

—Curarme. De ti. Eso es lo que quiero —dice, y lo dice muy lento, sílaba a sílaba, soltando poco a poco el cuello de la persona

a la que acaba de estrangular, con amor y con odio, porque era la única manera.

Creo que abro la boca, pero no sé. Creo que lo suelto, pero no sé. Creo que estoy temblando o que él está temblando o que esta calle está hundiéndose bajo nuestros pies. Pero no sé. Siento sus labios secos, fríos, en mi mejilla. Para cuando puedo moverme y alzar la mirada, sus manos cálidas, el refugio de su pecho, sus risas y sus silencios se han ido. Su sombra y su luz se han ido.

Mateus se ha ido.

Cuarta Parte

No hay tiempo para el vértigo, pequeña acróbata. Es una pena que hoy sea el día del acto final y que apenas ayer te hayas comido la red. Una pena que le hayas arrancado los dedos a los que habrían aferrado tus tobillos para llevarte al otro lado. Una pena. Tras tanta carrera a oscuras, es la luz la que va a tumbarte, la luz lejana que parece un amanecer, pero no lo será. No para ti.

Querías vivir de noche: ahora la noche vive en ti. Querías vivir en la frontera y ahora la frontera se te metió por los pies. Querías ser león, pero los leones no te reconocen: te esperan abajo con las fauces abiertas y tus amigos, los payasos, esperan para burlarse de tus huesos rotos. Creíste que podías preguntarle al mundo quién eras y que te daría la respuesta correcta. Creíste que para perder el miedo había que ser el miedo. Creíste que tu desenlace tomaría más tiempo y creíste, también, que morir era lo peor que podía pasar.

Los altavoces claman tu nombre, pequeña acróbata. Los que miran contienen el aliento; los demás compran cacahuates. Tu sombra te empuja y te tambaleas. Piensas que, a fin de cuentas, tu cráneo ansía romperse, y los payasos, tus amigos, gritan que sólo hay una manera de caer. «Caer, que es lo que toca», corean sonrientes, y el público lo quiere. Los altavoces repiten tu nombre y esta vez lo reconoces. Mira hacia abajo, rugen las damas, los caballeros y los niños. Salta, siente el vértigo, rómpete, que es lo que toca y lo que queremos. Te sueltas del alambre y te dejas caer con los ojos abiertos. Caída libre. Libre vacío. Pausa de ultraconciencia. Los payasos estaban equivocados: los que caen tienen opciones. Pueden mirar hacia abajo. Pueden mirar hacia arriba. O volar.

CUARENTA Y OCHO

¿Quién eres?

¿*Qué* eres?

No se lo preguntes a tu madre ciega. No se lo preguntes a tu padre sordo. No se lo preguntes a tu tía implacable, a tu abuela muerta, a tu perro atropellado ni a tu amiga enloquecida: no lo saben. No se lo preguntes al espejo, que miente, ni a cada pedazo de cristal en tu camino. Ellos ven a Dorian Grey y no a su retrato, que se pudre en el sótano de su alma.

«¿Adónde te vas, mi adorable, cuando estás sola en tu cama?».

Violeta pone la canción otra vez y otra más, como el personaje de *Viaje a Darjeeling*, aunque nunca vio la película. Ahora es «nuestra canción francesa», en vez de ser la pregunta adorable de Mateus. Revolotea, sudando tequila por cada poro, y me abraza la cintura, peleándose el espacio con Rafael.

—Tu vieja parece lesbiana —le grita Rafa a Beto, e intenta espantarla, como si se tratara de una polilla gigante.

—Vuelve a decir eso y te parto el hocico —responde Beto, en su amigable tono de amenaza.

Está abriendo una bolsa de plástico sanguinolenta: carne para el Negro. Violeta sonríe y se pega a mi espalda, besándome el cuello y acariciándome los costados de la cintura. Sé lo que hace, porque lo siento, como se siente cuando te sacan una muela y estás anestesiado. Los ojos de su novio siguen cada movimiento, y ella se alimenta de sus celos crecientes. Yo siento y no siento, pienso y no pienso, estoy pero no. Y estoy, porque Rafa me llamó

exigiendo que fuera a la fiesta de preinauguración del negocio de los Rabiosos. Yo estaba llegando a mi casa tras contemplar por una hora la puerta que me habían cerrado en la cara y que, por más que recé, nadie abrió. Ya me imaginaba que dios no existía, o que si existía, me odiaba.

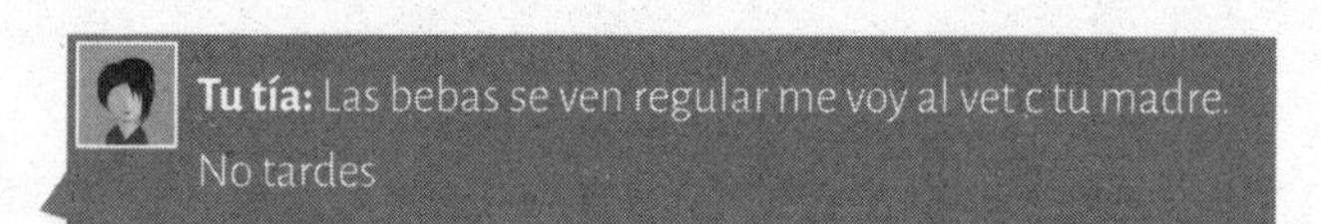

Caminé hasta el coche. Encendí el coche. Miré la puerta una vez más. Busqué lágrimas: no las encontré. Piloto automático. La defensa del coche se arrastró por las calles. Llegar. Apagar el coche. Saber que no hay mensajes nuevos. Revisar de nuevo si hay mensajes nuevos. *Ring*.

—… los demás ya me andan jodiendo, porque dicen que soy un mandilón. Que nunca cogemos. Que nunca vienes. Violeta dice que nunca cogemos. ¿Le has dicho algo?

—Cómo crees —le respondí yo.

—Eso dice. Que nunca cogemos y que a ver si no estás cogiéndote a alguien más.

—Ya sabes cómo es Violeta. Es una cizañosa amarra-navajas. Y para el caso, ya no tengo nadie más a quién cogerme, por si te interesa.

—¿Pasó algo?

—Pasó. Pasó que me mandaron al demonio y me rompieron la madre, eso pasó.

—Es mejor, Renata. Ya sabes que es lo mejor.

Ahí me había puesto a chillar en silencio de nuevo. Claro que no era mejor. Por supuesto que no era mejor. Pero era lo que era, y ya.

—Ya sé que está jodido, pero hoy tienes que venir —insistió.

Mi «amigo» no había preguntado cómo había sido, cómo estaba yo, que quería quedarme enterrada, dormir hasta que hubieran pasado diez años y el tiempo lo hubiera curado todo, como prometen los refranes. Quería enroscarme en el regazo de mi mamá. Quería contarle a Esmeralda que había perdido al mejor hombre del mundo para que me hiciera algún chiste seguido de una frase mágica que me curara o que, al menos, me consolara. Quería ser una con el suelo, hasta que resultara más sencillo no moverse, dejar de pensar y, después, de respirar. No creía tener energía para discutir, pero me escuché diciendo:

—No «tengo que». No «tengo que» nada.

—No, sí tienes que. Yo no he dicho nada de lo tuyo. De que le estás poniendo el cuerno a un Rabioso. ¿Sabes lo que te pasaría si Beto se entera? ¿Eh?

En ese instante, Rafael y yo dejamos de ser amigos.

—Algo parecido a lo que te pasaría a ti si Beto se entera de otras cosas. Así que no me hables así. Tengo otros problemas, Rafa. Además de estar fingiendo ser la novia de un gay que no se atreve a salir del clóset.

Ups. Había ido un poco demasiado lejos. Lo supe en cuanto lo dije, y por más que fuera cierto y por más que fuera justo y por más que fuera correcto, no debí decirlo. El miedo me azotó la espina dorsal. Rafa podía ser un cobarde, pero seguía siendo un Rabioso.

—No me estás entendiendo, Ratita. O vienes o voy por ti. Sí, sé dónde vives. Sé a qué escuela va tu hermanito y dónde toma sus clases de futbol. Sé cómo se llaman tu mami y tu papi. Así que no te confundas, Ratita. He sido tu amiguito porque tú has sido mi amiguita. Si dejas de ser mi amiguita, yo dejo de ser tu amiguito. Así de simple.

La nube más negra me perseguía y escupía sus relámpagos sobre mi cabeza. Sentía que la carcacha estaba en una compactadora de chatarra conmigo dentro. ¿Qué más quieres de mí, mundo de mierda? ¿Qué más? Y por la ventana de atrás, que ya no cierra bien, se coló un vientecillo susurrante: «Ten cuidado con lo que pides… mucho pinche cuidadito». Señor Mesero del Universo: Quiero una «vida intensa», por favor. Servida, su majestad, reina de la estupidez y la traición. Bajé del coche y entré a mi casa. ¿Cuántos capítulos más pueden quedar?, me pregunté. Me quedé parada en la cocina con el celular temblándome en la mano. Creo que estaba esperando una inyección de adrenalina que me enfureciera, que me aterrorizara, que me hiciera reaccionar como a una persona más o menos normal. No llegó. Alguien más movía mis hilos; lo entendí en ese momento.

¿Quién eres?

¿*Qué* eres?

Era una marioneta que tenía un par de horas para inventarse alguna excusa o para esfumarse sin que nadie se diera cuenta, como ya había aprendido a hacer. Para a ir a una fiesta y actuar un papel.

—¡Renata! ¿Ya llegaste? ¡Tienes que ver esto!

Mi hermanito, al que acababan de amenazar sin que él lo sospechara. Armando en el patio de la cocina junto a una caja de cartón rellena de huesos que se rompen entre los dedos, inocencia temblando entre las pulgas, los pelos, las espinas.

—Cada uno me está mordiendo un dedo… ¡auch! ¡Ven! ¡Ven a ver esto!

Quería verlo. Pero no quería. Estaban ahí, con sus patitas diminutas, sus dientes incipientes, sus barrigas rosadas. Comiendo el arroz con pollo de la tarde. Haciendo ruiditos. Aprendiendo a jugar. Creyendo que todo iba a estar bien. Los cuatro bebés. Los cuatro machos. Las dos hembras, la negra con nariz blanca, la

blanca con mancha negra, ellas no jugaban. A ellas les había tocado enfermarse y morirse de algo estúpido como gripa. Y la mamá, la estúpida mamá, había tenido que dejarse atropellar. Y los humanos, hijos de puta humanos, nada. ¿«No será la que atropellaron anoche»? ¿Y qué? Felicidades, Esmeralda. Salvaste a cuatro machos. Nos faltaban para rompernos costillas, cerrarnos puertas en la cara y largarse después. Felicidades.

—Renata… ¿puedes quedarte con ellos tantito? Quiero cargar mi teléfono para tomarle foto a la cara de papá cuando los vea. ¿Renata? ¿Estás sorda?

Era la Alicia encogida en el País de las Mierderías: cada escalón medía dos metros. Ahí estaba. Mi cama. Mi calabozo. Mi tumba. Dormir y adiós todo: Mateus, Violeta, Rafael, Armando, Olivia, Esmeralda. Adiós a los nombres propios. Adiós a las pistas de carreras, las computadoras, las bibliotecas, las camas de sábanas compartidas. Adiós a los lugares. Adiós al ayer y al mañana. Sabía que al final te irías. Tú eres el que mintió: yo sólo necesitaba que me salvaras. Cobarde. Cobardes todos.

—Toma, quédatelos tantito —había dicho Armando, y cuando levanté la mirada, la maldita caja estaba sobre mi cama y él había salido corriendo. Dos cachorros se habían enrollado en sí mismos y dormían. Uno me miró desde la cajita y alzó las diminutas orejas. El cuarto brincó la pared de cartón y llegó a mi cara.

—¡Enano! ¡Ven por la caja! ¡No estoy de humor!

Me había quitado al perro de la cara y lo había devuelto a la caja, pero un segundo después había vuelto a brincar. Le estaba diciendo que no, y él creía que estaba jugando: ahí estaba todo el problema entre las mujeres y los hombres. De vuelta a la caja, de vuelta a mi cara. Empujé su cabeza para abajo, para evitar que saltara, pero se escabulló por debajo y me hincó sus colmillos de alfiler en el dedo.

—¡Puta madre! —grité, y agité la mano.

El perro salió volando y aterrizó en mi almohada. Parecía el muñeco de peluche de alguna niña tonta. Volteó a su alrededor: no entendía qué chingados le había pasado. ¿Cómo se siente, eh, pinche perro? No se movía y sus ojitos redondos, que antes brillaban, ahora temblaban de miedo. ¿Por qué? ¿Por qué era mi problema? Supera tus problemas, animal, que este es el mundo real. Acerqué la mano y se agachó, pensando que iba a golpearlo. ¡Yo! ¡Me tenía miedo a mí! ¿Qué le pasaba? Los otros tres dormían y soltaban gemidos tan dulces, tan de bebé, tan de… ¡ah! ¡Tenía ganas de aplastarlos! ¿A quién se le ocurre ser una criatura tan indefensa? ¿A quién se le ocurre ser así, tan chiquito, tan frágil, tan…? A ustedes sí los salvamos, ¿no? ¿Pero a mí? ¿A mí nadie me salva? No. Para. Trágatelas, Renata, me dije. Creí que tras mi escena solitaria de llanto en la calle me había secado, pero no. Me tiré boca abajo y escondí la cara en la colcha. Sentí algo tibio y suave en la oreja. El perrito estaba llenándome de baba.

—Déjame —le ordené, pero no entendía—. Que me dejes —insistí, pero ahora se había colado bajo mi cuello y acababa de decidir que ese era el mejor lugar para una siesta. Me incorporé y lo levanté con la mano. Vi su pancita desnuda y sus patitas que se movían como las de un escarabajo incapaz de voltearse. Ladeó la cabecita y soltó un lengüetazo al aire.

—Podría… podría matarte —le dije. Y soltó otro lengüetazo.

Habría podido… habría podido un millón de cosas, pero lo que hice fue acostarme de lado, pegarlo a mi pecho y encogerme como una cochinilla. Él se acurrucó de nuevo junto a mi cuello y un par de lágrimas le llovieron desde mi mejilla. Se sacudió, pero volvió a pegarse a mi calor y yo al suyo. Se quedó dormido de inmediato. «Eres débil y estúpida», dijo mi Catrina, y yo lloré como la estúpida débil que soy, lloré y me estremecí quizá para ver si el perrito se despertaba y volvía a lamerme la cara, pero estaba tan cansado que dormía y toda su masita peluda se movía con cada respiración.

—Se fue —le susurré al perrito o al universo o a la nada—. Se fue de mi vida.

Quiero que el mundo explote y todos se mueran. Quiero que mi corazón explote para ya no sentir nada. Soy una estúpida. Como mi mamá. Creí que el amor y que el para siempre y que sus ojos y sus manos y su alma me salvarían. ¿De qué? Tal vez hay perros que crecen entre las espinas. Tal vez no hay que salvarlos a todos. Tal vez algunos deberían morirse.

—A mí me gusta el de los ojos verdes —dijo Armando. Estaba sentado en mi cama, acariciando a los bultitos de la caja. ¿Quién lo había invitado? ¿Qué se creía?

—Vete a hacer tu tarea o algo —gruñí.

—¿Te está bajando o qué? —preguntó.

—¿De dónde sacaste eso?

—Mi papá dice que así se ponen las mujeres cuando les baja.

Me incorporé y dejé al perrito dormido entre mis piernas cruzadas.

—Hazme un favor: no le creas nada a papá. Y nunca jamás seas como él, ¿va? Y ahora, lárgate.

—¿Estás llorando? ¿Por qué estás llorando?

—¿Por qué chingados te importa?

—¿Te acordaste de Morrison?

—¡Cállate, enano! ¡No sabes de qué hablas! —grité, y puse al cuarto perrito en la caja—. Llévatelos y déjame en paz.

—¡Ya casi te alcanzo, eh! Así que deja de decirme «enano». Y sí sé de qué hablo... Morrison también era mi perro. Tú crees que sólo era tuyo y que sólo tú lo querías, pero no. ¿Sabes qué? —Y levantó la caja—, eres la peor hermana del mundo.

—¡Lárgate! ¡No me interesa lo que pienses!

—¿Qué te pasa, eh? Estás asustando a los perritos. ¿Estás loca? —Y acercó su cara a ellos, como para decirles que todo iba a estar bien.

—¿Qué me pasa? ¡Que me quiero morir! ¡Eso me pasa! —me escuché chillar.

—¡Pues muérete! —dijo Armando.

—¡Pues tal vez me muera! Y cuando sea un cadáver, te vas a arrepentir de haber dicho eso.

—Hay peores cosas... —farfulló mi hermano, y se dio la media vuelta. Intentó cerrar la puerta de mi cuarto con el pie, pero no lo logró.

—¿Qué dijiste?

—Nada.

—¿Que hay peores cosas que qué? —exigí.

—¡Que hay peores cosas que ser un cadáver!

—¿Ah, sí, sabihondo? ¿Como cuáles?

—Como ser una zombi amargada.

—¿Yo soy una zombi amargada?

—Yo no dije eso. Sólo dije que hay peores cosas que estar muerto.

Ja. No es tan idiota, el chamaco. No había manera de que supiera que yo ya he estado bajo tierra y salí de mi tumba. Tampoco había manera de que supiera que dijo algo muy chingón. Digo, no es tan idiota, pero no es tan listo tampoco.

—¿Te puedo preguntar algo?

—Ya me preguntaste si me puedes preguntar algo. Ahora, lárgate.

—Esmeralda dijo que tú los encontraste y los salvaste, y que los vas a cuidar hasta que se vayan a Real —dijo Armando. Mentira y mentira, pero, a estas alturas, ¿qué importaba?

—¿Y la pregunta es...?

—¿Cómo puedes ser tan mierda y rescatar perritos a la vez?

—Uno no es una sola cosa —dije, citando a Mateus palabra por palabra—; sería muy aburrido.

—¿Ser mierda es divertido?

La vida es ridícula. Quería ser miserable, y un cachorro adorable me lamía la cara. Quería llorar hasta secarme, y mi estúpido hermano me hacía reír. Fuera, el mundo se caía en pedazos, pero por un segundo se me olvidó.

—A veces.

Armando se encogió de hombros (gracias por recordarme a Mateus de nuevo, enano) y se fue con todo y perritos. Alejen de mí lo hermoso, lo indefenso, porque lo destruyo. ¿Qué eres? Soy un virus, es cierto: una muerta viviente que se alimenta de la carne tierna de los vivos. La muerta viviente había huido a las once y media de la noche, cuando todos dormían y su padre ni había llegado, tras enterarse de que tratarían a las dos perritas de la misma enfermedad. Tras cenar en la cocina con su tía, su hermano y su madre, que le había dicho que estaba orgullosa de ella con los ojos llenos de lágrimas. Tras ver cómo algo se curaba en el alma de Olivia al tener a los cuatro cachorros dormidos sobre su regazo, tras ver a Armando actuando de nuevo como un niño, tras ver a Esmeralda llorar en silencio mientras le acariciaba el pelo a su hermana, a la que había recuperado una vez más. Y había pensado que era una desgracia no poder irse a dormir tras una noche tan perfecta.

Cuando llegué, Violeta puso las manos en la cintura y arqueó las cejas.

—Nuestra Nerata se dignó a venir. ¡Qué honor, ¿no, Catrinas?! —gritó, llamando la atención de la reunión entera hacia mí. Siempre le gustó el drama, así que caminó hasta las bocinas y apagó la música antes de continuar—. Hace rato me habló chillando que porque le daba miedo reprobar la escuela, ¿cómo ven? Dice que así no va a entrar a la universidad. ¡Quiere ir a la universidad!

Me abuchearon y chiflaron, y a mí se me erizó la espina dorsal. La miré fijamente, aunque estaba del otro lado del miserable local.

—Y me dijo que la gente como nosotros debería estar en la cárcel…

Chiflidos, aplausos y brindis.

—¡A huevo! —gritó Gonzo, y distinguí entre la bruma a Teresa, mi compañera de crímenes de la estación de camiones. Su expresión era indefinible.

—¡Le dio miedo! ¡Le dio miedo! —repitió Violeta con una voz chillona que provocaba arrancarle las cuerdas vocales con todo y garganta. Empecé a caminar hacia ella con esa intención en las manos, cuando Rafael se abrió camino entre la gente, con un cigarro en la boca, y volvió a prender la música. Violeta lo empujó y volvió a apagarla para seguir con sus estupideces.

—¡Me dijo que todo esto era una pendejada y que todos nosotros somos unos pendejos! —gritó a todo pulmón mientras miraba a su alrededor para asegurarse de que todos le ponían atención. Rafael prendió la música una vez más y, al segundo empujón de Violeta, le agarró las dos muñecas con una mano y no le permitió moverse.

—Ya cálmate, pinche loca —le ordenó. Se sacó el cigarro de entre los labios y le echó el humo en la cara a Violeta lenta, muy lentamente—. Cálmate —repitió.

Yo miraba el intercambio con el pecho rígido y la saliva congelada en la garganta. Violeta se agitó y buscó a Beto con la mirada; él seguía la escena, divertidísimo y sin la menor intención de intervenir. Rafa al fin la dejó ir, pero ella, humillada, le soltó una bofetada. Él parpadeó, le dio una chupada a su cigarro tranquilamente y después procedió a abofetearla con tal fuerza que se estrelló contra la mesa donde estaban las bocinas y las tiró al suelo. Volvió el silencio y la tensión se hizo mucho más tangible. Todos los presentes aguantaban la respiración, como antes de la patada final de un partido de futbol. Luli, la Catrina africana y regordeta, hizo ademán de ir a ayudar a su presidenta, pero Fausto

se lo impidió. Ninguna otra chica se atrevió a acercarse mientras mi mejor amiga recuperaba el equilibrio. Me lanzaba una mirada de odio hirviente, y yo intentaba ordenar lo que acaba de pasar en los anaqueles de mi cabeza. Rafa encontró una cerveza cerrada, la abrió, caminó hasta mí, me rodeó con los brazos y me dio un largo beso de telenovela que no pude ni rechazar ni devolver. Después me ofreció la cerveza y yo reaccioné, la tomé después de que la empujara contra mi mano.

—Perdón, güey —le dijo a Beto. Le pedía perdón por haber golpeado a su novia. Extraño procedimiento—, pero estoy hasta la madre de que esté inventando pendejadas de mi vieja.

Beto había asentido, en plan «pues sí, ni modo».

—Qué lindo tu novio que te defiende —farfulló Violeta. Entonces Beto se había decidido a intervenir. Había llegado hasta ella, la había agarrado de la nuca y la había arrastrado a una esquina del local, mientras le indicaba a Rafa que volviera a prender la música.

—Te calmas o te calmo —alcancé a escuchar que le decía. Ella se quejó de que no la defendiera, y él respondió que ella le había pegado a Rafa primero y que se lo merecía—. Tómate otra chela y bájale, que estás jodiendo la fiesta. —Fue la indicación final, tras la cual Violeta había bajado la mirada como una niña castigada.

Rafa había cumplido con su parte y ahora me tocaba a mí, así que había sonreído, había encontrado la voluntad para besarle el cuello y tomarme una cerveza de un trago, como novia de Rabioso que era. Extraña infidelidad esta, mi amor, en la que elegiste que mis traiciones ya no te ensucien y entonces me revuelcan a mí en lo más profundo del pantano. Quisiera arrancarme la carne que él contamina y mandártela envuelta para regalo, aunque ya no la quieras. Minutos después, Violeta había resurgido de entre el mar de baba que son sus besos con Beto, y su odio parecía haberse

esfumado. Se había pegado a mí, me había dicho en el oído que me adoraba, que no quería que la dejara, que no le había gustado que le dijera que el club era una tontería, etcétera, etcétera.

Cuéntame los pensamientos que te rodean
Quiero mirar dentro de tu cabeza

—¿Ya tienes el dinero? —susurra ahora en mi oído, y me recorre un escalofrío que nada tiene que ver con sus labios calientes ni con las manos de Rafael, que me manosean robóticamente para que sus amigos lo vean. La razón del escalofrío es que, un minuto atrás, había sonado ebria al borde de la inconciencia y ahora suena perfectamente sobria y filosa como una navaja suiza.

—No —respondo.

Violeta se mete entre Rafa y yo como una serpiente borracha, y se pone de puntitas para verme a los ojos.

—¡Vela, cabrón! ¡Ya me robó a mi vieja! —exclama «mi novio», caballero defensor de mi virtud. Ja.

—Déjalas, güey. Tómales fotos y las subimos a internet —dice Gonzo.

Supongo que Beto no está poniendo atención porque habría amenazado, amablemente, con romperle el hocico. Aresté está sentada sobre su regazo. Mira al frente, a algún punto indefinido. Suele perderse así, y suelo imaginar que viaja a una dimensión alterna donde hay otras hadas como ella, de pelo rosa, morado y verde. Rankai está hincada en el suelo dibujándole a Aidalani un exótico diseño en el hombro con un marcador permanente. Parece que no hubiera pasado nada, que no hubiera habido bofetadas ni escenas de duelo como del Viejo Oeste. El local huele a carne, a perro, a cerveza, a meados, a humo de cigarro y de mariguana. Luli/Zulu y Fausto están bailando junto a otras parejas que no conozco. Héctor y Mario azuzan al Negro con un trozo de cuerda, y

él muestra los dientes. Nada de esto parece real, aunque el sudor ajeno se pegue a mi ropa, aunque el humo se me meta por los ojos y se me avinagre la piel.

—Te dije que lo necesitaba hoy —susurra Violeta, como si, en vez de pedirme dinero, estuviera intentando seducirme.

—No pude sacarlo. No tengo lana —digo, con la lengua floja por culpa de la cerveza.

—¿Y qué quieres que haga? Me prometiste, amiga. Me prometiste.

Su manera de decir «amiga» me provoca otro escalofrío, y a la vez estoy cansada de que la gente alrededor me esté cobrando cosas. Acabo de darme cuenta del poder que tienen las Catrinas como institución: con sólo estar aquí, vuelvo a ser Nerata. Es casi inmediato, como si subiera al escenario y comenzara a actuar un papel. Todo lo que creía, todo lo que planeaba, todo lo que había recuperado de mí con tanto trabajo se desvanece en cuestión de minutos. Y eso me encabrona.

—Pues no sé.

—Le dije a Beto que lo íbamos a tener. Nos va a matar.

—¡Pues que nos mate! —exclamo. Le robo a Violeta su cerveza y me la acabo de un trago.

—¡No es broma!

—¿Qué quieres que te diga? Yo ya estoy muerta —respondo.

Le arrebato a Rafael su cerveza y me la tomo también. Por mi garganta pasan el alcohol y la saliva de mis supuestos amigos, sus mentiras y traiciones. Somos uno mismo, ¿no? Una misma escoria. Hermanos de inframundo, destructores de lo bello. Todos aquí. Teresa, con sus ojitos de niña y su pelo de hada; Luli, con su cara de buena gente y su nariz rechoncha; María Karina, que ya se creyó dibujo animado japonés, y Ana Lidia, con el raro sufrimiento que esconde detrás de su cara de caballo. Nosotras y ellos: todos tenemos la culpa de algo, menos el Negro. Beto lo obliga

a beber cerveza y luego le golpea los costados, como si fuera un boxeador antes de una pelea.

—¡Es un gladiador, cabrones! —grita. Algunos levantan sus vasos y brindan por él. Las mujeres aullan en aprobación. «Gladiadora»: así me dice Esmeralda. Me pongo en cuclillas y entre el humo y las piernas de la gente alcanzo a ver al Negro. Está encadenado y su morro está salpicado de sangre ajena, pero, si ves con cuidado, encontrarás el miedo habitando sus ojos. Encontrarás que él no quería enseñar los dientes, pero que no tenía opción. Encontrarás que el Negro y tú tienen muchas cosas en común.

«Buzón de voz. El mensaje se cobrará…».

—Ya sé que no vas a escuchar este mensaje, pero ni modo. Me imagino que estás del otro lado de la línea oyendo y encoges los hombros, como siempre. Como si fuera uno de tus silencios de amor y no uno de odio. No sabes cómo me duele tu odio. No tienes ni puta idea. Y cómo me duele mi amor.

De pronto, me siento extenuada y me dejo resbalar por la pared hasta sentarme en el suelo. Ojalá el teléfono fuera más grande para poder abrazarlo, como a un peluche o a tu brazo, Mateus.

—Es verdad que del amor al odio hay un solo paso, ¿ves? Yo nunca confiaba en los refranes, pero este es cierto: hay un solo paso y tú ya lo diste. Y yo me quedé sola como un perro. Como el Negro, que es un perro que seguro era de alguien. Como Morrison. —Y sólo recordar su carita de angelito rompe el dique y me pongo a llorar. ¿Habrá alcohol en estas lágrimas? Ojalá me quemaran los ojos.

»Alguien está llorando por el Negro, que seguro se llamaba de otra manera. Yo también me llamaba de otra manera. Como tú me decías. "Preciosa". O "niña". O "cielo". O Renata, dicho con amor.

Ahora todos me dicen "Rata". Y me lo merezco. Soy una patética. Ya me imagino la cara que harías si me vieras ahorita. —Me miro desde fuera y me dan ganas de vomitar—. O no, ni me la imagino, porque nunca me la hiciste antes. Porque creíste que era otra cosa. Soy la típica que le habla al perdido cuando ya lo perdió y entonces le cuenta todo. Que sólo dice la verdad cuando está borracha. Dicen que los niños y los borrachos dicen la verdad, ¿no? Y tú querías algo real. Algo real: estoy fuera de una bodega de mierda, en un lugar horrible, y está el Negro que va a matar o a ser matado. Pero así es la vida, ¿no? Un día estás en una cama calientita y todos te quieren, y al día siguiente estás en una jaula y te avientan carne cruda. Así. —Mi pecho se estremece.

»¿Sabes lo que es una Catrina? Claro que no sabes. Es la mayor pendejada del mundo. Es un montón de viejas locas que se hacen tatuajes y se cortan y se entierran vivas y asaltan a la gente, porque creen que es *cool*. Eso soy. Porque me dijeron que fuera eso y yo les hice caso. La gente como yo está en la cárcel, en otros países. Aquí nunca pasa nada. Nada de nada de nada…

Y no sé cuántas nadas más digo, pero con cada palabra me desinflo un poco más hasta que quedo vacía y se siente mejor estar vacía que estar llena de nada y nada y nada.

—No sé. Te amo. Es lo único seguro que hay en mi vida. Que te amo y te voy a amar para siempre. Y ya sé que me pediste que te deje en paz, y si yo fuera tú, haría lo mismo. Y ya. Te voy a dejar en paz. Si un día me perdonas, aunque sea dentro de cien años, dímelo, o mándame una carta o un *mail* o lo que sea, aunque sea dentro de cien años. Porque te voy a seguir amando. ¿Okey? Okey. Ya voy a colgar.

Y no hay nadie del otro lado de la línea que me pida que no cuelgue. Y eso es terriblemente terrible, y me pongo a llorar otra vez, agitándome como el globo desinflado que soy. Veo el botón para terminar la llamada y no me atrevo. Porque es un nuevo adiós

y vuelve a doler. Acabo de darme cuenta de algo, gallego: serás la despedida que nunca se acaba. Nuevo acceso de llanto grabado para la posteridad en el buzón de Mateus.

—¿Por qué llora mi amiguita linda?

El susto hace que suelte el celular y este vuela por los aires. Es Violeta. Está a un par de metros, mirándome, con la cabeza ladeada. Quiero moverme, pero no siento mi cuerpo; en lugar de eso, siento al aire de alrededor girando en sí mismo. Un torbellino. ¿Hace cuánto que está ahí? No tengo la menor idea.

—¿Qué pasa, Nerata? —Y empieza a caminar en mi dirección con ojos burlonamente tristes y un exagerado puchero en la boca—. ¿Quién te puso tan triste? Dime quién, y lo mato. Eso hacen las amigas. Las almas gemelas.

Ahí están sus piernas de anoréxica enfundadas en pantalones de falsa piel, sus hombros huesudos asomando por su playera sin mangas, la cabeza rapada y las ojeras profundas. Parpadeo. Mi dolor sigue aquí. Estoy despierta y eso que está ahí es mi mejor amiga. Parpadeo. Un chico de la clase de programación no tiene visión periférica y su cerebro completa lo que él no puede ver con lo que recuerda haber visto. Creo que he estado haciendo eso con Violeta: inyectándole carne a sus huesos, coloreando sus mejillas, trenzándole el ausente cabello. Un fantasma viene hacia mí, y no da miedo, sino pena. Estoy llorando otra vez.

—¿Qué te pasó? —me oigo preguntar. Se pone en cuclillas frente a mí y me mira, extrañadísima.

—¿A mí?

—Sí… eras la más bonita —digo, y un carrusel de imágenes gira en mi cabeza: Violeta sonriendo después de que uno de sus alaridos hiciera llorar a más de uno en el jardín de niños. Violeta fabricándose un parche de pirata y conquistando mi cama en una noche de piyamas. Violeta escupiendo las papas con chile por reír a carcajadas en el patio del colegio. Violeta y yo en una de los

cientos de fotos que nos hemos tomado. Violeta escondida en mi clóset. Violeta y yo en nuestra Isla.

El fantasma sonríe como payaso de película de terror.

—Y tú crees que ahora tú eres más bonita, ¿no? —pregunta.

Su aliento de tequila y cigarro se queda flotando entre las dos. Me cuesta entender lo que quiere decir. Me cuesta entender cualquier cosa: la vida es ridícula. Violeta recoge mi teléfono del piso y activa la cámara. Pega su cara a la mía y siento su pómulo acuchillando mi mejilla. Nos toma una foto y me la muestra—. ¿Tú crees que estás bonita en esta foto?

Me busco en la pantalla del celular, pero no me reconozco en ninguno de esos dos rostros. El teléfono emite un sonido. Un mensaje. ¡Mateus! Escuchó mi babeante confesión. La vida puede mejorar.

—¡Mensaje nuevo! —dice Violeta, y se pone de pie con mi teléfono en la mano. Yo me incorporo con bastante trabajo, pero el torbellino y la cerveza me hacen tambalear—. ¡Qué lindos! —exclama, tan falsa como sus pestañas de plástico. Me muestra la pantalla, y ahí está la cajita con los cuatro cachorros envueltos en una toalla. El mensaje, de Esmeralda, dice: «Gracias por salvarnos». Nunca me había dicho algo tan cursi; creo que mi mamá y ella se pusieron de acuerdo y van a usar el tema de los cachorros para insistir en la responsabilidad y devolverme al camino «correcto». Esta noche los bebés duermen en su cuarto, mañana me tocan a mí.

—Dámelo —le exijo a Violeta con el brazo estirado.

—¿Con quién hablabas?

—Con mi tía.

—No me mientas. No me mientas, porque te conozco. Y porque las Catrinas no tienen secretos.

—No te estoy mintiendo. Ya viste la foto. Hoy rescatamos a seis perritos. Te lo dije cuando te hablé, ¿no te acuerdas? Y

las hembras son una negra con blanco y una blanco con negro, como…

—Como de yin y de yang, sí, muy hermosas —se burla con voz aniñada—. ¿Y por qué llorabas?

—Porque están enfermas. Las dos. —Y busco los ojos de mi amiga; pero están lejos, hay nubes dentro de ellos y no me ve.

—Ah, están enfermas… —repite, y empieza a ver cosas en mi teléfono.

—Como tú y yo, Violeta.

—¿Estás comparándome con un perro?

—Ya sabes qué quiero decir.

—Y tú ya sabes que no me llamo Violeta. Ya te lo dije mil veces —dice. Baja el teléfono y me mira con esos ojos que no reconozco.

—Las mismas mil que yo te dije que no me dijeras «Rata».

—Yo soy la presidenta. —Y da un paso que pretende ser amenazante, pero Violeta parece una muñeca de papel, de esas a las que uno viste y desviste doblando las esquinas de las prendas.

—Ay, amiga —suspiro—, ¿la presidenta de qué?

—«Ay, amiga» —me imita—. La presidenta de lo único importante que vas a hacer en tu vida. No mames, Rata. ¿La universidad? ¿De qué hablas? Y ahora andas con las mismas pendejadas que tu tía tortillera. Agarrando perros pulgosos, porque a la pobre niñita se le perdió su perrito hace como mil años. ¡Madura, Rata! ¡No vas a ir a la universidad! ¡No vas a hacer nada! ¡Y a tu perro seguro se lo comieron en unos tacos!

No le des el gusto de llorar por ese golpe tan bajo, pero tan, tan barato, Renata. Te llamas Renata. No le des el gusto.

—¿Vas a llorar? ¿Vas a llorar? —grita, y empieza a tomarme fotos con mi teléfono. La vida es ridícula. Triste, cruel y ridícula—. Sabes que tengo razón. Siempre te creíste mejor que yo, pero somos igualitas. ¡Igualitas! Sabes que tengo razón. Sabes que no vales

nada y que nadie te va a querer como yo te quiero. Por eso te vas a quedar conmigo. Porque, si no, te vas a quedar sola. Porque sí te quiero, ¿eh? Todo es por tu bien. Vas a ver. Vas a ver. ¡Sonríe!

Y entonces pasa algo: sonrío. Porque la vida es triste, cruel y ridícula. Porque esa mujer que está gritando como una demente está hablando de sí misma, no de mí, y no puedo creer que me tomó años entenderlo. Le arrebato el teléfono y la miro con tristeza.

—Estás bien jodida, ¿verdad?

Enmudece. Sus manos siguen en la misma posición que cuando tenía mi teléfono.

—Estás jodida y quieres que yo esté igual. —Y al escucharlo suena tan cierto que hasta a mí me duele—. ¿Quieres esto? ¿Esta vida? Dale. Pero yo ya no te debo nada —digo, y mi lengua no se atora: las frases salen clarísimas, limpiecitas. Me bajo del escenario y empiezo a caminar hacia afuera. Ojalá pueda salir antes de que Violeta reaccione y me apuñale por la espalda.

—¡Escuché todo, estúpida! ¡Ya sé con quién hablabas! —chilla, y yo tengo que apretar los labios para no contestar nada y apretar el paso para no regresar—. ¿No me debes nada? ¡Las traiciones se pagan, amiga! ¡Regresa! ¡Eres una cobarde! ¡Rata! ¡RATA!

Llego a la calle y no sé si ella sigue gritando o si yo la sigo escuchando dentro de mi cabeza.

CUARENTA Y NUEVE

Inhalo. Exhalo. Inhalo. Exhalo. Miro por el espejo retrovisor otra vez: no hay ningún ejército de Catrinas persiguiéndome. Ningún convoy de motocicletas rodeándome. Se acabó. Este capítulo se acabó. Y estoy viva. Quisiera acelerar, pero la carcacha no da más, y mi huida a cuarenta kilómetros por hora no es muy cinematográfica que digamos, pero dramática es. Sí que lo es. Me repito la última hora en la cabeza y todo parece increíble: que Rafa me haya defendido, que Violeta me haya amenazado, que yo me haya ido. No me hubiera esperado ninguna de las tres cosas, pero heme aquí, con el cordón umbilical cortado a ras y el corazón petrificado. Petrificado, pero no muerto: no soy una zombi. Estoy viva. Lo sé, porque todo me duele, porque mi cerebro sigue funcionando y haciendo las cuentas de todo lo que he tenido que perder para estar aquí, en el Periférico a las dos de la mañana, libre, rota, pero libre.

¿Qué sigue? La pregunta aparece en cada semáforo, pero por ahora no tengo respuestas, sólo luces verdes: adelante, sigue adelante, no pares.

—Te fuiste —digo en voz alta, y miro mis ojos reflejados en el retrovisor.

Una cuadra más y me busco la nariz, la boca. Soy yo. Sigo siendo yo, de alguna manera incomprensible. El tatuaje de Catrina me hace cosquillas en la espalda. Tiene el cabello de Violeta, el alma de Violeta. Del otro lado de la ciudad, yo estoy habitando su piel. «Me bajé del convertible, amiga. Perdóname. Te solté la

mano. Perdóname. Ojalá fuera tan simple como "queríamos diferentes cosas". Ojalá pudiéramos inventarnos un perdón para las cosas que nos hemos hecho, querida Violeta, querida maldita hija de puta. No habrá perdón y no habrá olvido: nos marcamos para ser una promesa y ahora seremos una herida eterna en la carne de la otra. Cuando me vea, te veré; cuando te veas, me verás».

Sí: conocimos juntas el inframundo, pero yo soy una turista y tú pediste la ciudadanía. Me enseñaste de traición, de dolor y de mentiras. Y yo aprendí que la miseria está en todas partes, sólo hay que remover la basura y recolectarla. La felicidad, por otro lado, crece en lugares más altos y hay que atreverse a subir. Hay que cargarse los huesos y quitarse el miedo. Y eso cuesta. Cuando te han enseñado a mirarte sólo los pies, eso cuesta. Cansa. Tú no tienes fuerzas, pero a mí me gusta correr. No corro por cobarde; corro porque creo que voy a llegar a alguna parte. No corro por cobarde, tengo que repetírmelo. A veces hay que irse y esa es la victoria.

Bip. No serás tú, Mateus. Lo sé. Puedo sentirlo. Lo entiendo, aunque eso acabe de romperme: tú me dijiste adiós, yo le dije adiós a ella. Quizá algún día ella le diga adiós a Beto. ¿Quién? ¿Mi mamá, que se dio cuenta de que no estoy? ¿Esmeralda, con otra foto de los cachorros? ¿Violeta, con alguna maldición inventada? Me estaciono frente a mi casa y apago el coche. Me limpio las lágrimas que han estado fluyendo sin parar y respiro hondo.

No. No, no y no. Ya no quiero ver tu nombre, Rafael, ni saber nada de ninguno de ustedes. Sí: todos son «ustedes». Los de allá. Los que no son yo. No, no y no.

Mi corazón empieza a bombear adrenalina. Alguna vez Violeta se había quejado de que uno de sus novios había decidido terminar con ella y había bloqueado todo contacto. «No es justo. Si la relación es de dos, los dos tenemos que querer terminar. Yo tengo que estar de acuerdo», había clamado. No. Si uno quiere irse, se va. Esas son las reglas del mundo. Esas tienen que ser. Yo ya me fui; lo que haya pasado después no me interesa.

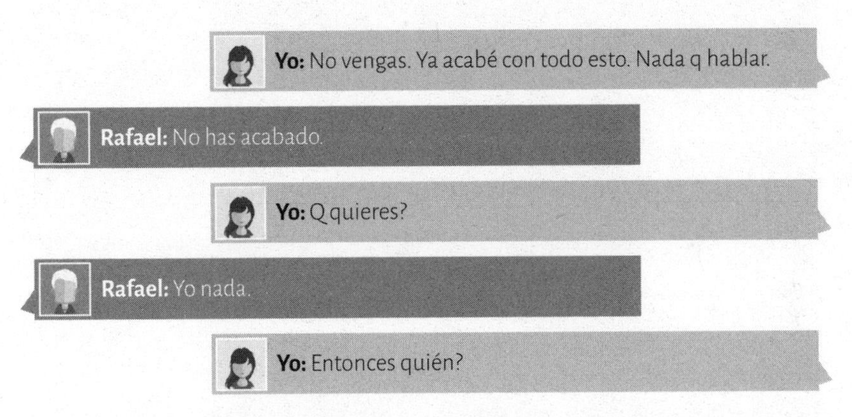

Puta madre. Quiero apagar esta película, pero sé que no puedo.

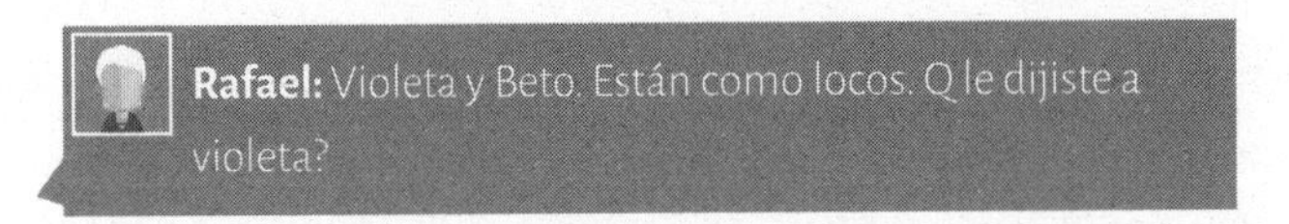

Que se fuera al demonio, eso le dije.

La sangre abandona mi cara, baja hacia mi pecho, el frío me invade. ¿Despierto a mis papás? ¿Les digo que luego les explico y saco a todos de la casa? ¿Llamo a la policía de todas maneras? ¿Traigo un cuchillo de la cocina? ¿Qué? ¡¿QUÉ?! No hay tiempo. Bajo del coche, entro a mi casa y subo las escaleras de puntitas. Puta madre. La voz de Violeta diciendo: «No me puedo salir. Y tú tampoco». Puta madre. Una pistola *de verdad* camino a mi casa. Donde duerme Olivia. Donde duerme Armando. Donde duermen

Esmeralda y los bebés. Y el cabrón de mi papá, vale. Piensa, piensa, piensa. ¡Piensa! Tú te metiste en esto, ahora te sacas. Eres una pendeja que… ¡no! No hay tiempo para eso. La computadora se está encendiendo. Ahí va. Lenta, muy lentamente. La *laptop* que mi papá tiró por el barandal habría sido años luz más rápida. A ver, ¿recuerdas cómo se hacía? Sí. ¡Argh! Los dedos se me enredan. Inhala. Exhala. Haz esto y hazlo pronto. Crear cuenta de Digimoni con *e-mail* falso. Entrar a la cuenta de banco de mi papá desde la otra IP. Vamos, vamos, *tic-tac*… Aquí todos duermen como si no hubiera nada qué temer. Transferir. Cinco mil pesos. ¿Concepto? Puta madre. Nada. Dejo el espacio en blanco. Esto no va a pasar desapercibido; tarde o temprano tendré que explicarles todo. O algo, al menos. Dinero viaja a Digimoni. *Tic-tac*. Entrar a Digimoni. Transferencia a mi cuenta: *¡bip!* NOTIFICACIÓN DE TRANSFERENCIA ELECTRÓNICA. Elimino la cuenta virtual, borro el historial, apago la computadora. Ahora hay que ir a un cajero electrónico.

Yo: Dile a Violeta q ya tengo el $. Q nos vemos en nuestra isla. Ella sabe dónde.

Bien, bien pensado, Renata. Que no se acerquen a tu casa. Inhala. Está bien: sólo quieren el dinero. Exhala. Como cuando acaba una película, salen los créditos y después aparece una pequeña escena que nadie se esperaba. Está bien: te quedas a ver la escena final, pero ya tienes tu basura en las manos, tu bolsa cruzada en el pecho y tu gorro puesto. Estás lista para salir corriendo. Una última corta, cortísima escena. Vuelo escaleras abajo tras apagar la computadora. Tic-tac.

—¿Olivia? ¿Eres tú?

Puta madre. Es mi tía. La desperté. ¿Qué hago?, ¿qué hago?... Si me voy corriendo, se quedará nerviosa, saldrá a ver quién es y escuchará que cierro la puerta de afuera. Me asomo al estudio y escucho los chilliditos de alguno de los bebés.

—Soy yo —susurro, fingiendo voz de dormida. Apesto a fiesta de bodega y estoy totalmente vestida, así que espero que Esmeralda no tenga los ojos muy abiertos—. Bajé por agua. Vuélvete a dormir.

—¿Qué hora es? —pregunta.

—Como las tres. Duérmete. Perdón por despertarte.

Duérmete ya, que *tic-tac*.

—Tú no me despertaste. Me escribió Ángela hace rato. Me voy a tener que ir pa' Real al rato.

—¿Quién es Ángela?

Tic-tac. Si se desesperan, Violeta los guiará hasta acá.

—La chica que me ayuda con los perros. Ya te conté de ella... —Y bosteza y se rasca—. Parece que una vecina fue a amenazar con llamar a la perrera de por allá, que porque estaban haciendo mucho ruido o algo así. Me voy a regresar y ya que esté el permiso vuelvo a venir.

—Bueno. Pues yo me voy a dormir, tía. Mañana nos despedimos.

Empiezo a cerrar su puerta.

—¿No que ibas por agua? —susurra.

—Eh... ya fui. Me la tomé en la cocina.

—Ah.

Tic-tac. Uno de los perritos está roncando. ¿Cómo andarán las dos hembras, el yin y el yang? ¿Estarán en la misma jaula o las habrán separado, como a nosotras nos separó la vida? ¿Se salvará alguna de las dos? Me pregunto cuál soy yo, si la blanca con mancha negra o la negra con mancha blanca. ¿Quién es más malo? ¿El que tiene cerebro para escoger y escoge la maldad o el que ni

siquiera tiene elección? Si alguien nace malo o no tiene de otra, ¿se le puede juzgar por eso? En otras palabras: ¿quién se iría primero al infierno, Violeta o yo?

—Mañana se vienen conmigo a Real —dice Esmeralda, y señala a los cachorros en la oscuridad. Están acurrucados junto a su pecho—. Llévatelos pa' que los veas un ratito, aunque sea.

—No… está bien. Que se queden contigo, tía.

—Quién sabe hasta cuándo los vuelvas a ver. Ándale, llévatelos, que te va a hacer sentir bien ver las vidas que salvaste. Hazme caso.

—No, de veras. Ya me voy a dormir.

Se incorpora, levanta la toalla con los cuatro perritos envueltos y me la pone entre los brazos. Están calientitos y deliciosos, y en este momento daría lo que fuera por poderme ir a dormir con ellos y ver sus caritas al despertar. Y bañarme, irme al colegio, pelearme con algún maestro, comer un sándwich, esperar la llamada de mi novio… Lo que hace la gente normal, supongo.

—Vas a dormir mejor que nunca con ellos, créeme. Y los vas a ver antes de irte a la escuela —agrega, como si me hubiera leído la mente—. Ahora ya, fuera de aquí, que tengo que dormir unas horas antes de irme hasta Real.

Me empuja fuera del estudio y cierra la puerta. Me quedo con el paquetito en los brazos y uno de los bebés despierta: el mismo latoso que me había quitado de encima horas antes. Me mira con sus ojos redondos y brillantes, y me sonríe. Juro que me sonríe. *Tic-tac.* ¿Ahora qué demonios hago? Si los dejo en mi cuarto y empiezan a llorar o hacen algún destrozo, tendré que dar más explicaciones. ¿Qué hago?, ¿qué hago?… *Tic-tac.* Escucho los ronquidos de Esmeralda y me escabullo hacia la cocina, abro con cuidado, y unos segundos después estoy en mi coche. Soy una escapista profesional: lo logré dos veces en una misma noche. Felicidades a mí.

Los cachorros van dormidos en el piso del lado del pasajero. Todos menos el pequeño demonio aquel. «¡Duérmete, demonio!

Duérmete». Salta a mi regazo y empieza a morder el volante, pero sale volando cuando lo giro camino a la gasolinera más cercana, donde está el cajero electrónico. Sacude la cabeza y le gruñe al volante. Se pone en posición de ataque y se lanza contra su enemigo y contra mí; por estarlo viendo, me vuelo un tope. Todos rebotamos, pero los otros tres perezosos vuelven a lo suyo de inmediato. Bajo a la gasolinera, meto mi tarjeta en el cajero y... ¡clave equivocada! Vamos, dedos, vamos, concéntrense. Sólo una escena más, una y ya, podemos empezar a ver otra película. *Tic-tac.* Pareciera que todo avanza más lento de lo normal. La máquina escupe los billetes con taaaanta calma que me dan ganas de hacerle una cirugía de emergencia con un bat. Listo. Un oscuro instinto me lleva a romper mi tarjeta en diez pedazos e irlos soltando poco a poco por la calle. El pequeño demonio está asomado a la ventana. Esperándome. El pequeño demonio me saca una sonrisa. «¡No, Pequeño Demonio! ¡No ahora!». ¿Es «Pequeño Demonio» un nombre demasiado largo para un perro? A ver, Renata, paso a paso.

Argh. A mi coche le cuesta encender. Vamos, vamos, vamos. Estoy a tres cuadras de la Isla, o sea, a cuarenta segundos; pero supongo que en tiempos de perro eso es como una hora y le basta a Pequeño Demonio para echarse una siesta sobre mis piernas. Ahí están los tres: una Catrina, un Rabioso y un... ¿Enmascarado? Aunque tras el madrazo que le metió a Violeta, nadie podría dudar que Rafael, enamorado o no, gay o no, es igual de negro e igual de rabioso que los demás. Quizá su rabia se alimenta, justamente, de ese amor, de esas máscaras que no logra quitarse. Exhalo. Todo va a estar bien: ya prendieron las luces del cine, estoy a punto de irme. Ya casi, ya casi. Me quito a Pequeño Demonio del regazo y lo acomodo junto a sus hermanitos. Los cuatro duermen apaciblemente. Inhalo. Exhalo. Acabemos con esto y volvamos a la cama.

—Ahí está la perra —dice Violeta.

Está parada en el centro de la Isla y no parece borracha sino, más bien, sobrecafeinada. Beto parece aburrido. Escupe en el suelo. Rafael mira alrededor nerviosamente y me saluda con una levísima inclinación de cabeza. Inhalo. Cruzo la avenida, vacía a estas horas, y una ola de recuerdos me revuelca y me quedo sin aire por un instante. La Isla, la fortaleza, las cartas enterradas bajo los pies de esa mujer que, siendo la mitad de mi alma, se convirtió en mi peor enemiga. Fuerza, Renata. Fuerza. Exhalo. ¿Cómo va a funcionar esto?

—Dame el dinero, Rata —dice Violeta.

Ah, bueno, pues así es como va a funcionar. Alzo las manos como si esto fuera un asalto, porque es, de hecho, un asalto. Amigable. Como esa vez que fui a correr a Chapultepec una mañana y un tipo me ofreció unas paletas. Cuando decliné, me dijo, amistosamente: «¿Preferirías que te asalte?». No. No saquen la pistola, no necesito verla. Saco el dinero de mi bolsa de atrás y me acerco lentamente.

—Aquí está, ¿okey? Aquí está todo.

Violeta voltea a ver a su amo y, cuando él autoriza, da unos pasos en mi dirección. Rafa sigue mirando a todas partes y me pone más nerviosa. Más. Le tiendo el dinero a Violeta y me doy cuenta de algo: ya no es Violeta. De alguna manera, ella lo sabía cuando exigía que le llamara por su otro nombre. Sí, ya no es ella. Ella se perdió; la mató esta pobre loca de treinta y ocho kilos y cara de esqueleto. Me arrebata los billetes con sus dedos huesudos y sale corriendo hasta Beto. Le da el dinero, y él lo cuenta y se lo guarda.

—Listo. Ya. Ahí lo tienen. Que les vaya bien, vayan con dios, o lo que sea —digo, y empiezo a retroceder. Puedo oler las palomitas frescas fuera. Estoy a punto de salir de la sala oscura, a punto.

—Ni madres —dice Beto, y mi columna se congela—. Necesitamos cinco más.

—Ya, güey, déjala que se vaya —dice Rafa.

—¿Que la deje? Pinche puto. Creí que te gustaba —dice Beto.

—Pues no tanto, güey. Ya me dio hueva —declara, intentando sonar aburrido, y comprendo que, de ellos tres, él es el único que no me pegaría un tiro en la cabeza, aunque no sé muy bien por qué.

—Como quieras, güey, pero que nos dé cinco más. Es la cuota de salida —dice Beto, y aunque sigo sin ver la pistola, sé que me siguen asaltando. Amigablemente.

—No hay cinco más —digo. Sé que de ceder ahora, viviré el resto de mis días temiendo una llamada o una visita. Si hay cinco, habrá diez o veinte más. Para siempre. Y, además, no hay.

—Ya sabemos dónde vives, güerita. Necesitamos otros cinco.

—No tengo. Es la verdad. —Y mis pupilas buscan a Rafa—. En serio. No tengo ni un peso más. Tomen eso y ya, nos vamos en paz.

Beto da un paso al frente y me barre con la mirada. Luego cruza los brazos.

—No.

Tovelia lo mira, sorprendida, y, un segundo después, ella también da un paso al frente y se cruza de brazos. Patética.

—Pues, ¿cómo le hacemos? —E intento que mi voz suene tranquila: los predadores huelen el miedo—. Se los daría si tuviera, pero, neto, no tengo.

—¡No le creo nada! ¡Pinche mentirosa! ¡Es una mentirosa! —le dice Tovelia a Beto. Quiere provocarlo, lanzarme a su bestia.

—De veras, ami… —Sí, estuve a punto de llamarla «amiga». Viejas costumbres—, Tovelia. De verdad. ¿Diez mil pesos? ¿De dónde los sacaría? Si tuviera diez mil pesos sería una vieja muy feliz. Conseguir los cinco estuvo cabrón. A ver, ¿de dónde los sacaron las demás? ¿De dónde?

—¡Las demás! —se burla Tovelia, y luego finge una serie de carcajadas que ni ella se cree—. ¿Cuáles demás? Sólo a ti te cobré. Eso y lo de la iniciación.

De por sí ya tenía un montón de puñales clavados en la espalda: esto último no es un puñal, sino un empujón. Mi mejor amiga me empujó contra la pared y todos esos puñales se clavaron más dentro. Megaauch.

—¿Crees que a todas las enterré vivas y las puse a desfilar desnudas por la ciudad? ¡Ja, ja! No puedo creer que toda la vida te hayas creído la más inteligente de las dos. Eres una pendeja. ¡Una pendeja! —grita, y ahora sí me pregunto si está drogada: sus ojos son los de una loca.

—Qué hija de puta. —Me oigo decir, y alcanzo a ver que Beto sonríe, orgulloso.

—Que te dé su tarjeta. Vamos a ver su bolsa. Seguro tiene más —le dice Tovelia a su amo. Es tan extraño… Ella sabe perfectamente que no tengo más. Me conoce. Conoce a mi familia. Sabe que no tenemos mucho dinero y que, si lo tuviéramos, mi papá no me daría diez mil pesos para mis chicles. Mi bolsa, que estratégicamente dejé en el coche, trae mi cartera con cien pesos y las llaves de mi casa. Nada más.

—Ve, güey —le ordena Beto a Rafa.

—Ve ¿qué?

—Ve. Ve a ver qué más trae, pendejo. Trae su tarjeta.

—Ya, Beto, ya tenemos cinco más. Déjala que se vaya, cabrón. Su familia no es de lana.

—¡Que vayas, pendejo! —Y lo empuja. Rafa trastabilla y viene hacia mí. Estoy sudando. ¿Y si corro hasta el coche y me escapo? No… no puedo arriesgarme, con el tema de la pistola. Y, además, saben dónde vivo. Esto tiene que acabarse aquí, hoy, ahora mismo. Levanto las manos y giro sobre mi eje.

—No traigo nada más —repito.

—Dónde está tu bolsa —dice Rafa.

—No traigo bolsa. Traía la lana y ya.

—¡En el coche! ¡Está en el coche! —chilla Tovelia, y Rafa me mira con gesto de «lo siento, pero yo sólo sigo órdenes». Niego con la cabeza, decepcionada, y permito que me escolte hasta el coche. Saco la bolsa por la ventana, mientras él espera, y se la tiendo.

—Aquí está su cartera, güey. Tiene cien pesos. No hay tarjeta ni nada —anuncia Rafa.

—Pues nos llevamos el carro, güey.

—¡Sale, Beto! Y mañana lo reporta robado. No mames.

Por un instante, todos callan. Nadie sabe cómo continuar: si no hay, no hay. Tal vez me dejen ir, al fin. Por favor, por favor, déjenme ir, porque estoy a punto de quebrarme. Inhalo.

—Pues que nos lleve a su casa, cabrón. Y que consiga más lana. Eso le pasa por no ser precavida.

Y empieza a caminar hacia mí. Tovelia lo sigue con una sonrisa de triunfo en los labios. Ella conoce a mis papás. Conoce a mi hermano. Esa casa siempre fue para ella un refugio, ¿y ahora quiere asaltarla? Vale: somos enemigas. Ya no nos queremos. Pero…

—A mi casa no, Vio… Tovelia. Te lo ruego. Esto es entre nosotros. No los metan. Te lo ruego. Te lo ruego.

Violeta ladea la cabeza. Está feliz de tenerme suplicando. Radiante.

—¿No que odiabas a toda tu familia? ¿O eso también era mentira? —pregunta. Luego mira a Beto—. Vamos.

—La adrenalina se convierte en lágrimas y empiezan a empujarse unas a otras hasta que estoy ciega.

—¡Por favor! —suplico—. ¡Por todos los años que fuimos amigas! ¡Si alguna vez me quisiste…!

—¡Si alguna vez te quise fue por idiota! —grita, y comienza a jalonear a Beto—. ¡Vamos!

—A ver, mamacita, ¿quién da las órdenes aquí? —le dice Beto, y se suelta de sus raquíticos dedos. Ella mira al suelo y, ¡ay!, qué triste, no la deja mandar ni siquiera en esta situación. Me burlaría, si no fuera porque estoy muriéndome de miedo—. O mejor nos la llevamos —propone Beto—, ¿cuánto crees que pagaría tu papi por ti?

Me quedo sin voz y sin oxígeno. Mi pecho es de piedra y creo que voy a desmayarme. Inhala. ¡Inhala! No puedo.

—¡No mames, güey! No la vas a secuestrar. No somos criminales, güey.

—Oye, ¿y a ti qué te pasa, cabrón? ¿Le agarraste cariño a esta putita o qué? ¿Coge demasiado rico o qué? Nos la llevamos y te la puedes coger todo lo que quieras.

—No, güey. Nomás ya me dio mucha hueva todo esto. Ya estoy cansado, güey —responde Rafa y, si pudiera, le daría los diez mil pesos a él. Logro inhalar, pero me tiemblan las piernas. En eso, Tovelia niega con la cabeza. Sonríe como cuando se le ocurre una idea, y eso, en este momento, no es nada bueno.

—Tu amiguito está muy tranquilo porque no sabe —le dice a Beto.

—No sabe qué —pregunta él, aburrido de las pausas dramáticas de su novia.

—No sabes, ¿verdad? —le dice Tovelia a Rafa, y camina hacia él—. Tu vieja se las está dando a otro. Un ñoño deforme que se llama Mateo.

Este puñal no fue dirigido a mi espalda, sino a mi corazón. Siento cómo este se tropieza y le cuesta trabajo volver a palpitar. Rafa gira los ojos y voltea a ver a Beto, en plan de «ya va a empezar tu vieja con sus cosas».

—¿No me crees? ¿Dónde crees que estaba hace rato, cuando todos seguíamos dentro, en la fiesta? Le estaba hablando. Le habló para decirle que lo amaba y que siempre lo iba a amar. Lo escuché todo. ¿No me crees? —Y voltea a ver a Beto—. ¿Tú tampoco me crees?

Pero Beto sí le cree: su expresión va cambiando hasta convertirse en la que Tovelia debe haber visto antes de que le destrozaran un teléfono en la cara.

—Vi tu celular hace meses, Rata. Cuando te enterramos. Te estuvo escribiendo. Creí que se te iba a pasar la pendejada, pero no se te pasó. Ojalá te hubiéramos dejado en ese ataúd. Nadie te extrañaría —declara, pero ya no hay lugar, ni en mi pecho ni en mi espalda, para más cuchillos.

—¿Has estado engañando a mi hermano, perra? —grita Beto, y viene hacia mí. Yo soy una estatua.

—¡Vela, Beto! ¡Ni siquiera lo niega! —chilla Tovelia. Y es cierto: no puedo hablar. No puedo respirar.

—¿Y tú qué, pendejo? —le grita Beto a Rafa. Llega hasta él y lo empuja; Rafa se estrella contra mi coche—. ¿Ya sabías que alguien más se la estaba cogiendo, güey, o qué?

—N-n-no… ¡no, güey! ¡Claro que no! —logra escupir Rafa, y evita mi mirada.

Beto me mira de arriba abajo y agarra mi cabello. Cierro los ojos esperando, quizá, el *crac* de mi cráneo contra el pavimento, pero un segundo después me suelta y yo me tambaleo.

—No entiendo, cabrón —le dice a Rafa—. ¿Te estaban poniendo el cuerno y no reaccionas? ¿La vas a dejar así nomás? ¿Eres puto o qué?

Rafa saca el pecho y clava sus pupilas en las mías como otras veces, que me miraba pero viendo más allá de mi cabeza. Hacia otra dimensión. Hacia otra persona. Hacia el objeto de su amor: el psicópata frente a los dos.

—¿Es cierto, Rata? —pregunta, con su voz y su máscara completas. Imita a Beto y enreda sus dedos en mis cabellos—. ¡¿Es cierto?!

Sigo sin poder hablar. Siento cómo zarandean mi cabeza, pero es como si no fuera yo, como si estuviera viendo todo desde otro tiempo y desde otro lugar, desde el cine aquel del que creí que saldría inmune hasta hace unos minutos. Me arrastra hasta que quedo de rodillas en el suelo.

—¡Puta! —ruge. Volteo a verlo, suplicando con la mandíbula temblorosa, y una bofetada me hace perder el precario equilibrio. He pagado mi cuota. Esto tiene que dejarlos contentos. Está a punto de terminarse, tiene que estar a punto de terminarse.

—Claro que es cierto —dice Tovelia—. Tú no eres suficiente. Yo tampoco soy suficiente. Esa rata se cree mejor que nosotros.

Rafa hace ademán de patearme, y yo me encojo, porque no sé si va a hacerlo o no. No lo hace.

—A ese Mateo le van a gustar tus fotos, Rata —dice Tovelia. Los oídos me zumban y no soy capaz de incorporarme: mis huesos y músculos se han derretido—. Aquí las tengo. ¡Mírate! Hasta te veías *sexy*. Bueno, no tanto. Pero al Mateo le van a gustar. Y tú, Rafa, ¡qué bien te ves aquí! ¿Cuál era su teléfono? Ah, sí… 55-23… ¿Cómo era? Ahorita me acuerdo. Y mientras tomamos una nueva, porque te ves muy guapa ahí en el piso…

Está hablando de las fotos que enterré aquí mismo, meses atrás. Las fotos que dejé que me sacaran para comprar el derecho a pertenecer. Fotos en las que manos que no son tuyas, Mateus, me tocaban. Me ensuciaban. Fotos en las que no era yo; era Nerata. Rata. Debe ser el dolor, debe ser la cercanía del apocalipsis la que me hace ver todo con una claridad inusitada: cada paso, cada estúpida decisión, todo se va trazando en mi mente como una constelación. Y acaba aquí. La odio y quiero matarla, sí. ¿A Beto? Por supuesto. A Rafa, que se ha atrevido a golpearme, también.

Pero los pasos los di yo, con estos pies. Mis pies. La condena la firmé yo. Con mi nombre. Inhalo. Me apoyo en la puerta de mi carcacha y me pongo de pie.

—Les... —comienzo, y tengo que aclararme la garganta. La boca me sabe a sangre: Rafa me rompió el labio— les voy a conseguir más dinero, ¿está bien?

Busco a Violeta con la mirada. A Violeta. Alza la barbilla y deja de verme. No, no era Violeta; era la otra. Tiene el celular con las fotos en la mano y me muestra un par.

—Tenías más carnes cuando te las sacamos —opina Tovelia—; pinche gorda.

—Ya no quiero verle la cara a esta puta —gruñe Rafa—. Vámonos.

—¡Ya me acordé! 5523-4243. ¿Sí es, no? —dice Tovelia. El teléfono de Mateus: sí, sí es.

—No... no las mandes. Por favor. Ya te dije que te voy a conseguir más dinero. Aquí no lo tengo, pero lo puedo conseguir, ¿está bien?

—Lo amas mucho, ¿no? Mucho, mucho, ¿no? —se burla Tovelia, y amenaza con mandar las imágenes.

—No... no... —suplico. Soy incapaz de articular algo más.

—Vamos por la lana ahorita —dice Beto—. Si la puedes conseguir mañana, la puedes conseguir ahorita.

Estoy a punto de hablar, cuando un sonido nos hace voltear a todos hacia mi carcacha. El Pequeño Demonio está encaramado en la ventana abierta y acaba de ladrar su primer ladrido. La vida es ridícula. Triste, cruel y ridícula.

CINCUENTA

No hay estrellas. En mi constelación no hay estrellas. El piso de la Isla está frío, sucio, desierto. Estoy náufraga aquí, pero la muerte no llega cuando la llamas: llega cuando le da la gana y, cuando no le da la gana, te abandona con los brazos estirados, el pavimento bajo las rodillas y la garganta desgarrada. Te abandona cuando suplicas no ser tú la que mira cómo se los llevan, entre lloridos y temblores, a ese coliseo de tus pesadillas. «Hago lo que quieran. Llévense el coche. No lo voy a reportar robado, se los juro. Lo pueden vender en partes y sacar mucho más». No mucho más que la satisfacción que tenía Violeta en la cara al saber que estaba dañándome con una precisión que nunca habría podido planear. Esa expresión no tiene precio.

—Se los echamos mañana al Negro antes de ponerlo con uno de los grandes. Para abrirle el apetito.

Rafa no discutió, porque lo que quería era irse cuanto antes. Ahí tienes tu vida: agradécelo. Pero él no sabe que preferiría no tenerla. Que no puedo agradecerle que se fueran, vengados y satisfechos, tras un regateo que pudo haber terminado mucho peor para mí. Para lo que ellos creen que soy. Ellos. Violeta sabe, ella sí sabe, como los expertos en tortura saben, cómo hacer el mayor daño con el menor esfuerzo. ¿Quién va a preocuparse por un montón de saquitos de pulgas? Nadie. ¿Pero un secuestro? ¿Un asalto a mano armada? ¿La materia gris de una adolescente salpicando una avenida? Para qué. Para qué si lo que quería era verme así,

implosionada, derramada sobre la banqueta, arrepentida de todos mis pecados, gritando tanto que dejé de escucharme. Robada de cualquier norte, con los brazos cortados a la mitad de la tormenta. Rota, como ella se siente. Nada, como ella se siente. Nada.

Creo que me aferré a su pierna, creo. Que me sacudió como yo me había sacudido a Pequeño Demonio horas antes. Creo que declamó un monólogo torpe y resentido, aunque yo estaba sorda y veía su semblante borroso a través de lágrimas de impotencia, con aquella pared invisible entre las dos. Creo que le pedí perdón por algo, por todo, y que fue ella la que los sacó del coche y los envolvió en la toalla, escondiéndoles las diminutas cabezas para que los ojitos no la vieran. Para no verlos ella, también. Para ignorar que estaba sellando su destino, pues, aunque la satisfacción de hacerme su cómplice fuera mucha, no podía bastar para ser una asesina y ver a los condenados a la cara. No podía bastar. Tenía que haber algo de Violeta en esa Tovelia, ¿o habían sido siempre la misma?

El polvo se me pega a la cara y la cabeza me duele de tanto llorar y de tanto tener los pequeños ojitos, redondos y brillantes, clavados dentro. Ahora, pase lo que pase, no tendré paz. Nunca. Ahora no puedo imaginar un final incierto para ellos: los llevarán al coliseo y eso es todo. Nacidos para sufrir. Nacidos para morir. Para ser despedazados por los dientes y desechados después, sin explicación, justicia ni tumba. Sin la poca sangre que traían en sus pequeñísimos cuerpos. En sus inocentes y frágiles cuerpos. Gracias a mí. Los sacó del coche, se los dio a Rafa y le envió las fotos a Mateus de cualquier modo. Porque en el odio y en la guerra todo se vale, y lo único que se cumple es que no se cumple ninguna promesa. Mateus habría ignorado mis mensajes, pero no los de un número desconocido. Ahí estaré, en esa desnudez enmascarada y sucia; ahí estaré, para que pueda imaginar más traiciones y dolerse más. Para que se hayan quemado todos los puentes.

—Si el Mateo te sigue queriendo después de esto, es amor del bueno, Rata.

Era amor del bueno, sí, y había que curárselo a golpes.

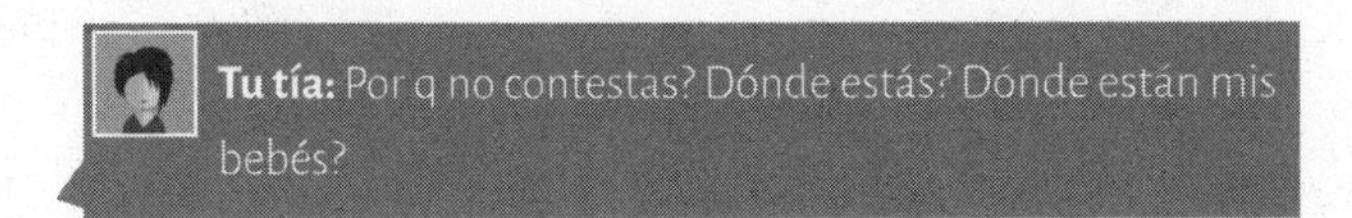

Tal vez si me quedo aquí, muy quietecita, el mundo me olvide. Tal vez si no hago ruido y no me muevo, la ciudad me escupa encima su polvo, sus piedras y sus nubes, y la Isla me trague poco a poco hasta que no quede de mí ninguno de mis nombres.

No hay estrellas. Mi cielo no tiene estrellas.

CINCUENTA Y UNO

«A todos nos llega el momento, chilanga». «¿De qué?». «De agarrarnos los cojones y salir del laberinto, ¿entiendes?». «No». «Vale: el mundo es un laberinto de espejos, como en *El Quijote*. ¿Leíste *El Quijote?*». «Ya sabes que no». «Vale. Pues léelo. El mundo te va a poner mil espejos enfrente». «¿Es una fábula?». «Sí, chilanga, es una fábula». «No tiene animalitos». «No, chilanga, no tiene animalitos, pero tiene moraleja. ¡Y ya no me interrumpas, jo! ¡Que tengo una idea!». «Perdón, perdón. Mil reflejos, decías». «Eso. Pero están deformados. No son reales: unos te hacen ver más gorda, otros más delgada, más baja o más alta». «¿Por qué hace eso el mundo?». «Joder… lo hace porque el mundo quiere convencerte de que eres como él. De que ya encontraste el reflejo correcto». «¿Y por qué?». «Para que te quedes tranquila y no rompas cosas. Al mundo no le gusta que rompas cosas. Pero crecer es ir rompiendo cada espejo; sólo así avanzas por el laberinto…». «Eso suena a muchos años de mala suerte, gallego». «¡Cómo eres gilipollas!». «Vale, vale, los voy rompiendo todos, ¿y luego?». «Luego llegas a uno que sí se parece a ti. Es el único espejo verdadero, ¿entiendes?». «Ajá, y ¿entonces?». «Entonces lo rompes también y, cuando te das cuenta, no era un espejo, sino una ventana». «¿Una ventana?». «Sí, y la cruzas y ya estás fuera». «No entiendo tu moraleja, gallego». «Mi moraleja es que antes de salir del laberinto, miraste el único reflejo que sí era real. El más transparente, ¿entiendes? Y con esa imagen en la cabeza sales. Fuera no hay espejos y nadie te puede decir lo que eres. Sólo

tú lo sabes». «Pero, ¿por qué lo rompo? ¿Por qué no me lo llevo por si se me olvida?». «No se te olvida. Además, no podías saber que ese era el real hasta romperlo». «O sea que hay que romper huevos para hacer…». «Sí. Una tortilla». «Un *omelette*». «Allá se dice "tortilla"». «Acá "*omelette*"». «En fin, jodona de carallo, esa es mi moraleja. ¿Entendiste?». «Sí, pero… ¿por qué no hay animalitos?». «Jódete»).

¿Quién soy?

Mamá diría: «Una mujer un poco confundida, pero de buen corazón. Como yo».

Esmeralda diría: «Una gladiadora a la que nada tumba. Como yo».

Armando diría: «Una loca a la que tengo que querer, rubia y ojiazul. Como yo».

Papá diría: «Una chamaca que nos salió más cabrona que bonita. Como yo».

Rafael diría: «Una cobarde que vive enmascarada y con miedo. Como yo».

Violeta diría: «Una Catrina, cuyo lugar está en las sombras y que nunca será feliz. Como yo».

Claro. Quédate ahí, rebosándote en el polvo. Ahí es donde perteneces.

Confórmate con lo que te queda. Hay vidas peores.

No esperaba nada mejor de ti. A ver qué haces ahora.

No entiendo qué haces ahí tirada.

A ver, mamacita, te me vas levantando de ahí, que el mundo sigue girando.

¿Qué haces ahí, nena? Sea lo que sea, te voy a ayudar a resolverlo.

(«¿Qué importa lo que opinen todos? No puedes definirte con base en alguien más. Tú eres lo que decides ser, y esa decisión la vas tomando a lo largo de toda tu vida, en la forma de un millón de pequeñas decisiones»).

Me despego del suelo y me sacudo el polvo.

Cuando llegó a la esquina acordada, lo embosqué. El pobre pegó un respingo y, cuando se calmó, le pedí que no se fuera todavía.

—¡Tengo clase! ¿Qué quieres? ¿Por qué no estás con los cachorros?

—Escúchame: los cachorros no están en el veterinario.

—¿Cómo que no? Esmeralda me dijo que los habías llevado en la noche. Que tenían tos o no sé qué.

—Sí… Eso le dije para que estuviera tranquila y se pudiera ir a Real del Monte. Porque allá hay otros perros que están en peligro.

—¿Le mentiste así, en su cara? —pregunta. Queda claro que, aunque reprueba moralmente la mentira, le impresiona que haya podido engañar a Esmeralda.

—Pues no en su cara… por teléfono.

—Y, ¿cómo que *otros* perros que están en peligro?

Exhalo. No me odies, enano. O bueno, ódiame, pero luego no seas como yo ni te enredes con ninguna mujer como yo, ¿me lo prometes?

—Estoy metida en broncas muy cabronas, hermano.

—¿Me dijiste «hermano»?

—Muy cabronas —continúo—, con un grupo de gente de mierda con el que andaba.

—Con Violeta, ¿no? —pregunta, en tono experto. No te irrites con él, Renata. Es un buen niño.

—¿Cómo sabes?

—Mamá no ha dejado de hablar de ella y de que es una «niña mala». —Y hace las comillas con los dedos.

—Pues tiene razón. Es una niña mala y, además, está loca. Muy loca.

—Ni que fuera la gran novedad.

—Escucha, Armando. Los perritos. Me los robaron. Se los llevaron. —Y no digo más, porque tengo la garganta como manguera enredada y el agua busca por dónde salir. Empiezo a llorar. Los chilliditos, la incertidumbre, la toalla donde dormían, calientitos y a salvo, tras haber sobrevivido a la calle y a las espinas. No es justo. Entonces, Armando abandona su pose de adolescente sabelotodo y desinteresado.

—¿Cómo que te los robaron? ¿Entraron a la casa? ¿Quién? ¿Por qué te dejaste? ¿Y Mateus?

Le indico que baje la voz y lo arrastro al rincón donde Violeta y yo fumábamos. No puedes contagiarlo de más angustia, Renata. Sé la hermana mayor por una vez. Y ya no mientas.

—Mateus no estaba conmigo. Eso también era mentira. Mateus ya no está… conmigo —digo, y al entrar por mis oídos la frase taladra y hace sangrar.

—¡¿Qué le hiciste?! —exclama Armando, furioso.

Tengo ganas de gritarle que no se meta en lo que no le importa. Tengo ganas de mandarlo a su día bobo de clases y niñas anoréxicas, pero no puedo. Necesito que alguien sepa.

—Es una historia muy larga, Armando. Soy una estúpida, nada más. Es lo único que tienes que saber.

—¡No! ¡También tengo que saber qué va a pasar con los perritos! ¿Cómo pudiste dejar que se los llevaran? ¿Para qué los quieren?

—Mientras menos sepas…

—¡Ahora me dices, carajo! ¡No soy un niño chiquito! Si ya me metiste, ahora me metes bien —exige, y habla muy en serio. De sólo imaginarlo cerca de aquella gente, me recorre un escalofrío.

—Tienen un lugar clandestino de peleas de perros, ¿ya? Los van a usar de carnada —le digo. Cierro los ojos, porque no quiero ver su cara. Sí, ya sé. Soy una mierda. Nunca seas como yo, enano. Antes de que reaccione, agrego—: Pero los voy a recuperar. Tengo un plan. Los voy a recuperar, ¿okey?

—¿Cómo? ¿Y por qué no llamamos a la policía? ¿Qué hacemos?

—Nada. No «hacemos» nada. Esto es mi bronca. No hay policía, enano. Lo voy a arreglar. Te lo juro.

—¿Y por qué me cuentas esto a mí?

—¿Cómo que por qué? Porque eres mi hermano. Porque confío en ti. Si me pasa algo…

—¿Qué te va a pasar? —me interrumpe, la voz escurriendo angustia.

—¡No me va a pasar nada! No me va a pasar nada. Te quiero, enano. —Y le doy un beso en la mejilla. Tiene razón: ya casi es igual de alto que yo. Separo los labios de su piel y me doy la media vuelta. Sé que no tengo que decirle que no le diga nada a nadie: lo sabe.

—¡No te vayas! ¡Estás loca! ¡Tenemos que pedir ayuda!

—Todo va a estar bien. Te lo prometo. Y si me pasa algo…

—¡Que no te va a pasar nada! —grita, y yo ya estoy saltando la barda.

—… dile a papá, a mamá y a Esmeralda, que les pido perdón por todo. Y que la última vez que me viste era otra vez yo.

No es que le haya mentido, es que la palabra «plan» puede estar muy llena o muy vacía. En mi caso, lo único que tiene delineado es la meta final; el espacio para los pasos a seguir está en blanco. ¿Voy a rogar? ¿A amenazar? ¿A incendiar? Ni puta idea. Eso sí: algo va a pasar hoy en la inauguración del local de peleas de perros de los Negros Rabiosos, la pandilla más *loser* del universo, formada por un montón de cobardes que ni motos tienen.

Antes, algunos asuntos pendientes.

Yo: Gracias por dejarnos tener a los cachorros en la casa. Gracias por todo. Te quiero mucho!

Mamá: Y yo a ti, mi amor. <3 nomás luego te pones al corriente con la escuela, ¿eh? ¿Cómo siguen las dos hembritas?

Yo: Todavía no se sabe.

Quizá la negra se muera y la blanca se salve. Quizá suceda al revés. Quizá se mueran las dos, o una se coma a la otra, o el mundo se acabe en unas horas.

Yo: No era nada grave. Lo de los perritos. Les están dando algo para la tos y ya en la noche me los llevo a la casa.

Tu tía: Okey. Ya me los quería traer a real ☹

A mi papá, una carita feliz, por no dejar, y a Armando, un puño cerrado: «¡Fuerza, compañero!», o algo así. Me responde con el mismo puño. Doy vueltas en mi cuarto, subo y bajo las escaleras, me tomo tres vasos de agua sin tener mucha sed. Debería salir a correr. Ordeno mi cuarto. Tiro cosas a la basura. Escribo una carta larga: aquí están todos mis pecados, uno por uno. Una confesión completa, por si me pasa algo y mi familia necesita entender qué

chingados me pasó y por qué, y así poder seguir adelante con sus vidas. Aquí están los nombres completos de Rafael, Beto y los otros Rabiosos. El nombre completo de Violeta y su nueva dirección, así como la dirección del local en Tepito. Al demonio con todos: si yo caigo, que ellos caigan también. Reitero mis disculpas por tantas mentiras y traiciones y cierro con un genérico «los quiero», porque nunca he sido muy buena con las palabras. La doblo en tres y la rotulo «MADRE», sólo para hacerla enojar una última vez. No tengo nada valioso que dejarle a nadie, así que no perderé el tiempo escribiendo un testamento. Tiempo. Me queda demasiado de aquí a la noche, demasiado poco si en la noche se acaba todo. Es posible. Puede que todo pase. Puede que nada pase. Prefiero la primera opción, siempre.

Ahora hay que guardar la carta en algún lugar estratégico al que llegarán tras haber vaciado mi clóset para donar mi ropa a la caridad. En *ese* lugar. Sé lo que encontraré al abrir el cajón y quitar los papeles y demás chucherías que ocultan mis secretos: la caja de condones. Creo que me había pasado por la cabeza, pero había desechado el pensamiento como una nube pasajera. No se vale. No se puede usar algo así. No se puede ser tan rastrera, tan traicionera, tan, tan… tan asco. Quatrina susurra: «Pero él empezó…». ¿Ahora estás de mi lado, Catrina? ¿Quién te entiende? Pero no es que esté del lado de los buenos: ella no sabe si esta traición obedece a un bien superior o no, simplemente está lista para traicionar a quien sea. Es parte de lo que ella es. Exhalo mientras saco la caja con los dedos temblorosos. Ni siquiera las leí todas: las guardé, al igual que Rafa guardó mi máscara en el fondo de su cajón. No puedo hacerle esto.

Hace unos años, mi mamá volvió de la rutina de domingo demasiado temprano. Armando y yo escuchamos cómo se azotaba la puerta de entrada y cómo el coche de mi papá se alejaba tras haber dejado a mi mamá en la casa, justo al terminar misa.

—¡Los santos! —gritó en la cocina vacía, y azotó su bolsa en la mesa—. ¡Ahora hay que darle dinero a los santos!

Mi hermano y yo habíamos intercambiado miradas, y el morbo me había vencido primero. Corrí escaleras abajo y cuestioné a mi madre con la mirada, que es lo que había estado pidiendo a gritos, literalmente.

—¡A los santos sí les da, pero yo, que compre la medicina similar, eh! ¡Los santos necesitan dinero! ¡Los santos! «El tercer milagro somos nosotros»... —había chillado en una voz aguda, imitando quién sabe a quién—. ¡Ahora resulta que los santos!

Tres milagros para ser santo... ¿cuántas traiciones para ser Catrina?

Ya va a ser la hora de comer. Pronto llegarán Armando y mi mamá, y yo no puedo estar aquí. Empaco unas cuantas cosas en una vieja mochila y miro a mi alrededor. Mi cuarto. Ahí está el clóset donde escondí a Violeta cuando escapó de la tutela de su psicópapa... Todo para meterse entre las garras del hijo de puta de Beto. Se me vuelve a oprimir el pecho, pero ¿cómo salvas a alguien cuando se niega a tomar la mano que le tiendes? No es que yo le ofrezca la respuesta a todas sus preguntas, pero sí a esta: ¿es verdad que el amor es dolor? No, Violeta. El amor es amor y el dolor es dolor. Ya sé que a veces parece difícil distinguirlos, pero ¿sabes qué? Eso sólo le pasa a la gente enferma como nosotras. A la gente dañada, que está convencida de que el mundo es una mierda y todos los hombres también, y sólo queda amachinar y sentir la pasión en los moretones y en el alma hecha añicos.

Ahí está el espejo en el que tanto me he buscado últimamente. Ahora mismo parece muy nítido, muy brillante, reflejando mi cama hecha, la colcha en la que hace poco lloré con Pequeño Demonio a mi lado. Lloraba por haber perdido a Mateus y, ahora, ¿quién va a besarme mientras lloro por perderlos a él y a sus hermanitos? ¿Dónde estarán? ¿Habrán comido hoy? ¿Habrán tenido

frío, miedo? Nadie. Nadie va a consolarme y está bien: no necesito una caricia; necesito una patada en el trasero. Una última mirada. Los ojos azules, de mi papá, de mi hermano. Míos. El pelo rubio de siempre, que me negué a pintar o a podar para darle gusto a Violeta. Mi boca apretada de rabia. Mi cuello tenso y con venas palpitando. Mi pecho que alberga un corazón que, a fin de cuentas, quizás no sea tan malo. Quizá no sea tan cobarde. Hoy vamos a averiguarlo.

CINCUENTA Y DOS

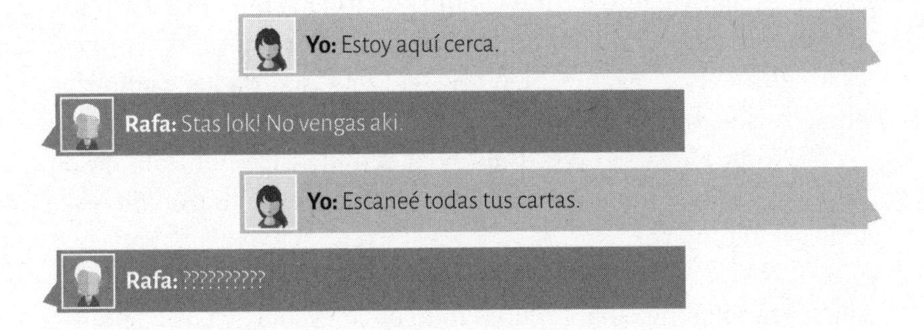

Dejemos que lo sude un poco. Sí, querido, tus cartitas de amor sucio y prohibido. Tu corazón diseccionado como una rana abierta bajo un microscopio. Estoy estacionada a unas cuadras, ya es de noche, mi corazón repite que estoy viva a ritmo acelerado y el casete de Lenny Kravitz suena y suena, porque no soporto el silencio. Fuera, la ciudad palpita y repiquetea, pero en mi esquina mental, dentro de esta carcacha, el tiempo está detenido como en una película. Soy la heroína y la villana al mismo tiempo, la asesina que espera el momento para atacar y la víctima que no sabe por dónde llegará el cloroformo. *Ring*.

—Hola, Rafa.

—¿Estás loca? Sigue con tu vida y ya. Vete de estos rumbos, güerita, ¿qué no sabes con quién te estás metiendo?

—¿Ahora eres bien rudo, no? —Me escucho rugirle al teléfono.

Creo que la línea que más me molestó fue: «Sigue con tu vida y ya». Como si mi vida fuera un listón que se me fue de las ma-

nos y al que puedo volver a atrapar como si nada hubiera pasado, como si nada se hubiera destrozado en el camino—. Tú eres bien rudo y yo una niñita idiota. Pues no, Rafa, seré rubia, pero no soy una «güerita». No estoy bromeando.

—¿Qué te hice yo, eh? Sabes que yo no tengo la culpa.

—Me vale madres quién tenga la culpa —escupo, ¡y es tan cierto! Lo más seguro es que la culpa de todo lo que me pase a mí y le pase a esos perros la tenga yo; pero, a estas alturas, la línea entre el Bien y el Mal es bien gris—. O me traes a los cachorros ahora mismo o le mando tus cartas a Beto.

—No te atreves —reta Rafa, y el eco me dice que está en el pasillo en el que Violeta me escuchó hablándole al buzón de Mateus por última vez.

—¿No me atrevo? Mira… ya no tengo amigos, ya no tengo novio, mi familia me odia, reprobé todo en la escuela y básicamente soy un hoyo negro. ¿Qué voy a perder?

—La… ¡la vida! Porque, si haces eso, te juro que, después de que Beto me mate, te mato yo a ti.

Creo que Rafael no sabe lo literaria que le salió esa frase de venganza más allá de la tumba, porque lo oigo titubear como si quisiera corregirla. No tengo tiempo para que edite sus diálogos.

—Ya se lo dije a Violeta y te lo digo a ti: yo ya estoy muerta.

—Confié en ti… confié en ti. No puedes hacerme esto.

—¡No confiaste en mí! Te descubrí, que es distinto. Porque no pudiste violarme como un buen Rabioso.

—¡Cállate! ¡Cállate! —susurra, furioso y aterrorizado.

Si la culpa fuera una de esas gráficas de pastel, a Rafael le tocaría menos de la mitad. Menos de un cuarto, incluso, pero ¿es una víctima más? No nos vayamos tan lejos… no es una víctima como Pequeño Demonio es una víctima, o como el Negro es una víctima. Estamos hablando de un pandillero de quinta que me jaló de los pelos para ponerme de rodillas y humillarme, antes que

arriesgarse a decepcionar a su amo, un tipo tan asqueroso que los aliens podrían justificarse pulverizar toda la Tierra si él fuera lo único que conocieran de ella. Uno también es lo que ama, ¿o no? Claro, ahí ganas puntos, Renata: tú amas a Mateus. ¿Eso te hace inocente? Claro que no. No sólo te tocaría más de la mitad del pastel de culpas: tú cocinaste el pastel. Tú fuiste al mercado y compraste los ingredientes para el pastel. Tú *inventaste* la receta, demonios. No, no soy una víctima en esta historia, eso lo sé.

—Beto conoce tu letra. Violeta también. Y creo que tengo los *mails* de las demás Catrinas en algún lado... —agrego.

En la mayoría de las historias uno sabe a quién debe irle: está el héroe y está el monstruo. Está el huracán y está el bondadoso padre de familia. Está el *ring* y cada lado está pintado de otro color, para que hasta los tontos entiendan. Pero ¿qué pasa cuando todos los protagonistas son malos? ¿Buscamos la manchita blanca en la piel negra para saber a quién echarle porras? ¿Es la manchita suficiente?

—Guau… ¿Me traicionarías por un montón de perros? —pregunta Rafa, tratando de sonar dolido, ya que la estrategia de la furia no funcionó.

—No —declaro, mientras miro mis ojos oscurecidos en el espejo retrovisor—. Te traicionaría hasta por uno solo.

Soy el Negro, al que tienen encerrado y alimentado con sangre inocente: mataré para sobrevivir. Soy el Negro, soy la Catrina que todos querían que fuera, soy la rata que nadie se esperaba.

—Estás hablando en serio, ¿no? —susurra Rafa.

—Tengo el *mail* programado. Se va a mandar hoy a medianoche si no lo cancelo o si no lo mando ahorita… Para que no pienses que puedes venir y pegarme un tiro o algo así.

—¡Pegarte un…! ¡No, no, no mames, Renata! ¡Me conoces! ¡Somos amigos!

¿Somos…? Qué absurda me suena ahora esa frase.

—No somos nada. Tienes diez minutos o lo mando.

—¡Nadie te va a creer que las cartas son mías! —gruñe, pero suena más a súplica.

—Ah, bueno, pues arriésgate —respondo, y ahora yo la estoy sudando. ¿Y si no cae? ¿Y si no los trae? No tengo un plan B. No existe un plan B.

—Mira… te los regresaría, te lo juro. Pero, ¿cómo quieres que los saque? Ya está lleno de banda. La gente ya está peda. El Negro no ha comido desde hace un chingo porque… Ya sabes.

Sí, ya sé, y del puro coraje se me traba la quijada.

—No es mi problema —gruño yo.

—Si no están, se va todo al demonio, Renata. Todo. Otra banda trajo a su perro para pelear. Si hoy no se arma chingón, nadie va a regresar y todo el negocio se va a la chingada.

¡El nego…! No. Me niego a discutir su definición de «negocio». Entre más tiempo pasa, más nos acercamos al momento en que le tirarán al Negro su primera botanita y lo volverán, irreversiblemente, un asesino. Un caníbal. Un *algo* parecido a un ser humano. Ningún perro se merece eso. La imagen del bultito entre los brazos esqueléticos de Violeta vuelve a mi cabeza. Una toalla, cuatro bebés. La inocencia envuelta para regalo.

—Estoy estacionada en la esquina de siempre. Si no traes a los perros en diez minutos, tus cartas le llegan a todo el mundo. Corre tiempo —digo, y mi sudor se congela. Termino la llamada con un dedo tan estable como un fideo cocido.

Ahí viene el pánico. Inhalo. El aire no llega y alrededor de mí la ciudad gira. Cálmate, te tienes que calmar. Eres una jugadora de póquer en el partido más importante de tu carrera. Tu apuesta está sobre la mesa y entre tus manos no tienes más que un par. Un par de cojones agarrados, diría Mateus. Agarrados, apretados, no sé cómo definirían los hombres el terror que siento ahora mismo, relacionándolo con sus testículos. Mi teléfono suena y suena.

Rafael quiere rogar, quiere negociar, quizá. «Te puedo conseguir a uno de los perros, nada más». Ja. Doble o nada. Cuádruple o nada. Todo o nada, así juegan los Rabiosos, ¿no? Así juegan las Catrinas, ¿no?

Llegó la hora, mamacita. Vuelvo a mirar mis ojos y parpadeo una y otra vez, aunque no tengo que hacerlo para saber que esto es real, que está sucediendo aquí y ahora. Me pongo la sudadera y la chamarra vieja de Armando, y me escondo la cabellera bajo la gorra que me regaló mi papá hace tantos años. No es un gesto sentimental: es la única gorra que encontré. No sé si parezco hombre o no; sólo espero no parecer yo. Tengo que acercarme a la esquina que le indiqué a Rafa; estoy a tres minutos en coche, cinco en carcacha. Mi pantalla anuncia siete llamadas perdidas y un mensaje.

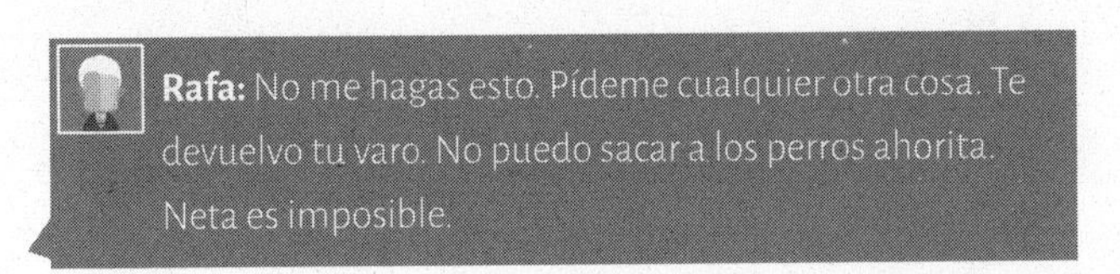

Entonces qué, ¿los sacas luego? ¿En una bolsa de basura?

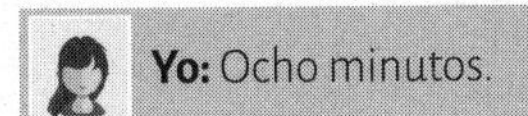

Giro la llave: mi pobre carcacha tiene pánico escénico. Vuelvo a girar: nada. Bombeo el acelerador, saco la llave y la meto con fuerza, apago y enciendo las luces para saber si es un tema de batería… En fin, recorro todos los trucos que han hecho que este montón de chatarra me siga llevando de aquí para allá, pero parece que me ha abandonado. Justo hoy. Justo ahora.

—¡No mames! —chillo, y golpeo el volante con tanta fuerza, que sigue vibrando por unos instantes. Ahora el cronómetro está también en mi contra. Celular. Llaves. Mis ojos en el retrovisor. Cinco minutos en carcacha, doce a pie. Y a mí me quedan siete para la hora acordada. Para saber si mi par vale más que el par de Rafael. Inhalo… y salgo escopetada en dirección al local, a los perros, a mi destino. Sin plan B. Porque estoy segura de que, si hay algo por lo que vale la pena arriesgar la vida, ese algo es frágil, vulnerable y absolutamente inocente. Como un cachorrito.

CINCUENTA Y TRES

El escándalo se oye hasta acá. El suelo vibra con los bajos de la música tecno que tanto le gusta a los Rabiosos. Estoy sudando y jadeando, y el pecho me duele. Vuelvo a acomodarme la gorra y me miro en un espejo imaginario. Esa mujer se parece más a mí. Dispuesta a todo, encabronada y con las pestañas más largas del mundo. Se ha terminado el plazo y no puedo seguir blofeando... Rafael no ha salido y cada vez llega más gente; me pasan de largo sin mirarme y atraviesan el largo pasillo de locales cerrados. Hombres, mujeres y adolescentes vienen a apostar sus pesos a la supervivencia de uno o de otro animal. Vienen a salpicarse de sangre ajena. ¿Por qué?

Dale, Rafa, dale... sal de ahí. Regrésamelos. Sé un pedazo menos grande de mierda, al menos hoy. Ahí viene otro par de cómplices. Bajo la mirada y oculto mi rostro en las sombras. Continúan a lo largo del pasillo, mirando a un lado y al otro. Los dos traen gorras en la cabeza.

—¿Aquí? ¿Estás seguro? —Alcanzo a escuchar que el más bajo le pregunta al más alto.

No puede ser. Aluciné. No puede ser esa voz. Volteo con cuidado y detecto algo familiar en una de las figuras, *familiar*, literalmente. Detengo mi respiración, detengo mis latidos, detengo al aire de alrededor para poner atención.

—Cien por ciento —responde el más alto. «*Dcien* por *dciento*», más bien.

Mis costillas se ensanchan: me acaba de crecer el corazón. Quisiera tener unos segundos para asimilar que son ellos, aquí; pero no tengo unos segundos, y antes de que toquen a la puerta del local y se metan en quién sabe qué problemas, me deslizo hasta donde están y jalo al menos alto del brazo. Lo jalo, y lo arrastro, y no paro hasta que estamos fuera del pasillo, en la calle oscura.

—¿Qué chingados haces aquí? —susurro. Armando abre mucho los ojos y sonríe como un heroinómano recién inyectado. Sus blancas mejillas están sonrojadas y puedo sentir la excitación de su sangre en la mía.

—No te íbamos a dejar sola. Mat me habló que porque le mandaste un mensaje, y yo le dije lo de los perros, y él encontró la dirección. Pinche genio, el cabrón.

—¡Estás loco! ¡No sabes el tipo de gente que hay aquí! —le grito en un susurro. ¿Y cómo que «Mat»?

—Le hablamos a la policía, pero nadie nos hizo caso.

—¡Claro que no! Seguro estos cabrones le van a pasar su mordida a los polis de por acá para que se hagan de la vista gorda.

—¡Hey, Mat! —grita Armando, engolando la voz y sonando increíblemente ridículo. Le tapo la boca y hace como cuando éramos niños: me pasa la lengua por los dedos y lo suelto. Asco. De pronto, ahí viene. Está volviendo sobre sus pasos. Es él, está aquí, creo que voy a desmayarme de felicidad. Pero mejor no. Puedo sentir cómo mi boca se abre, intentando engullirlo, aunque está metros más allá. Son sus pasos, es su olor, la electricidad que arrastra a todas partes. Me mira y yo ya no puedo mirarlo porque estoy inundada. Medio sonríe. Parece que va a abrir los brazos... Mi cuerpo entero se encoge para caber dentro de ellos.

—Viene alguien —carraspea Armando, y los tres volteamos hacia el pasillo como muñecos robotizados.

—Quédate aquí —me dice Mateus, y él y Armando se dirigen al local. ¡Que me quede! Está loco, este gallego. Voy un paso

atrás de ellos, ocultando mi cara y deseando con toda el alma que quien viene sea Rafael con los cuatro bebés entre las manos. No: es Gonzo. EL Gonzo. Volteo hacia abajo y le doy la espalda, fingiendo que fumo.

—¡Vayan pa' dentro, cabrones, que ya va a empezar! —le dice a mi hermano y a mi… a Mateus. Ya va a empezar, y Rafael no salió.

—¿Listo? —pregunta Mateus tras soltar un sonoro suspiro.

—¡Oye! —lo llamo, engolando la voz también y, también, sonando increíblemente ridícula—. ¿Listo para qué? ¿Qué hacen? ¡Armando! ¡Dime qué hacen! ¡Vámonos de aquí ahora mismo! —le ordeno. Perder a los bebés: imperdonable. Arriesgar a Armando: imposible.

—No hay tiempo, chilanga —responde Mateus, y Armando me mira, se encoge de hombros, y decide obedecer al perro alfa en vez de a mí.

—¡Óyeme! —insisto, pero no tengo con qué amenazarlo.

Los dos avanzan hasta la puerta e intercambian miradas de entendimiento y complicidad. Sacuden el cuerpo, brincan un poco en sus lugares para darse ánimos y se aclaran la garganta. Justo antes de entrar, Mateus me mira y me sopla un beso. Un segundo después están empujando la puerta del local a toda prisa.

—¡Cabrones! ¡Ahí viene la policía! ¡Los… los federales! —grita Armando con su fingida voz de hombre.

—¡Y traen a los de protección animal! —agrega Mateus, agitado y esforzándose mucho en ocultar su acento. Me permito una milésima de segundo para enternecerme: «los de protección animal» no son una amenaza en este país.

—¡Yo mejor me largo! —grita Armando, y de pronto todo es un caos. La puerta se abre de par en par y el tufo de cigarro, sudor y alcohol sale disparado junto con unas quince personas que se abalanzan con dirección a la calle. Yo me alcanzo a pegar a la pared mientras huyen.

—¡No mamen! ¡No se vayan, carajo! ¡Ya va a empezar! —ruge la voz de Beto, y acto seguido cierra la puerta, pero un nuevo grupo de desertores se apresura a abrirla y, aunque él les ordena que se queden, su evento cada vez está menos concurrido.

—¡Oigan! ¡Páguenme sus chelas, cabrones! —chilla Violeta. Escuchar su voz me descoloca y no puedo evitar buscarla con la mirada. Alguien me empuja. No: empuja algo contra mí. Un bulto vivo y tibio. Levanto la mirada y es Rafael.

—¡Yo no hice esto! —me apresuro a decirle, como una niñita a la que atraparon con las manos en la masa.

—¡Ya no importa! ¡Llévatelos y vete, rápido! —me dice al oído.

No me pregunta si envié el correo o no. Se hunde en la multitud y después desaparece al interior de la bodega. La escena se borronea, la marabunta que hace temblar el pasillo y las rejas de metal de los locales cerrados parece flotar en cámara lenta y mis oídos se llenan de un zumbido que bloquea todo lo demás. Los tengo. A los cuatro. Sé que están todos aquí, porque sé lo que debe pesar el bulto. Creo que me río, y creo que lloro. Me dejo arrastrar por la masa que escapa y estoy fuera. Me pego a una pared y siento que me fundo con ella, que me derrito de agotamiento y gratitud. Destapo el paquete que tengo apretado contra mi pecho, y los cuatro se asoman y me miran. Tiemblan. Sus ojos vibran de miedo. Perdónenme, pequeños, pero tenemos que volver. *Tengo* que volver: mis dos hombres están dentro. Hombres verdaderos, que no traicionan, que no mienten, que llegan.

Abro un contenedor de basura cercano y deposito el paquetito envuelto dentro de un huacal de madera mohosa. Cierro el contenedor con cuidado, evitando sus ojitos preguntones, y les prometo en silencio que voy a volver.

—O al menos, voy a hacer todo lo posible —digo en voz alta, y vuelvo corriendo al local.

Ahí dentro es un desmadre: las mujeres chillan y buscan escapar y las Catrinas intentan arrancarles sus bolsas o las jalonean exigiendo que paguen sus cervezas. Algo similar sucede entre los Rabiosos y los tipos que esperaban pasar un buen rato tomando y viendo peleas de perros, y que ahora se empujan y amenazan, envalentonados. Al fondo está Héctor, el Rabioso más pequeñito y más parecido a los xolitos impresos en los chalecos de la pandilla. Está intentando controlar al Negro, que le ladra furiosamente al que iba a ser su contrincante: un perro moteado y lleno de cicatrices que le dobla el tamaño y echa espuma por la boca mientras su dueño lo jalonea con una correa de piel tan gruesa como mi brazo. A mí, en medio de tanto caos, no me ha reconocido nadie.

—¡Siempre pasa lo mismo con ustedes, pinches perros! —le grita un tipo a Beto.

—¡Perdón, güey! ¡Ya viste que ni llegó nadie! ¡Alguien me chingó! —contesta Beto, y es divertido verlo así, empequeñecido—. ¿Dónde está el que dijo? ¡Un pendejo con una gorra! ¡¿Dónde está?!

Por suerte hay al menos una docena de pendejos con gorras, pero es hora de irse. Un segundo más tarde sé hacia dónde tengo que voltear. Ahí están sus ojos y me miran de vuelta bajo la estúpida cachucha de Lego. «Llévatelo», le ruego con los labios, y ya está buscando a Armando con la mirada. La gente se sigue peleando, las chicas se escabullen, Teresa mira todo desde una esquina con su actitud etérea, un par de adolescentes salen corriendo llevándose una caja entera de latas de cerveza, y Fausto sale tras ellos mientras Luli le grita que tenga cuidado. Violeta acaba de arrancarle a una mujer su bolsa. No la mires, Renata, no la mires que te va a sentir.

—Pinche Beto… no sabes organizar nada. Por eso tu bandita es tan mierda. El Magnum no ha comido desde el viernes, pende-

jo. Yo creo se lo soltamos igual a tu pinche cachorrito ese —dice el tipo mientras señala con la cabeza al Negro.

—¡No mames! ¡Me costó un chingo conseguirlo! —se queja Beto—. Llévate a los cebos. Son cuatro. Y quedamos a mano.

¡Hora de irse! Mateus pasa rozándome. Armando viene detrás de él.

—En el contenedor de basura, saliendo —alcanzo a decirle a mi hermano, que asiente con la gravedad de un hombre de negocios muy serio. De un hombre.

—¿Dónde están? —le grita Beto a Rafa.

—¡Alguien se los llevó con todo el desmadre, güey! —responde él, se encoge de hombros y sigue con su labor: juntar la mayor cantidad de monedas y billetes que están regados en el suelo antes de que un par de gandallas se los ganen.

—Dame algo, Beto —amenaza el tipo aquel.

—¡No tengo nada! ¡Ya viste que la banda no me pagó ni las chelas!

El tipo voltea en dirección a los perros.

—Suelta al Magnum, güey —le indica a su compañero—. Por lo menos que él cene.

Vete, Renata. Venías por los cachorros. Ellos eran tu responsabilidad y ya están a salvo. Vete. Siento de nuevo la mirada de Mateus y lo veo en la puerta, urgiéndome a salir. Pero soy una columna en el centro de la anarquía y mis pies no me obedecen. Corrección: no lo obedecen a él. Me obedecen a mí. Y se quedan.

—¡Pérate! ¡Pérate! —suplica Beto a gritos—. Pérate. Tengo algo. Violeta... ¡Violeta!

—¡¿Qué?! —chilla mi exhermana. La mujer con la que forcejeaba logra recuperar su bolsa y, antes de salir, tropieza con Mateus. «¿Qué haces?», me pregunta ese hombre hermoso con expresión desesperada.

—Tráeme mi esta —le ordena Beto a su novia.

Uno podría pensar que se refiere a su cartera o a cualquier otra cosa; yo sé que se refiere a su pistola, a la que, por lo visto, no le ha puesto nombre todavía. Los pies y las manos se me congelan: el peor escenario posible acaba de volverse mucho peor. Violeta se mete detrás de unas cajas, toda ella ángulos, huesos salidos, picos de cabello y dedos de cadáver. Mi amiga. Mi nada. «Nada que pueda perder. Nada que no pueda hacer. Algo que te alivie, algo que me cure...». Nada que pueda curarla.

Miro a Mateus. «Llévatelos», le ruego. Asiente. No pregunta más. Entiende. Actúa. Llega cuando tiene que llegar y se va cuando se tiene que ir. Un héroe de verdad. Me sopla un beso y desaparece con paso firme, llevándose a mi hermanito y a mis cuatro bebés de esta guerra que no es de ninguno de ellos. Mi héroe: nunca lo había amado más. Nunca había deseado más irme con él, besarle la cara, llorarle encima y aprovecharme de ese corazón luminoso que todo lo perdona, que se deja seducir y envolver. Pero tiene que irse, tiene que dejarme librar esta última batalla y lidiar con las consecuencias. Tiene que dejar que me salve a mí misma.

Su electricidad ya está lejos: siento el vacío y me lo trago como un pedazo de iceberg. Filoso. Frío. Quizá no lo veré nunca más. Y quizá eso es lo correcto, lo justo, lo mejor. Quizá. Lo mejor para él, eso seguro. Acción, Renata. Exhalo. De un par de zancadas llego al interruptor de luz y la apago de un puñetazo. Aprovechando la confusión, me abalanzo detrás de las cajas y caigo encima de Violeta, que se mueve como una lombriz sin entender qué demonios sucede, quién la monta, la esculca, le arrebata la pistola que apenas comenzaba a encontrar debajo de un montón de chamarras de falsa piel, piel falsa, como la que trae ella encima de sus pobres huesos y su angosta sangre. La dejo ahí tirada y escabulléndome entre Catrinas, Rabiosos y cuerpos desconocidos, entre gritos, empujones y latas vacías, llego al fondo. Llego hasta donde estoy. Porque tengo que salvarme.

La pistola se siente pesada y dura en mi mano, peligrosa, maravillosa, viva. Creo que no tiemblo. Creo que veo en la oscuridad y en blanco y negro. Mi olfato me guía, mis zapatos destrozan el piso, retumban, hacen que vibre este local de mierda y que yo crezca con cada paso. Tengo miedo. Enseño los dientes, pero en la oscuridad, nadie los ve. Las cadenas me desgarran la carne, quiero ser libre, no soy un asesino, pero quiero serlo. Puedo serlo. No quiero serlo. Me pego contra la pared y guardo silencio, porque mis chillidos no valen para nada. Pego el cañón de la pistola en la espalda de uno de los que me jalonean, del más pequeño. Siento cómo se paraliza.

—Sí: es una fuska. Dame la correa, cabrón.

Mala movida. Mala. Estúpida Renata, estúpida. Héctor entra en pánico y suelta la correa, y me pierdo en la negrura, me lanzo contra Magnum, porque me dijeron que sólo para eso servía, y lo encuentro, porque no se necesitan ojos para estrellarse contra la muerte. Mis dientes son jóvenes; los de él, viejos. Mi carne es suave; la de él, curtida. A él, nadie podría salvarlo: ha probado la sangre, lo han roto, se lo han llevado. Será mejor morir inocente que vivir con entrañas en el paladar, ¿no? No. Será mejor no morir. No moriremos, no aquí y no esta noche, porque no, porque nos negamos. Busco a tientas. Buscamos. Los gritos nos ensordecen y tratamos de oler, de sentir. Nos enredamos la correa entre los dedos, pero un candado de colmillos nos alcanza y auch. Megaauch. Sangre, y el olor de la sangre vuelve loco al asesino, al de la carne curtida, y nos busca la mano, la pata, el lomo, el cuello. No puedes gritar, querida, no grites y corre, corre, corre aunque dejes la piel en ello, aunque dejes un dedo, aunque dejes dos. En una mano el dolor, en la otra mano la pistola, en todas partes la sangre nuestra y la salvación ahí cerca, tan cerca. Nos jalan la correa y ahí se queda, en esa cárcel de dientes, un pedazo nuestro. No aúllas, no gritas: engulles la agonía y te la pasas con un trago

de sangre caliente. Tu sangre, no la de alguien más. Porque eres un buen niño. No eres un asesino. No. La salida ahí, ¡ahí! Corremos a toda velocidad, o no a toda: a la que permite nuestro cuerpo herido, pero nuestro. Nuestro y vivo, y nuestro y en el pasillo hay luz. No hay gente. No hay que detenerse. Adiós a esta trinchera, a la oscuridad de allá, donde se gritan, se golpean, se arrancan pedazos, más pedazos, por el hambre. Por la tristeza. Por no saber hacer otra cosa. Dejamos huellas escarlata y cojeamos, eufóricos y destrozados, y solos y no solos, tú y yo.

—Nata. —Oímos a nuestras espaldas. Dejamos de sangrar y de ser, por un instante. La miramos—. Ya sabía que eras tú.

Hermanita. Inocente. Pequeña Negra, pequeña niña gritona, pequeña inocente. No tenemos tiempo para lágrimas, pero tenemos tiempo para guardarnos un suspiro que duele y que sigue sabiendo, como todo esta noche, a sangre.

—Ven —le ordenamos. Así se le habla a los animales: «ven». Come. Salta. Siéntate. Yo sé lo que es mejor para ti—. Ven.

Violeta niega con la cabeza. Parece que quiere sonreír, pero sólo logra una mueca. Y niega con la cabeza. Nosotros todavía traemos la pistola y de pronto nos pesa, y nos choca, y no nos es nuestra. La dejamos en el suelo, sucia de líquido negro, porque la sangre, en blanco y negro, es negra y no blanca. La dejamos con cuidado, como si fuera un cachorro más, como si pudiéramos despertarla, y pudiera enfurecerse, y empezarse a disparar. Violeta, la pistola, Violeta, la pistola. Se miran, las miramos, nos miran. Retrocedemos, sin despegarles los ojos. Ahora está más cerca de ella que de nosotros; seguimos retrocediendo.

—Ven —susurro.

Violeta da un paso: no viene. Se agacha y toma la pistola... Seguimos retrocediendo, dejando rastros, ambos o alguno, lloriqueando y echando en falta el pedazo que se nos quedó ahí, dentro de las fauces de una bestia que al principio tampoco tenía

la culpa y a la que ya no pudimos salvar. Nuestros ojos se encuentran: Renata es un animal herido y Violeta es otra cosa, pero las dos criaturas lloran. Violeta levanta la pistola, pero a ella también le pesa y la devuelve a su costado. Ha sido siempre un huracán, un desastre natural incontenible y un dolor tan grande que se sufre a sí mismo y a mí me destruye. Le dejamos un pedazo, pero ahí, en esa cueva, sólo podían comérselo las bestias. Sé que ese pedazo me faltará siempre, sé que no va a completarla, ni a curarse, ni a pegarse de nuevo a mi alma, a mi carne.

Violeta vuelve a levantar la pistola. «Déjame ir», le ruego, pero no sé si me entiende, no sé si me escucha, si me mira, si nos dejará ir. Entonces, el Negro y yo dejamos de mirarla, dejamos de caminar hacia atrás: encaramos la salida del pasillo con la noche que nos espera y nos echamos a correr, incompletos, sangrantes y casi muertos, casi muertos, porque suena el tiro que se le ocurrió tarde a Violeta, o que disparó tarde porque, quizá, nos dejó ir.

Quizá nos dejó ir porque sabe que, a cambio del que le dejé, yo me llevo de su alma el pedazo que ella me regaló hace mil siglos, hace cien universos; y quiere que ese pedazo, al menos ese pedacito pequeño, frágil y vulnerable, ese pedacito absolutamente inocente, por el que valdría la pena arriesgar la vida, sea libre.

EPÍLOGO

—Tómate una hora, güera. Dos horas. Sal, corre por las praderas, deja esa computadora o se te van a caer los demás dedos —dice Esmeralda, y cuando se da cuenta de lo políticamente incorrecto de su comentario, frunce la boca.

Así es como ella se disculpa y riéndome es como yo la perdono. No me había dado cuenta de lo inútiles que son los meñiques hasta que el Magnum me arrancó uno y, después de la visita obligada a Urgencias, mi vida continuó casi sin que notara su ausencia. Se habló de prótesis y de cirugías caras, pero, aunque mi mamá lloraba diciendo que aquello iba a perseguirme toda la vida, yo me negué rotundamente.

—Tal vez merezco que esto me persiga toda la vida —le dije, y siguió llorando y llorando, aunque dudo que haya sido por el dedo.

«¿Qué hicimos mal?, ¿qué hicimos mal?», le preguntaba a dios. Sí: ahora dios le cae mejor que antes, y yo la juzgo menos por eso. Y por todo lo demás. Ay, madre querida… ¿qué hicieron mal? Tengo una lista mental, claro, pero en algún momento uno tiene que agarrarse los cojones y dejar de echarle la culpa a los demás. ¿El lado bueno? Ahora ella y Esmeralda son inseparables. A la distancia, claro: hablan por teléfono al menos una hora al día.

—Pero ¡eres nuestra hija! ¡Eres *mi* hijita! ¡Perteneces aquí! —Y drama, drama, drama, aunque todo el mundo sabía que era la mejor opción. La única opción: la herida familiar, o sea yo, tenía que sanar.

¿Estoy sanando? Supongo. «El tiempo cura todas las heridas», ¿no? Pues a mí no me ha crecido otro meñique ni a Aquiles otro pedazo de pata y nada en este mundo curará a mi pobre carcacha, que amaneció desmantelada en pleno Barrio Bravo.

«La Verdad te hará libre». Ja. La Verdad puede joderte a ti y a todos los que te rodean. No libera, no revierte, no borra. Pero es inevitable. Una nube de avispas que te va siguiendo, que sólo tú escuchas y de la que sólo te libras confesando. Yo le supliqué a mi tía que me llevara a la delegación para hacer justo eso; pero, cuando llegamos, se puso a hablar de las peleas de perros y acabó gritándole a todos que eran unos inútiles corruptos de mierda, por lo que amenazaron con arrestarla a ella. Así que nos fuimos.

—Pero ¡yo quiero que me metan a la cárcel!

Esmeralda se burló de mí y me preguntó a quién le serviría eso.

—A mí —respondí, y entonces tuve que tragarme todo un sermón acerca de la ineficiencia del sistema penitenciario.

—Pero, ¡soy una mierda! —chillé—. ¡Tengo que ir a la cárcel! ¡Soy culpable!

—Ya estás en tu propia cárcel, mamacita, y de esa sólo vas a salir cuando tú te decidas —dijo Esmeralda, mientras me ayudaba a empacar, y los bebés corrían por todo mi cuarto (y se meaban en las esquinas).

Armando se había llevado un susto cuando abrió el contenedor aquella noche y no encontró más que a tres cachorros. El Pequeño Demonio se había salido del huacal y se había quedado atorado dentro de una lata enorme de salsa de tomate, que se acabaron llevando, porque no pudieron sacarlo de ahí. Mateus llevaba la «furgoneta» que a veces le prestaban y estuvieron dando vueltas por la zona, buscándome. Me marcaron veinte veces, pero yo no podía escuchar: Aquiles y yo estábamos en una pista interminable, corriendo a toda velocidad por nuestras vidas. De nuestras vidas. Hacia nuestras vidas. Cuando me encontraron, mi

hermano tuvo que abrazarme con fuerza para que yo saliera del trance, dejara de correr y me tirara al suelo, extenuada y después de haber perdido un montón de sangre. No recuerdo mucho de ese camino al hospital, pero, cuando desperté de una larga siesta inducida por calmantes intravenosos, lo primero que hice fue preguntar por el Negro.

—Está en el veterinario —me respondió Armando—. Traía un par de mordidas bastante rudas.

—¿Está bien?

—Va a estar bien —me dijo—, pero, cuando hables, pregunta por Aquiles.

—¿Quién es Aquiles?

—El Negro. Así le dijimos al veterinario que se llamaba. Bueno, fue Mat. Porque una mordida fue en un talón. Y bueno, porque es un héroe y todo eso. ¿Qué tal? El talón de Aquiles. Pinche genio, el cabrón.

—¿Armando?

—¿Qué?

—¿Dónde está Mateus?

—Mira… te esperan unos días bastante rudos, así que ahorita mejor duérmete y…

—¿Dónde está?

—Escucha: mamá encontró tu carta esa. La cosa se va a poner ruda. Así que descansa ahora que puedes.

Escenario 1: Violeta salió y los encontró mientras estaban de pesca en el contenedor de basura y decidió disparar el resto de sus balas.

—Armando…

—¿Ya te viste la mano? ¿Eh?

Ese era su último recurso para distraerme del tema de Mateus. Alcé la mano: estaba totalmente vendada.

—¿Qué me pasó?

—¡Te mordieron! ¡Muy cabrón! Ya te tuvieron que poner vacunas contra la rabia y todo —dijo, haciéndolo sonar tan trágico.

—¡Me mordieron! ¡¿Y qué chingados?! ¿Dónde está Mateus?

Escenario 2: Beto salió de su cueva tras haber perdido todo y encontró a quién matar.

—No «te mordieron» y ya, güey… ¡se comieron tu dedo chiquito!

Y bueno, eso sí hubo que digerirlo. Vi la mano vendada e intenté imaginar cómo se vería aquello y eso me llevó, como todas las cosas, a pensar en Mateus y su propia mano incompleta.

—Armando…

—Okey, okey… —suspiró mi hermanito—. Nomás no pienses nada terrible. Mat está vivito y coleando. Todo bien.

«Mat». Vivito y coleando. Solté un suspiro y le pedí a mi corazón que se calmara. Tuve que repetirle el austero «todo bien» de mi hermano muchas veces, para que me creyera. Desconfiado corazón.

—Pero… cuando mi papá vio que le habían bajado cinco mil pesos de su cuenta, contrató a no sé quién para que investigara. Y rastrearon todo a la IP de la computadora de Mat. La de la biblioteca.

No, no, por favor, no… Ahí sí que me rodeó el ejército de avispas: me zumbaban alrededor de la cara, se me metían por la boca, por la nariz, por las orejas. La Verdad. La hija de puta Verdad.

—Pero ¡yo confesé todo en mi carta! ¿No dices que mi mamá la encontró?

—Apenas la encontró hoy.

—¿Y ya le dijeron a mi papá? ¿Ya le dijeron a la policía? ¿Ya…? —empecé a gritar, imaginándome a Mateus en una celda rodeado de Betos y Marios.

Me agité tanto que Armando se asustó y fue a llamar a alguien. Un ataque de pánico. Raro que el ataque llegara cuando ya todo

había pasado y yo estaba recuperándome, seudovictoriosa, a salvo y en una camita.

Mateus estaba de vuelta en España. Yo les había contado todo camino al hospital y, cuando Armando escuchó que el *hacker*/investigador de mi papá había dado con esa IP, le llamó a su nuevo mejor amigo, Mat, quien entonces procedió a destruir remotamente la memoria de aquella computadora. Después había volado a Galicia, esa misma noche.

—Pero… ¿vino a verme?, ¿dijo algo?, ¿qué dijo?

Armando se encogió de hombros (¿se le habrá pegado de Mateus?) y negó con la cabeza.

—No pudo.

O no quiso. Pensé que Armando iba a decirme algo como «no pudo, Renata, ¿qué esperabas? Eres una hija de puta: lo usaste, le rompiste el corazón, lo obligaste a huir; eres una persona asquerosa y, si yo fuera él, no volvería a dirigirte la palabra jamás». Pero no dijo nada. Me apretó la mano que sigue entera y caminó hacia la puerta para dejarme sola con mi enjambre y con las desgraciadas consecuencias de la hija de puta Verdad, que siempre se descubre.

—Armando… —lloriqueé antes de que se fuera.

—¿Qué?

—Gracias por salvarme la vida.

—Algún día me devolverás el favor —dijo.

—No creo, hermanito. Tú no te vas a meter en estos problemas. Eres un niño bueno.

Sonrió. Todavía no tiene la menor idea de qué significa eso y de por qué es un cumplido. Estaba en su segundo intento de irse y cerrar la puerta cuando lo llamé otra vez. Le pregunté si Mateus había visto las fotos que mandó Violeta. Asintió y, de nuevo, no emitió un solo juicio. Tragué saliva y pensé que tenía razón: venían días muy, muy rudos.

—Hermano…
—¡Ya duérmete, Renata!
—No eres un enano, ¿sabes? Eres un gigante.
—Pinche cursi.
—Pues aunque sea cursi. —Y ahí ya se me había quebrado la voz.
Había tanto revoloteando dentro de mí, tantas culpas, tanta gratitud, tantos huecos, que quizá me tomaría toda la vida sanar y entender lo que había pasado. No: lo que había hecho. Armando asintió y ahora fue él quien se quedó parado en el marco de la puerta.
—Un día te va a perdonar y van a estar juntos —declaró—. Estoy seguro.
—¿Ah, sí? ¿Estás seguro? —pregunté yo con un sarcasmo enternecido.
La vida, de nuevo, era absurda: había ganado mi guerra, pero todos mis soldados habían muerto y mis aldeas habían ardido; y, en medio de esa masacre, mi hermano todavía podía hacerme sonreír.
—Estoy seguro.
—¿Por qué?
—Porque también las niñas malas tienen finales felices.

Al fin le hago caso a Esmeralda y salgo. Es un día inusualmente cálido… para Real del Monte. Los perros no traen suéteres y corren a mi alrededor, felices de verme. Últimamente ellos son los únicos. Tomo mi pala especial y me doy a la interminable y noble tarea de levantar sus montoncitos de mierda. Eso toma unos veinte minutos. Al terminar, ya podría comenzar de nuevo. Lleno los platos de agua, reviso a los que están en recuperación, acaricio a los nuevos,

que al principio siempre están tristes, y cepillo a los que se dejan. Trapeo el patio, lavo montones de cobijas llenas de pelos, baño a los perros más pestilentes y dos horas después ya no se distinguen de los demás. Aquiles no se despega de mí y yo no me despego de él. Es un perro enorme, babeante y cariñoso. Creo que no se ha dado cuenta de que le falta un pedazo: corre como un demonio y nada lo frena.

Yo, a veces, sí que noto su ausencia. Es como los dedos chiquitos de los pies: sólo sirven para pegarse contra los muebles, pero el hueco ahí está, y a veces me duele como a los amputados les siguen doliendo las extremidades que han tenido que serrucharles porque estaban podridas. A veces, inevitablemente, me pregunto qué estará haciendo, cómo se contará ella esta historia, si seguirá teniendo a Katrina en la espalda. Luego, Esmeralda me grita desde el otro lado de la hacienda y tengo que ir a hacer algo. Puta madre: un albergue es mucho pinche trabajo.

—Qué reformatorio ni qué reformatorio. Yo te voy a reformar, mamacita. Te vas a reformar chambeando, como debe de ser.

En efecto: cuando cae la noche y los peludos están en sus casitas, mi cuerpo está tan extenuado que hasta mi cerebro se contagia. Pero ahí es cuando me meto a programar y a hacer mis tareas. Prepa virtual: he tenido que repetir todo el maldito año, pero terminaré. Algún día. En cuanto a la página del albergue, cada día está más presentable, aunque no me vendrían mal algunos consejos. Por supuesto, no me he atrevido a pedirlos. Mi papá cree en dios, mi mamá cree en algo parecido, yo quiero creerle a Armando y me cuelgo de eso mientras armo el rompecabezas de mi alma y sano, según Esmeralda.

«Amor de lejos es de pendejos»: otro famoso refrán. Supongo que es todavía más pendejo si sólo uno de los dos sigue amando mientras el otro, seguramente, ocupa su energía en borrarse del alma la mancha que dejó su última hija de puta novia. Armando es

compasivo: me suelta información de Mateus de vez en cuando y yo fantaseo con que Mateus pregunta por mí también.

A veces me gana la impotencia y busco acelerar lo que sea que signifique «sanar». ¿Será recorrer incontables veces el laberinto? ¿Será detectar cuál fue la decisión exacta que me llevó a donde estoy? ¿Será un virus, una bacteria, una infección? Si sí, denme la intravenosa y salgamos ya de esto. Alíquenme la vacuna, truénenme las neuronas con choques eléctricos: estoy dispuesta a lo que sea, pero que sea rápido. Antes de que él se cure de mí.

Fantaseo con que sigue un poquitito enfermo; no mucho, sólo una pequeña molestia ignorable que puede convertirse en recaída. Fantaseo con que sabe, entiende y espera. Fantaseo con volver a descubrir su piel caliente una noche empapada, con ser el cuerpo que él alza en brazos como si no pesara nada, con sus siete dedos entrelazándose con mis nueve; ambos incompletos, pero suficientes; rotos, pero capaces de reír. Escucho su voz aconsejándome con su tono de sabelotodo, me repito mentalmente palabras imaginando su acento, sueño que me *hackea* y averigua qué hago y dónde; que llega una tarde con su maleta, a perdonarme y a quedarse. Fantaseo con no haberlo perdido, y esa fantasía de pronto se me escapa de las manos, como un papalote, y se transforma en esperanza. Peligroso. Pero me ha mantenido viva y con ganas de seguir limpiando mierda y matando pulgas. Sí, la perfecta metáfora. Bah.

La primera noche que pasé aquí, Esmeralda consideró necesaria una borrachera monumental frente a la chimenea. Al principio creí que ella la necesitaba más que yo, para evitar preguntarme, para evitar enterarse y odiarme como seguro me odiaba, en coro con el resto del mundo. Después de unos cuantos tequilas, me atreví a preguntarle por qué me había dejado venir a vivir con ella.

—Después de todo lo que hice, me podrían echar a la calle y no los culparía —había dicho yo, con la lengua un poco torpe.

—Todos merecen oportunidades —dijo ella.

—¿No me odias?

—Claro que no, mensa.

—Pero… pudieron haber matado a los cachorros. Y yo sabía que estaban planeando lo de las peleas y lo que le pudo haber pasado a Armando… —Con la voz quebrada, le hice un inventario de todos mis pecados y empecé con mi patética rutina de pedir perdón a granel.

Se levantó de su hamaca (sí, tiene una hamaca en plena sala. Hay gente que sabe cómo vivir) con muchos, muchos esfuerzos, y se sentó junto a mí en el piso. Me rodeó con un brazo y eso fue suficiente para que me aferrara a ella como una sanguijuela. Nadie me había tocado en días. Nadie, fuera de Armando, me había mostrado una compasión tan genuina en mucho tiempo. Esmeralda me acarició el pelo y repitió mi nombre una y otra vez. La última sonaba ya francamente impaciente.

—¿Qué? —le pregunté.

—¿Me viste cara de cura o qué? Ya deja de confesarte. No quiero que estés hablando de esto ni pensando en hubiera esto y hubiera lo otro. De aquí pa' delante.

—Pero… ¿por qué tuvo que ser así? ¿Por qué así, una mala decisión tras otra, una tras otra? Y me daba cuenta, sí me daba cuenta; y ahora lo perdí a él y mis papás y la escuela… —Y volví a empezar. Esmeralda me dejó desahogarme y pasaron unas tres horas, tiempo borrachera, hasta que me calmé.

—¿Por qué?, ¿por qué?, ¿por qué? —dijo sin dejar de acariciarme el pelo con su ternura de martillo—. ¿Qué te puedo decir, querida? Para algunos de nosotros es así. Y por eso te traje: porque te entiendo.

—¿Nosotros? —hipé entre sus brazos. Al menos había un «nosotros» al que yo volvía a pertenecer.

—Nosotros, sí… Los intensos, los kamikazes, los…

—¿Las niñas malas? —aventuré yo.

—Prefiero la manera en que yo lo dije.

—Okey —acepté con voz de niña chiquita.

—En fin. Algunos de nosotros sólo encontramos lo importante después de perder todo lo demás, Renata. Es así. Duele un chingo pero…

—¿Pero qué? —pregunté, esperanzada.

—Pero nada. Duele un chingo y punto.

Había hipado, entre la risa y el llanto, y Esmeralda se había levantado a pasarme un montón de servilletas ecológicas para que me sonara la nariz. Eran como lija y me había quejado amargamente de que me raspaban la piel.

—Creo que tienes mayores problemas que tu nariz rozada, pinche deforme.

—Pinche lesbiana gorda.

Carcajadas. Cada trago de tequila me empujaba a uno o al otro lado del péndulo emocional, y cerca del amanecer le conté a Esmeralda de las cartas de Rafael y se las mostré. Intentó enfocar la mirada para leerlas, pero se rindió pronto y me las devolvió.

—Quiero quemarlas —le dije, y Esmeralda señaló la chimenea encendida en plan «pues qué más quieres». Las puse sobre las llamas una por una y, mientras los pedazos de alma se consumían, le conté a mi tía lo que Rafael me había dicho cuando le sugerí que abandonara a Beto y a los Rabiosos, cuando le insistí en que él tenía derecho a ser lo que era.

«No todos tienen derecho a ser lo que son». Eso me contestó.

—Qué derecho ni qué derecho —dijo Esmeralda—, lo que no tienen es huevos.

Después de su fino desplante de sabiduría, se quedó dormida y se puso a roncar como un mastodonte.

Parece que, por hoy, terminé. El primero en saberlo es Aquiles, que, cuando me ve quitándome las botas de trabajo para ponerme los tenis, se pone a girar sobre sí mismo.

—¡Regreso en un rato! —le grito a Esmeralda, y espero a que las montañas le lleven mi mensaje hasta el otro lado de la hacienda.

—¡Dale! —contesta su voz a la distancia, y el eco es casi una porra. Aquiles brinca y ladra, exigiendo que me apure.

—Ya voy, ya voy, cabrón.

Me meto los audífonos a las orejas y salgo corriendo camino a la montaña. Aquiles va junto a mí, sus orejas pegadas a su cabeza por la velocidad y sus músculos marcándose debajo de su pelo negro y brillante. «¿A dónde te vas, mi adorable?», y, auch, las espinas se remueven y los nervios vibran como cuerdas a punto de romperse. Los huecos palpitan, las preguntas se repiten: ¿Dónde estará? Y, ¿dónde estará? Fíjate en dónde estás tú, grita el piso, y una roca saliente me tumba. Me tiendo sobre la tierra fría, bajo la neblina que pronto comenzará a espesarse, sintiéndome la persona más sola del mundo.

—¡No quiero! ¡Ya no quiero! —lloriqueo.

Y qué ganas de rendirse. Qué ganas de perderse, de borrarse, de no serse. Pero Aquiles corre como un demonio, haciéndome quedar mal a mí, que soy una chica deportista, así que me pongo de pie, me lamo las heridas y me abalanzo en su dirección. Se pone tan feliz de verme, que me tumba al suelo y me llena la cara de baba. Forcejeamos un rato: él no respeta mi mano incompleta ni yo su talón mordisqueado, y luego soy yo la que se incorpora primero y se echa a correr. ¿Que a dónde voy? Hacia delante. ¿Que quién soy? No tengo ni puta idea. Tal vez no llegaré a ninguna parte, al menos no hoy. Tal vez hoy no será el día en que me salgan las alas o me crezca otro dedo. Pero tal vez mañana sí.

Mañana sí.